Lees ook bij Conserve de spannende psychothriller van Merete Junker: *Tweeling* vertaald uit het Noors door Renée Vink en de prachtige roman *De onbekende soldaat* van de Finse meesterverteller Väinö Linna.
In het najaar verschijnt *Karma* van de Noorse auteur Jørgen Jaeger. Ole Vik is de hoofdpersoon in het boek, de nieuwe Wallander!

Liefhebbers van spannende boeken kunnen dit voorjaar ook genieten van
Renée Vink – *De dood van Dantes keizer – Een veertiende-eeuws mysterie* en
Ashe Stil – *De vreesmachine – Thriller over de bouwfraude*

Jan-Erik Fjell

De verklikker

Noorse literaire thriller

Winnaar Noorse Boekhandelsprijs 2010

Uit het Noors vertaald door Renée Vink

UITGEVERIJ CONSERVE

Aanspreekvorm: in het hedendaagse Noorwegen tutoyeert vrijwel iedereen elkaar, van hoog tot laag. Die gewoonte is in dit boek overgenomen. Als het woord 'u' gebruikt wordt door iemand die Noors spreekt, gaat het dus om bewust ouderwets taalgebruik.

Deze vertaling is verschenen met financiële steun van NORLA, Norwegian Literature Abroad

CIP-gegevens Koninklijke Bibliotheek, Den Haag

Fjell, Jan-Erik

Jan-Erik Fjell – *De verklikker – Noorse literaire thriller – Winnaar Noorse Boekhandelsprijs 2010*
Vertaald uit het Noors door Renée Vink
Oorspronkelijke titel: *Tysteren – Krim,* Juritzen Forlag, Oslo, 2010
Schoorl : Conserve
ISBN 978 90 5429 316 3
NUR 330
Trefw.: Noorse (Scandinavische) literaire thriller

Hij had twee dagen gewacht.

De man had hem niet herkend van die twee keer dat ze elkaar tegengekomen waren, buiten de flat en bij de voetgangersbrug. Nu, in het pizzarestaurant, wierp de man hem een mismoedig lachje toe over het hoofd van een opdringerige straatmuzikant, die zong hoe triest het was om alleen te zijn, en dat iemand hem moest helpen de nacht door te komen. Zelf had hij het blauwe foldertje laten zakken dat hij in de lobby van het hotel had gevonden en met een warme lach gereageerd.

Nu liep hij tien stappen achter de man, die op weg was naar de hoofdingang van het flatgebouw. Zijn mobieltje moest zijn overgegaan, want de man bracht het naar zijn oor en begon te praten.

Acht stappen.

De man verdween al pratend door de glazen deur en drukte op de knop van de lift. Sprak nog een paar woorden in het mobieltje en stopte het in zijn zak zonder te merken dat achter hem de deur weer openging.

Vier stappen.

Proloog

Dinsdag 18 februari 1969
New York City

Ze liepen voorzichtig de brede stenen trap op.

Zelfs 's zomers was het een gok om uit deze kelder naar boven te lopen. Vincent Giordano liep achterstevoren, terwijl hij naar houvast zocht op de gladde treden. Vier treden onder hem liep Calogero Locatelli. Tussen zich in droegen ze een jonge vrouw. Ze was nog steeds half bewusteloos van de verdoving die ze haar hadden toegediend. Met voorzichtige stappen liepen ze de beijzelde binnenhof over naar de wachtende auto. Calogero Locatelli liet het onderlichaam van de vrouw in de sneeuw vallen. Deed de kofferbak open, haalde er een plaid uit en legde die op de achterbank. Hij greep haar weer bij haar voeten.

Op de witte sneeuw bleven lichtrode vlekken achter.

Calogero stuurde de hoofdweg op en reed in de richting van Manhattan. Vincent Giordano draaide zich om en keek naar de toegetakelde vrouw op de achterbank. Het lange, bruine haar was kleverig van het zweet. De ogen bloeddoorlopen. Het gezicht zo bleek dat het op een masker leek. De make-up die ze eerder op de avond had opgedaan, was over haar hele gezicht uitgelopen.

'Wat hebben jullie met me gedaan?' vroeg ze wazig. Haar ogen waren gesloten. Haar hoofd deinde heen en weer. 'Waarom, Vincent?' snotterde ze. 'Hoe kon je dat nou doen?'

'Hou je stomme kop!' snauwde Calogero. 'Ellendige sloerie.'

Vincent keek opzij naar zijn vriend en zei: 'Dat is wel genoeg. Laat haar nou maar met rust.'

Locatelli snoof en wierp hem een onverschillige blik toe. 'We gaan haar dus niet domweg in de Hudson dumpen?' vroeg hij, precies zo luid dat ze het verstond.

Ze gilde het uit. Probeerde tegen de voorstoelen en de ramen te slaan en te schoppen, maar ze was lichamelijk op. Het lukte haar nog net om rechtop te gaan zitten. Vincent draaide zich weer naar haar om. Met een harde blik waaruit geen enkel blijk van medeleven of woede sprak, zei hij: 'Hou je gedeisd. We zullen je niet vermoorden, maar je gaat terug naar waar je vandaan komt en je zet nooit meer een voet in deze stad. Begrepen?'

Er kwam geen antwoord.

'Begrepen?' herhaalde hij.

Ze kneep uit alle macht haar ogen dicht en knikte.

1

Maandag 8 juni
Fredrikstad

Wilhelm Martiniussen, de eigenaar van Mardan, zat in de vergaderkamer aan het hoofd van de tafel. Twaalf nieuwsgierige ogen waren op hem gericht. Zo meteen zou hij hun dromen aan diggelen gooien. Ze voor hun neus aan stukjes scheuren.

Zijn hart bonkte alsof hij zojuist een marathon had gelopen. Het zweet stond in zijn handen. Hij wist dat hij ze ging teleurstellen, maar toch had hij het gevoel dat het de enige juiste handelwijze was. Over minder dan een minuut zou hij geen hooggewaardeerde chef meer zijn, maar een onscrupuleuze idioot. Wat hij zo meteen ging vertellen, zou veel stof doen opwaaien. Hij keek naar Frode Moen, de vicevoorzitter van het bestuur, die wekenlang had lopen grijnzen. Op tafel voor Moen lag een brochure met jachten. Hij had zijn uitverkoren jacht vol trots aan de anderen laten zien en verteld dat hij voor marineblauwe lak ging kiezen, of 'navy blue', zoals hij benadrukte dat het in de brochure stond.

Links van Martiniussen zat zijn goede vriend en zakenpartner Bjørn Danielsen. Zelfs hij wist niet waarom Martiniussen een spoedbijeenkomst had belegd, die volgens zijn mailtje maar een paar minuten zou duren. 'Een korte bekendmaking,' was alles wat erin stond.

'Alright,' begon Wilhelm Martiniussen. Hij schraapte zijn keel en vervolgde. 'Het is niet makkelijk voor mij...' Een korte pauze. 'Maar na er grondig over nagedacht te hebben, heb ik besloten dat Mardan zich uit het project terugtrekt.'

'Welk project?' vroeg Moen half ongeïnteresseerd.

'Het Canadaproject,' was Martiniussens korte antwoord.

Een eindeloze seconde lang waren de vogels buiten het raam te horen. Een angstaanjagende stilte. Geen van de bestuursleden kon zijn oren geloven. Toen toverde een van hen een lachje tevoorschijn en zei: 'Leuk hoor, Wilhelm. Mogen we weten waar dit over gaat?'

Martiniussen was bloedserieus. Het liefst zou hij naar zijn kantoor teruggaan en later nog een poging doen. Maar hij probeerde zijn gezicht in de plooi te houden. 'Ik meen het serieus.'

'Nee... nee, nee, nee,' zei Moen. 'Dat kan toch niet, Wilhelm?'

'Het spijt me Frode, maar het kan dus wel.'

Het bestuurslid dat het lachje tevoorschijn had getoverd keek geschokt en zei iets, zo zachtjes dat Martiniussen zich moest inspannen om het te horen. De anderen hadden kennelijk moeite om tot zich te laten doordringen waar het om ging.

'Wilhelm... kun je misschien uitleggen... wat hier... aan de hand is?' fluisterde hij van de andere kant van de tafel.

'We trekken ons terug uit het Canadaproject,' herhaalde Martiniussen.

Wat kon hij anders zeggen? Hij wist best dat iedereen hier begreep waarom.

'Maar, eh, daar hebben we toch een bestuur voor?' vervolgde het bestuurslid. 'Had je dat niet met ons moeten overleggen, het moeten bespreken en zo?'

'Dat had ik uiteraard kunnen doen, maar waarom? Mijn besluit staat vast.'

Frode Moen stond op. 'Besef je wel hoeveel geld Mardan hierin heeft geïnvesteerd? Zo keldert onze beurswaarde binnen de kortste keren.'

‘Uiteraard besef ik hoeveel tijd en geld we hierin hebben gestoken, maar we zullen ons nu op iets anders moeten richten. De firma heeft genoeg opdrachten en interessante projecten. Maar als kleine pleister op de wond kunnen jullie een heel aardige kerstbonus verwachten: vier miljoen kronen per persoon, uit mijn eigen zak – het is maar dat jullie het weten.’ Hij probeerde te glimlachen.

Moen lachte smalend en zei: ‘Vier miljoen... wat een lachertje. Daar ga ik niet op in. Je gaat onze droom verdomme niet verpesten, alleen maar omdat je de kolder in je kop hebt!’ Het schuim stond hem om de mond. Zijn gezicht was vuurrood aangelopen.

‘Vergeet niet dat dit bedrijf van mij is, Frode. Ik heb – en daar heb ik volledig het recht toe – dit besluit namens Mardan genomen.’

‘Vier miljoen, goddomme,’ brieste Moen. ‘En daarom moet ik in mijn handjes knijpen, is dat wat je wilt zeggen? Terwijl ik misschien het tiendubbele had gekregen? En mijn aandeel in de zaak is hier het kleinst.’

‘Als je daar niet tevreden mee bent, verkoop dan je aandelen maar en zoek ergens anders een nieuwe directiekamer met uitzicht.’

‘En waarom zegt verdomme niemand anders hier iets?’ Moen keek naar de anderen rond de tafel. ‘Voor de verandering...’

Er viel een korte stilte. Alle andere bestuursleden keken naar Bjørn Danielsen, in de hoop dat hij bezwaar zou maken. Hij was de enige die tot de eigenaar door kon dringen. Maar Danielsens blik was op het tafelblad voor hem gericht.

‘Stop die vier miljoen maar in je reet. Wat een waanzin!’ schreeuwde Moen, en hij was bijna de vergaderkamer uit gelopen.

Martiniussen richtte zich tot de anderen. ‘Het spijt

me vreselijk maar geloof me, ik doe dit niet uit egoïstische overwegingen. Ik doe het voor ons allemaal. Met het oog op onze toekomst. Laten we nu liever vooruitkijken. Wat zeggen jullie?'

Hij keek hen hoopvol aan. Niemand reageerde. Ze zaten er allemaal met een begrafenisgezicht bij. Hij liep de vergaderkamer uit, zijn eigen kantoor binnen, en zonk in zijn stoel neer. Het volgende ogenblik werd er op zijn deur geklopt. Danielsen stak zijn hoofd naar binnen.

'Stoor ik?' vroeg hij.

'Nee hoor.' Martiniussen glimlachte. 'Ga zitten.'

'Je hebt wel een beetje een chaos veroorzaakt, hè?'

'Hm. Ik wist dat ze niet over mijn besluit zouden staan juichen, maar Frode reageerde wel erg heftig...'

'Ja...'

Martiniussen stond op en ging bij het raam staan. 'Jij zei daarnet niet zo veel.'

'Nee, dat kan wel kloppen...'

'Wil je nu meer kwijt? Ik krijg de indruk dat je iets op je lever hebt.'

'Je weet dat ik me in een plenaire vergadering nooit tegen je zal keren, Wilhelm. Alleen...'

Er viel een korte stilte.

'Geef gerust je mening, Bjørn,' zei Martiniussen, terwijl hij zich naar hem toekeerde. 'Dit is een zakelijke kwestie. Wat hierbinnen ook gebeurt, het zal niet van invloed zijn op onze vriendschap. Dat weet je toch? Dat gezegd hebbende, stel ik je loyaliteit natuurlijk wel erg op prijs. Zeg wat je kwijt wilt. Ik wil graag weten hoe jij erover denkt.'

Daar was Danielsen enigszins huiverig voor. Hij lag niet graag dwars, maar hij moest toch iets zeggen. Dat was hij zichzelf en de rest van het bestuur verschuldigd. Hij vermande zich en zei: 'De anderen waren te druk bezig met protesteren tegen je besluit. Ik ken je, dus weet ik dat je desondanks geen duimbreed zult wijken. Maar ik zou alleen wel graag weten waarom. Na al die tijd en middelen die we in het project hebben gestoken, draai jij plotseling als een blad aan de boom om en verander je van mening. Eerst zet je letterlijk al je auto's stil. En dan dit. Ik moet zeggen dat ik een beetje het vermoeden heb dat het om Nora draait. Met alle respect, Wilhelm, hoe lang ken je haar nu? Zeven, acht weken?'

'Vier maanden.'

Danielsen schudde zijn hoofd. 'Vier maanden... hoe lang hebben we gewerkt om de kans te krijgen die zich nu aan ons voordoet?' Hij keek vragend over het bureau heen. 'Dertig jaar, Wilhelm... dertig jaar.'

'Ik heb begrip voor je frustratie. Maar het Canada-project draait maar om één ding – geld. En het is een verdomd smerige manier om eraan te komen. Jij hebt toch genoeg om jezelf te redden?'

'Eh, ik red me wel met wat ik heb, maar je kunt toch nooit genoeg geld hebben? Bovendien gaat het ook om de toekomst van het bedrijf.'

Wilhelm keek hem vriendelijk aan. 'Mardan zal blijven floreren als jij en ik allang onder de zoden liggen. Het winnen van teerzand heeft de toekomst niet. Grootschalig inzetten op nieuwe vormen van energie daarentegen...'

'Dat is niet bepaald ons terrein,' zei Bjørn op een toon alsof hij een lesje opzei.

'Precies.'

Als Wilhelm eenmaal een besluit had genomen, was iedere verdere discussie zinloos. Bjørn was al bang geweest dat het hier op uit zou lopen. Het was algemeen bekend: de winning van teerzand was uiterst vervuilend, klimaatonvriendelijk en heel schadelijk voor de natuur in de wijde omtrek van de velden. Aan het begin van het project, toen Wilhelm de drijvende kracht erachter was, had hij in euforie verkeerd als hij erover sprak. Dankzij haar baanbrekende technologie zou Mardan van een kleine, Noorse aardoliefirma tot een multinational uitgroeien. Het geld zou binnenstromen en de eigenaren zouden bijna de status van royalty krijgen. Toen was zij opgedoken. De vrouw die Wilhelms geliefde was geworden. De negenentwintig jaar jongere Nora Røed Karlsen. De roodharige milieuactiviste had ervoor gezorgd dat zijn leven uit meer dan vergaderingen en onderhandelingen over contracten ging bestaan. Sommigen dachten dat ze om het geld met de zestigjarige zakenman had aangepapt. Maar Wilhelm wist wel beter.

Buiten Fredrikstad wisten maar weinig mensen wie Wilhelm Martiniussen was. Bjørn Danielsen was het gezicht van de firma naar buiten toe. Dat had Wilhelm zo gewild. 'Jij bent mediagenieker dan ik,' had hij gezegd. Hij tilde er absoluut niet aan dat hij geen knappe vent genoemd kon worden. Dat was het punt waarop Bjørn Danielsen in actie kwam, want die was ervoor gemaakt om naar buiten te treden. Daarom had Nora Røed Karlsen er geen idee van gehad wie Wilhelm Martiniussen was toen ze hem in een bar in Stavanger had ontmoet. Hij was daar om zijn neef te bezoeken, zij om deel te nemen aan een protestactie die door de milieuorganisatie Bellona op touw was gezet. Ze had de puzzelstukjes nog niet aan elkaar gelegd toen hij haar vier weken later aan Bjørn Danielsen had voorgesteld. Toen was Nora – of Bellonora, zoals Bjørn haar voor de grap had genoemd – al zo verliefd geweest dat die onthulling geen rol meer speelde.

Het bedrijf, dat altijd op de eerste plaats was gekomen en dat hij zelf als verklaring had aangevoerd voor het feit dat hij nooit een gezin had gesticht, kwam op het tweede plan te staan. Danielsen kende hem niet meer terug, die jonge knul in het lichaam van een man op leeftijd. Hij gunde zijn vriend die ervaring. Uiteindelijk zat hij er dankzij Wilhelm warmpjes bij. Lang niet zo warmpjes als Wilhelm zelf, maar genoeg voor hemzelf en zijn vrouw – die heel duur was in het onderhoud – om van te leven.

'Wanneer wordt het officieel?' vroeg Bjørn.

'Dat we eruit stappen, bedoel je?'

'Ja.'

'Eind volgende week. Ik stuur aan het begin van de week een rondschrijven naar alle werknemers.'

Bjørn Danielsen perste zijn lippen op elkaar en knikte. Hij had begrip voor het besluit, maar hij was het er niet mee eens.

2

Maandag 8 juni – dinsdag 9 juni
Fredrikstad

Al sinds hij de waarde van geld had ontdekt, vond Anton Brekke het prachtig om het bij allerlei spelletjes in te zetten. Op de lagere school en de middenschool was het dobbelen. De andere kinderen vonden het spannend, en Anton koos zelf degenen uit die mee mochten spelen. Hij was elf en – in eigen ogen – de beste dobbelaar ter wereld. De andere kinderen trokken zich er niets van aan dat hij onderweg de regels wijzigde, als ze maar mee mochten doen; wanneer je op de lagere school van Rød met dobbelstenen gooide, was je cool. Als je het geluk had om zeven of elf te gooien, werd je rijk. In ieder geval vanuit kinderlijk perspectief gezien.

Als puber ontwikkelde hij zich tot een handige pokeraar en tijdens de militaire dienst had hij aanzienlijk meer uit te geven dan de rest. Bij elke gelegenheid organiseerde hij kleine pokercompetities, hetzij in de kazerne, hetzij als ze diep in de bossen op oefening waren. Speelkaarten en geld had hij altijd bij zich. Als ze in zijn troep geen geld hadden, nam hij ook sigaretten aan. Hij rookte zelf niet, dus verkocht hij de sigaretten zodra hij de kans kreeg, bij voorkeur voor iets meer dan ze in de kiosk kostten, die een kleine kilometer buiten de basis lag.

Op een dag zou hij ervan kunnen leven. Hij zou in Las Vegas gaan wonen en zijn kantoor zou in Caesar's Palace gevestigd zijn. Daar zou hij dan iedere dag duizenden dollars winnen, om vervolgens naar huis te gaan, waar hij werd opgewacht door een mooie vrouw met lang, bruin haar en nootbruine ogen. Zij zou thuis op de kinderen passen. Gezien de inkomsten die hij zou hebben, zou zijn vrouw niet hoeven werken. Ze zou een leven als een koningin hebben – en hij een leven als een koning. Hij zou de allergrootste worden. Een wiskundig genie en een meesterbrein. De opvolger van pokerlegende Stu Ungar. Met dat verschil, dat Anton Brekke niet van plan was aan een overdosis te overlijden.

Toen hij als student naar Oslo was verhuisd, werd hij een vaste bezoeker van de renbaan van Bjerke. Er was voor hem geen heerlijker gevoel ter wereld dan zijn uitverkoren paard als eerste over de streep te zien komen. Ook al vertelde hij dat aan niemand, dát was een mooiere ervaring dan toen hij voor het altaar het jawoord had gekregen van de vrouw van zijn leven. In elk geval beduidend beter dan het gevoel dat hij elf jaar later had toen hij van zijn werk thuiskwam en zag dat ze haar koffers had gepakt.

Ze had een hekel aan zijn werk en de meer dan 200 dagen die hij jaarlijks onderweg was. Daarom stelde ze het extra op prijs als hij zijn vrije tijd thuis doorbracht. Maar als hij daar eenmaal was, zat hij aan de bank gekluisterd naar sport te kijken met de totobriefjes voor zich op tafel uitgespreid. Volstrekt niet geïnteresseerd in wat zij hem te vertellen had. De antwoorden die hij gaf waren 'ja,' 'nee,' en 'o ja?'. Zo wilde zij niet leven. Ze was er al ontelbare keren over begonnen, en dan liet hij telkens een paar dagen lang alle gokspelletjes links liggen.

Toen hij die middag thuiskwam en begreep dat ze er geen behoefte meer aan had om nog langer met hem samen te leven, probeerde hij te zeggen dat hij een ander baantje zou zoeken, zodat hij vaker thuis bij haar en hun zoon kon zijn. Maar dat hielp niet. 'Hou je op met gokken, zelfs als je een andere baan krijgt?' had ze gevraagd. Hij had zijn schouders opgehaald, en toen was zij in de auto gestapt, had het raampje omlaag gedraaid en gesnauwd: '*Jouw zoon* en ik blijven de rest van de week bij mama. Zoek jij intussen maar andere woonruimte!' Drie dagen later zat hij in de Oslose wijk St. Hanshaugen op een kamer van tweeëndertig vierkante meter.

Nu, eenentwintig jaar nadat hij zijn kameraden in het leger het geld uit de zak had geklopt, veertien jaar na zijn bruiloft en drie jaar na zijn scheiding, was hij nooit dichter bij Las Vegas gekomen dan het clubhuis van sportvereniging Lervik buiten Fredrikstad.

Hij bezocht de illegale speelclub nu voor de derde keer in zes maanden. De vorige twee keer had hij verloren – zesduizend, respectievelijk tienduizend kronen. Een hoop geld voor een ambtenaar.

Maar deze keer zat het hem mee. Hij had de hele dag al een lekker gevoel, en terwijl hij het vliegveld Oslo-Rygge passeerde, maakte hij zichzelf wijs dat het daarom de twee vorige keren verkeerd was gegaan. Zijn instelling. Hij twijfelde eraan of hij toen wel de juiste instelling had gehad, want dan zou hij vast niet verloren hebben. Zoals hij nu in zijn vel zat, kon hij gewoon onmogelijk verliezen. Het dampte gewoonweg van hem af. Hij merkte het zelf en wist zeker dat de auto's voor en achter hem, en zelfs de auto's die hem passeerden, voelden dat er een winnaar in die zwarte Volvo zat. Het was lang geleden dat hij zo'n gevoel had gehad, en nog langer geleden dat hij überhaupt iets had gewonnen. De laatste weken had hij noch bij het pokeren op internet, noch op de renbaan van Bjerke, noch bij de toto veel winst gemaakt. Hij wist niet eens meer of de balans op zijn mastercard positief of negatief was.

Vanavond had hij geluk.

Het clubhuis hoorde bij voetbalclub Lervik, maar de man die als beheerder diende was een verlopen gokker en op twee vaste dagen per week was het lokaal ingericht voor poker.

'Anton!' riep een stem aan een van de drie tafels toen Anton Brekke de drempel over stapte.

Het was een oude jeugdvriend. Ze waren in Gressvik bij Fredrikstad opgegroeid, en Anton had op de lagere school ontelbare flesjes vruchtensap en pakjes kauwgom van hem gewonnen.

'Kom hier zitten. Die amateur heeft me zojuist vierduizend kronen lichter gemaakt,' lachte zijn kameraad en wees naar een jonge knul aan de andere kant van de tafel.

'Hallo,' zei Anton, en hij ging naast zijn jeugdvriend zitten. 'Vierduizend, jawel.' Hij glimlachte mismoedig. 'Bij andere gelegenheden nog wel eens iets gewonnen?'

'Niet veel. Ik heb drie weken geleden rond de dertigduizend gewonnen bij de toto, maar dat heb ik hier allemaal vergokt.'

'Allemaal? Hier?' Met stomheid geslagen keek Anton hem aan.

'Ja,' antwoordde de ander zachtjes. 'Hier, precies op de plek waar ik nu zit. En jij?'

Hij had geen zin om te zeggen hoe slecht het hem de laatste tijd was vergaan. 'Nee, niks gewonnen of verloren. Quitte gespeeld,' loog hij. 'Maar ik geloof dat het vandaag goed zal gaan.'

Zijn kameraad knikte discreet naar de jonge knul die hij een paar tellen daarvoor had aangewezen.

'Wat is er met hem?' fluisterde Anton.

'Vis. Zo'n rottige vis. Hij doet overal aan mee en de klootzak heeft nog mazzel ook.'

Anton liet zijn blikken over de andere spelers rond

de tafel gaan. Het waren allemaal mannen van middelbare leeftijd die er ogenschijnlijk financieel goed voor stonden. Het sleutelwoord was *ogenschijnlijk*. Hij wist dat de meesten hier hard moesten ploeteren om de eindjes aan elkaar te knopen. Zijn kameraad had horrorverhalen verteld over diverse mannen die hun vrouw, hun kinderen, hun huis en hun auto hadden verspeeld en nu geld schuldig waren aan personen waar je over het algemeen beter niets mee te maken kon hebben. Anton had bij het aanhoren van die verhalen ernstig geknikt, hoewel hij heel goed wist dat ze op het zijne leken – zij het dat hij zijn financiën enigszins op orde had weten te houden. In elk geval genoeg om alleen maar schulden te hebben bij de bank.

De enige die eruit sprong, was de vis. Uit de mouwen van zijn roze piquéhemd staken een paar dunne, jongensachtige armen. Zijn haar oogde vochtig en was naar achteren gekamd met een flinke dot gel of wax. Hoogstwaarschijnlijk allebei. Het diamanten oorknopje in zijn linkeroorlel glinsterde en op zijn neus rustte een grote, beige zonnebril. Naar zijn dialect te oordelen kwam hij niet uit de buurt en zo te horen had niemand van de overigen aan tafel zin om een gesprek met hem aan te gaan.

De beheerder kwam naar Anton toe en vroeg hem hoeveel fiches hij wilde kopen. Anton trok een envelop uit zijn jasje en pelde vijftienduizend kronen van zijn zuurverdiende vakantiegeld af.

De stoelen waren niet bedoeld om per keer langer dan een uurtje of twee op te zitten. Anton speelde inmiddels al bijna een halve dag. Zijn rug en schouders schreeuwden om een verandering van houding.

Het gevoel dat hij voor die tijd had gehad, klopte. Hij had poker gespeeld alsof hij nooit van zijn leven iets anders had gedaan en stond bijna vijfentwintigduizend kronen in de plus. Stapels fiches in verschillende kleuren stonden sierlijk voor hem op de tafel. Anton goochelde met zijn fiches. Een geluid waar de meesten zich aan ergerden, maar dat kon hem niets schelen. Het was zijn avond. Hij nam in elke hand twee stapels en schoof ze in elkaar. Hij heerste over de tafel en genoot van iedere seconde. Hij had zijn zoon een uitstapje naar het pretpark Liseberg beloofd, maar nu zag het ernaar uit dat hij zich iets grootschaligers kon veroorloven. Misschien Disneyland in Frankrijk.

Anton keek op de klok en zei: 'Het loopt al tegen tienen. Ik denk dat ik mijn boeltje over een paar rondjes maar eens bij elkaar pak.'

'Ja, ik ook,' antwoordde zijn makker, die de helft van zijn fiches aan zijn jeugdvriend was kwijtgeraakt. 'Zullen we samen naar de stad rijden om wat te ontbijten?'

'Doen we. Ik trakteer,' zei Anton met een glimlach.

De dealer gaf iedere speler twee kaarten. Anton tilde langzaam de hoekjes op. Een klaveraas en een schoppenaas werden zichtbaar. Hij had diezelfde hand al ontelbare keren eerder gehad, maar vandaag nog niet. Zijn polsslag ging automatisch omhoog. Ging hij de avond afsluiten door nog eens een enorme pot te winnen?

Hij begon wat met de vriend uit zijn kinderjaren te kletsen om de indruk te wekken dat hij geen kaarten had gekregen die om speciale concentratie vroegen. Een oud trucje, maar hij had het gevoel dat het deze keer zou werken.

Hij was de laatste in deze hand en toen het zijn beurt was, liet hij zijn blikken over de andere spelers gaan. Hij wilde niet meer dan één tegenspeler hebben als de flop op tafel kwam. Zijn ervaring leerde hem dat het hem duur kon komen te staan als hij nu inhalig werd. Eén tegenspeler was wel genoeg. Als hij niet flink verhoogde, liep hij het risico dat diverse spelers met een min of meer goede hand zouden meegaan. Dat zou de kans dat de pot hem zou worden afgepakt, vergroten.

'Ik verhoog.' Anton gooide een stapeltje fiches op de tafel. 'Driehonderd.'

'Driehonderd?' Een robuuste veertiger trok met een lachje zijn wenkbrauwen op. 'Ga je de pot dan inpikken?' Hij staarde naar Anton, die zijn blik op de pot op tafel bleef richten. 'Ja, hoor, ga je gang maar. Pas,' zei hij, en hij schoof zijn kaarten van zich af.

Nummer twee en drie pasten zonder er een vertoning van te maken. Nummer vier, de jonge knul, staarde hem een paar tellen door zijn zonnebril heen aan, waarna hij twee kleine stapeltjes fiches naar het midden van de tafel schoof. 'Ik verhoog. Zeshonderd, om mee te doen.'

Anton vertrok geen spier van zijn gezicht. Hij bleef rustig. Op iets dergelijks had hij gehoopt. Dat de een of andere joker met een redelijk goede hand, misschien een aas en een heer, of misschien zelfs twee heren, nog eens zou verhogen. Nummer vijf schudde even zijn hoofd voor hij zijn kaarten van zich af schoof. Dat deed Antons kameraad ook.

Nog eentje over. Anton had zin om nog eens te verhogen, maar daarmee zou hij zich te veel in de kaart laten kijken, zodat de jongeman hoogstwaarschijnlijk zou passen, tenzij hij zelf een geweldig goede hand had, wat Anton niet echt geloofde. Eigenlijk mocht hij alles wel in zijn vingers hebben, deze pot was voor Anton. Hij staarde naar de jonge knul die zijn ogen achter die donkere zonnebril verborg. Zijn lange, blonde haar zag er na bijna twaalf uur nog steeds vochtig uit. Hij zette zijn ellebogen op tafel en liet zijn spitse kin in zijn handpalm rusten. Voor het eerst viel het Anton op wat voor horloge de jongen om zijn pols had: een Tag

Heuer L. Anton herkende de karakteristieke band – als zoon van een horlogemaker wist hij alles van uurwerken af. Dat die snotaap geld had, was daarmee boven iedere twijfel verheven.

De neusvleugels van de jongen verwijdden zich. Het puntje van zijn tong stak een klein eindje uit zijn mond en maakte zijn lippen nat. Zenuwtrekjes. Anton zag het. Hij had het al zo vaak gezien, bij anderen die ook aan de overkant van de tafel hadden gezeten – maar niet in een illegale goktent. De knul slikte. Even leek het alsof hij zijn hand voor zijn keel wilde houden om het te verbergen, maar dan kon hij net zo goed meteen passen. De krachtige adamsappel tekende zich duidelijk af op zijn slanke hals. Dat was het teken waarop Anton had gewacht. Een teken van onzekerheid. Hij had hoogstwaarschijnlijk geen aas plus heer, twee heren of een saai stel boeren. Maar hij had laten merken dat hij sterke kaarten had, en er zaten al meer dan elfhonderd kronen in de pot. Als Anton alleen maar meeging met zijn verhoging, zouden er meer dan veertienhonderd kronen op tafel liggen. Niet de hele wereld, en ongeacht wat voor kaarten er op tafel kwamen zou hij een hoog bod doen, en dan zou de jongen naar alle waarschijnlijkheid passen.

'Ik zie je en verhoog met nog eens driehonderd,' zei hij zelfverzekerd.

'Ik ga mee,' zei de ander, en hij slikte weer.

De dealer, die zelf niet meespeelde, legde de flop uit: harten aas, klaver tien en klaver zeven.

Anton trof zijn droomkaart aan en had nu three of a kind. Een winnende hand. Hij voelde zijn halsslagader kloppen.

Lange tijd staarde hij naar de kaarten op tafel. Hij deed alsof hij niet blij was, en dat lukte uitstekend. Hij wist niet zeker of hij moest bieden of checken. Als hij checkte, liet hij eigenlijk merken dat hij wel sterk stond. Doen alsof hij een slechte hand had door na zijn agressieve speelstijl van voor de flop nu ineens te checken was de oudste truc ter wereld.

Na een poosje nagedacht te hebben schoof hij voor duizend kronen aan fiches behoedzaam naar het midden van de tafel.

'Ik zie je duizend en verhoog met twee. Drieduizend in totaal,' antwoordde de jongen rap en zelfverzekerd.

Anton stond paf. De adrenaline joeg door hem heen. Wat had die knul voor kaarten? Misschien was hij op een straight of een flush uit. Nee, dan moest hij twee klaveren of een acht en een negen hebben, en dan had hij voor de flop niet zo sterk gespeeld. Misschien had hij three of a kind, drie zevens of drie tienen.

Desondanks had Anton de beste hand. Hij wilde niet het risico lopen dat die snotaap een flush zou bemachtigen. Dat had hij al zo vaak meegemaakt: waardeloos spel dat enorme winst opleverde. Maar niet nu.

'Wat heb je nog over?' vroeg Anton, terwijl hij naar de fiches voor de blonde jongen keek.

'Heel wat meer dan jij,' antwoordde die arrogant.

Hij had meer dan Anton, maar heel wat meer was overdreven. Hoe dan ook, Anton had alleen maar zijn reactie willen zien. Hij maakte nog steeds een solide indruk. In elk geval dacht hij zelf dat hij solide was. Anton daarentegen was daar niet helemaal van overtuigd.

Hij wierp een blik omlaag op zijn fiches. 'Ik zie je tweeduizend en verhoog met nog eens vijf.'

Nu was hij aan het overbieden, maar dat was om deze hand daar op dat moment af te sluiten, en maar genoegen te nemen met de zesduizend die al in de pot zaten. Geen enkele pokerspeler die weet waar hij mee bezig is, gaat met een dergelijk bod mee in de hoop op een flush of een straight. Hij kon alleen maar drie zevens of drie tienen hebben als hij meeging, anders sloeg het nergens op. Daarmee kon hij niet opboksen tegen Antons drie azen.

'Ik zie je.'

De dealer draaide de turnkaart om – harten tien, zodat Anton een full house had. Tenzij de jongen twee tienen had, wat hoogst onwaarschijnlijk was, had Anton de beste hand. Hij checkte, in de hoop dat de ander een lager full house had.

'All in,' zei de jongen, en schoof al zijn fiches in twee bergjes naar het midden van de tafel.

'Ik zie je.' Hij hoefde niet na te denken. Hij wist dat hij het beste was. 'Full house,' zei Anton en draaide zijn azen om.

De spelers aan de twee andere tafels pauzeerden even om te kunnen volgen wat er gebeurde.

De jongen schudde zijn hoofd. 'Ik had gehoopt dat je zou schrikken van die tien. Nu moet ik mazzel hebben.'

Hij draaide zijn kaarten om. Klaver acht en klaver negen.

Die jongen had niets.

Er zaten twee kaarten in de stok die Anton de enorme pot van bijna achttienduizend kronen zouden kosten – klaver zes en klaver boer. Met een van die kaarten zou die arrogante jonge knul een straight flush hebben. De andere spelers waren bijna net zo gespannen en een van hen constateerde dat de jongen vier komma vijf procent kans had om een van de kaarten te krijgen die hij nodig had. De dealer sloeg twee keer met zijn handpalmen op de tafel en draaide de riverkaart om.

Anton sloot zijn ogen. Er ging een gekreun door de kamer. Hij keek naar zijn jeugdvriend, die zachtjes zijn hoofd schudde en zijn blik neersloeg. Alsof hij zich schaamde. Anton verplaatste zijn blik naar de tafel.

Vier komma vijf procent was genoeg.

De klaver boer lag op de tafel naar hem te schamperen. Zijn hele lichaam werd eerst ijskoud, en toen bloedheet. De kamer draaide. Een misselijk gevoel kwam uit zijn maag omhoog, helemaal tot in zijn keel.

'Pech, hoor, ouwe!' lachte de jongen en trok de fiches op de tafel met twee hebberige armen naar zich toe, terwijl hij steeds harder ging lachen. 'Ik was na die flop zo goed als favoriet. Daar ben je het toch zeker wel mee eens?'

Anton gaf geen antwoord. Hij had geen woorden meer over. Hij stond alleen maar met een lege blik naar de pot te staren die in een paar grote halen naar de ongenietbare snotaap verdween.

'Je zit er toch niet mee? Dat je heb je als je gokt. Soms win je en soms verlies je, zoals nu. Wie speelt moet tegen z'n verlies kunnen!' lachte de jongen ruw.

3

Dinsdag 9 juni
New York City

Vincent Giordano veegde de resten van het scheerschuim af en kamde zijn haar naar achteren. Zijn zwarte manen zagen er nog net zo fraai uit als vijftig jaar geleden. Als je iemands leven op basis van zijn haar moest inschatten, dan zou je denken dat hij in al zijn achtenzestig jaar nooit iets had gehad om zich druk over te maken.

Erg veel verder kon je er niet naast zitten.

Hij bleef nog even staan om zichzelf in de spiegel te bekijken. Streek met zijn hand over zijn pasgeschoren gezicht. Daarna liet hij zijn wijsvinger langzaam omlaag glijden langs het litteken over zijn kaak. Hoe pasgeschoren zijn gezicht ook was, hij was niet jong meer. Hij werd niet meer nagekeken door vrouwen van alle leeftijden. Daar zat hij niet mee. Over het geheel genomen niet. De lust in vrouwen was hem vergaan sinds de dag dat zijn Sofia aan kanker was gestorven.

Ook al was ze er nooit tegen hem over begonnen, ze wist best dat hij tijdens hun dertig jaar durende huwelijk diverse affaires had gehad. Ze had hem er nooit mee geconfronteerd. Nooit laten blijken dat ze het wist. Ze had zelfs niet de minste toespeling gemaakt. Vincent was de man met wie ze was getrouwd, en er was geen sprake van dat ze hem zou verlaten; een huwelijk was voor het leven. Ze had er een zekere troost uit geput dat ze niet de enige was die de rol van bedrogen echtgenote vervulde. Alle echtgenotes in haar vriendenkring verging het al net zo – leugen en bedrog was alles wat de klok sloeg. Toch woog de liefde die ze voor Vincent voelde zwaarder dan het breken van de gelofte van eeuwige trouw. Zelfs op haar sterfbed had ze niet om uitleg of enigerlei vorm van verontschuldiging gevraagd. En toen het te laat was, had Vincent er spijt van gehad dat hij er nooit een had gegeven. Een gefluisterd 'sorry' zou genoeg zijn geweest om van haar vergiffenis te krijgen. Daar was hij van overtuigd. Pas toen ze voor de laatste keer haar ogen had gesloten, had hij ingezien hoe grondig hij als echtgenoot mislukt was. Dat hij eigenlijk nooit behoefte had gehad aan al die andere vrouwen – die hadden alleen maar bij zijn levensstijl gehoord.

Op een warme junidag in 1999 was ze verdwenen. Zijn intelligente, hartelijke, mooie Sofia. Dat was nu tien jaar geleden. De tijd ging snel. Te snel. Er verstreek geen dag waarop hij zich niet afvroeg of dit zijn straf was. Dat zijn geliefde Sofia hem zo snel en wreed was afgenomen als straf voor zijn wandaden. De wandaden waar hij een heel leven lang mee was weggekomen. Kon God werkelijk zo kwaadaardig zijn? Jazeker. God had wel ergere dingen gedaan en laten gebeuren.

Nauwelijks twee weken nadat Sofia was begraven, had hij de majesteitelijke villa op Staten Island waarin ze sinds het einde van de jaren zestig hadden gewoond, verkocht. Hij had hem volledig gemeubileerd aan een oude vriend en zijn vrouw verkocht – *alles* moest weg. Hij had er veel waarde aan gehecht dat het niet bij vreemden terechtkwam, en in de maanden daarop was hij regelmatig op bezoek geweest vanwege de herinneringen. Zich een dergelijke zelfkwelling opleggen, zo had hij het gevoel, was wel het minste wat hij kon doen. Dat had hij verdiend.

Anderhalf jaar na Sofia's overlijden had hun enige kind, Connie, een zoon ter wereld gebracht. Angelo werd zijn nieuwe oogappel, en zijn levensvreugde kwam terug zodra hij bij het jochie in de buurt was.

Het kleine driekamerappartement op de hoek van Union Street en 8th Avenue midden in Brooklyn was spaarzaam gemeubileerd met een eenvoudige leren bank, een leunstoel en een tafel. Een televisie had hij pas aangeschaft toen Angelo zo groot was dat hij iedere maand een paar nachten bij hem logeerde; hij was nooit erg enthousiast geweest over alle rotzooi die er werd uitgezonden. Een enkele keer had hij wel eens samen met Sofia naar het nieuws gekeken, maar hij gaf de voorkeur aan de krant. Zelfs nu stond de televisie alleen maar aan wanneer Angelo op bezoek was, en dan maakte het niet veel uit wat voor programma er was. Vincent vond het alleen al prachtig om te zien hoezeer Angelo erin opging, of er nu een oude western of een hysterische Japanse tekenfilm werd uitgezonden.

Het was al na tienen. Hij trok een grijs colbertje met zwarte strepen aan, een bijpassende broek en een wit overhemd waarvan hij de kraag open liet staan. Hij haastte zich 8th Avenue op, naar 'Bobby's', waar hij de laatste tien jaar bijna iedere dag had ontbeten, geluncht en gedineerd.

Terwijl hij naar binnen ging, knikte hij beleefd tegen een onbekende man van zijn eigen leeftijd voordat hij verder het restaurant in liep. Al had de eigenaar van 'Bobby's', Bobby Parvati, zijn deuren nog maar net geopend, het zat al meer dan halfvol met bezoekers. Mensen van allerlei slag stroomden toe om zich van een portie van zijn beroemde omelet pesto te verzekeren. Kunstenaars, studenten, werklozen, politiemensen en zelfs de voorzitter van het Huis van Afgevaardigden aten er meerdere keren per maand. Hij ging aan het tafeltje helemaal in de hoek zitten. Het enige tafeltje dat het hele jaar door gereserveerd was. Dat wist iedereen, maar toch liet Bobby het kaartje van wit laminaat met de tekst 'Gereserveerd voor signor Giordano' altijd staan. Dat zou kunnen betekenen dat hij een vriend was, of een heel goede klant, maar het kon ook gewoon uit respect zijn. Vincent hoopte altijd dat het eerste het geval was. Als het 's avonds laat werd en Bobby niet meer zo veel te doen had, zaten ze vaak na sluitingstijd nog lang met elkaar te praten. Voor Vincent was Bobby zijn enige vriend buiten de *familie*.

'Vincent!' Bobby kwam op zijn tafeltje af lopen. 'We hebben je gisteravond gemist,' zei hij, terwijl hij tegenover Vincent ging zitten.

'Bobby.' Hij glimlachte. 'Ik had Angelo gisteren de hele dag bij me. Het werd een latertje.'

'Hij wordt groot. Leuke jongen. Hij lijkt op zijn grootvader.'

'Hopelijk niet zo heel erg,' antwoordde Vincent met een ernstige ondertoon in zijn stem.

'Hoe staat het leven? Nog nieuws?' Bobby vouwde zijn handen op de tafel.

'Geen nieuws. En zoals ze zeggen: geen bericht, goed bericht.'

'Dat is een ding dat zeker is. Wat kan ik je brengen?'

'Worstjes, paprika en een kleine omelet.'

'Komt voor elkaar.' Bobby stond op en liep naar de keuken.

'Bobby,' zei Vincent op gedecideerde toon.

Bobby keerde zich om en glimlachte onzeker. 'Ja, Vincent?'

'Kan ik je na het eten even spreken?'

Bobby merkte dat hij het koud kreeg. Dat hij na de maaltijd een praatje met Vincent maakte, was heel gewoon. Dat ze tijdens het eten praatten, kwam ook wel voor, maar dat Vincent hem te spreken vroeg was hoogst ongebruikelijk.

'Ja, natuurlijk,' antwoordde Bobby. Hij wist niet te verbergen dat hij ervan uit zijn doen raakte. 'Is er iets...'

'Nee, je hoeft er niets achter te zoeken. Neem straks ook een kop koffie voor jezelf mee.' Hij wierp Bobby een hartelijke glimlach toe.

'Prima, oké,' zei Bobby opgelucht. 'Een dubbele espresso?'

'Ja, graag.'

Vincent liet zijn blik vallen op een man in pak die in het gezelschap verkeerde van een aktetas, een stapel paperassen, een sandwich en koffie. Dat moest een advocaat zijn die zich op de rechtszittingen van vandaag voorbereidde. Hij zag er eerder druk bezet dan gelukkig uit. Bestonden er gelukkige advocaten? Vincent betwijfelde het. Alsmaar andermans gevechten moeten uitvechten, zaken moeten winnen. Nee, zo'n leven was niets voor hem. Hij misgunde de man noch zijn aktetas, noch zijn saaie A4-bestaan.

Bij de muur, het verst bij Vincent vandaan, zat een jong stelletje liefdevol elkaars handen te aaien, terwijl ze in dezelfde krant op het tafeltje voor hen lazen. Hij bekeek hen met een glimlach. Het jonge meisje keek op – alsof ze voelde dat ze werd geobserveerd – en hun blikken ontmoetten elkaar. Ze glimlachte verlegen en keek naar haar vriendje, dat te zeer in zijn lectuur opging om te merken dat ze een kleur had gekregen. Toen begon ze weer met hem mee te lezen.

Aan het tafeltje naast dat van Vincent zaten twee politieagenten in uniform. Een jonge aspirant en een oude rot. Ze hadden het over de baseballwedstrijd van die avond: de New York Yankees tegen de Boston Red Sox. Voor de baseballfans in de stad was een treffen met de Red Sox altijd je reinste botsing, en het was extra prettig om te winnen. Zelf zou hij later deze middag Angelo ophalen. Ze zouden naar de Bronx rijden om samen naar de wedstrijd te kijken. Hij nam Angelo mee naar alle thuiswedstrijden van de Yankees. Dat deed hij al sinds de jongen vier was, iets wat zowel Angelo als zijn ouders geweldig vonden. Zelf was Vincent nooit zo in baseball geïnteresseerd geweest. Hij kon zich eigenlijk om geen enkele vorm van sport erg druk maken, maar hij mocht het joch graag verwennen en oude verhalen vertellen van toen hij net zo oud was als Angelo nu. Het samenzijn met Angelo was wat hem de laatste jaren op de been hield.

De aspirant aan het tafeltje naast hem stootte zijn koffiekop om, zodat de inhoud over tafel en op de grond liep. 'Wel verdomme,' snauwde hij.

'Kalm aan. Gewoon opvegen,' zei zijn collega rustig en nam een slokje uit zijn eigen kop.

'De servetten zijn op,' antwoordde de jonge agent nonchalant.

Hij was duidelijk niet van plan de boel op te vegen.

Vincent pakte de servetten van zijn eigen tafeltje en boog zich naar de aspirant toe. 'Hier, Bobby heeft wel andere dingen te doen dan jouw rotzooi opruimen. Bovendien zit ik niet graag in zo'n zwijnenstal te eten.'

De aspirant was verrast toen Vincent dat zo onomwonden zei. Even verschenen er rimpels op zijn voorhoofd, toen fronste hij zijn wenkbrauwen. Een mislukte poging om streng te kijken.

'Veeg nou maar op, joh,' zei zijn collega voordat de aspirant iets kon zeggen, en hij knikte tegen Vincent, die nauwelijks merkbaar terugknikte.

'Heeft het gesmaakt?' vroeg Bobby, terwijl hij ging zitten.

'Fantastisch. Je hebt jezelf vandaag werkelijk overtroffen. Als het erbij had gekund, zou ik nog een bord hebben besteld.'

‘Ik heb alleen maar de worstjes en de paprika gebakken. Mijn vrouw zorgt voor de omelet – onder ons gezegd en gezwegen,’ zei Bobby, en hij knipoogde. ‘Maar... wat wilde je met me bespreken? Je zei dat ik er niets achter hoefde te zoeken, maar zo makkelijk is dat niet. Ik kreeg de indruk dat het om iets...’ Bobby keek om zich heen op zoek naar het juiste woord, ‘speciaals ging.’

‘Zo speciaal is het niet. Ik wilde je alleen maar om een dienst vragen. Dezelfde dienst waar ik je bijna zes jaar geleden ook al om gevraagd heb.’ Vincent stak zijn hand in de binnenzak van zijn colbertje, haalde er een klein, rood sleuteltje uit en legde dat op tafel. ‘Weet je nog?’

‘Ja... ik weet het nog,’ zei Bobby, en hij perste zijn lippen op elkaar.

Hij vond het jammer dat Vincent hierom vroeg, maar tegelijkertijd was hij blij dat het niet iets anders was. Wat dat andere zou kunnen zijn, daar had hij geen idee van. Maar hij was er zeker van dat het heel wat erger had kunnen zijn.

‘Mooi zo. Ik moet ervandoor. Nog het een en ander doen voor ik Angelo vanmiddag ga afhalen. We zien elkaar over een week.’

Toen Vincent vertrokken was, bleef Bobby nog een tijd lang met het sleuteltje in zijn hand zitten. De angst die hij eerder had gevoeld was terug, in verhevigde mate. De vorige keer dat Vincent om diezelfde dienst had gevraagd, stond hem nog maar al te goed voor de geest. Toen was hij twee weken weggebleven, en dat waren de ergste veertien dagen van Bobby’s leven geweest. Hij had weinig geslapen en nog minder gegeten. Het enige waar hij geen tekort aan had gehad, was angst.

Na de wedstrijd, die de Yankees met een ruime marge wonnen, ging het naar een ijssalon in Manhattan. Met een hoorntje met twee bolletjes chocolade-ijs en een kop koffie voor hemzelf gingen ze aan een van de lege tafeltjes aan het raam zitten. Daar zaten ze lange tijd zonder een woord te zeggen. Hij genoot van het ogenblik. Dit is het ware leven, dacht hij, terwijl hij met een glimlach toekeek hoe Angelo zich op het ijs stortte. Zijn relatie met Angelo was veel beter dan die met zijn eigen dochter ooit was geweest. Niet dat het haar ooit aan de liefde van haar ouders had ontbroken, maar vader en dochter hadden elkaar nooit erg na gestaan. Voor Vincent was Angelo zo'n beetje de zoon die hij nooit had gehad. Vooral omdat hij zoveel van zichzelf in het jochie herkende. Bobby had gelijk als hij zei dat ze op elkaar leken. Niet alleen qua uiterlijk, maar ook wat hun gedrag betrof. Angelo was een rustige jongen die nooit erg de aandacht trok – precies zoals hij zelf in zijn kinderjaren was geweest.

'Kan je het nou vertellen, opa?' vroeg Angelo, terwijl hij met de mouw van zijn shirt zijn mond afveegde.

'Wat vertellen?'

'Dat natuurlijk!' Angelo sprong van zijn stoel en boog zich over de tafel heen met zijn dunne wijsvingertje op het gezicht van zijn grootvader gericht. Op het moment dat de vinger diens kin raakte, ging hij even snel weer zitten als hij was opgestaan. 'Je wond.'

'Litteken. Het is al jaren geen wond meer.'

'Maar kan je het nou vertellen! Dat heb je beloofd!'

'Ik vertel het je als je groot bent, knul.' Zijn stem was zacht en hij glimlachte zijn nieuwsgierige kleinzoon begrijpend toe.

Het litteken, dat mettertijd vager was geworden, liep van zijn linker oorlel over zijn kaak naar het midden van zijn kin. Hoe hij eraan kwam was het onderwerp van minstens evenveel verhalen als er jaren waren verstreken sinds hij het had opgelopen. Nauwelijks een handjevol personen kende het ware verhaal, en daarvan waren er nog maar twee in leven.

'Maar ik ben nu groot,' hernam Angelo.

'Ja, maar niet groot genoeg. Wil je meer ijs?'

'Mag ik?' Angelo keek zijn grootvader met blije, ronde ogen aan.

Na nog een hoorntje met twee bolletjes chocolade-ijs reden ze weg in Vincents auto en zetten koers naar Fort Hamilton, waar Connie en haar man op hun zoon wachtten. Onderweg vertelde Vincent dat hij op vakantie naar Noorwegen ging, en dat dat hun kleine geheimpje moest blijven. Dat hij dat tegen niemand mocht zeggen. Vooral niet tegen zijn moeder, want die zou dan dodelijk ongerust worden. Angelo sloeg met zijn wijsvinger een kruisje op zijn hals en zwoer dat niemand erachter zou komen.

Vincent vertelde Angelo van het kleine land in Noord-Europa, en het jochie was vreselijk nieuwsgierig naar wat zijn opa zo ver weg ging doen. 'Ik ga op bezoek bij een oude vriend,' zei hij, waarmee hij Angelo's nieuwsgierigheid bijna tien seconden lang bevredigde.

'Bij wie dan?'

'De Kerstman,' antwoordde hij met een schalkse glimlach.

Angelo lachte. 'Die bestaat niet!'

'Weet je dat zeker? Ik heb gehoord dat hij in Noorwegen woont.'

'Ja, vast!' lachte Angelo, licht twijfelend, want misschien was het toch wel waar wat opa zei.

Connie zat met een kopje thee op het terras toen haar vader en haar zoon de oprit opreden. Ze zwaaide naar hen voordat ze op een drafje de trap af liep. Angelo stormde vanuit de auto op haar af.

‘Hallo,’ zei ze met een glimlach.

Angelo sloeg zijn armen om zijn grootvader heen voor hij het trapje op en het huis in rende. Connie streek haar vader voorzichtig over zijn wang met haar vingers.

‘Je ziet er afgepeigerd uit, papa.’

‘Maak je geen zorgen. Ik heb alleen maar een lange dag achter de rug.’

Hij had erover getwijfeld of hij tegen haar zou zeggen dat hij de stad uit moest. Vroeger had hij onaangekondigd op reis kunnen gaan en wekenlang weg kunnen blijven zonder dat iemand zich zorgen maakte. Na Sofia’s dood was hij het op alle fronten een stuk kalmer aan gaan doen. Hij had er geen zin meer in en financieel gezien had hij twintig jaar geleden al met pensioen kunnen gaan. Maar in zijn branche kon je nu eenmaal niet met pensioen; de eed die hij had afgelegd, was voor het leven.

Toen Connie haar moeder had verloren, had ze in zekere zin een nieuwe vader gekregen. Een die betrokkenheid toonde. Hij had het gevoel dat ze het recht had om te weten dat hij op reis ging, anders zou ze ’s nachts ongerust wakker liggen.

‘Zeg,’ zei hij, en hij laste een korte pauze in. ‘Ik ga een weekje de stad uit. Ik moet iets afhandelen.’

‘Papa,’ zei ze, en keek hem met een treurige blik aan. ‘Wat ga je doen? Waar?’ Haar stem ging een paar tonen omhoog. ‘*Zaken?*’

‘Meisjelief, stel nou alsjeblieft geen vragen. Je weet toch wel beter? Ik wil alleen maar dat je op de hoogte bent, zodat je me niet door de politie laat opsporen als je me niet thuis aantreft,’ zei hij, en hij glimlachte plagerig.

4

Donderdag 11 juni
Oslo

Het was warm. Onder zijn colbertje voelde hoofdinspecteur Anton Brekke zijn overhemd tegen zijn rug plakken. Hij had het colbertje moeten uitdoen voordat hij het college voor de eerste groep hield. Nu was het te laat; hij was al bijna klaar met groep nummer twee.

Voor het vierde jaar op rij was hij bij Kripos, de organisatie voor de bestrijding van zware criminaliteit, op bezoek om de eerstejaarsstudenten aan de politieacademie van Oslo een college over de georganiseerde misdaad te geven. In zes uur tijd had hij de studenten een beknopte maar grondige inleiding in het onderwerp gegeven. Hij had verteld hoe onbekend het begrip 'georganiseerde misdaad' nog maar een paar decennia geleden in het kleine, veilige Noorwegen was geweest, en dat de politie zich tegenwoordig voor grote uitdagingen gesteld zag. Vooral op het punt van drugssmokkel en mensenhandel.

Anton goot de resterende inhoud van zijn waterglas naar binnen en deed twee stappen naar de toehoorders toe. Hij haalde zijn vochtige hand over zijn natte voorhoofd en liet zijn blik over de studenten gaan. Ze hadden ieder plaatje op het scherm en iedere formulering die uit zijn mond kwam met nieuwsgierige ogen en gespitste oren gevolgd. Om er zeker van te zijn dat hij onmiddellijk hun aandacht had, had hij het college zoals gewoonlijk ingeleid met een verhaal over de georganiseerde misdaad buiten de grenzen van Noorwegen. Hoe machtig de Italiaanse maffia in de VS had kunnen worden voordat de overheid het bestaan ervan zelfs maar had willen toegeven. Dat ze veertig jaar lang de ruimte hadden gekregen om te doen wat ze wilden. Dat verscheidene presidentsverkiezingen in het midden van de twintigste eeuw niet democratisch waren geweest maar waren georganiseerd door de Italiaanse maffia – de Cosa Nostra. Hij besteedde alleen al twintig minuten aan de verkiezing van de legendarische John F. Kennedy, tot op heden de meest corrupte verkiezing in de Amerikaanse geschiedenis. Maar pas toen hij de werkelijkheid met diverse Hollywoodproducties vergeleek gingen de handen omhoog en begonnen de studenten mee te doen.

Het hele college lang had een roodharige jongeman met zeiloren op de eerste rij idiote vragen gesteld in de hoop de hoofdinspecteur van zijn stuk te brengen en onder zijn medestudenten misschien wat lachers op zijn hand te brengen.

Dat lukte hem allebei niet. Hij had iets bekends over zich en zodra de jongeman zijn mond opende, kreeg Anton bijna een gevoel van déjà vu.

Ten slotte vertelde hij over de grootste uitdaging waar de Noorse politie vandaag de dag voor stond – de verschillende criminele groeperingen uit Oost-Europa, met name de Balkan. Anton benadrukte dat hij ze geen maffia wilde noemen. Dat begrip werd te vaak door de media misbruikt om vette koppen te creëren. Maffia was een Italiaans woord, een begrip dat zijn oorsprong had op Sicilië, en volgens Anton mocht het alleen maar gebruikt worden als het om georganiseerde criminele bendes ging die uit Italianen bestonden.

Anton vroeg of iemand het licht aan wilde doen en ging op de tafel zitten. ‘Vragen?’

Een meisje op de vierde rij stak haar hand op. Hij keek haar aan en knikte.

'Waarom vind je het zo erg als de media en de mensen "maffia" zeggen tegen de georganiseerde criminele groeperingen die we hier in Noorwegen hebben? Die term zorgt er toch voor dat de gewone man meteen doorheeft om wat voor mensen het gaat?'

'Om wat voor mensen gaat het dan?'

Het bleef even stil. Toen antwoordde ze: 'Rotzakken. Georganiseerde rotzakken.'

'Het gaat er niet om dat het zo erg is, het klopt gewoon niet. De criminele groeperingen die we hier in Noorwegen hebben, staan een heel eind van de oorspronkelijke maffia af. De maffia – de Cosa Nostra – is heel anders gestructureerd en heeft heel andere regels. Ze hebben eigen erecodes, en ik zou haast zeggen dat ze inderdaad eergevoel hebben, zij het van een heel speciaal soort. We moeten niet vergeten dat de Italiaanse maffia in de VS wortels heeft die teruggaan tot Sicilië, waar het een paar honderd jaar geleden allemaal is begonnen. De Oost-Europese *maffia*, de Afrikaanse *maffia*, enzovoorts, dat is geen maffia. Dat zijn criminele benden. Ze beschikken niet over de macht en invloed die de Italiaanse maffia in Italië en de VS heeft verworven, en die zullen ze ook nooit krijgen.' Terwijl hij zijn waterglas bijvulde, vervolgde Anton: 'Want wat de maffia voor elkaar heeft gekregen, dat is toch wel indrukwekkend. Ook al zit ik bij de politie, ik geef zonder meer toe dat ik de maffia fascinerend vind. Dat is altijd al zo geweest, al sinds ik een kleine jongen was. Maar het zijn nog altijd schoften. Ik verdedig niet wat ze doen, maar dát is nu juist wat me fascineert – ze zijn het beste in wat ze doen. Criminaliteit op het allerhoogste niveau!' Hij werd geestdriftig en merkte dat hij wat moest dimmen. 'Zoals jullie allemaal merken, heb ik een meer dan gemiddelde belangstelling voor het onderwerp.' Hij glimlachte. 'Maar vette koppen verkopen goed en de media zullen echt niet ophouden met de term *maffia* voor alle georganiseerde misdaad te gebruiken, ook al is dat niet correct. Ik hoop dat ik daarmee je vraag heb beantwoord?'

Glimlachend knikte het jonge meisje.

Anton zag dat de roodharige student zijn arm al een paar tellen opgestoken hield, maar hij wilde een paar anderen die misschien serieuze vragen hadden eerst aan de beurt laten. Hij knikte tegen een uit de kluiten gewassen vent op de elfde rij.

'Dus je denkt niet dat Noorwegen even grote problemen kan krijgen met de benden hier in het land als de VS en Italië met de maffia hebben gehad?'

'Nee. Dat gebeurt niet. Nooit. Daarvoor is het toch wel aan de late kant. Het is best denkbaar dat de maffia zich in Noorwegen wil doen gelden. Bijvoorbeeld op de prostitutie- en de drugsmarkt. Er doen wat geruchten de ronde dat ze er al zijn, maar dat zijn zoals gezegd geruchten. Dat iemand hier zo groot zal worden als de Cosa Nostra in de VS en Italië kon worden, is niet waarschijnlijk. De maffia heeft zich in de ruggengraat van de VS genesteld toen het land op zijn kwetsbaarst was, in de moeilijke jaren dertig, en iets dergelijks zal geen enkele overheid in een westers land nog eens laten gebeuren. Dat criminelen een dergelijke macht krijgen, bedoel ik.'

'Hoe zit het met *Murder Inc.*? Denk je dat zoiets ook in Noorwegen bestaat?' vroeg de roodharige student zonder dat hij het woord had gekregen.

Anton zuchtte. Er zat ieder jaar wel zo'n student tussen. Iemand die altijd de aandacht moest trekken. Altijd idiote vragen moest stellen. 'Clown van de klas' dekte de lading niet eens. Dit was ongetwijfeld de clown van zijn hele jaargang. Het dikke, rode haar had hij al, nu de rode neus nog.

Murder Inc. was de naam die Amerikaanse media hadden gegeven aan een bende, bestaande uit koelbloedige Italiaanse en Joodse gangsters, die van 1920 tot 1940 namens de maffia overal in de VS moorden had gepleegd. Een enkele zoekopdracht op Google leverde honderdduizenden hits op. Erg relevant voor wat Anton zojuist had doorgenomen, was het niet.

Eén van de drie aanwezige docenten was duidelijk onaangenaam getroffen. Hij wierp Anton een verontschuldigend lachje toe en schudde zijn hoofd.

'Nee, dat denk ik niet. Heb je de hele nacht zitten googelen? Als je nog meer niet-relevante vragen wilt stellen, doe dat dan nu meteen,' zei Anton moedeloos.

Het hele auditorium schalde van het gelach van de bezeker tweehonderd studenten. De roodharige trok bedremmeld zijn wenkbrauwen op voor hij zijn blik neersloeg naar de grond en daarnaar bleef kijken tot het college voorbij was.

Zijn poging om indruk te maken had zijn doel voorbijgeschoten.

Toen Anton zijn spullen bij elkaar pakte, kwam de docent met het verontschuldigende lachje naar hem toe.

'Wat een type, hè,' zei hij grijnzend. 'Die enthousiasteling op de eerste rij.'

'Ja, nou. Hij had iets bekends, maar ik kan zijn gezicht niet helemaal plaatsen.'

'Ik had precies hetzelfde toen ik hem voor het eerst zag. Maar toen hij zich voorstelde, vielen de puzzelstukjes vrij snel op hun plaats.'

'Hoe bedoel je?' vroeg Anton nieuwsgierig.

'Erik Lange.' De docent glimlachte sluw. 'Gaat er al een belletje rinkelen? Ik bedoel, jullie zaten toch in hetzelfde jaar?'

'Dikke vrinden. Heeft díe een volwassen zoon?'

'Nee hoor, 't is zijn kleine broertje.'

Erik Lange was de student geweest die de wapeninstructeur op de schietbaan wel eens zou leren hoe je een wapen vasthield, laadde, mikte en afschoot. Hij was degene geweest die in het weekend, als ze vrij hadden van de opleiding, zijn politie-uniform aantrok en een rondje door de straten van Oslo liep. Tegen alle verwachtingen in was hij voor zijn examen geslaagd, en het gerucht wilde dat hij zelfs een baantje had gekregen.

Maar het ergste van alles, zelfs al was dat nooit bevestigd, waren de geruchten dat Erik Lange een zwak voor meisjes had. Kleine meisjes, wel te verstaan.

'Juist, ja,' zei Anton kortaf. Hij ruimde de miniatuurchaos van papieren en illustraties op de tafel op. 'Is ie net zo erg als Erik?'

De leraar lachte. 'Je mag gerust vaker komen, altijd leuk om je te zien. We spreken elkaar nog, Anton.'

Hij glimlachte en knikte de docent toe, waarna hij de rest van zijn rugzak inpakte en snel het gebouw door en de parkeerplaats op liep. Eenmaal goed en wel bij zijn auto trok hij eindelijk zijn colbertje uit en zette de airconditioning op 16 graden. Hij boog zich naar voren en leunde tegen het stuur om te voelen hoe de koude lucht zijn natte rug koelde. Eigenlijk moest hij een ander overhemd aantrekken. Hij keek op zijn horloge. Dat moest maar wachten; het paardenrennen op Bjerke begon over twintig minuten.

5

Vrijdag 12 juni
Fredrikstad

Vanuit het bovenste appartement aan de Vesterelven op Kråkerøy had Wilhelm Martiniussen uitzicht over de rivierpromenade en de huisdaken in het centrum van Fredrikstad. Juist dat panoramische uitzicht had hem er een paar maanden geleden toe gebracht, die miljoenen kronen voor het appartement op te hoesten. Zijn oude villa stond nu al bijna zes maanden te koop en de gladde makelaar die hij in de arm had genomen, had al voorgesteld de prijs te laten zakken. Maar Wilhelm was niet van plan het oude droomhuis dat hij zelf mede had ontworpen ook maar één kroon onder de taxatieprijs van de hand te doen. Dan hield hij het liever zelf.

Hij deed het licht uit, zodat het donker werd in het appartement. Pakte de verrekijker bij het raam op en liet zijn blik rusten op de etende en drinkende mensen beneden op de promenade. Hij keek op de klok. Vijf voor tien. Zijn behoefte om een luchtje te scheppen werd met het uur groter. Hij kon niet eeuwig in die glazen vesting blijven zitten – hij was al vierentwintig uur het appartement niet uit geweest. Dat trok hij domweg niet. Een journalist bij de plaatselijke krant had gezien dat al zijn auto's te koop stonden en had vervolgens ontdekt dat Wilhelm op het openbaar vervoer overgegaan was. Dat had erin geresulteerd dat ze twee dagen daarvoor een foto van een glimlachende Wilhelm op de voorpagina hadden gezet met het bijschrift: WILHELM MARTINIUSSEN NEEMT DE BUS, plus twee volle pagina's waarin de man zijn visie op het milieubeleid gaf.

Vanuit Wilhelms oogpunt was het heel eenvoudig: hij was van de auto op de bus overgestapt om het milieu te sparen. Veel meer wilde hij eigenlijk niet over de zaak kwijt, afgezien van een aanbeveling aan het adres van iedereen voor wie dat mogelijk was om hetzelfde te doen. Daarop volgde de ene kolom na de andere met ouderwets gedegen journalistieke oprispingen. Tot slot werd er een uitspraak van hem aangehaald: 'Ik had per helikopter naar mijn werk kunnen gaan, maar ik ga liever met de bus!' Iets wat hij nooit had gezegd. Het had zelfs nooit bij hem op kunnen komen. Alleen hij en de journalist wisten dat dit 'citaat' niet van hem afkomstig was. Nu had de hele stad een nieuw beeld van de man die het doorgaans vermeed zich in de media te profileren.

Hij ging op het uiteinde van de bank zitten en legde een hand op Nora's voorhoofd. Ze voelde nog steeds warm aan. De koorts was in de loop van de nacht opgekomen, en een bezorgde Wilhelm had geprobeerd haar zover te krijgen dat ze naar de dokter ging, maar ze had gegrinnikt en beweerd dat het alleen maar griepsymptomen waren. Ze vond het lief van hem dat hij zich zorgen maakte.

Hij streek haar voorzichtig over haar hoofd en stopte haar plaid nog eens goed in voordat hij met de privélift naar beneden ging.

Op de loopbrug naar de rivierpromenade trof hij een jongeman met het syndroom van Down aan. Wilhelm had hem al diverse keren eerder voor het appartementencomplex gezien. Altijd met een camera aan een touw om zijn nek. Hij stond foto's te maken van de vogels en de rivier.

'Dat is nog eens een camera die je daar hebt,' zei Wilhelm met een glimlach.

'Ja nou!' antwoordde de jongeman, en zijn hele gezicht straalde. 'Een digitale!'

‘Wat fotografeer je?’

‘Van alles, maar vooral auto’s.’

‘Dus je houdt van auto’s?’

‘Ja nou! Maar papa zegt dat ik niet kan rijden, dus moet ik het maar doen met foto’s van auto’s sparen.’

‘Ik hou ook van auto’s,’ glimlachte Wilhelm. ‘Wat is jouw lievelingsauto?’

De jongeman dacht niet lang na voordat hij zei: ‘Een Lamborghini Gallardo!’

‘Ja, die is wel flitsend. Dat is ook mijn lievelingsauto.’

‘Spaar jij ook foto’s?’

‘Helaas niet.’ Hij bekeek de jongeman. Zijn eigen Gallardo stond in de garage van het appartementencomplex geparkeerd; er had zich nog geen koper gemeld. ‘Heb je wel eens in een Lamborghini gezeten?’

‘Nee, ik heb er alleen maar een foto van. Een hele slechte. Hij kwam zo snel aanrijden dat ik geen goeie foto kon nemen.’

Wilhelm draaide zich om en wees naar het bovenste appartement. ‘Ik woon daar. Als je een keer op een doordeweekse avond komt kunnen we een ritje naar Hvaler maken. Daar kun je net zoveel foto’s maken als je wilt. Dan nemen we er ook een paar van jou achter het stuur. Hoe denk je daar over?’

‘Echt waar?’ vroeg de jongeman. ‘Heb jij een *Lamborghini*?’

‘Zeker weten. Ik heet Wilhelm. Mijn naam staat op de bel. Maar het moet ons geheimpje blijven, oké?’

‘Dat beloof ik!’

Wilhelm liep verder de brug over. Een jongeman met een witte piratenbroek en een witte singlet aan, zijn potige armen bedekt met grote tatoeages, kwam zijn kant uit lopen. Toen hij de heer op leeftijd zag, bleef hij staan.

‘Hallo! Zeker te hard gereden?’ vroeg hij met een grijns alsof ze oude vrienden waren.

Wilhelm had de jongeman nog nooit gezien. Die was kennelijk niet verder gekomen dan de kop van het krantenartikel.

'Nee hoor, helemaal niet,' antwoordde hij glimlachend.

'Dan had je zeker wat op? Ik heb vroeger wel eens met een glaasje op gereden. Nooit gepakt, destijds. Maar wat ik zeggen wou, ik wil best als chauffeur bij je in dienst.'

'Tja,' lachte Wilhelm, 'die heb ik niet nodig. Je lijkt me trouwens toch geschikter als lijfwacht dan als chauffeur.' Hij deed een stapje naar voren om bij de beschonken spierbonk uit de buurt te komen.

'Heb je díe dan wel nodig? Ik wil best!' riep hij Wilhelm na, terwijl hij al schaduwboksend zijn armen kromde om zijn biceps te spannen.

Wilhelm draaide zich om, groette hem en wenste hem verder nog een fijne avond. Wat een type, dacht hij, terwijl hij bij zichzelf glimlachte.

Het was al na tienen toen hij aan een van de vrije tafeltjes op het terras van een pizzarestaurant ging zitten. Hij wist oogcontact te krijgen met een ober, stak zijn wijsvinger in de lucht en zei 'pils'. De ober, die het onmogelijk gehoord kon hebben, knikte bevestigend. Wilhelm keek naar het gezin dat vlak bij hem aan een grote ronde tafel zat. De twee jonge kinderen deden zich elk aan hun eigen bananensplit te goed, terwijl de ouders erover discussieerden of ze het zich konden veroorloven om op vakantie te gaan. De kinderen waren ruimschoots oud genoeg om te begrijpen waar ze het over hadden, maar het leek alsof het ze niet interesseerde; ze werden al genoeg in beslag genomen door het naar binnen werken van hun dessert.

Een gezin, dacht hij. Hij had nooit een langdurige, serieuze verhouding gehad. Soms had hij zich weliswaar eenzaam gevoeld, maar dat was de prijs van een levensstijl als de zijne. Hij had niet het idee gehad dat een gelukkig huwelijk te combineren was met alle tijd en energie die hij in zijn bedrijf wilde steken. Mardan was altijd op de eerste plaats gekomen. Dat was zijn kind. Hij was ervan uitgegaan dat hij als eenzame, rijke man zou sterven. En toen was zij opgedoken. Jawel, hij hield van haar, maar wat hij de laatste jaren het meest had gemist was niet een levenspartner. Dat waren kinderen. Volwassen kinderen. Een zoon en een dochter die met de kleinkinderen op bezoek kwamen. Kleinkinderen die hij kon verwennen.

Gelukkig was het nog niet te laat.

Hij speelde met de gedachte: hoe zou Nora reageren als hij een aanzoek deed? Zou ze ja zeggen? Was het te vroeg? Hij besloot, erachter te komen.

Hij dacht aan Bjørn Danielsen en diens vrouw Eva. Die waren al dertig jaar getrouwd. Wilhelm wist niet precies hoe gelukkig ze eigenlijk waren. Bjørn had al vier keer met zijn koffer bij hem op de trap gestaan en gezegd: 'Trouw alsjeblieft nooit!' Iedere keer was de ruzie over kinderen gegaan. Het was haar nooit gelukt zwanger te worden, waardoor ze zo nu en dan aan hevige stemmingswisselingen ten prooi was. Bjørn had jarenlang voorgesteld om te adopteren, maar daar kon geen sprake van zijn. Zij wilde geen kind van anderen bij zich opnemen om het als haar eigen kind op te voeden.

Wilhelm en Bjørn kenden elkaar al hun hele leven. Ze waren met drie weken verschil geboren, in dezelfde straat opgegroeid en vanaf hun kleuterjaren samen naar school gegaan totdat ze hun opleiding als petroleumingenieur hadden voltooid. Kortom, ze trokken al hun hele leven samen op, afgezien van de twee jaar dat Wilhelm in de VS had gewoond toen hij even in de twintig was. Aan het eind van de jaren zeventig hadden ze samen NV Mardan opgericht en zich gespecialiseerd binnen de aardolie-industrie.

Hij dronk zijn biertje op en bestelde er nog een. Totnogtoe had alleen die spierballenfiguur commentaar gegeven op het krantenartikel. Hij was opgelucht. Het zou typisch iets voor de inwoners van Fredrikstad zijn geweest om hatelijk tegen hem te doen nadat hij zo voor het voetlicht was getreden. En dat zou hij nog begrepen hebben ook – als het waar was geweest.

Een straatmuzikant, of gewoon iemand die te veel op had, liep op zijn dooie akkertje voorbij en probeerde een paar coupletten te zingen van *Help Me Make it Through the Night*. Bij een oudere man, die een paar tafeltjes bij Wilhelm vandaan in een blauwe brochure zat te lezen, bleef hij staan. Hij keek een paar tellen naar hem en schreeuwde toen plotseling: '*It's sad to be alone! Help me make it through the night!*' gevolgd door een paar akkoorden op zijn gitaar. De oudere man deed alsof hij hem niet hoorde of zag, al was dat allebei onmogelijk. Het hielp in elk geval wel; de man met de gitaar liep onder herhaling van het laatste couplet verder naar het volgende terras. Wilhelm wierp de man met de brochure een klein lachje toe. De ander glimlachte terug.

Teruggetrokken in zijn eigen wereld las Wilhelm voor de tweede keer de kleine menukaart door toen hij door een vrouwenstem werd onderbroken: 'Mister Milieu, jawel hoor.'

Hij keek op en zag twee jonge meisjes – een slank en een mollig – met diverse buttons op hun jasje en allebei een Palestijnensjaal om hun nek.

'Mogen we bij je gaan zitten?' vroeg de mollige.

'Zijn jullie journalisten?' vroeg Wilhelm glimlachend.

'Ha, ha! Nee, we zijn achttien,' zeiden ze in koor.

'Oké. Ga dan maar zitten.'

De twee meisjes riepen de ober, lieten hun legitimatie zien voordat erom werd gevraagd en bestelden allebei een biertje.

'Leuk artikel,' zei de slanke.

'Vind je?' antwoordde Wilhelm sarcastisch.

'Wij vonden het wel goed hoor, dat bij iemand zoals jij de ogen opengaan, dus. Jij bent per slot van rekening niet zomaar iemand.'

Martiniussen gaf geen antwoord.

'Maar Mardan is nou bepaald niet echt milieuvriendelijk, toch?' vroeg de mollige voorzichtig.

Slimme meid. dacht hij. Ze had gelijk. Groot gelijk.

'Nee... en ik zou jullie graag een hoop willen vertellen dat juist daar licht op werpt,' antwoordde hij, 'maar dat gaat niet. Niet nu. Jullie krijgen het ongetwijfeld eind volgende week te lezen. Nu moet ik zo langzamerhand weer eens op huis aan.'

'Nu al?' De slanke keek op haar horloge. 'Het is nog geen elf uur.'

'Zo'n ouwe man als ik moet op z'n tijd letten, snap je, anders functioneer ik niet.' Hij stak zijn handen in zijn zak en legde vijfhonderd kronen op tafel. 'Neem nog maar een pilsje.'

De meisjes bedankten hem en omhelsden allebei hun nieuwe vriend.

Hij had Nora nog geen uur geleden gezien, maar toch verheugde hij zich er al op om thuis te komen. Alleen maar om haar te zien. Haar geur op te snuiven.

De man die drie dagen op hem had gewacht, stond op en liep achter hem aan.

6

Frode Moen sloop over het oude parket. Hij begon inmiddels al aardig getraind te raken in het geluidloos door het grote huis bewegen. Als hij de draak in de slaapkamer wekte, brak de hel los. Hij stelde zich bijna in alle ernst voor dat de vrouw waar hij nu al jaren mee getrouwd was, vuur zou spugen als ze maar kwaad genoeg werd.

Hij trok zijn leren jasje en de stevige laarzen aan en zette de zwarte helm op. Stak de grote binnenplaats over om zijn motorfiets uit de garage te halen. Pas toen hij beneden bij de weg was, durfde hij de motor te starten.

Hij sloeg zijn helmvizier neer en spoot ervandoor over de smalle weg. Keek op de klok naast de snelheidsmeter. De tijd begon krap te worden. Zijn afspraak was over een paar minuten.

De kille avondlucht verkoelde zijn onbedekte nek. Van alle nutteloze en nuttige dingen die hij in de loop der jaren had aangeschaft, was de motorfiets het beste geweest. Niets gaf hem zo'n goed gevoel als wanneer het gevaarte in minder dan drie seconden van nul naar honderd optrok. Hij ging op de andere weghelft rijden en raasde een van de bezorgauto's van Peppes Pizza voorbij. Op het hoogste punt van de Fredrikstadbrug gaf de snelheidsmeter honderdvijftien kilometer per uur aan. Hij vertraagde tot zestig en scheerde de rotonde over in de richting van de St.-Croix-kruising, waar hij linksaf sloeg en verder reed richting Kråkerøy.

Nu kon hij het appartementencomplex zien.

Hij remde af en de motorfiets rolde een bushalte op. Hij staarde recht naar Wilhelms appartement. Daarbinnen was het donker. Hij kwam in de verleiding naar boven te gaan om hem op andere gedachten te brengen, maar dan zou die ouwe zak geëxplodeerd zijn. Het was nu te laat om nog iets te doen.

De keuze was gemaakt.

'Loop naar de hel,' zei Frode Moen in zijn helm en reed van de bushalte weg.

7

Wilhelm Martiniussen had de man niet opgemerkt. Die liep nu vier stappen achter hem.

Drie stappen.

De liftdeur ging open en Wilhelm ging naar binnen. Drukte op de bovenste knop en sloeg zijn portefeuille open om de sleutelkaart te zoeken waarmee hij de bovenste etage in kon. Hij had pas door dat hij niet alleen was toen hij de twee armen over zijn hoofd en langs zijn gezicht zag gaan. De strakke draad sneed in zijn hals. Hij was zo verrast dat hij tot niets in staat was. Hij voelde hoe het scherpe koord zijn hals dichtsnoerde. Toen kwam de paniek. Hij wrong zich opzij en in de pas schoongemaakte liftspiegel keek hij zijn eigen moordenaar in de ogen. Daarna keek hij zichzelf aan. Zijn ogen waren groot, leeg en wit en zagen eruit of ze elk moment uit zijn hoofd konden springen.

'Herken je me nu, smeerlap?' fluisterde de man.

Hij zou Nora geen huwelijksaanzoek meer doen, hij zou geen vader meer worden. De dood was gekomen. Nu zou het snel voorbij zijn. De moordenaar spande zich tot het uiterste in en liet zich samen met de stervende Wilhelm op de grond zakken, terwijl de draad steeds dieper in diens slanke hals sneed.

Toen de kleine lift op de bovenste verdieping tot stilstand kwam, vulde hij zich met de doordringende lucht van urine en ontlasting. De moordenaar liet het dode lichaam los, raapte de sleutelkaart van de vloer op en stak hem in de sleuf van het liftpaneel. De deur ging open. Hij keek recht in een woonkamer. Om te zorgen dat de lift niet naar beneden ging, trok hij het lichaam van de dode een halve meter naar voren, zodat het in de liftopening bleef liggen.

De hoge, witte rug van de sofa was het eerste wat hem opviel. Hij deed twee kleine stapjes de kamer in, bleef staan en keek om zich heen. Hij kon haar niet zien of horen. Ze had er horen te zijn. Ze had er *moeten* zijn.

De woonkamer was elegant maar spaarzaam gemeubileerd. De wanden waren kaal, op een enorm schilderij in verschillende kleuren na dat aan niets anders dan chaos deed denken. Vreselijk, dacht hij. Hij had nooit gevoel voor abstracte kunst gehad.

Snel maar zachtjes begon hij de rest van het appartement door te lopen. Hij sloop de wenteltrap naar de bovenverdieping op. Keek in alle kamers. Ze was nergens. Meer dan een haarborstel in een van de badkamers vond hij niet. Hij vloekte bij zichzelf. Nu zou hij de lift schoon moeten maken en het lijk verstoppen, zodat dat niet het eerste zou zijn wat ze zag als ze thuiskwam. Daarna moest hij wachten. Ze kon niet ver weg zijn.

Hij plakte tape over de sensoren in de lift om te voorkomen dat de deur dicht zou gaan, terwijl hij het lichaam van de dode verplaatste. Hij zocht om zich heen naar een geschikte plaats om het lijk neer te leggen. Zijn blik viel weer op de hoge rug van de bank. Hij greep de slappe benen en sleepte hem over de vloer. Een buffet langs, om de bank heen en het tapijt op. De kleine bons waarmee Wilhelms schoen het tapijt trof, zorgde ervoor dat de vrouw op de bank zich omdraaide.

Hij had haar over het hoofd gezien.

Met gebogen rug en gekromde knieën liep hij zachtjes op de slapende vrouw af. De plaid die Wilhelm een uur daarvoor over haar heen had gelegd, lag op de grond. Ze droeg alleen ondergoed. Hij kon haar hoge lichaamstemperatuur al voelen als hij alleen maar zijn handen boven haar naakte huid hield.

In het donker was het rossige haar donker. Ze kon nauwelijks dertig zijn. Weinig meer dan een kind, dacht hij. Voorzichtig legde hij de rug van zijn hand op haar warme voorhoofd. Koorts. Ze kreunde even. Nog steeds niet wakker, maar genoeg bij haar positieven om de aanraking te merken. Hij bleef naar haar staan kijken, heel goed wetend dat hij moest afmaken waarvoor hij gekomen was. Hij draaide zich om en keek naar het lichaam van Wilhelm Martiniussen op het dikke, witte tapijt dat de bank en de salontafel omkranste.

Hij keek weer naar de vrouw. Schoof zijn vingers in elkaar, zodat zijn handschoenen strak kwamen te zitten. Legde zijn handen voorzichtig om haar hals.

8

Zondag 11 november 1962
New York City

Buiten het raam daalde de sneeuw neer.

Gisteravond hadden de weermannen gemeld dat de sneeuw pas laat in de middag zou afnemen. Een waarschuwing die doorgaans ten koste ging van zijn humeur. Maar vandaag niet.

De twintigjarige Vincent Giordano lag in zijn bed van zijn wekker naar het raam te kijken. Dat deed hij nu al bijna twintig minuten. Hij had jaren naar deze dag uitgekeken, en nu het eindelijk zover was, wisselden gevoelens van opwinding en angst elkaar af in zijn maag. Hij was vannacht zo onrustig geweest dat hij tot drie keer toe naar de wc was geweest, en zo'n reactie was niets voor hem. Tegelijkertijd kon hij het maar niet laten om te glimlachen, al was wat hem wachtte meer dan alleen maar plechtig – het was heilig. En het bracht een grondige verandering met zich mee.

Hij zag er vooral naar uit zijn kleine flatje te verwisselen voor iets wat bij zijn nieuwe levensstijl paste. Al te grote eisen stelde hij niet, maar het moest wel goed geïsoleerd zijn. Het volgende punt op zijn lijst was dat er een balkonnetje aan moest zitten. Hij was het zat zijn koffie aan de kleine, vierkante keukentafel te drinken in een ruimte die 's zomers verstikkend heet en 's winters ijskoud was. Het derde en laatste punt op de lijst was een auto. Een Cadillac. Zwart.

Hij schrok niet op toen zijn wekker met een schril geluid overging. Hij drukte op de knop en schoof zijn bed uit. Na een lange, warme douche trok hij de kleren aan die hij de avond daarvoor had klaargelegd: een zwart pak, een zwarte winterjas en een paar nette zwarte schoenen. Hij had alles de vorige dag gekocht, nadat hij een telefoontje had gekregen van degene met wie hij al acht jaar goed bevriend was, de vier jaar oudere Calogero Locatelli. Het korte bericht luidde: 'Morgen is het zover. Ik haal je om tien uur af.' Voordat Vincent antwoord had kunnen geven, had de ander de verbinding al verbroken. Toch wist hij waar het om ging. Hij was er in elk geval bijna zeker van.

Maar hij wilde keurig gekleed zijn – ongeacht de uitkomst.

Nu stond hij te wachten op de man die hem had geïntroduceerd in de wereld waar hij binnenkort met allebei zijn voeten in zou staan. Calogero Locatelli was een zoon van de beruchte Domenico Locatelli, een man die de duivel nog de stuipen op het lijf kon jagen. Een man die van kust tot kust bekend was en in de ogen van een groot aantal mensen machtiger was dan de president – in elk geval meer gevreesd.

Calogero's groene Chevrolet raakte de trottoirband toen hij voor Vincent langs schoof. Hij kon Calogero in de auto horen vloeken over de lichte botsing.

'This fuckin' weather!' snauwde hij met zijn zware New Yorkse accent, terwijl Vincent op de passagiersstoel ging zitten. 'Wat heb jij je opgetut. Nieuwe jas?'

'Ik ben vandaag helemaal nieuw,' zei Vincent glimlachend met een blik op zijn vriend.

'Da's waar ook. Jij doet nooit iets half. Alleen had je wel eens wat minder scheutig mogen zijn met aftershave.' Hij grinnikte. 'Maar goed dat we niet meteen naar papa gaan. Dan had je de bijnaam "Geurtje" gekregen, en die zou tot je dood toe zijn blijven hangen.'

Vincent ademde twee keer diep door zijn neus. 'Te veel van het goeie luchtje?'

'Nee, ik zit je alleen maar wat te stangen.'

Calogero vervloekte het weer nog eens voordat hij het gaspedaal indrukte en de groene Chevrolet van de stoep wegspoot.

'Wat bedoel je, we gaan er niet meteen naartoe?' vroeg Vincent sceptisch.

'Maak je niet druk. Ik moet even naar New Jersey om daar iets te regelen.'

Hij keek naar Calogero. Die hield zijn blik strak op de straat gericht. Vincent kreeg een onaangenaam gevoel. Een lichte aanval van paranoia. Waarom moest hij mee naar Jersey? Waarom uitgerekend vandaag? En waarom had Calogero hem dat niet van tevoren verteld? Misschien was het van hun kant alleen maar toneelspel geweest? Misschien zou deze dag helemaal geen bezoek bij Don Domenico en zijn naaste onderzaten inhouden, maar domweg zijn laatste worden.

'En ik moet mee?'

'Ja,' antwoordde Calogero kortaf.

'Waarom?'

'Wel verdomme.' Hij keek geïrriteerd opzij naar Vincent. 'Omdat ik het niet zie zitten om de hele weg alleen te rijden. Wat gezelschap is toch niet te veel gevraagd?'

Dat Calogero zo reageerde, verbaasde Vincent absoluut niet. Zijn vriend stond bekend om zijn korte lontje, en wat hij in Jersey ook te doen had, hij zou altijd op die manier hebben gereageerd.

'Nee, ik werd alleen maar nieuwsgierig.'

'Relax, makker. Je hoeft niet bang te zijn dat je pak smerig wordt.' Hij keek Vincent glimlachend aan voordat hij zijn blik weer op de weg richtte. 'Ontbijt?'

Van pure opluchting kilo's lichter nam hij maar aan dat Calogero inderdaad iets in Jersey te doen had wat niets met hemzelf te maken had.

Nadat ze allebei een sandwich hadden gegeten, ging de reis verder. De hele tocht was de stemming goed en de zorgen die Vincent zich daarvoor had gemaakt, kwamen niet meer terug. Maar hij was wel nieuwsgierig wat hun in Jersey te wachten stond. Het kon van alles zijn, van geld dat moest worden afgeleverd of afgehaald, een mededeling die gedaan of in ontvangst genomen moest worden, tot en met iemand die terechtgewezen of in het ergste geval uit de weg geruimd moest worden. Hij hoopte dat het niet het laatstgenoemde was, niet op een dag als deze. Bovendien zat hij er bepaald niet op te wachten om zijn kleren met een en ander vuil te maken. Zelfs zijn sandwich had hij naar voren gebogen zitten eten uit angst om vlekken te maken.

Ze parkeerden voor een eenvoudige eengezinswoning in Guttenberg, New Jersey, en Vincent kreeg te horen dat hij in de auto moest wachten. Een paar minuten later kwam Calogero de deur uit met een doos in zijn handen en een grote grijns om zijn mond.

'Hier, goed vasthouden,' zei hij, en hij zette de kartonnen doos bij Vincent op schoot.

'Wat is dat?'

'Maak maar open, dan zie je het...'

Sceptisch opende Vincent de doos. Twee grote, ronde ogen keken hem nieuwsgierig aan.

'Voor wie is die?'

'Cadeautje van papa aan mama. Ze is morgen jarig.'

De hele terugweg lag de pup bij Vincent op schoot. Toen ze hem bij Calogero's zuster afleverden, waar hij tot de volgende dag zou blijven, stond hij hem met grote tegenzin af.

'Wat hebben we hier, een weekhartige Vincenzo?' Calogero lachte. 'Die heb ik nog niet eerder meegemaakt.'

'Je moet wel een hart van steen hebben om niet gecharmeerd te zijn van zo'n klein opdondertje,' zei Vincent, en hij aaide de pup voorzichtig over zijn kop.

Een lichte lunch en vier uur later draaide Calogero de groene Chevrolet de besneeuwde stoep aan het uiteinde van Emerson Avenue op Staten Island op. De tuin van Don Domenico stond vol met andere Chevrolets, Cadillacs en hier en daar een Ford. Het was duidelijk dat er die zondagmiddag iets te gebeuren stond.

Vincent haalde diep adem en keek naar zijn kameraad. Calogero gebaarde met een handpalm naar de voordeur. 'De eregast eerst.'

Het drie verdiepingen hoge huis was in Romeinse stijl gebouwd; bij de ingang prijkten grote, witte zuilen. De dikke ruiten waren in stevige witte kozijnen gevat en de bloemen uit de bloembedden schoten hoog op langs de gevel. Vincent liep langzaam over de geasfalteerde oprit die in een boog door de hele voortuin liep. Hij genoot van iedere stap. Als hij straks dit huis weer uitliep, zou hij zo goed als onaantastbaar zijn. Hij zou *een man van eer* zijn. Dat besef groeide, terwijl hij zich de laatste meters naar de donkerhouten dubbele voordeur haastte.

In de hal werden ze ontvangen door een robuuste Italiaan met glad, geolied haar in een lichtblauw pak. Hij schudde hun allebei de hand, waarna hij Vincents jas aannam en die in de garderobe ophing.

'Jullie kunnen naar beneden. Don Domenico komt zo,' zei hij.

Vincent liep achter Calogero aan twee kamers en een lange, smalle gang door. Aan de wanden hingen ingelijste foto's en schilderijen. Op twee foto's was een jonge Don Domenico met zijn vrouw te zien. Op een andere stond hij samen met ex-president Harry S. Truman op een of ander tuinfeest. Allebei glimlachten ze breed.

Aan het einde van de gang liepen ze een deur door die toegang gaf tot een lange, brede trap. In tegenstelling tot de rest van het huis was de kelder onopgesmukt. Een grote tafel van massief hout met tien bijbehorende stoelen en een kleine bar in de hoek vormden het enige meubilair in het koele vertrek.

Vincent en Calogero gingen zitten. Op tafel waren voor de gelegenheid een pistool en een mes neergelegd als illustratie voor het belangrijkste hulpmiddel van de organisatie – de macht om te doden.

Langs de trap kwam Don Domenico naar beneden, begeleid door vijf andere in het pak gestoken mannen.

Don Domenico heette een zichtbaar onderdanige en vereerde Vincent welkom. Nadat hij de anderen in het vertrek een hand had gegeven, ging Vincent naast Don Domenico staan. 'Jammer dat je vader hier vandaag niet is. Hij zou trots op je zijn geweest, jongen,' fluisterde de oudere man. Hij schraapte zijn keel. Degenen die waren gaan zitten, stonden weer op. 'Beste vrienden,' begon hij. 'Wij zijn hier vandaag bij elkaar om Vincent Giordano bekend te maken met *onze zaak*, de zaak waarvan wij tot onze vreugde deel uitmaken.'

Vincent slikte en bleef naar Don Domenico kijken totdat die de eed had opgezegd die hij straks zelf zou uitspreken. 'Nu kun je het herhalen.'

'Ik, Vincenzo Giordano, word lid van deze organisatie om mijn familie en mijn vrienden te beschermen. Ik zweer op mijn leven dat ik de zwijggelofte – de omertà – nooit zal verbreken, noch andere leden van de Cosa Nostra ooit zal verraden. Als een opgejaagd lid van de familie bij mij om hulp aanklopt, ben ik verplicht hem een schuilplaats te bieden – ook al heb ik vrouw en kinderen in huis. Ik zweer dat ik bevelen zal opvolgen, wat ze ook inhouden en waar ik ook ben. Ik zal beschikbaar zijn, zelfs al heb ik een zwangere vrouw die op het punt staat te bevallen. Ik zal het nooit aanleggen met de vrouw of de geliefde van een andere man van eer en ik zweer dat ik deze organisatie vóór het geloof, de staat en mijn eigen familie zal laten gaan.'

Don Domenico knikte. 'Welke vinger gebruik je voor de trekker?'

Vincent stak zijn rechterwijsvinger naar voren. Don Domenico nam het mes van tafel en maakte een sneetje in zijn vinger, waarna hij iets van het bloed afveegde met een kaart die Sint Petrus voorstelde. Vincent vormde zijn handen tot een kommetje in afwachting van wat komen ging.

'Herhaal wat ik zeg,' zei Don Domenico, en hij stak de kaart aan en legde die in zijn handen. 'Als ik ooit mijn gelofte tegenover de Cosa Nostra verbreek, moge mijn lichaam dan branden als dat van deze heilige.'

Vincent herhaalde het terwijl hij zag hoe de kaart van Sint Petrus in zijn handen tot een zwarte snipper omkrulde.

'Nu ben je lid van de familie Locatelli. Een man van eer,' zei Don Domenico, en hij kuste het nieuwe lid op allebei de wangen, terwijl hij hem bij zijn handen hield. Er volgde een applaus.

De andere aanwezigen heetten hem welkom en feliciteerden hem. Het was een groots moment, en Calogero glimlachte trots. Hij toonde meer vreugde over Vincents inwijding dan de hoofdpersoon zelf.

Vincent en Calogero verontschuldigden zich en lieten de anderen de bijeenkomst voortzetten. Er moesten diverse dingen besproken worden. Onder andere een lopend conflict van de familie Locatelli met een concurrerende familie, de Balducci's in New Jersey.

9

Donderdag 13 juni
Oslo/Fredrikstad

Anton Brekke parkeerde de zwarte Volvo voor het gebouw van Kripos aan Brynsalléen 5.

Hij wierp snel een blik op het wedbriefje van de renbaan van Bjerke en glimlachte. Op deze donderdag had een winst van negenduizend kronen hem voor een dreigende depressie behoed.

Hij beende de hoofdingang binnen. Nam de lift naar de derde verdieping. Glimlachte tegen degenen die hij gewoonlijk over het hoofd zag, groette degenen tegen wie hij gewoonlijk glimlachte en wisselde een paar woorden met zijn naaste collega's van de afdeling recherche. In bedaard tempo liep hij op het koffiezetapparaat af. Hij schonk het kleine beetje dat er nog in zat in twee mokken en liep met langzame stappen terug naar het kantoor.

Van de andere kant koerste een collega recht op het koffiezetapparaat af.

'Koffie is op,' zei Anton met een triomfantelijk lachje. 'Wie het eerst komt, het eerst maalt, hè?' Hij hield de twee mokken omhoog.

'Je hebt toch wel een nieuwe kan gezet?'

'Hoelang werk ik hier nu al?'

'Joost mag het weten. Zes jaar?'

'Zevenenhalf. En hoe vaak heb ik in die tijd nieuwe koffiegezet?'

'Nooit, lul die je bent.'

Anton glimlachte zijn parelende tanden bloot en sjokte verder naar zijn kantoor. Hij liet zich op zijn stoel zakken en nipte van zijn koffie, terwijl hij naar het netjes opgeruimde bureau staarde: een telefoon, een toetsenbord, een muis waarvan het balletje niet meer werkte, een computerscherm en een klein bloempotje dat als balpenhouder fungeerde. Zo had hij het graag; een opgeruimd bureau betekende rustige dagen. Hij trok de bovenste bureaula open en draaide het lijstje met de foto van zijn ex, zijn zoon en hemzelf om. Die was vijf jaar geleden in het Frognerpark genomen. Hij vond dat hij er toen goed uit had gezien. Beter dan nu. Maar dat zou wel verbeelding zijn – als er geen gelukkige familie van drie personen op de foto had gestaan, had hij net zo goed gisteren genomen kunnen zijn. Hij sloot de la en trok de volgende open. Haalde er een verslag uit dat half af was en waarvan hij de voltooiing tot het laatste moment had uitgesteld; hij moest iets hebben om de tijd mee te doden.

Zijn telefoon knipperde. Anton greep de hoorn en bracht hem naar zijn oor. 'Brekke... eh... ja.'

Dertig seconden later zat hij in het kantoor van de afdelingschef.

'Nu is het weekend,' zei de chef.

'Hm. Voor sommige mensen misschien.'

'Mooi, hè? En wat een weer.' Zij chef keerde zich naar het raam toe. De auto's die beneden over de E6 langsreden werden gebakken door de zon, die hoog aan de hemel stond. 'Wat zijn je plannen? Iets ondernemen met de jongen?' Hij glimlachte.

'Wat ben je opgewekt,' zei Anton sarcastisch. 'Waar gaat het deze keer naartoe?'

'Ligt het er zo dik bovenop?' lachte zijn chef.

'Huh. Ik kan je lezen als een open boek. Daarom zit jij hier en doe ik het veldwerk.'

'Die zit.' Een korte pauze. 'Wilhelm Martiniussen. Ken je die?'

'De miljardair uit de plankenstad. Hoe dat zo? Heef hij het bijltje erbij neergelegd?'

'Ja. Vannacht gewurgd. Gevonden door zijn liefje. De politie van het district Østfold heeft de hulp van de recherche ingeroepen.'

'Ook de technische?'

'Voorlopig alleen de gewone. Jij kent Fredrikstad goed, dus ik dacht dat jij en Ekheim wel...'

'Als er toch geen compleet team naartoe gaat, denk ik eigenlijk dat ik zonder Ekheim meer voor elkaar krijg. Die stemmingswisselingen van hem, daar kan ik niet tegen.'

Zijn chef leunde naar achteren en keek met toegeknepen ogen naar Anton. 'In eerste instantie alleen, maar laat het weten als er iemand bij moet komen. Het onderzoek wordt geleid door inspecteur Haugen.'

'Dat moet Simon wezen.'

Zijn chef bladerde wat paperassen door. 'Hm.' Hij liet zijn wijsvinger over het vel papier glijden. 'Ja. Simon Haugen.'

Twee uur later zette aspirant-agent Magnus Torp het zwaailicht uit en stopte voor het appartementencomplex aan de Vesterelven in Fredrikstad. Anton Brekke en inspecteur Simon Haugen stapten van de achterbank.

'Ga je daar alleen maar zitten staren?' vroeg Anton, en hij wierp het jongensachtige gezicht op de chauffeursstoel een strenge blik toe.

'Ze zeiden dat ik...'

'Ja, best. Kom nou maar. Jullie krijgen niet iedere dag een dergelijke zaak op je bord. Hoe heet je?'

'Magnus Torp. Je hebt vorig jaar college gegeven aan mijn klas. Dat was hartstikke goed. Een paar dagen later kwam ik je in het winkelcentrum Oslo City tegen, maar ik kreeg niet de indruk dat je...'

'Oké,' kapte hij hem af. 'Ik vroeg naar je naam, niet naar je biografie.'

Anton en Haugen liepen naar de hoofdingang, terwijl Torp zich haastte om hen in te halen. Buiten stonden twee grote groepen politieagenten. Anton liep er gewoon voorbij zonder ze aan te kijken, terwijl Haugen ze allemaal een klein knikje gaf en glimlachte.

Simon Haugen genoot een grote populariteit op het plaatselijke politiebureau en kon zowel met zijn collega's als met zijn superieuren goed opschieten. Hij ging nooit te kort door de bocht bij een onderzoek en nooit over de streep bij de behandeling van criminelen. Zelfs degenen die hij in zijn twaalf jaar bij de drugsafdeling had gearresteerd, had hij met veel respect en nog meer medemenselijkheid behandeld, iets waardoor deze politieman zich in het criminele milieu *populair* had gemaakt – voor zover dat mogelijk is.

Je zou niet zeggen dat de landelijke politie onderbemand was; het leek wel alsof alle agenten in het politiedistrict Østfold zich voor het gebouw en in de gang voor de lift van het complex bevonden. Haugen stapte over het afzettingslint heen. Voor hem, met zijn twee meter vier, was dat makkelijker dan eronderdoor duiken.

'Torp, hè?' Haugen keek naar de aspirant die met zijn handen in zijn riem gehaakt bij het lint stond.

'Inderdaad.'

'De technische recherche heeft de lift bekeken?'

'Ja, dat heeft Simonsen gedaan. Dat geloof ik tenminste.'

Anton trok zijn wenkbrauwen op. 'Simonsen? Bij de technische?'

'Ja,' antwoordde Haugen. 'Daar zit ie nu al een poosje. Maar hij doet het wel goed.'

'Simonsen is best aardig, maar hij zou toch niet eens zijn eigen remsporen kunnen terugvinden?'

'Anton...' Haugen keek misnoegd naar de veelgeroemde Kripos-onderzoeker.

Torp stond naar de grond te kijken, duidelijk gegeneerd. De dichtstbijzijnde agenten waren ook gestopt met praten. Alle blikken waren op Anton gericht.

'Dit is Anton Brekke van Kripos, mensen,' zei Haugen. 'Hij is weliswaar de scherpzinnigste onderzoeker die ik ken, maar van omgangsvormen heeft hij nooit gehoord.' Hij gaf zijn collega's een klein knikje en stapte toen de openstaande lift in. 'Het lijkt er in elk geval op dat iemand hierbinnen voor zijn leven heeft gevochten.' Hij wees naar de grote barst in de spiegel en het plasje urine op de vloer.

Torp glipte onder het afzettingslint door om de zaak van dichterbij te bekijken. 'Ja, maar die barst kan er toch al in gezeten hebben?'

'Niet in een gebouw als dit,' zei Anton. 'Was het op de vijfde verdieping?'

Haugen knikte. 'De vijfde en de zesde. Het bovenste appartement bestaat uit twee etages.'

De twee rechercheurs en Torp namen de trap naar de vijfde verdieping, waar Sverre Klavestad en Sturla Simonsen in witte pakken en met lichtblauwe hoezen om hun schoenen op handen en voeten zaten.

'Hoe gaat het hier?' vroeg Haugen.

'Niet, eigenlijk,' antwoordde Simonsen zonder zijn blik van de vloer af te wenden. 'Tot dusverre is de pianosnaar, die de moordenaar duidelijk expres heeft laten liggen, ons enige spoor. Plus de urine in de lift, en wat haar en een beetje bloed. Ik gok dat dat voor het merendeel van Martiniussen zelf afkomstig is. Verder zit er een barst in de spiegel, maar die kan er al een hele tijd gezeten hebben.'

'Nee, dat kan niet,' kwam Anton ertussen.

Torp schraapte zijn keel en zei: 'Niet in een gebouw als dit...'

Voor het eerst keek Simonsen op. Hij ging op zijn knieën zitten en rechtte zijn rug. 'Nee maar. Kijk daar eens. De beroemde Anton Brekke. Mister Kripos hoogstpersoonlijk.'

'Laat je mond maar niet openhangen. Wie van jullie heeft de lift onderzocht?' Met een blik op Simonsen, die minstens evenveel kilo's zwaarder was als er jaren verstreken waren sinds ze elkaar voor het laatst hadden gezien, klopte Anton op zijn maag. 'Jij en Klavestad kunnen daar onmogelijk samen in hebben gepast.'

'Nog steeds diezelfde scherpe tong,' lachte Simonsen. 'Ik heb de lift onderzocht.'

Klavestad stond op, en terwijl hij zijn mondkapje afdeed liep hij naar Anton en de twee anderen toe. 'Hij is hoogstwaarschijnlijk hiermee gewurgd in de lift.' Hij hield een doorzichtig plastic zakje op met daarin de pianosnaar. 'Dat verklaart de urine. Daarna is hij naar het appartement gebracht. De lift gaat namelijk rechtstreeks naar de woonkamer. Er is niets van waarde verdwenen. Martiniussen heeft zijn portefeuille nog bij zich en zijn horloge nog om. Bovendien heeft hij een reusachtige verzameling horloges. Die is miljoenen waard. Alles staat nog op zijn plaats. Vervolgens heeft de moordenaar Nora Røed Karlsen in leven gelaten. Hij heeft zelfs de pianosnaar opgerold en hier op de tafel naast haar gelegd.' Klavestad wees naar de glazen salontafel voor de bank.

'Røed Karlsen is nog op de dokterspost,' merkte Haugen op.

Anton knikte. 'Het tijdstip van de moord?'

'Gisteravond tussen elf en twaalf,' antwoordde Klavestad. 'Waarom denk je dat hij de vrouw in leven heeft gelaten?'

'Hij zal wel het gevoel hebben gehad dat hij haar niet hoefde te doden, dat ze geen bedreiging vormde. En uiteraard was Martiniussen het doelwit. Maar dat hij haar heeft gespaard, zegt wel iets over het soort persoon waar we mee te maken hebben. Een vakman. Wanneer heeft de meldkamer het bericht binnengekregen?'

Simon Haugen had hem tijdens de autorit op de hoogte gebracht, maar Anton wilde de informatie toch nog eens doornemen.

'Vannacht, vlak na twaalven,' zei Haugen.

'Ja,' ging Simonsen verder. 'Røed Karlsen heeft om vijf over twaalf de alarmcentrale gebeld om te zeggen dat haar geliefde roerloos op de vloer van de woonkamer lag. Het ambulancepersoneel kon al snel vaststellen dat hij dood was en besloot in plaats daarvan haar mee te nemen, want ze was volkomen buiten zichzelf. Daarna heeft de alarmcentrale ons gewaarschuwd. Vijf voor half een.'

'Oké, bedankt. Torp!' bromde Anton.

'Ja...?' zei een stemmetje achter de rug van de rechercheurs.

'Ga naar beneden en laat een auto komen, en zet de airconditioning op zestien graden. Het is hier zo warm dat ik niet kan nadenken.'

Aspirant Torp was de deur al uit en liep de trap al af voordat Anton zijn zin had afgemaakt.

***

In diezelfde vergaderkamer waar Wilhelm Martiniussen hen de vorige keer van hun droom had beroofd, zaten ze nu weer bij elkaar. Frode Moen, de nestleider, en de andere eigenaren van Mardan. De stemming was somber. Niemand zei iets, maar iedereen dacht hetzelfde – had Moen die moord gepleegd?

Vlak voor de IT-zeepbel uit elkaar was gespat, was hij onder verdenking komen te staan van handel met voorkennis. Dat had tot vette krantenkoppen geleid, zowel in binnen- als buitenland. In verband daarmee had Moen een aantal ongelukkige uitspraken gedaan. Ook al was hij slim genoeg geweest om een machtig IT-concern op te bouwen, hij wist niet altijd wanneer hij beter zijn mond kon houden. Tegen alle verwachtingen in kwam de aanklacht te vervallen en werd de zaak geseponeerd, wat tot nog vettere krantenkoppen, verdenkingen van corruptie en nog meer ongelukkige uitspraken had geleid. Na de beschuldigingen van handel met voorkennis was zijn concern de mist in en naar de kelder gegaan en had hij zich vooral op Mardan gericht, waar hij aan het eind van de jaren tachtig in had geïnvesteerd.

Bestuursvoorzitter Danielsen kwam de kamer in en ging aan het uiteinde van de tafel staan. Met rooddoorlopen ogen en verstikte stem nam hij het woord.

'Voorlopig weten we niet meer dan wat de netkranten hebben geschreven. Wilhelm is gisteravond laat vermoord en vooralsnog verdenkt de politie niemand.' Bjørn Danielsen keek op en richtte zijn heftig knipperende ogen op het plafond. 'Dat de politie van ons allemaal wil nagaan of wij niets met de zaak te maken hebben, spreekt vanzelf.'

'Wat bedoel je dáár nou weer mee, Bjørn?' vroeg een van de bestuursleden.

'Het zou naïef zijn als we niet in die richting dachten. Wij stonden hem het naast. Wij waren de enige familie die hij had. Ik hoop alleen dat hij maandag geen vijanden onder ons heeft gemaakt.'

'Wilhelm was een vriend van ons allemaal, Bjørn,' zei Moen. 'We vinden het allemaal erg wat er is gebeurd.'

'Was hij dat, Frode? Die indruk kreeg ik maandag niet.'

'Toen ging het om zaken.'

'Zaken of niet, ik hoop dat niemand hierbinnen iets te verbergen heeft. Ik zal alles doen wat ik kan om de politie bij het onderzoek te helpen.'

'Dat doen wij anderen dus ook,' zei Moen met stemverheffing.

'Goed. Dan ga ik nu naar huis.'

Danielsen was al bijna bij de deur toen Moen opstond. 'Bjørn, het bestuur heeft een vraag.'

'Ja?'

'Wat het Canadaproject betreft – wat gaat daarmee gebeuren?'

'Allemachtig, hoe kun je daar in 's hemelsnaam nu naar vragen?' beet Danielsen hem toe. 'Wil jij dat weten, of het bestuur?'

'Ik vraag naar datgene wat alle anderen hier willen weten,' antwoordde Moen rustig.

'Ik weet het niet. Ik weet niks!' schreeuwde Danielsen wanhopig, en hij smeet de deur achter zich dicht.

'Het is niet zeker dat hij eraan toegekomen is, ons eruit terug te trekken,' zei Moen met een blik naar de anderen rond de tafel. 'Dat hij het van plán was, weten we, maar het staat niet vast dat het ook gebeurd is.'

10

Anton Brekke en inspecteur Haugen liepen in de pas door de gang van het ziekenhuis met aspirant Torp als wormvormig aanhangsel. Verplegers en artsen haastten zich in nog rapper tempo voorbij. De drie mannen liepen langs de röntgenafdeling de volgende gang in en bleven staan bij het informatieloket van de Spoedeisende Hulp.

Haugen boog zijn lange lijf naar voren en leunde op de balie. 'Hallo. Simon Haugen.' Hij hield de ID-kaart om zijn hals omhoog. 'Wij zijn van de politie. Nora Røed Karlsen?'

De verpleger typte iets in op zijn toetsenbord. Zijn lippen bewogen mee met wat hij op het scherm las. 'Juist ja... die ligt op kamer twaalf, maar de dokter is nu bij haar. Als je vijf minuutjes hebt, dan zal ik de dokter vragen of hij naar je toekomt als hij klaar is.'

Haugen bedankte hem beleefd en ze gingen alle drie op een stoel in de gang zitten. Door de hoofdingang van de Spoedeisende Hulp kwamen nieuwe patiënten binnen, begeleid door familie of vrienden; anderen kwamen op brancards via de elektrische zijdeur naar binnen. Voor bezoekers en patiënten maakte het een chaotische indruk, maar Anton was ervan overtuigd dat de mannen en vrouwen in het wit er greep op hadden.

Een korte, propperige man met een witte jas en ronde brillenglazen kwam op hen af in een traag tempo dat hierbinnen des te meer opviel. Hij werkte kennelijk niet vast op deze afdeling, gezien de tijd die hij nam. Anton bekeek hem met toegeknepen ogen. Hij had hem al eens eerder gezien. Het plafondlicht bescheen zijn grijze krulhaar. Daar had hij een heleboel van, maar het was wel dun. Hij kon onmogelijk getrouwd zijn; iedere vrouw zou erom gesmeekt hebben die lelijke paardenbloempluizen van zijn hoofd te mogen blazen.

Ten slotte bleef hij voor hen staan. Hij keek naar Anton, terwijl Haugen zijn stevige hand uitstak en zei: 'Simon Haugen, politie. Dit is Anton Brekke.'

De arts oogde verrast. Keek naar Haugen en toen weer naar Anton. Hij stelde zich voor als *de chef-arts*. Anton bestudeerde het ronde gezicht. Ja, hij had hem eerder gezien, maar zonder die ronde brillenglazen. En de plaats was het clubhuis van Lervik geweest. Hij had aan een van de andere tafels gezeten toen Anton de grootste pot verloor in de eenjarige historie van de pokerclub.

'Hoe staat het met Røed Karlsen?' vroeg Haugen.

'Røed Karlsen, ja!' Eindelijk verplaatste de arts zijn blik weer naar Haugen. 'Naar omstandigheden gaat het goed met haar. Wat suf vanwege de kalmerende middelen die ze heeft gekregen, maar een paar vragen zal ze wel kunnen beantwoorden.'

Haugen knikte en beende weg, met Torp achter zich aan.

'Wacht voor de kamer op me. Kom er zo aan,' zei Anton tegen hen, terwijl ze om de hoek van de informatiebalie verdwenen.

Anton draaide zich om en keek de arts aan. 'Lervik, toch?'

'Inderdaad. Ik was een beetje verrast om je hier te zien. Politie?!'

'Ja,' zei Anton op luchtige toon. 'Niet hier ter plaatse. Kripos. Wordt er vandaag nog gespeeld?'

'Alleen in Lervik. Maar ik kan wel contact met je opnemen als zich iets voordoet.'

'Geweldig,' zei Anton, gaf hem zijn visitekaartje en liep achter Haugen en Torp aan, die voor deur nummer twaalf stonden te wachten.

'Oké, Torp. Ik heb een belangrijke taak voor je,' zei Anton ernstig.

'Wat dan?' vroeg Torp gretig.

'Jij moet de wacht houden.'

'Waar? Hier?'

'Ja.'

Torp rechtte zijn rug, stak zijn borst naar voren, ging naast de deur staan en kruiste zijn armen voor zijn tengere borstkas.

'Torp,' begon Anton. 'Dat was een grapje.'

Een lachende Haugen keerde zich om en zei: 'Maar ik denk toch dat Torp misschien beter hierbuiten kan wachten. Het is genoeg als jij en ik naar binnen gaan, Anton. Gezien de toestand waarin ze verkeert, bedoel ik.'

Anton knikte en meende een zweem van een pruillip bij Torp te zien, maar besloot zich van commentaar te onthouden. Hij deed de deur langzaam open en stak zijn hoofd de donkere kamer in.

'Nora Røed Karlsen?' vroeg hij voorzichtig.

Het bed stond tegen de muur. Er lag een vrouw in die zich in foetushouding had opgerold. Op de stoel daarnaast zat een oudere vrouw die zich voorstelde als verpleegster van de afdeling crisispsychiatrie. Nora keek naar Anton op. Het plafondlicht was uit, maar in het zwakke schijnsel van het bedlampje zag Anton twee vochtige, opgezwollen ogen.

'Dat...' Ze kuchte. 'Dat ben ik.'

'Ben je in staat wat vragen te beantwoorden?' vroeg Anton begripvol.

Ze gaf geen antwoord.

Hij deed twee stappen de kamer in, terwijl Haugen in de deuropening bleef staan. 'Ik weet dat het moeilijk is,' fluisterde hij, 'maar het is heel belangrijk dat we nu met je praten. Ik beloof dat het niet te lang zal duren. De verpleegster mag best blijven.'

Ze knikte en ging met gekruiste benen rechtop in bed zitten. De verpleegster stond op en gebaarde dat Anton op de vrijgekomen stoel kon gaan zitten.

'Ik ben Anton Brekke. Hier bij me is Simon Haugen.'

Ze keek naar Haugen. Hij knikte even en wierp haar een meelevende glimlach toe.

'Hebben jullie ergens zin in? Koffie? Iets fris?'

'Nee, maar bedankt.'

'Hoe lang waren jij en Wilhelm al samen?' Anton ging op de stoel zitten.

Ze verschoof, zodat ze recht tegenover hem kwam te zitten, en legde het kussen op schoot. 'Ruim twee maanden.'

Anton keek naar Haugen om zich ervan te verzekeren dat hij aantekeningen maakte. Zelf schreef hij nooit iets op als hij met nabestaanden praatte; zonder pen en notitieblok was het makkelijker een sfeer van vertrouwen rond het gesprek te scheppen, had hij het gevoel. Hij wist uit ervaring dat mensen die zich veilig voelden ook een beter geheugen hadden.

'Kenden jullie elkaar al lang?'

'Nee, eigenlijk niet. Het ging allemaal zo snel. Ik had hem vier maanden geleden in een bar ontmoet, in Stavanger nota bene.' Haar wazige blik was op de grond naast Anton gericht. Ze vertelde hoe ze kennis hadden gemaakt en keek naar Anton alsof ze de volgende vraag verwachtte, maar hij zei niets. 'In die bar raakten we aan de praat, en de juiste toon was meteen getroffen. Nogal onwaarschijnlijk, want hij is... was twee keer zo oud als ik. Maar hij was zo lief.' De tranen rolden over haar wangen.

Anton greep haar hand en gaf er een vriendelijk kneepje in. 'Ik begrijp hoe pijnlijk dit is, maar je bent heel flink. We zullen je niet lang lastigvallen.'

'Het was niet zo dat ik die avond met hem ben meegegaan naar zijn hotelkamer. Dat wil zeggen, hij logeerde bij zijn neef, maar ik ben daar niet mee naartoe gegaan. Bovendien leek hij dáár niet zo heel erg in geïnteresseerd te zijn. Ik vertelde hem waarom ik in Stavanger was, en ik herinner me dat hij toen ineens wat raar reageerde. Enigszins van zijn stuk gebracht, in zekere zin. Pas later begreep ik waarom.'

'Waarom raakte hij van zijn stuk?' Anton hield nog steeds haar hand vast.

'Vanwege zijn bedrijf. In Stavanger vertelde hij me dat hij in onroerend goed investeerde, en dat deed hij ook, maar hij liet Mardan weg. Hij zal wel bang zijn geweest dat het me af zou schrikken, en dat zou ongetwijfeld ook gebeurd zijn.'

'Waarom zou dat je afgeschrikt hebben?'

'Hun laatste project in Canada. Teerzandwinning.'

Anton knikte. Hij had de koppen van diverse internetkranten gezien, maar was er nooit aan toegekomen ze aan te klikken om de artikelen te lezen.

'Twee dagen nadat we elkaar in Stavanger hadden ontmoet, belde hij op en we spraken af elkaar weer te zien. Ik nam de trein uit Oslo, waar ik woonde... nou ja, daar woon ik nu dus weer. We ontmoetten elkaar op het station. We reden naar hem toe, en daar kookte hij voor ons.' Ze sloeg haar handen voor haar gezicht. 'Hij was zo aardig.' Ze nam even de tijd voordat ze vervolgde: 'Daarna zagen we elkaar heel vaak, en toen besloten we dat ik bij hem in zou trekken.'

'Wat zei je toen hij je over het bedrijf vertelde?'

'Ik geloof dat hij me pas op onze negende of tiende afspraak over Mardan vertelde, en toen was ik inmiddels zo gek op hem dat hij me even goed had kunnen vertellen dat hij een seriemoordenaar was. Ik had hem hoe dan ook niet verlaten.' Ze glimlachte voor het eerst sinds ze de kamer in waren gekomen. 'Maar hij wist natuurlijk hoe ik erover dacht, en we hebben heel veel over het milieu gepraat. Hij liet zijn auto's ook staan. Hij ging ze verkopen. Ik was zo trots – hij was dol op zijn auto's. Maar het allergrootste offer had hij eerder deze week gebracht.'

'Wat voor offer?' Anton keerde zich naar Haugen toe. 'Kun je haar een papieren zakdoekje geven?'

Ze droogde haar tranen en snoot haar neus alvorens te vervolgen: 'Ze zouden meedoen aan het Canadaproject. Daar zijn een heleboel grote aardoliebedrijven bij betrokken. Als het een succes was geworden, had Mardan enorme bedragen kunnen verdienen.'

'Maar wat gebeurde er eerder deze week?' Nu was Anton nieuwsgierig geworden.

'Hij hield een korte bestuursvergadering waarin hij bekendmaakte dat hij Mardan uit het project terug wilde trekken. Na de vergadering belde hij me vanuit zijn kantoor. Ik was op zijn zachtst gezegd verrast, want ik wist wat dat project voor hem betekende en ik had hem er niet over aan zijn kop gezeurd of onder druk gezet. Hij vertelde dat een paar bestuursleden verontwaardigd waren. Vooral een of andere Frode.'

Anton liet haar hand los en keek naar Haugen, die snel notities maakte.

Hij keerde zich weer naar de vrouw toe. 'Dat komt erop neer dat de aandeelhouders van Mardan een hoop geld aan hun neus voorbij zien gaan?'

'Als het project slaagt, ja.'

'Kun je iets over gisteravond vertellen?'

Zonder haar blik van de twee politiemannen af te wenden nam Nora Røed Karlsen een grote slok uit het waterglas op het tafeltje naast het bed. 'Ik had de hele dag en avond met hoge koorts op de bank gelegen. Even na twaalven vannacht werd ik wakker. Toen lag hij daar.' De tranen stroomden haar over de wangen en landden op het kussen op haar schoot. 'Hij lag daar maar. Ik schudde aan hem, maar hij bewoog niet. Ik was ervan overtuigd dat het zijn hart was. Hij had tien jaar geleden een hartinfarct gehad. Ik liep naar mijn handtas om mijn mobieltje te pakken en belde een ambulance. Toen deed ik het licht aan en zag de wond om zijn hals. Daarna is alles in mijn geheugen weg. Op zwart.'

De verpleegster ging op het bed zitten en sloeg een arm stevig om haar heen, terwijl ze tevergeefs probeerde wat troostende woorden te zeggen. Anton legde zijn visitekaartje op het tafeltje, betuigde zijn deelneming en liep achter Haugen aan de kamer uit.

'Hoe is het gegaan?' vroeg Torp, die nog steeds met zijn armen over elkaar stond.

'Goed. We weten nu iets meer,' antwoordde hij, en hij liep in de richting van de uitgang. 'Jij mag even naar de hal beneden.'

Torp bleef staan. 'Waarom?'

'Totoformulieren voor me halen in de kiosk. En denk eraan dat ik die van vandaag moet hebben – *zaterdag*, dus kom niet aan met het formulier voor woensdag. Maar wel even opschieten! Tik-tak, tik-tak.' Anton tikte met zijn wijsvinger op zijn horloge.

Hij ging achter in de politieauto zitten en keek door het raampje, denkend aan Mardan, de winning van teerzand en het geld dat de teleurgestelde aandeelhouders door de vingers was geglipt. Voor passanten leek hij net een pas gearresteerde boef, zoals hij daar met zijn blik op oneindig door het raampje zat te staren.

Hij werd uit zijn trance gerukt, toen Torp de deur opentrok en hem de briefjes van het Noorse Wedkantoor toestak.

'Ik heb ook een lottoformulier voor je meegebracht,' zei hij spottend.

'Da's aardig van je, Torp, maar ik heb vorig weekend een formulier voor vijf weken ingeleverd.' Hij verfrommelde het lottobriefje en gooide het over Torps hoofd heen, zo op zijn schoot.

'Waar ken je die chef-arts van, Anton?' vroeg Haugen.

'Een klasgenoot van vroeger.'

'Flauwekul. De man is dik in de vijftig.'

'Laat je door die haarbos niet in de luren leggen, Simon.'

Anton glimlachte bij zichzelf en vulde het totoformulier in. Vijf keer een twee-kans en een keer een driekans, en hij kruiste 'beide wedstrijden' aan – zowel de pauzestand als de eindstand. Hij stak zijn arm uit en wapperde met het totoformulier en een briefje van tweehonderd kronen naast Torps oor.

'Wil je dit even voor me inleveren?' Anton kietelde Torps oor met het totoformulier.

'Tja, dat moet dan maar.'

'Mooi zo. Koop maar iets lekkers van de resterende kronen.'

Het geluid van loeiende sirenes kwam dichterbij, en een paar tellen later reed een ambulance met grote snelheid de kleine helling naar de Spoedeisende Hulp op. Terwijl hij het kleine voorplein opkwam, zette de chauffeur de sirenes en het blauwe zwaailicht uit. Een man en een vrouw in het karakteristieke geel met rode uniform pakten de brancard, trokken hem uit de ambulance en haastten zich de ambulance-ingang binnen. Anton zat er tien meter vandaan, maar zag zonder meer dat de oudere man met het dikke, zwarte haar onder het bloed zat en geen teken van leven gaf.

Tien lange minuten later ging Torp op de chauffeursstoel zitten, draaide het sleuteltje om en reed de helling af en de hoofdweg op.

'Heb je geen snoep gekocht?' vroeg Anton plagerig.

'Nee, ze hadden niks voor acht kronen.'

Haugen lachte luid.

'Jammer. Maar in elk geval bedankt,' grinnikte Anton.

Zonder op zijn horloge te kijken wist hij dat het even over vieren was; het verkeer stond stil. Terwijl de patrouillewagen de rotonde naderde, trilde de mobiele telefoon van Haugen op het dashboard. Hij bracht hem naar zijn oor en zei bevestigend: 'Oké.'

Haugen draaide zijn hoofd zover mogelijk opzij en keek Anton aan. 'De technische is klaar in het appartement.'

'Mooi!' Anton klopte Torp op zijn schouder. 'Chauffeur! Heb je dat meegekregen? We gaan terug naar het appartement van Martiniussen. Spoorslags. Dat wil zeggen nu!'

'Yes, sir...'

'Laat het sarcasme maar achterwege, Torp. Anders rij ik je naar moeder thuis. Waarom ben je vandaag eigenlijk hier? Zaterdag en zo.'

'Eigenlijk heb ik vrij. Overuren.'

'Ah, juist ja. Heb je 't naar je zin?'

'Hartstikke,' antwoordde Torp, en hij glimlachte in het spiegeltje.

'Goed zo. Zet de sapcentrifuge maar aan, maar laat het geloei achterwege.'

Torps grijns werd nog breder toen hij de zwaailichten aanzette en langs de voorste auto's raasde, die opzij gingen.

Anton en Haugen liepen snel de persmensen voorbij die zich voor het appartementencomplex hadden verzameld. Journalisten van landelijke kranten en reporters van diverse nieuwszenders wilden allemaal weten of Wilhelm Martiniussen was vermoord en of ze ook aanknopingspunten hadden.

'Anton Brekke.' Een verslaggeefster hield haar microfoon voor zijn gezicht. 'Leid jij het onderzoek? Wat heb je tot nog toe ontdekt?'

'Morgen om twaalf uur is er een persconferentie,' antwoordde Anton kortaf, en hij verdween samen met Haugen de glazen deur door.

De zon straalde door de grote ramen. Wilhelm Martiniussen lag nog steeds op het dikke, witte tapijt met zijn armen naast zijn lichaam. Anton ging naast de dode staan. Het geheel zag er zo vredig uit. Schrikbarend vredig. Als hij niet die dunne, rode streep over zijn hals had, zou het net lijken of hij sliep. Anton trok een paar plastic handschoenen aan en ging op zijn hurken naast het lijk zitten. Hij tilde de slappe arm op en bestudeerde het polshorloge. Een gouden Breitling met grote Romeinse cijfers op de wijzerplaat.

'Da's nog eens een horloge,' zei Haugen.

'Een verzamelaarsobject. Er zijn maar 500 exemplaren van gemaakt. Die krijg je niet voor minder dan driehonderdduizend.'

'Zo veel? Niet te geloven dat de dader dat niet heeft meegenomen. Zelfs een tienjarige kan zien dat het een bom duiten kost.'

'Tja. Kijk eens om je heen.' Anton stond op en gebaarde om zich heen naar het appartement. 'Het lijkt er niet eens op dat hier iemand binnen is geweest. Kijk eens naar de manier waarop de moord is gepleegd – de moordenaar had net zo goed een pistool met geluiddemper of een hamer kunnen gebruiken – hij heeft voor wurging gekozen. Met zoiets klassieks als een pianosnaar. Dat heeft iets persoonlijks. En daarom is het zo bijzonder.'

'Kun je wat duidelijker zijn, Anton?'

'Ik bedoel dat het motief persoonlijk is en dat hier iets ontbreekt, iets wat deze zaak bijzonder maakt. Zoek naar wat er niet is, Simon.'

Simon Haugen keek om zich heen in het keurig opgeruimde appartement. 'Chaos en rotzooi.'

'Precies. De rotzooi ontbreekt. Ook al is de moord zelf waarschijnlijk in de lift gepleegd, het is hier te netjes. De overeenkomst bij moorden met een persoonlijk motief is dat er honderden aanknopingspunten en sporen zijn, en vaak wordt de dader meteen gepakt. Hier hebben we voorlopig niets. En je kunt er donder op zeggen dat de haren en het bloed die Klavestad en die dikke Simonsen hebben gevonden, uitsluitend van Martiniussen zelf afkomstig zijn. Deze persoon heeft geen stommiteiten begaan.'

Haugen knikte instemmend. Hij genoot ervan naar Anton te kijken en te luisteren. Zelf had hij ook diverse moorden onderzocht, maar hij merkte dat zijn collega op dat punt zonder meer een thuiswedstrijd speelde. Vooral aan de snelheid waarmee hij zijn conclusies trok. Daar bewonderde hij hem om. Ze waren allebei in Fredrikstad opgegroeid, maar ze hadden nooit met elkaar gesproken voordat ze op de politieacademie in dezelfde klas terecht waren gekomen.

Haugen was in veel opzichten de man die Anton graag had willen zijn – een huisvader met een goed en hecht huwelijk. Maar dat zei hij nooit tegen hem. Hij wilde niet de indruk wekken dat hij jaloers was, want dat was hij niet. Hij zou alleen willen dat hij zijn huwelijk net zo goed in stand had weten te houden als Haugen. Toen Anton nog getrouwd was, was het regelmatig voorgekomen dat hij met zijn vrouw naar Fredrikstad was gegaan om Haugen en zijn vrouw op te zoeken. De vrouwen raakten al snel goed bevriend, en na de scheiding had mevrouw Haugen automatisch partij gekozen voor haar vriendin, ook al waren er in principe geen twee verschillende partijen. Ze was alleen maar een volbloed aanstelster.

Anton keerde zich naar de ramen toe en bewonderde het uitzicht over het centrum van Fredrikstad. Een klein houten bootje tufte de Vesterelven af en een vrouw in bikini probeerde zo goed mogelijk aan te meren aan de kade, terwijl haar mannelijke gezelschap aan dek lag te zonnebaden.

Ook al was de technische recherche klaar in het appartement, zijn bewegingen bleven voorzichtig. Hij liep naar de glazenkast onder het grote schilderij. Daar stonden glazen van verschillend formaat in, een karaf en wat grote en kleine kruiken. Hij keek om zich heen, maar er was niets wat zijn aandacht trok. De woonkamer en de keuken waren zo netjes dat het geheel aan een modelinrichting op een woonbeurs deed denken.

Anton liep de wenteltrap op en Martiniussens thuiskantoor binnen, waar de invloed van de binnenhuisarchitect duidelijk beperkt was gebleven; het grote mahoniehouten bureau contrasteerde sterk met de moderne kasten en planken langs de wanden. Op het bureau stond een plat computerscherm met een klein toetsenbord en een muis. Onder het bureau lagen de losse kabels die bij een vaste computer hoorden.

'Simon!' riep Anton. 'Zijn pc is toch hopelijk door de technische meegenomen?'

'Ja, dat klopt,' antwoordde Haugen van beneden.

De laden van het bureau waren leeggehaald. Er lagen zelfs geen binders meer in. Met een rondsnuffelende Anton in de buurt had Simonsen het zekere voor het onzekere genomen. Hij trok vijf kleine laatjes bij de deur van het kantoor open. De vier bovenste zaten vol met horloges. Klavestad had het over een verzameling gehad die miljoenen waard moest zijn. Anton deed zijn eigen Omegahorloge af. Een cadeau dat hij twee jaar geleden van zijn vader had gekregen toen hij veertig werd. Hij probeerde een paar van Martiniussens horloges uit. De meeste waren te protserig; hij voelde zich niet bijster op zijn gemak met glinsterende diamanten om zijn pols. In de derde la lag het horloge waarvan hij totnogtoe alleen plaatjes had gezien. De U-BOAT. Hij deed het om zijn pols en las de tekst op de wijzerplaat hardop voor zichzelf: 'Italo Fontana – Made in Italy'. De kast van het uurwerk was bijna twee centimeter dik en moest minstens 50 millimeter in doorsnee zijn. Dit was niet protserig. Geen goud en glitter. Als hij die groteske pokerpot in Lervik had gewonnen, had hij er zo twee kunnen kopen.

Nu had hij zelfs geen geld voor het bandje.

'Sta je hier horloges te passen?' vroeg Haugen in de deuropening.

'Martiniussen had smaak. Als het om verzamelen ging. Mijn oude, horlogemakende vader zou er compleet door gevloerd zijn.' Anton legde het horloge terug in het laatje en deed de Omega weer om. 'Heeft de schaapskudde met alle buren gepraat?'

'De schaapskudde...' Haugen grijnsde hoofdschuddend; hij wist maar al te goed dat Anton Brekke zijn collega's in de zwartleren jasjes niet al te zeer bewonderde. 'Niet allemaal. De rest werkt de *schaapskudde* vanavond en morgenochtend af.'

Ze gingen via het trappenhuis naar beneden en bleven in de gang staan. De brancard met de zwarte lijkenzak rolde voorbij en naar buiten, een wachtend Volkswagenbusje in. Door de glazen deur heen zagen ze een tiental camera's flitsen. Beneden bij de waterkant stond een fotograaf die bij de anderen vandaan was gelopen. Hij tilde zijn camera op en maakte foto's van een plastic bootje dat met veel te hoge snelheid voorbij raasde.

Anton en Haugen liepen naar buiten en zagen het busje wegrijden om Martiniussen naar het Forensisch Instituut te brengen. Anton keek weer naar de verdwaalde fotograaf. Hij had een lange, paarse jas aan met de capuchon omhoog. Die deed Anton denken aan zijn oude Helly-Hansenjas. Een die hij vroeger in de jaren negentig had gedragen.

'Niet bepaald een modegek,' zei hij, terwijl hij naar de fotograaf wees.

Haugen zette een glimlach op. 'Is die van de pers?'

Anton wendde zich tot het persgezelschap dat met een paar van Martiniussens buren stond te praten. Ze kenden de fotograaf geen van allen. Een oudere dame die een dikke jas had aangetrokken hoewel het buiten twintig graden was, keerde zich van de cameraman af, zette haar bril op het puntje van haar neus en zei: 'Dat is gewoon een rare. Die is hier altijd, en neemt dan foto's van de boten.' Ze keerde zich weer naar de camera toe, genietend van die paar tellen voor het voetlicht.

'Goh. Een fotograaf die hier rondloopt en vaak en veel foto's maakt. Daar moet ik eens een praatje mee maken,' zei Anton.

Haugen liep de hoek van het gebouw om, achter de fotograaf aan die verder de rivier langs was gelopen. Anton probeerde net zo goed en zo kwaad als het ging aan een opdringerig perskorps uit te leggen dat een verklaring vóór de persconferentie van morgen niet aan de orde was, toen hij door een luide plons werd onderbroken. Hij liep op een holletje naar de waterkant met een enthousiast perskorps achter zich aan. De onbekende fotograaf en Simon Haugen waren weg.

'Simon?' riep Anton.

Tot aan zijn nek in het water klampte Haugen zich vast aan een touw dat van de rand van de kade hing.

'Help me verdomme omhoog!' snauwde hij.

Anton ging op zijn hurken zitten. Geholpen door een politieagent in uniform hees hij Haugen aan land, terwijl het verzamelde perskorps foto's nam en filmde.

'Laat alle wegen hiervandaan afzetten,' zei Anton tegen de agenten in uniform. 'En doorzoek de omgeving.'

'Nee, laat maar lopen,' zei de druipnatte Haugen. 'Dat is niet onze man.'

'Wat is er gebeurd?' vroeg Anton, die geen moeite deed om tegen de doorweekte Haugen te glimlachen.

'Het was iemand met Down.'

'Wat?'

'Hij had het syndroom van Down! En toen ik zei dat ik van de politie was, werd hij bang.'

'En toen gooide hij je in de rivier?'

'Hij heeft me niet gegooid. Hij heeft me geduwd.'

'Zeker weten? Die lui zijn vreselijk sterk.'

Dat leverde hem een lachsalvo van de overige collega's op.

Een natte, boze en pijnlijk getroffen Haugen ging achter in een van de politiebusjes zitten om naar huis gereden te worden, zodat hij zich kon verkleden. Hij zag de krantenkoppen van morgen met vrees en beven tegemoet.

11

Woensdag 20 februari 1963
New York City

Hoewel hij drie maanden geleden zijn inwijding bij de familie Locatelli had ondergaan, was het leven van Vincent Giordano niet erg veranderd. Hij woonde nog steeds in het hokkerige flatje in Brooklyn. Had geen auto en knapte diverse klusjes voor Calogero Locatelli op onder regie van diens vader. Niets in de flat was nieuw, op een grotere keukentafel, wat lampen en een elektrische oven na. De afgelopen weken had hij een illegaal casino opgezet in een flat aan Crook Avenue ten zuiden van de botanische tuin van Brooklyn. Een taak waar een helder hoofd en een nietsontziende wil voor nodig was. Een taak die volgens Don Domenico goed bij hem paste. Het was ongebruikelijk om op je twintigste de verantwoordelijkheid voor een speelhol te krijgen. Don Domenico was nauw bevriend geweest met Vincents overleden vader, en velen waren van mening dat hij om die reden zo'n winstgevende onderneming in handen kreeg na nog geen drie maanden daarvoor tot hun gelederen te zijn toegetreden.

Vincent stond met zijn sigaret in zijn hand uit het raam te kijken. Er lag vuile sneeuw op de weg en in de voortuinen. De kinderen bekogelden elkaar met sneeuwballen. Twee van de jeugdige straatschoffies hadden zich op het dak tegenover zijn flat opgesteld. Al rokend bleef hij naar hen staan kijken. Het zag eruit dat ze een wedstrijdje hielden wie de meeste voorruiten van passerende auto's kon raken. Ze gaven het pas op toen de ene een politieauto raakte die langzaam voorbijreed.

De norse, oude Ierse inspecteur sprong achter het stuur vandaan en schreeuwde al zwaaiend met zijn politieknuppel iets naar hen omhoog.

Het was bijna twee uur. Over twintig minuten had hij een afspraak met Calogero in 'Joey's', hun stamkroeg. Vincent stopte het pakje sigaretten en het stapeltje bankbiljetten in zijn broekzak, deed zijn riem om en trok die strak om zijn slanke heupen. Drukte zijn sigaret uit in de asbak op de vensterbank en liep de gang in. Deed zijn bruine leren jasje aan en trok de ritssluiting op tot aan zijn hals.

Een van hen had gekletst. Een verklikker. En hij had niet tegen de politie van New York geklikt, maar tegen de federale politie, de FBI. De New Yorkse politie vormde geen grote bedreiging, noch voor de familie Locatelli, noch voor de andere vier families die het in de stad voor het zeggen hadden. Don Domenico had de politie onder controle – in die zin dat hij ervoor zorgde dat de hoofdcommissaris zich dure scholen kon veroorloven voor de opleiding van zijn kinderen. Meer was niet nodig, want de hoofdcommissaris wist wat het alternatief zou zijn. Het eenvoudigste voor hem was daarom bij minder ernstige misdrijven de andere kant op te kijken. Maar ditmaal had Don Domenico geen touwtjes om aan te trekken en kon hij de problemen die zouden ontstaan niet met steekpenningen wegwerken. De informant moest uit de weg geruimd worden voordat hij iets zei wat de *familie* schade kon toebrengen.

In de zitbox die het verst van de deur verwijderd was, zat Calogero een kop koffie te drinken, terwijl zijn been onder het tafelblad ongeduldig op en neer wipte.

'Jij bent vroeg,' merkte hij op toen Vincent ging zitten. 'Mooi zo.'

'Je bent kennelijk in een goed humeur. Hebben we nog meer ontdekt?'

'Ja. Het is Vette Phil Piletti.'

'Wat?' barstte Vincent uit.

Hij kende Vette Phil goed. Die had zijn charmante bijnaam al op jonge leeftijd gekregen. Op kousenvoeten mat hij hooguit één meter vijftig, maar qua omvang minstens het dubbele. Zo lang Vincent zich kon herinneren had Vette Phil tot de clan van Don Domenico behoord. Hij was begonnen als incasseerder, maar de laatste jaren was hij naar een van Don Domenico's aannemersbedrijven overgeplaatst, domweg omdat hij steeds langzamer was gaan bewegen. Het kostte hem alleen al een halve minuut om in een auto te stappen. Hij verdiende goed en sluisde jaarlijks miljoenen dollars naar de top van de hiërarchie door. Toen was hij onder verdenking komen te staan van de moord op Ed Goldstein, de eigenaar van een concurrerend bedrijf, die had geweigerd overstag te gaan toen Vette Phil hem had gevraagd de prijs van een bouwklus te verhogen. Zo hielden ze de bouwwereld onder controle. De stad had destijds offertes gevraagd voor een negen etages tellend kantoorgebouw aan de zuidkant van Manhattan. De keus was natuurlijk op de aannemer gevallen die met de schappelijkste prijs kwam, en ditmaal was het bedrijf van de onverzettelijke Ed Goldstein het laagst uitgekomen. Zijn offerte lag driehonderdduizend dollar onder die van Vette Phil. Die zocht hem in zijn kantoor op en zei dat zijn prijs met vierhonderdduizend dollar omhoog moest. Goldstein weigerde en zei dat hij zich niet bang liet maken door de vette Italiaan. Terwijl Vette Phil zijn kantoor uitliep, zei hij uitdrukkelijk tegen Goldstein dat die daar spijt van zou krijgen. Twaalf uur later werd Goldstein voor zijn huis in Queens voor de ogen van al zijn vijf kinderen doodgeschoten.

'Dat vette varken. Voor de politie is hij de voornaamste verdachte van de moord op Goldstein. Er zijn getuigen die beweren dat ze hem rond het tijdstip van de moord bij Goldsteins huis hebben gezien. Samen met de bedreiging die hij in het kantoor heeft geuit, is dat meer dan genoeg bewijs om hem een paar weken vast te houden. Hoe goed de relaties ook zijn die mijn vader met de politie heeft, ze kunnen een man die iemand als Goldstein met een revolver heeft omgelegd niet laten lopen. We kregen van onze man op het bureau te horen dat Phil bezoek heeft gehad van een paar heren in zwarte pakken – en dat waren geen advocaten. En raad eens wat er gisteravond is gebeurd.'

''Hij is vrijgelaten.'

'Precies. Bovendien heeft hij geen contact met papa opgenomen, en ook niet met de rest van ons. Die goeie, ouwe Vette Phil lekt als een mandje.' Calogero goot de rest van zijn koffie naar binnen. 'Neem Salvatore en Chris mee. Doe wat nodig is om erachter te komen wat hij ze heeft verteld. Daarna...' Calogero haalde zijn wijsvinger over zijn hals. 'Oké?'

Vincent knikte langzaam. Schoof helemaal naar de binnenste hoek van de zitbox en leunde tegen de wand.

'*Doe wat nodig is*. Er is geen twijfel aan?'

'Nee. Geen twijfel aan. Papa heeft me gevraagd om jou op deze klus te zetten. Je ligt hem wel.'

'Ik zal hem niet teleurstellen,' zei Vincent met een glimlach.

'Dat weet ik.'

De regen kletterde tegen de beslagen voorruit.

Vincent zat op de stoel naast de chauffeur in een oude Cadillac samen met Salvatore en Chris – twee van Don Domenico's lakeien – te wachten totdat Vette Phil klaar was in het naargeestige bordeel in Queens. De bordeelhoudster had Calogero Locatelli gebeld toen Vette Phil haar voorbijgelopen was en met zijn vaste meisje in zijn vaste kamer was verdwenen. Er waren twee uur verstreken sinds ze de auto hadden geparkeerd, en Chris vroeg de twee anderen hoeveel nummertjes ze dachten dat Phil kon maken. Vincent en Salvatore lachten en Chris lachte nog harder omdat zijn grap succes had; dat was meestal niet het geval.

Vincent draaide het raampje omlaag en stak een sigaret aan. Hij hoopte dat Phil niet net zo sterk van geest als van lichaam was, want dan had hij ongetwijfeld een rotkarwei voor de boeg. Hij draaide de knop van de radio om en de stem van Andy Williams vulde de auto met *Moon River*.

'Goed, hè?' zei Chris vanaf de achterbank.

'Fantastisch. Maar ik vond het beter toen Audrey Hepburn het zong,' antwoordde Vincent, en hij blies de rook door het openstaande stukje raam.

'In die film...' Chris krabde op zijn hoofd. 'Hoe heet die ook alweer?'

'*Breakfast at Tiffany's*,' bracht Salvatore vanaf de chauffeursstoel te berde.

Vincent kreunde even. 'Audrey Hepburn.' Hij keek naar Salvatore. 'Dat zou verdorie nog eens wat zijn.'

Ze luisterden de song af zonder dat een van hen nog iets zei. Vincent floepte zijn sigaret het raam uit en keek toe hoe hij in de sneeuwsmurrie belandde. Tegen Calogero had hij er geen woord over gezegd, maar deze klus beviel hem niet. Een man die al meer dan twee keer zo lang deel had uitgemaakt van de familie als hij jaren telde. Iemand die altijd aardig voor hem was geweest. Hij vond het afschuwelijk. Hij wist dat dit zijn echte vuurdoop zou worden.

De zijdeur van het bordeel sloeg dicht. In de motregen zagen ze een dikke man aankomen. Salvatore startte de auto, zwenkte ermee de straat over en reed met veel gas het achterafstraatje door. De koplampen wierpen een reusachtige schaduw van Vette Phil op het gebouw aan het einde van de straat. Vincent stapte de auto uit en op Phils vette rug af.

'Phil.'

Phil draaide zich om en stak zijn armen omhoog om niet door het licht van de Cadillac verblind te worden. 'O! Ben jij het, Vincent. Je had me bijna een hartinfarct bezorgd.'

'Je moet met ons meekomen.'

'Ik kan het uitleggen, Vincent.'

'Dat zal vast wel. Waar staat je auto?'

'Om de hoek.' Phil wees de smalle achterafstaat in. 'Als jullie hier wachten, rijd ik achter jullie aan.'

'Geef je sleutels aan Salvatore en ga dan hier bij mij zitten.'

'Hou op,' lachte Phil. 'Waarom zo dramatisch?'

'Ga nú in de auto zitten.'

Phil spreidde zijn armen en keek de drie mannen voor hem niet-begrijpend aan.

Vincent trok zijn pistool uit zijn broekband en richtte het op hem. 'Nu.'

Phil gooide zijn sleutels naar Salvatore en ging op de achterbank zitten. Vincent vond dat hij verrassend kalm bleef. Verontrustend kalm. Phil had zenuwachtiger moeten zijn dan hijzelf, maar dat was hij niet.

De zwarte Cadillac scheurde drie kruisingen over voordat Chris de snelweg opreed.

'Ik vraag het je één keer, Phil, en niet meer dan dat. Ik hoop dat je eerlijk antwoord zult geven en dit voor niemand moeilijker zult maken dan het al is.'

'Vraag maar raak,' antwoordde Phil, terwijl hij de jonge maffioso aankeek.

'Wat heb je ze verteld?'

'Welke ze?'
'De F...B...I... ' Vincent merkte dat hij kwaad begon te worden.
'Waar heb je het over? Denken jullie dat ik geklikt heb!' Voor het eerst keek Phil ongerust. 'Waar is Don Domenico? Ik wil met hem praten.'
'Ik had gezegd dat ik het één keer zou vragen, Phil. Nu hou je je bek.'
Chris gaf plankgas. Ze reden voorbij New York International Airport. Phil bleef rustig. In elk geval deed hij het voorkomen alsof hij dit kleine misverstand met overdonderende kalmte opnam. Inwendig was hij in grote beroering. Zijn vervette hart klopte sneller dan ooit. Waar zou het eindigen. Op het vliegveld? Een perfecte plek. Ze zouden wachten met hem dood te schieten tot er een vliegtuig landde of opsteeg. Op die manier zou niemand ook maar iets horen. Hij kende het klappen van de zweep.
Vincent keek naar Phil, die uit het zijraampje keek – de man wist wat hem te wachten stond. Hij zou niet om zijn leven smeken. Hij zou de wereld verlaten zoals hij had geleefd. Als een man van eer.
Chris nam inderdaad de afslag vlak achter het vliegveld.
'Vincent...,' begon Phil. 'Waarom doen jullie dit? Ik heb over niemand iets gezegd.'
'Ik heb het je in de stad gevraagd, Phil,' antwoordde hij zacht.
'Dit is belachelijk. Volslagen waanzin!'
Chris sloeg rechtsaf en keek in de spiegel om er zeker van te zijn dat Salvatore hen niet was kwijtgeraakt. Phil zag het vliegveld steeds kleiner worden. Hij was opgelucht. Misschien was iedereen ergens verzameld om hem welkom thuis te heten na die dagen die hij bij de politie in hechtenis had doorgebracht? Dat moest

het zijn. Zieke humor, maar Calogero was heel goed in staat zoiets te bedenken.

'Je kunt dat pistool wel wegdoen, Vincent,' grinnikte Phil. 'Ik was er bijna ingetuind. Dat pistool is zeker niet eens geladen?'

'Waar heb je het over?'

Vincent Giordano gaf geen krimp. Phil had gehoord van de jongeman die bijna Don Domenico's lieveling was geworden. Een toekomstige leider. Hij kende zijn verhaal – en nu wist hij het zeker: er zou geen surprise-party komen.

Chris reed de auto een groot industrieterrein op en bleef voor een roestige schuifdeur staan. Phil keek op naar het afgebladderde bord boven de deur: 'Ray's Vlees'. Hij sloot zijn ogen.

Salvatore kwam naast hen tot stilstand. Stapte uit, schoof de deur open en wenkte hen naar binnen.

Achter hen ging het hek met een dreun dicht. Vincent en Chris trokken Vette Phil van de achterbank. De grote ruimte was leeg, afgezien van de stevige vleeshaken aan het plafond. Het oude slachthuis was al drie jaar niet meer in gebruik. Chris had opdracht gekregen een geschikte plek voor deze klus te zoeken. De gedachte ging door Vincent heen dat Chris hier niet voor het eerst was; hij was al bezig een vleeshaak te laten zakken.

'Phil, we kennen elkaar nog niet zo lang, maar ik herinner me dat ik als jongen bewondering voor je had. Denk nog eens na. Vertel me wat je hebt gezegd, dan blijft het voor ons allebei zo pijnloos mogelijk.'

De tranen liepen Phil over de vette wangen. 'Ik heb niets gedaan of gezegd. Ik word niet langer met de zaak in verband gebracht, daarom mocht ik weg.'

'Lulkoek,' zei Vincent. Hij keek naar Chris en Salvatore. 'Uitkleden en ophangen.'

De dikke man stribbelde tegen. Hij smeet Chris en Salvatore omver en keilde ze als lappenpoppen over de vloer. Hij stoof op Vincent af met een snelheid die hij sinds zijn kinderjaren niet meer aan de dag had gelegd. Vincent zat op de motorkap en zag de paniek in zijn ogen. Phil kwam met uitgestoken armen op hem af. Zijn blik was wanhopig.

De knal weerkaatste de hele ruimte door. Phil sloeg schreeuwend tegen de betonnen vloer. Vincent legde het pistool op de motorkap en liep naar hem toe. Hij lag te krimpen van de pijn. Zijn vette vuisten omklemden zijn bebloede knie.

'Dat had ik nou willen vermijden, Phil. Dit is de laatste keer dat ik het vraag.' Vincent trapte tegen de schotwond in zijn knie.

'Ik heb niet gekletst!' schreeuwde hij.

Vincent boog zich voorover en fluisterde: 'De duivel hale je, Phil. De duivel hale je.'

Chris en Salvatore trokken hem zijn kleren uit en sleepten hem naar de vleeshaak die Chris naar de vloer had laten zakken. Ze duwden de vlijmscherpe haak in zijn rug.

De kreten die Phil slaakte toen de haak in zijn vette rug werd geduwd waren niets vergeleken met zijn gekrijs toen hij werd opgehesen. Vincent had nog nooit zoiets gehoord. Als puber was hij er getuige van geweest hoe een vrouw in de portiek waar hij woonde een kind baarde. Haar gekrijs was het buitensporigste wat hij ooit had gehoord. Ze had geschreeuwd van pijn en vreugde. De man die nu voor hem hing, schreeuwde ook van pijn – maar tevens van angst.

'Als je niet zo dik was zou je letterlijk krijsen als een mager varken!' lachte Chris en keek naar Vincent.

Ditmaal glimlachte Vincent niet, en het gelach van Chris stierf weg. Phil hing een meter boven de grond en leek van zijn stokje te zijn gegaan. Hij deed geen poging zich te bewegen. De hysterische kreten van pijn hadden plaatsgemaakt voor een zacht gekreun. Op de vloer had zich een klein plasje bloed verzameld van de steekwond in zijn rug. Phil mompelde iets.

'Wat zeg je, Phil?'

'Domenico...' Toen hij inademde, kronkelde hij van de pijn. 'Ik wil met Don Domenico praten.'

'Dat zal niet gaan. Vertel me nou wat je hebt gezegd, dan maken we er nu een einde aan. Anders ga ik een paar minuten weg en laat ik Chris en Salvatore doen wat ze willen.'

'Loop naar de hel. Het maakt niet uit wat ik wel of niet vertel. Ik ben toch ten dode opgeschreven.'

'Zoals je wilt, ouwe vriend.'

Vincent liep naar buiten en stak een sigaret aan. Binnen kon hij de slagen horen die ze hem gaven, en de erbarmelijke kreten. Phil was niet meer in staat om luidkeels te schreeuwen. Het was gestopt met regenen; de sterrenhemel was helder en er hing vorst in de lucht. Als ze terugreden zou de weg spekglad zijn. Hij verheugde zich op de zomer. Dan zou hij vaste voet hebben gekregen met zijn gokclub, het geld zou binnenstromen en dit zou allemaal vergeten zijn. Niemand maakt gedachten vuil aan dode verklikkers.

Hij rookte zijn sigaret op en stopte hem terug in het doosje. Nu was de dikke man naar alle waarschijnlijkheid dood. De klappen en het zachte gekreun waren gestopt. Het enige wat hij nog hoorde waren de stemmen van Chris en Salvatore. Boven hem bulderde het nieuwe vlaggenschip van Boeing. Een groot passagiersvliegtuig waarvan hij totnogtoe alleen maar plaatjes in tijdschriften had gezien. Het landingsgestel verdween in de buik van het vliegtuig. Daar had hij moeten zitten, dacht hij. Op weg naar een plek waar het warm was, waar hij wit zand tussen zijn tenen kon voelen, een plek met koude drankjes en mooie hoeren.

'Hij heeft wat gepraat,' zei Chris toen Vincent terugkwam. 'Hij heeft niet bekend dat hij geklikt heeft, maar toen ik deze pakte' – hij hield een lange dunne stroomstok op, die kennelijk was blijven liggen uit de tijd dat Ray hier zijn bedrijf had, en wuifde ermee – 'en hem in zijn reet stak...'

'Bespaar me de details, Chris. Wat zei hij?'

Vincent bekeek het vormeloze lichaam van een afstand.

'Hij zei dat hij de boel afgeroomd had. Niet helemaal eerlijk was geweest met zijn boekhouding. Het ging niet om grote bedragen. Alles bij elkaar een paar honderdduizend. Hij heeft in elk geval volgehouden. Een hardnekkige duvel, hoor.'

'Is hij dood?'

Chris en Salvatore knikten. Vincent liep naar Phil toe. Uit zijn ene neusgat kwam een klein belletje bloed, telkens als hij uitademde. Hij was duidelijk nog niet dood.

'Nee, dat is hij niet. Maar hij zal hoe dan ook nooit meer vertellen dan hij al gedaan heeft,' zei Vincent.

'Maken we hem af?' vroeg Salvatore.

Vincent deed twee stappen naar achteren en bekeek het naakte, toegetakelde lichaam. De armen en benen waren gebroken, het bovenlijf was paars. Niet te geloven dat hij dat pak slaag en de stroom had overleefd. Er zat vast geen botje meer in dat vette lijf dat niet gebroken was. Het hielp niet dat hij met vele lagen vet bekleed was. Zijn huid fungeerde als zak; van binnen was hij aan diggelen.

'Nee, laat maar hangen.'

12

Zondag 14 juni
Fredrikstad

Noch de autorit van een uur, noch de kop koffie die hij onderweg had gedronken, waren erin geslaagd hem echt wakker te krijgen. Met kleine oogjes zat Anton Brekke in de overlegruimte op de tweede etage van het politiebureau van Fredrikstad. Hij wachtte op de andere leden van het onderzoeksteam. Het was twee minuten over acht en hij vroeg zich af of de bijeenkomst nu om acht of om negen uur zou beginnen. Hij keek in de inbox van zijn mobieltje. Het sms'je was geheel in hoofdletters geschreven, met koppeltekens waar spaties hadden moeten staan; Haugen was nooit echt vlot geweest met technische snufjes. Anton stond op en liep naar het raam om uit te kijken over de stille zondagmorgen. Achter hem ging de deur open. Hij draaide zich om en keek in de ogen van Simonsen, de technisch rechercheur. Hij richtte zijn blik weer op het raam, alsof hij nog steeds alleen in het vertrek was. De witte Opel van Haugen rolde de binnenplaats van het politiebureau op.

'En, mister Kripos, heb je ook verdachten?' vroeg Simonsen met gemaakte arrogantie, terwijl hij de tabloid *Verdens Gang* op tafel gooide.

'Ik heb nog minder verdachten dan jij aanknopingspunten hebt, en dat zegt bepaald niet weinig.'

'Nee, zeg dat wel. Bijzondere zaak. Wacht maar tot Haugen *VG* ziet.'

Anton perste er een gegromd 'ja' uit. Het boeide hem meer om te zien of de brommer beneden erin zou slagen met die hoge snelheid de bocht te nemen zonder tegen de grond te gaan.

Sverre Klavestad kwam binnen met een ringband onder zijn arm en een mok koffie in zijn hand. 'Gelukkig ben ik niet de enige die te laat is,' zei hij met een roestige ochtendstem.

'Goeie koffie?' vroeg Anton, terwijl hij Klavestad aankeek.

'Pas gezet en verrukkelijk. Je hebt nog wel tijd om een drupje halen voor de anderen opduiken.'

Anton verdween de gang in, terwijl Klavestad nog riep dat hij niet de koffiemachine in de gang moest gebruiken, maar het koffiezetapparaat in de pauzekamer. Hij liep een paar kantoortjes voorbij en ging de deur aan het uiteinde van de gang binnen.

Lang, blond, steil haar hing over het blauwe uniformhemd. De gestroomlijnde gestalte stond met haar rug naar hem toe en schonk koffie uit het apparaat over in een kan. Anton had nooit iets gezien in vrouwen in uniform, maar hij had er dan ook nooit een gezien die er op die manier in verpakt zat. Hij bleef net iets te lang staan staren; ze keerde zich om en keek hem aan.

'Ik ben gewoonlijk geen gluurder,' zei Anton, en hij zoog zijn mond vol lucht, zodat zijn wangen opbolden.

'Vast niet,' zei ze met een glimlach. Ze zette de koffiekan neer en stak haar rechterarm uit. 'Martine Rieck. Jij bent zeker Anton Brekke?'

Hij schudde haar de hand. 'Dat klopt als de spreekwoordelijke bus. Maar, Martine, ik hoop dat je niet alle koffie hier achterover hebt gedrukt. Want dan krijg je koek.'

'Koek?'

'Billenkoek.'

'Ik heb de zwarte band, dus kijk maar uit,' zei ze plagerig. 'Maar de koffie is voor ons allebei, ik was alleen een beetje laat.'

'Kom jij ook naar de bijeenkomst?' Hij keek naar haar epauletten: een eikenblad en twee sterren, met aan weerskanten een gele streep. 'O, Vrouwe Justitia...'

'Dat klopt als de spreekwoordelijke bus,' zei ze, met zo'n brede glimlach dat er lachkuiltjes zichtbaar werden. 'Laten we maar eens op gang komen.'

Martine Rieck zette de koffiekan en een paar kopjes op een blad en liep de deur uit, op twee passen gevolgd door Anton. Dit uitzicht beviel hem beter dan dat uit het raam in de overlegruimte. Ze sloop met de elegantie van een kat de gang door. En ze had bovendien geen ring aan haar vinger. Over die Rieck moest hij beslist eens een onderonsje met Haugen hebben.

In de ontmoetingsruimte stond een rood aangelopen inspecteur met zijn handen op zijn heupen naar de voorpagina van *VG* te kijken: 'Rechercheur in het water na worsteling met mogelijke moordenaar'. De foto van een doorweekte Haugen nam bijna de hele eerste pagina in beslag. Wilhelm Martiniussen moest het doen met een plaatje ter grootte van een pasfoto in de rechter benedenhoek.

'Heerlijk, Anton. Heb je dit gezien?'

'Ja.' Glimlachend schonk hij zichzelf een kop koffie in. 'Vanmorgen bij het tankstation. Je ziet er best snoezig uit met nat haar.' Hij nam een grote slok en glimlachte naar Martine Rieck.

'Nou ja...' Haugen ging zitten. 'Laten we beginnen. Brekke?'

'We zijn hier eigenlijk alleen maar bij elkaar om de zaken kort door te nemen en de juriste op de hoogte te brengen. Ze moet per slot van rekening over' – Anton keek op de klok die achter Haugen aan de muur hing –

'drie uur en tweeënvijftig minuten een persconferentie houden.'

'O ja?' Martine keek hem verrast en met een scheef lachje aan.

'Yes.' Anton lachte terug. 'Ik weet in elk geval dat ik die niet ga houden. Dat gaat je wel lukken, jij komt beter over op het scherm dan ik.'

'Nou, dat weet ik niet, hoor. Maar ik vind het best.'

'We weten niet veel meer dan gisteren. Nora Røed Karlsen, Wilhelms vriendin, ligt nog steeds in het ziekenhuis. Ik heb vanmorgen de dokter gesproken, en hij gaat ervan uit dat ze in de loop van de dag zover is dat ze naar huis kan.'

Achterovergeleund in zijn stoel nam Anton Haugens aantekeningen uit het ziekenhuis door. Gisteravond laat had hij de achtergrond van de overige Mardan-bestuursleden nagetrokken, en de enige die ooit met de politie in aanraking was geweest, was Frode Moen. Zijn naam was opgedoken in netkranten van rond de millenniumwisseling, maar ook toen had Anton geen bijzonder belang gesteld in wat zich op de beurs afspeelde. Hij kon beter niet vooringenomen zijn, want Frode Moen was uiteindelijk nooit ergens voor veroordeeld. Op zijn strafblad stonden alleen een paar simpele geldboetes. Allebei voor verkeersovertredingen. Maar hij zag er wel gewiekst uit. Een spitse, lange neus, grote oren, twee ongewoon dicht bij elkaar staande ogen en twee borstelige wenkbrauwen die aan neergelaten zonneschermen deden denken.

Haugen leunde op zijn krachtige onderarmen. Zijn aderen lagen bijna boven op zijn huid, als dikke regenwormen. Anton keek naar zijn eigen onderarmen, die bleek en dun waren. Een beetje kleur was wel leuk geweest, dacht hij. Hij schoof zijn hemdsmouwen omlaag voordat Martine het grote verschil tussen hen tweeën zou opmerken.

'Simon, heb jij Martiniussens advocaat nog te pakken gekregen?' vroeg Anton. 'Ik neem aan dat hij over informatie beschikt wie er van de overledene erft.'

'Ja, hij zit in Spanje. Hij wilde heel graag met ons praten, maar niet via de telefoon.'

'O nee? Waarom niet?'

'Joost mag het weten. Advocaten...'

Martine Rieck kuchte.

'Hij neemt,' en Haugen bladerde zijn papieren door, 'maandag het vliegtuig naar huis.'

'Morgen?' vroeg Martine.

'Ja.' Haugen vond het juiste papier. 'Om acht uur. Zijn vliegtuig gaat morgenochtend om acht uur.'

Anton richtte zijn blik op Sverre Klavestad. 'En jij, Klavestad? Heb jij verder nog iets?'

'Helaas niet. Het kleine beetje haar en bloed dat we hebben gevonden is voor analyse opgestuurd.'

'Oké, dat was het dan. We komen weer bij elkaar zodra zich een nieuwe ontwikkeling voordoet.'

Toen Anton en Haugen het kantoor van laatstgenoemde binnenliepen, hoorden ze gelach verderop in de gang, en toen ze de kantoorstoel van de inspecteur zagen, begrepen ze waarom. Iemand had de stoel een reddingsvest omgehangen.

'Een volwassen stelletje, vind je ook niet, Anton?' Haugen smeet het reddingsvest de gang op en sloeg de deur dicht.

'Ja, net iets voor de schaapskudde.'

Ze trokken geen van twee een lachend gezicht. Haugen kon zich niet herinneren wanneer hij zich voor het laatst zo had geschaamd, en dat het pijnlijke voorval ook nog eens op de voorpagina van de grootste krant van het land werd opgeklopt, maakte de zaak er niet beter op. Anton had de episode gisteren twee minuten lang leuk gevonden. Nu was hij erop gespitst om verder te komen met deze zaak en eens wat dieper te graven bij de personen die interessant waren.

Haugen ging achter zijn bureau zitten, terwijl Anton op een lage archiefkast tegen de muur plaatsnam. Hij keek toe hoe Haugen zijn toetsenbord aansloeg en op het scherm keek, terwijl het gelach dat buiten maar door bleef schetteren over de hele verdieping te horen was.

'Hoor die clowns nou! Zo leuk is het toch ook weer niet?' Haugen raakte geïrriteerd en ramde met zijn wijsvingers op de toetsen.

'Nee, die lui hier hebben geen groot bovenlicht. Maar Martine Rieck?'

'Wat is daarmee?' Haugen wendde zijn blik niet van het scherm af.

In stilte vroeg Anton zich af of mevrouw Vibeke Haugen haar echtgenoot soms had gecastreerd. Op het bureau stond een grote foto van Haugen, Vibeke en hun drie kinderen. Hij had een mooie vrouw, maar hoe kon iemand zo weinig belangstelling voor die lange blondine aan de dag leggen?

'Nou ja, *wat is daarmee*? Dat weet ik toch niet.'

'Pas gescheiden van een autolakker, geen kinderen.' Haugen kruiste zijn armen voor zijn brede torso en leunde naar achteren. 'Woont in een flat hier in het centrum, heeft een kleine terriër en rijdt een rode Polo.' Haugen beet zachtjes op zijn onderlip en keek de kamer door. 'En ze is een gezondheidsfanaat. Ik geloof dat ze alleen maar sla eet.'

'Jemig. Wat heb jij een opmerkingsgave. Je zou haast denken dat je bij de politie zat.'

'Tja, ik hou de boel een beetje bij. Zullen we een ritje

naar Frode Moen maken? Die woont, meen ik, in het oude landhuis in Torsnes.'

'Kunnen we doen. Waar is de jongen? Ik mis die grote gok van hem. Als jullie hem goed africhten, kan hij misschien op den duur als speurhond dienstdoen.' Anton glimlachte.

'Wie?'

'Torp natuurlijk.'

'Naar een of ander gedoe ter afsluiting van zijn opleiding. Komt morgen terug. Mis je hem?'

'Nou ja, missen. Hij is de scherpste niet, maar wel een vlotte jongen. Het zal goed voor hem zijn als hij een paar dagen met ons meedraait, terwijl we *serieus* politiewerk doen. In tegenstelling tot wat die strebers hier in huis doen.'

'Zo kan ie wel weer, Anton. Veel mensen hier verstaan hun vak.'

Haugen begreep heel goed wat Anton bedoelde. Doordat het ophelderingspercentage was gedaald, was de reputatie van de politie aangetast, en de inwoners van de stad waren het zat dat het enige wat ze van de politie merkten hun eeuwige gezeur om hogere salarissen was. Anton Brekke was zo'n type dat vond dat een politiebeambte naar inzet betaald moest worden – en op het ogenblik was de inzet op het stedelijke politiebureau niet om over te juichen.

'Zeker. Laten we gaan.'

Anton opende de deur naar de binnenplaats, maakte een buiging en bracht zo elegant mogelijk uit: 'Dames gaan voor.'

Haugen glimlachte kort en onoprecht. Hij vond de flauwe grap niet bijster amusant – hij ergerde zich nog steeds aan de stunt met het reddingsvest. Anton trok wat documenten over de zaak uit de zak van zijn lichtgekleurde zomerjasje en bladerde ze door tot hij bij de foto's van de plaats delict kwam. De barst in de spiegel, de urine op de vloer van de lift – de twee enige indicaties dat er überhaupt iets was gebeurd. Hij had niet het idee dat Wilhelm Martiniussen een kans had gehad. Hij had nog nooit een dergelijk scenario meegemaakt. Professioneel uitgevoerd – met een pianosnaar, en zonder poging om het lijk te verbergen. Het deed aan een oude gangsterfilm denken, waarin het slachtoffer werd achtergelaten om als afschrikwekkend voorbeeld en waarschuwing te dienen. Hij stopte de foto's in zijn ruime zak terug en keek onder het lopen de notities van Sverre Klavestad door.

'Het wordt interessant om die Frode Moen te ontmoe...'

Haugen maakte zijn zin niet af. Een roodwit voorwerp smakte voor hen op de grond.

'Allemachtig,' zei Haugen zacht, en keek gechoqueerd naar de reddingsboei met het opschrift van de verzekeringsmaatschappij *Tryg Vesta*.

'PAK 'M BEET, Haugen!' Een diepe stem, begeleid door een koor van lachers, galmde vanuit een raam op de eerste verdieping over de binnenplaats.

'Verdomde idioten!' schreeuwde Haugen. 'Dat ding is nodig om levens te redden!'

Haugens reactie leek de politieagenten voor het raam niet tot bedaren te brengen; ze lachten nog harder.

'Relax, Simon. Die leeghoofden zijn alles zo weer vergeten. We rijden naar Torsnes.'

Anton stond al bij de passagiersdeur van de burgerauto, een Mondeo. De grap van het bureaupersoneel van de surveillancedienst maakte geen indruk op hem.

13

Frode Moen wandelde over een pad langs een weiland in de buurt van zijn chique huis in Torsnes. Hij werd begeleid door degene die door dik en dun zijn trouwe vriend was geweest – zijn dertien jaar oude herdershond. Wat hem nu te wachten stond, was ongetwijfeld dun. Wie weet dunner dan ooit. Aan de jaarlijkse opbrengst van zijn kleine aandeel in het eigendom van Mardan had hij genoeg om zich te redden, en dankzij de paar miljoen die hij op een rekening in het buitenland had staan, was hij niet echt noodlijdend, maar van dat geld was geen mens op de hoogte – zelfs zijn vrouw niet. Dat geld moest hij heimelijk uitgeven. Reservegeld voor slechte tijden. Het zou hoe dan ook niet genoeg zijn voor het jacht waarnaar hij de afgelopen maanden had lopen smachten. Hij had een verre reis willen maken. Weg van dat mens waar hij eens mee was getrouwd, weg van het landgoed dat hij vroeger vol trots zijn *thuis* had genoemd. Hij had alles gepland. Hij zou met zijn marineblauwe jacht een wereldreis hebben gemaakt. En daarna zou hij het nog eens dunnetjes overgedaan hebben. En nog eens. Hij zou als een gelukkig man aan dek gestorven zijn met zijn kapiteinspet stevig op zijn hoofd, een Cubaanse sigaar tussen zijn tanden en een champagneglas in zijn hand. Met een glimlach.

Nu was die droom weggezweefd. Allemaal vanwege Nora Røed Karlsen. Hij haatte haar en wenste dat ze samen met die ouwe bok van een Wilhelm Martiniussen aan haar eind was gekomen. Hij zag dat zijn hond zijn poot optilde bij een stevige boomstam langs het pad. Zijn vrouw was in de stal, bezig met een ziek paard. Daar had ze de hele nacht naast gezeten. Vanaf het pad zag hij de staldeur wagenwijd openstaan. Een meisje uit het buurhuis, een paar honderd meter verderop, liep met grote, opgewekte stappen naar binnen. Die kwam te pas en te onpas aanwippen om de paarden dag te zeggen. Het volgende moment kwam ze naar buiten hollen met een boze Margareth Moen achter zich aan. De grondbezitster riep het meisje, dat allang weer richting grote weg liep, een paar zinsneden achterna. Moen hoorde niet wat ze schreeuwde, maar ving de woorden 'ziek', 'verdomme' en 'sodemieter' op. Het zal me worst wezen, dacht hij. Als het landgoed niet haar eigendom was geweest, had hij het verkocht. Of het rotding in de fik gestoken om een flink bedrag van de verzekering op te strijken. Hij kon het nog altijd in brand steken. Met die gedachte had hij al heel vaak gespeeld. Maar dat zou dan puur voor de lol zijn. Het vrouwmens waarmee hij getrouwd was, zou er kapot van zijn en dat was op zichzelf al een beloning. Het bezwaar was dat ze dan op een hotelkamer zouden belanden tot ze een nieuwe behuizing hadden gevonden. Als ze zo op zijn lip zou zitten zou dat hoogstwaarschijnlijk op iets ergers dan brandstichting uitlopen. Hij keek omhoog naar de blauwe hemel en de brandende zon, aaide zijn beste vriend en liep naar het hoofdgebouw. Als hij bofte zou ze hem niet opmerken, terwijl hij over de enorme binnenhof liep.

Toen de donkere Mondeo van de hoofdweg de lange, geasfalteerde oprit opreed, miste hij op een haar na het huilende meisje. Haugen ging op zijn rem staan en sprong de auto uit.

'Hela, meisje. Alles in orde?'

Hij ging op zijn hurken naast het meisje staan, dat verstijfd van schrik een halve meter van de grill stond.

'Ja,' snotterde ze.

Hij veegde de tranen van haar wangen. 'Woon je hier?'

'Nee, ik ging alleen de paarden dag zeggen. Ik woon daarzo.' Ze wees de weg af.

'Zullen we je naar huis rijden?' vroeg Haugen, terwijl hij opstond.

'Ik mag niet met vreemden mee. Doei.' Ze haalde haar hand over haar gezicht en rende verder.

Door het keukenraam kon Moen een grijze auto zien aankomen. Hij verwachtte geen bezoek en duimde in stilte dat het niet iemand was die naar Margareths paarden kwam kijken. De auto reed het hek tussen de twee dikke kastanjebomen binnen. Ze hadden hier een eigen tuinman; de kastanjebomen waren zo geknipt dat de takken en bladeren aan een reusachtige broccoli deden denken. Langs een van de zijkanten van het ronde grasperkje midden in de tuin bleef de auto staan. Als een nieuwsgierige oude buurvrouw schoof Moen het gordijn opzij en gluurde naar de twee mannen die in de auto de koppen bij elkaar staken om iets van hetzelfde papier te lezen.

Hij wachtte tot er voor de derde keer op de deur werd geklopt voordat hij opendeed; ze moesten niet de indruk krijgen dat hij niets anders te doen had dan onaangekondigd bezoek te ontvangen.

'Ja?' zei hij, terwijl hij de deur opende.

'Simon Haugen.' Daarop knikte de inspecteur naar zijn collega, zonder zijn blik van Moen af te wenden. 'Dit is Anton Brekke. Politie. Wij onderzoeken de moord op Wilhelm Martiniussen en willen je graag wat vragen stellen.'

Moen keek naar de identiteitsbewijzen om hun hals.

'Ja, natuurlijk. Kom binnen. Maar willen jullie alsjeblieft je schoenen uitdoen? Meestal nemen jullie namelijk de hele tuin bij de mensen mee naar binnen.' Hij lachte hardop.

'Charmant,' zei Anton ironisch, en hij staarde hem dom aan.

Op sokken liepen ze een ouderwets ingerichte woonkamer binnen. Anton en Haugen namen plaats op een versleten, harde tweezitsbank, terwijl Moen in een leren fauteuil ging zitten die heel goed minstens vijftig jaar oud kon zijn, maar er desondanks nieuwer uitzag dan de rest van het meubilair.

'Ziet er goed uit hier,' zei Haugen, terwijl hij om zich heen keek. 'Ik houd altijd wel van ouderwets.'

'Bedankt. Ik ben meer een minimalist, maar als ik hier ook maar iets verplaats, wordt mijn strot afgebeten.'

'O ja?' Haugen glimlachte.

'*Een beschermd landgoed.*' Hij sloeg zijn ogen ten hemel. 'Heeft mijn vrouw geërfd. Is al generaties lang in de familie. Wij verblijven normaliter in de oostelijke vleugel, waar het er wat moderner uitziet.'

De oostelijke vleugel, dacht Anton. De man zat hem nu al tot hier.

'Juist. Maar...'

'Ja!' onderbrak Moen hem. 'Politie aan de deur. Da's niet niks. Het is al aardig wat jaartjes geleden dat jullie hier voor het laatst zijn geweest. Of om precies te zijn niet jullie, maar die smeerlappen van de afdeling financieel-economische criminaliteit. Gelukkig zitten er hogerop in het systeem mensen met meer gevoel voor rechtvaardigheid. *No offence,* hoor.'

'O ja?' Haugen trok een nieuwsgierig gezicht.

'Kom, kom,' lachte Moen, en hij klopte voorzichtig op de armleuning, 'doe nou niet alsof je dat niet weet.

Alsof je me niet in het archief hebt nagetrokken voordat je de rit hierheen ondernam. Zo achterlijk zijn we hier niet.'

'Komen we hier eigenlijk nog verder?' vroeg Anton sarcastisch.

'Nee, dan moeten jullie die andere weg nemen,' antwoordde Moen nors.

Anton ergerde zich aan zijn arrogantie en poeha. Ze hadden zich bij de deur voorgesteld, verteld waar het om ging, en toch had Moen met geen woord over Martiniussen gerept. Anton bestudeerde zijn gezicht. Hij maakte geen nerveuze indruk. Zijn houding was net zo ontspannen als wanneer ze gezegd hadden dat ze namens het Rode Kruis kwamen collecteren. Of hij had niets met de moord op Martiniussen te maken, of hij beschikte over een pokerface, en dat kende Anton maar al te goed.

Haugen schraapte zijn keel. 'Je kunt dit als een getuigenverhoor beschouwen. Je bent niet verplicht tegenover de politie een verklaring af te leggen, maar als je daar wel voor kiest, moet je de waarheid spreken. Je maakt je aan een strafbaar feit schuldig, als je bewust tegen de politie liegt. Oké?'

'Natuurlijk.'

'Wilhelm Martiniussen.' Haugens toon was gedecideerd. 'Waren jullie goed bevriend?'

'We waren eigenlijk meer collega's dan vrienden. Begrijp me niet verkeerd,' en Moen ging rechtop in zijn stoel zitten, 'vrienden waren we ook, maar we zagen elkaar alleen maar in zakelijk verband. Hoe gaat het trouwens met die knappe vriendin van hem? Ik las dat ze er weer aardig bovenop is.'

'Met haar gaat het prima,' antwoordde Haugen kortaf, waarna hij snel op de volgende vraag overging. 'Hoe reageerde je maandag toen je te horen kreeg dat

Martiniussen besloten had het Canadaproject af te blazen?'

Moen zuchtte en krabde zich achter zijn oor. 'Ja, hoe reageerde ik...' Hij richtte zijn blik op het plafond en trok een peinzend gezicht. 'Ik reageerde natuurlijk geschokt en achterdochtig.' Hij keek zelfverzekerd naar Haugen. 'Toen werd ik kwaad. Verschrikkelijk kwaad. Ik weet niet eens meer wat ik zei. Het is heel goed mogelijk dat ik iets zei wat er een beetje verkeerd uitkwam.'

'Dat denk je dus?' groef Haugen verder.

'Ik zei dat het heel goed mogelijk was. Een mens kan hele domme dingen zeggen als hij kwaad is. Maar omwille van mezelf hoop ik wel, dat ik hem niet heb bedreigd.' Hij zette een onzeker, scheef glimlachje op en grinnikte vervolgens heel kort.

'Waar was je vrijdag tussen tien en twaalf uur 's avonds?'

Haugens vraag was perfect getimed. Normaliter was dit een inleidende vraag, maar vanwege het nonchalante optreden van de ander had hij gewacht tot dit moment, nu Moen niet helemaal op zijn hoede was, en terwijl hij zich nog afvroeg of hij zijn antwoord op de vorige vraag goed genoeg geformuleerd had.

'Thuis bij mijn mooie echtgenote. De vrijdagavond is in zekere zin onze avond. Dan koken we lekker eten, kijken naar een goede film en zitten knus bij elkaar. We zien elkaar namelijk verder niet zo veel.' Voor het eerst glimlachte Moen met zijn hele gezicht.

Zijn eerste leugen. Anton borg de gedachte dat Moen een prima pokerface had weer op. De man tegenover hem maakte ongetwijfeld de ene helft uit van een huwelijk dat een stuk ongelukkiger was dan het zijne ooit was geweest.

'Wat gaan jullie bij Mardan nu doen?'

'Dat weten we zelf nog niet precies. We hebben de

gebeurtenis nog niet goed kunnen bespreken. Maar wat Mardan betreft zijn er dingen waarvoor jullie je tot onze advocaten moeten wenden. Ik geef geen antwoord op vragen over het bedrijf. Daar ben ik niet in de juiste positie voor.'

'En Martiniussen was de voornaamste aandeelhouder, nietwaar?'

'Inderdaad. En daarna Bjørn Danielsen, die dertien procent heeft. Maar daar wil ik het liever niet over hebben. Ik zeg liever geen verkeerde dingen.'

'Dit is een moordonderzoek, Moen.'

'Dat snap ik. Maar zoals ik zei, alles wat met Mardan verband houdt, moeten jullie met onze advocaten opnemen.'

Haugen knikte.

'Bestaat de kans, dat wat jou betreft het Canadaproject doorgaat?'

'Daar heb ik helaas geen idee van. Dat zullen we moeten bespreken.'

'Maar wat denk je zelf?'

'Ik denk niets.'

'Hoe nam je het doodsbericht op?'

'Ik was uiteraard geschokt. Ik kwam het van mijn vrouw te weten. Zij had het op de radio gehoord.'

'Ben je blij dat hij dood is?' Anton leunde ontspannen naar achteren en wachtte met zijn blik op Moens ogen gericht het antwoord op zijn enige vraag af.

Naast hem verstijfde Haugen. Hij had zich dat ook al afgevraagd, maar het zou alleen in Antons hoofd opkomen die vraag zo botweg te stellen.

'Pardon?!' stamelde Moen, die net zo verrast leek als Haugen.

'Ben je blij dat Wilhelm Martiniussen dood is? Hoop je een beetje dat het project toch doorgaat en je de geweldige winst zal opleveren waar je van droomt?'

'Nee, serieus!' Moen stond op. 'Eruit. Allebei!'

'We komen er zelf wel uit,' zei Haugen, terwijl hij overeind kwam. 'Bedankt voor het gesprek.'

Moen bleef er op de achtergrond op toezien dat zijn gasten het huis verlieten zonder rond te neuzen. Een dergelijke brutaliteit had hij nog nooit meegemaakt, en als hij niet had gewild dat de politie niet dieper bij hem zou graven, had hij zowel bij de districtscommissaris als bij de minister van Justitie een schriftelijke klacht ingediend. Hij smeet de deur achter hen dicht, liep de keuken in en dronk wat water, zo uit de kraan. Toen hij ging zitten, kraakte de oude keukenstoel. Door het raam keek hij naar de ongemanierde blonde politieman en zijn kompaan. Ze waren al halverwege de binnenplaats, op weg naar dat teringwijf waarmee hij getrouwd was. Waren de antwoorden die hij de politie had gegeven goed genoeg? Had hij juist gereageerd op de vraag of hij blij was dat Martiniussen dood was? Hij dacht van wel. Als hij niet kwaad was geworden – of althans geen blijk van boosheid had gegeven – en in plaats daarvan eerlijk had geantwoord, was hij ongetwijfeld met handboeien om op de achterbank van de grijze auto afgevoerd.

Anton en Haugen stonden in de geopende staldeur naar de grote vrouw te kijken. Ze lag op de grond teder het paard te aaien. Margareth Moen was een robuuste vrouw van begin veertig. Zowel een paar jaar jonger als een paar kilo's lichter dan haar man. Haar stevige achterwerk en haar stevige dijen leken elk moment uit de strakke rijbroek te zullen barsten.

'Is hij ziek?' vroeg Anton, terwijl hij op zijn hurken ging zitten.

Ze schrok op en keek om. 'Sorry, maar ik ben de enige die vandaag de stal in mag.'

'Mogen we twee minuten van je tijd in beslag nemen? Wij zijn van de politie. Het gaat om de moord op Wilhelm Martiniussen.'

'O. Ja, vanzelf.' Ze omhelsde het paard behoedzaam. 'Ik ben zo terug, lieverd.'

Het zieke paard hinnikte even, terwijl het haar met treurige ogen aankeek.

'Vreselijk, hè?' Margareth stond er met gevouwen handen bij. 'Die arme man.'

Haugen dreunde haar rechten op en vroeg of ze Martiniussen goed had gekend.

'Nee, alleen maar via Frode. We groetten elkaar en wisselden wat woorden tijdens het kerstdiner. Hij bleef altijd bescheiden. Een aardige man, maar heel stil.'

'Wat is er met je paard?' vroeg Anton.

'Geen idee. De veearts is vanmorgen vroeg geweest en heeft wat monsters genomen. Hij komt vanavond terug.' Ze draaide zich om en keek de stal in. 'De arme stakker.'

'Volgens je man waren jullie vrijdagavond allebei thuis,' vervolgde Haugen. Het interesseerde hem niet zo hoe het met het zieke paard ging.

Ze trok haar wenkbrauwen op en keek de twee mannen aan. 'Wat krijgen we nou? Ben ik verdacht?'

'Absoluut niet, maar zoals het er nu voorstaat, moeten we iedereen in de directe omgeving van Martiniussen natrekken.'

'Overdag had ik een ruiterbijeenkomst in Drammen,' zei ze op scherpe toon.

De tegemoetkomende, vriendelijke vrouw was op slag verdwenen.

'En 's avonds?'

'Ik ben om half zes thuisgekomen,' antwoordde ze boos. 'Heb eten gekookt voor mijn man. Daarna hebben we gegeten. Naar de eerste helft van een slechte film gekeken, en toen zijn we naar bed gegaan.'

Haugen noteerde wat korte trefwoorden op zijn schrijfblok.

'Vroeg naar bed?'

'Om half tien, en ik ben zo'n *drieënhalve minuut later* in slaap gevallen. Ik had een lange dag achter de rug,' siste ze.

Haugen keek haar met een milde blik en een scheef lachje aan. 'Trek het je niet aan. Zoals ik al zei, we moeten dit doen. We willen je niet het gevoel geven dat je verdacht wordt.'

'O nee? Jullie komen hier binnenstieren en zetten me tegen de muur om me te verhoren?'

'In elk geval bedankt voor het gesprek.'

'Ik had ook nog last van diarree. Schrijf dat maar op!' Ze stampte terug naar de stal en smeet de twee grote deuren achter zich dicht.

'Wat een teringwijf!' barstte Anton uit, terwijl ze in de auto stapten. 'Het leek wel of je een schakelaar omdraaide. Voordat je haar over vrijdag vroeg, was ze juist zo vriendelijk.'

'Nou ja, ik had me misschien iets anders uit kunnen drukken.'

'Nee. Reageren is één ding, maar dit leek nergens op. Ik weet niet met wie van de twee ik het meest te doen heb.'

Haugen draaide het sleuteltje om. De auto spoot weg en scheurde de lange oprit af en het hek door.

'Dit is een tuinhek, niet de eindstreep van een rally!' riep Anton, hoorbaar geërgerd over Haugens wegpiraterij.

'Ja, sorry. Het kwam zomaar over me,' antwoordde Haugen op een toon die duidelijk maakte dat hij elders was met zijn gedachten.

Achteruit geleund tegen de hoofdsteun keek Anton naar buiten. Hooischuren, grote weilanden en een heleboel bos. De perfecte plek voor een moord, en genoeg plekken om een lijk te verbergen.

Hij dacht na over het korte gesprek met Frode Moen. Martiniussen en Moen waren duidelijk geen goede vrienden, en ten slotte waren ze zelfs geen goede collega's meer geweest. Toch kon hij zich niet voorstellen dat Moen persoonlijk de moord had gepleegd. Als Moen Martiniussen had willen vermoorden, zou hij het ongetwijfeld hier gedaan hebben. Hem mee naar buiten hebben gelokt en hem hebben doodgeschoten. Of doodgeslagen. Maar hij was wel het type om iemand voor de klus in te huren. Iemand die het vaker had gedaan. Iemand die wist wat hij deed. Dat zou het bijzondere scenario verklaren, en het feit dat de vrouw gespaard was. De genadeloze moordenaar was simpelweg betaald om één persoon om het leven te brengen.

'Moen heeft een slecht pokerface,' zei Anton.

'Ja, en?' Haugen had zijn wegpiraterij inmiddels wat afgezwakt.

'Ja, wat hij ons opdiste met betrekking tot vrijdag was flauwekul. "Mijn mooie echtgenote en ik..." lulkoek. Hun huwelijk is net zo gelukkig als...,' hij probeerde een huwelijk van twee beroemdheden te bedenken dat het stadium ongelukkig allang gepasseerd was, 'dat van Ike en Tina Turner.'

Het was lang geleden dat hij voor het laatst een roddelblad had gelezen.

'Wat? Denk je dat hij haar slaat?'

'Nee, Simon, dat was maar een voorbeeld...' Hij keek het zijraampje uit.

'Zij zei dat ze was ingeslapen zodra ze was gaan liggen. Laten we zeggen dat we haar wat extra tijd geven, dat ze om tien uur in slaap is gevallen. Dat geeft Frode Moen ruimschoots genoeg tijd om van zijn huis naar

Kråkerøy te komen. Dat is 's avonds hooguit twintig minuten rijden.'

'Dat kan, maar ik denk niet dat hij iemand om zeep heeft geholpen.'

'Niet? Hij heeft al eens bewezen dat hij geen scrupules heeft.'

'Bedenk wel dat hij nooit ergens voor is veroordeeld. Het enige waar hij schuldig aan is, is dat hij verliefd is op geld. Daarmee is hij nog niet schuldig of medeplichtig aan moord. Verliefd op geld, dat ben ik ook.'

'Dat weten we niet, Anton. Het gaat hier om verschrikkelijk veel geld. Verdorie, voor zoveel miljoen zou ik zelf iemand van kant maken.' Hij glimlachte om te benadrukken dat hij het niet meende.

'Ja, met zoveel geld gaat je leven er heel anders uitzien. Maar goed, we kunnen die kwal beter meteen natrekken. Laat iemand de beelden op de bewakingscamera's van Hydro Texaco aan de St. Croix-kruising en dat andere tankstation op Kråkerøy bekijken. Vraag ze om te letten op een witte Range Rover en eventuele andere voertuigen waarover hij beschikt. Tussen half tien en twaalf op vrijdagavond.'

Haugen knikte. Hij zou de opnamen toch wel hebben laten bekijken.

'Maar!' riep Anton zo hard dat Haugen een sprongetje maakte achter het stuur. 'Al is dat een doodlopend spoor, vraag ze toch maar om het te doen. Ze hebben toch niets beters omhanden.'

Met een reddingsvest en een dito boei nog levendig in zijn geheugen gegrift, tekende Haugen ditmaal geen protest aan namens zijn collega's.

14

Zondag 24 februari 1963
New York City

Er waren vier dagen verstreken sinds Vincent Giordano Vette Phil aan een vleeshaak had achtergelaten om te sterven. De eerste drie had hij geen gedachten aan hem vuilgemaakt. Hij had zichzelf ter geruststelling voorgehouden dat Phil wist wat iemand te wachten stond die inbreuk maakte op het heiligste van alles, de omertà – de zwijggelofte. Die moord was geen fraaie affaire geweest, maar tegenover zichzelf had Vincent ter verdediging aangevoerd dat gerechtigheid soms wreed kan zijn. Phil, het vette varken, had zijn noodlot zelf over zich afgeroepen op het moment dat hij had besloten zijn snavel tegen de autoriteiten open te doen. Bovendien had Vincent geen keus gehad. Als hij had geweigerd de klus op te knappen, zou zijn leven ongetwijfeld in een vat op de bodem van de Atlantische Oceaan zijn geëindigd.

Nu, op de vierde dag, zat hij op een stoel uit het raam te kijken. Hetzelfde tuig stond op hetzelfde huisdak sneeuwballen te gooien. Hij voelde zich ziek. Toen hij was gaan zitten, was zijn pakje sigaretten vol geweest, nu zaten er nog maar twee in. Hij moest zo meteen een nieuwe aansteken; de sigaret die hij nu tussen zijn vingers had, brandde snel. Op de vensterbank lag een boterham die hij niet naar binnen kon krijgen. Hij kreeg hem niet eens naar zijn mond. Hij was helemaal nergens toe in staat. De illegale goktent die binnenkort klaar was om open te gaan, interesseerde hem ineens niet meer. Hij wilde weg. Hij was letterlijk onpasselijk en had zin om over te geven en vervolgens uit het raam te springen om drie verdiepingen lager op de grond te kwakken. *Geen twijfel aan*, waren Calogero's woorden geweest. Vincent had ook niet getwijfeld. Niet voor vanmorgen vroeg, toen Calogero onaangekondigd was opgedoken met een naam die op de achterkant van een oude foto was geschreven. Alle mogelijke twijfels waren op slag verdwenen. Calogero had tevens gemeld, dat Phil onschuldig was – zowel aan de moord op Ed Goldstein als aan de vermeende verklikkerij. Alles wat Phil tijdens zijn laatste rit had gezegd, was blijkbaar waar geweest.

Vincent klemde zijn kaken op elkaar en sloot zijn ogen. Hij had het door moeten hebben. Niemand zou een dergelijke druk weerstaan hebben zonder te breken. Hij boog zich voorover naar de foto die omgekeerd op de grond lag. Hij las de handgeschreven tekst op de achtergrond hardop voor zichzelf: 'Tommy Mitchell, 1925-1963'. Calogero had het lollig gevonden om 's mans geboortejaar en het jaar waarin hij zou sterven op te schrijven. Een grap die alleen maar bij Calogero kon opkomen, en die alleen hijzelf leuk vond.

De naam was onbekend. Op de foto zag hij er ongevaarlijk uit. Maar dit was volgens Calogero de politieman die hun de informatie had doorgespeeld dat Phil tegen de FBI had gelekt. Wat Tommy Mitchell had verzwegen, was dat hij bij Vette Phil Piletti in de schuld stond. Vijfduizend dollar, en met de rente die Phil rekende, ging dat bedrag elke dag omhoog. Mitchell had besloten dat hij net zo goed kon proberen Phil samen met die schuld uit de wereld te helpen.

Tommy Mitchell was een rechercheur die dol was op bijna alles wat verboden was. Vooral op prostituees en gokken. Hij had zijn kans schoon gezien om van zijn schuld af te komen door een verhaal te verzinnen dat hij vervolgens aan Calogero had opgedist en dat de Locatelli's voor zoete koek hadden geslikt. Mitchells plan zou de soep in zijn gedraaid als Phil na zijn vrijlating contact met de *familie* had opgenomen – hij had uiteindelijk niets met de moord te maken. Maar de kwestie had tot vette krantenkoppen geleid en Don Domenico – die er alles aan deed om een reputatie als gezagsgetrouw zakenman in stand te houden – in een zeer kwalijk daglicht geplaatst. Phil had geweten dat hem dat duur zou komen te staan, maar hopelijk alleen financieel. Daarom had hij besloten een paar dagen te wachten voordat hij het hoofd van de familie opzocht, in de hoop voor zijn aannemersbedrijf een goed contract in de wacht te kunnen slepen en zo grote bedragen naar de top te kunnen doorsluizen. Het was niet helemaal volgens Phils plan gelopen, en nu zag het er ook naar uit dat het plan van Tommy Mitchell, dat in beginsel geniaal was, de soep in zou draaien – of het cement in.

Op het dak stonden plotseling twee politieagenten die het tuig met hun wapenstok afrosten. De klappen vielen aan de lopende band, en de boefjes gingen met hun handen voor hun gezicht op de grond liggen. De agenten gaven hun een scheldkanonnade die in half Brooklyn te horen was: 'Als we jullie hier nog eens zien, slaan we jullie verrot. Vuile dego's!'

Dat was de laatste keer dat Vincent de straatschoffies op het dak zag.

Hij trok de volgende sigaret uit het pakje, stopte hem in zijn mondhoek en stak hem aan. Zijn gedachten bleven maar doormalen over de steeg voor het bordeel, het autoritje en het korte verblijf in de oude bedrijfsruimte van 'Ray's Vlees'. Hij maakte nu eindelijk deel uit van het bestaan waarvan hij altijd had gedroomd. Dat dergelijke klussen erbij hoorden, wist hij, maar toch drukte het zwaar op hem. Het was hoe dan ook triest, wie de klus ook opknapte, maar dat hij had meegeholpen een andere man van eer zonder pardon af te slachten, iemand die volstrekt onschuldig was – in elk geval aan deze aanklacht – dat was een hard gelag.

Hij bleef in diezelfde houding zitten tot het bijna tien uur was. In de stad was het donker al uren geleden ingevallen, maar hij had desondanks het gevoel dat het vanavond nog donkerder zou worden. Er wachtte hem een laatste klus voordat hij een streep onder Phil Piletti kon zetten, en die *klus* zou nu binnenkort zijn werkdag op het politiebureau bij het kerkhof van Cypress Hill afsluiten. Hij had gevraagd of hij het ditmaal alleen mocht doen. Het zou snel gebeuren.

En relatief pijnloos.

Vincent reed de donkerblauwe Ford het doodlopende straatje in dat de lijkauto's meestal gebruikten als ze de doden vervoerden op hun allerlaatste rit. Uit de autoradio zweefde de stem van Frank Sinatra met *I Get a Kick Out of You*. Vincent draaide het volume omhoog en floot mee, terwijl hij ondertussen om zich heen keek. Tommy Mitchell stak altijd dit kerkhof over als hij na zijn avonddienst op het kleine politiebureau naar huis ging. Vincent zette de motor uit en bleef in de auto zitten totdat Sinatra uitgezongen was.

Hij zette de geluiddemper op zijn pistool. Stapte de auto uit. Sloot voorzichtig het portier. Liep geluidloos over de krijtwitte sneeuw waarmee de grote begraafplaats bedekt was en stelde zich bij een groot, marmeren mausoleum op. Volgens het grove, diep uitgehakte reliëf boven de deur herbergde het mausoleum de familie Hessler. Hij had geen idee wat dat voor mensen waren of hoe ze daar waren beland, maar het was blijkbaar een welgestelde familie geweest die ervoor wilde zorgen dat ze niet vergeten werden. Vincent keek het open plein over. Het zag ernaar uit dat hij alleen was. Hij sloop behoedzaam de drie traptreden van het mausoleum op en ging achter een van de twee massief marmeren zuilen staan die bij de ingang prijkten. Van daaraf had hij vrij uitzicht op het hek aan de noordkant. De thermometer thuis had twee graden vorst aangegeven, maar door de gure wind voelde het aan als minstens min tien. Hij legde zijn pistool voorzichtig op de bovenste traptree en wreef in zijn handen. Hopelijk was die smeerlap van de politie niet ver weg.

Tommy Mitchell stak snel de straat over en liep het hek aan de noordkant van de begraafplaats op Cypress Hill binnen. Hij was al laat en verwenste zichzelf omdat hij vandaag niet met de auto naar zijn werk was gegaan. Dan had hij rechtstreeks naar de twee meisjes kunnen rijden die in een morsig bordeel in Harlem op hem wachtten. Toch moest hij onwillekeurig glimlachen. Hij voelde zich vijfduizend dollar rijker. In plaats van een slecht bordeel in Harlem zou hij zich nu in feite een eersteklas hoer kunnen veroorloven. Dat moest maar wachten – morgen was er nog een dag. Hij versnelde zijn pas en liep op een drafje het smalle pad langs de grafstenen over. Hij was niet de enige met tijdgebrek; achter zich hoorde hij iemand met rasse schreden naderen. Hij nam niet de moeite over zijn schouder te kijken. Hij was Tommy Mitchell, de hardste politieman van New York. Niemand wilde met hem in de clinch raken. Hij voelde zich onsterfelijk. Een paar dagen geleden had hij niet alleen zijn collega's in de luren gelegd, maar ook Calogero Locatelli en Don Domenico. Het hoofd van de familie Locatelli voelde zich nu ongetwijfeld in de schuld staan bij de politieman die hun een verklikker op een presenteerblaadje had aangeboden. Een aangever. Iemand die hun hele imperium ten val had kunnen brengen. Mitchell glimlachte.

'Tommy Mitchell,' zei een donkere stem achter hem. 'De smerigste smeris in deze hele rotstad.'

Mitchell bleef staan. Snel draaide hij zich om. 'Wie is daar? Ik ben van de politie, en ik ben bewapend.'

Hij zag alleen een donkere gestalte. Hij wachtte tot de man nog meer zou zeggen; misschien zou hij die stem aan een gezicht kunnen koppelen. Mitchell deed een stap dichterbij en zijn blik viel op het pistool, dat in de hand van de onbekende naar de grond wees. Hij vervloekte de gemeente, omdat die de kapotte peertjes in de hoge lantaarnpalen die strategisch om het kerkhof heen stonden, niet had vervangen. Maar het meest van al vervloekte hij zichzelf omdat zijn dienstrevolver in zijn tas zat.

'Zeg, weet je niet wie ik ben?' Mitchell verhief zijn stem.

'Phil Piletti laat je groeten vanuit zijn graf,' zei de stem laag en duister.

'O, nee...'

Zelfs in het donker kon Vincent zien dat Mitchell wit wegtrok. In één beweging bracht Vincent zijn arm omhoog en haalde de trekker over. Twee goedgemikte, bijna geluidloze schoten troffen de blonde politieman in de borst, zodat hij omviel. Vincent deed vier stappen naar hem toe, bleef bij zijn levenloze lichaam staan en leegde de rest van het magazijn in zijn borst. Ver weg hoorde hij luide stemmen. Hij keek om zich heen, maar zag niemand. Dat konden alleen maar dronkenlappen zijn. Hij greep het magere lijf onder de oksels en smeet het over zijn rug. Bleef naar de kleine, rode bloedvlekken in de sneeuw staan kijken. Als het aan hem lag, zou hij de schoft laten liggen, maar hij had opdracht om hem te laten verdwijnen – voorgoed. Een terechtgestelde politieman zou ongetwijfeld voor meer onrust in de stedelijke onderwereld zorgen dan een die in rook was opgegaan, en voorlopig kon Don Domenico geen krantenkoppen meer gebruiken, al zou hij er zelf ook de voorkeur aan hebben gegeven dat Mitchells lijk was blijven liggen als afschrikwekkend voorbeeld voor anderen.

Vincent stapte de begraafplaats over, het mausoleum voorbij en de helling af naar het doodlopende straatje waar zijn auto wachtte. Het dode lichaam smeet hij op het plastic zeil in de kofferbak.

Hij was ervan overtuigd dat hij zich beter zou voelen zodra hij Mitchell goed en wel te ruste had gelegd in het privégraf op Ed Goldsteins bouwterrein.

15

Zondag 14 juni
Fredrikstad

In het *Eenuurjournaal* van Radio 4 zat een kort fragment van de persconferentie die Martine Rieck een uur daarvoor had gehouden in de conferentiezaal van het Radisson Hotel. De luisteraars kregen in elk geval de indruk dat het om een fragment ging. In werkelijkheid was het de hele opname. Een ontevreden perskorps bleef achter met niet veel meer dan 'weinig sporen', 'wachten het sectierapport af' en 'zijn bezig met getuigenverhoren'. Dat laatste was flauwekul en betekende alleen maar dat ze hadden gesproken met de mensen die Wilhelm Martiniussen het naast hadden gestaan.

Haugen deed de radio uit en greep het stuur met allebei zijn handen stevig vast. Anton sloeg zijn speciale manier van rijden met verbazing gade. Voorovergebogen, maar desondanks met enigszins holle rug. Met het stuur zo stevig omklemd dat zijn knokkels wit werden en zijn blik strak naar voren gericht reed hij de auto de binnenplaats van het bureau af en het centrum door.

'Wat is er met jou aan de hand? Je zit erbij als een ouwe taart,' zei Anton, terwijl hij de ineens zo feminiene Haugen opnam.

'Ik heb pijn.'

'In je rug zeker? Moet ik rijden?'

'Dat helpt niet.'

'Natuurlijk wel. Je kunt de rugleuning omlaag draaien.' Anton trok aan de hendel naast zijn stoel en ging bijna waterpas liggen. 'Je bent te lang. Je rug raakt versleten doordat hij dat zware lijf van jou rechtop moet houden. Nou helpen die lange armen niet, hè Simon?' zei hij plagerig, en hij ging weer rechtop zitten.

'Ze helpen *hier* niet tegen.' Haugen kneep zijn lippen op elkaar.

'Rij terug naar je kamer en gooi er wat pijnstillers in. Als je niet eens kunt zitten, functioneer je te voet al helemaal niet.'

'Ik héb pijnstillers genomen,' zei Haugen op een schrille, wanhopige toon. 'Ik heb aambeien!'

'Beste jongen, laat ze dan weghalen.'

'Maar dat doet pijn. Mijn zwager heeft dat laten doen, hij zei dat hij bijna staande moest slapen.'

Anton grinnikte.

'Ja, heel leuk, Anton. Als jij het was, had je je ziek gemeld en lag je nu thuis.'

'Dat klopt. Rij hier eens in.' Anton wees naar een eetkiosk in de busterminal. 'Ik wil een paar worstjes.'

'Daar rij ik niet in.' Haugen reed het trottoir tegenover de terminal op. 'Je loopt er maar naartoe.'

'Wel allemachtig,' zuchtte Anton mismoedig. 'Er is op die hele terminal geen bus te bekennen. Ik ben in een halve minuut klaar.'

'Nee, ik rij daar niet in. Er zijn grenzen aan wat we ons kunnen veroorloven.'

'Ellendige scherpslijper.' Met een glimlach stapte Anton uit.

Met een wit T-shirt en een kaki short aan zat Bjørn Danielsen op zijn grote terras op de eerste verdieping. Terwijl hij van zijn derde whisky van die dag nipte, bladerden zijn vingers voor de tweede keer de landelijke dagbladen door.

Het was nog niet helemaal tot hem doorgedrongen. Hij zou de geestdriftige stem van Wilhelm Martiniussen nooit meer horen. Ze zouden nooit meer samen uit vissen gaan, een fles goede, oude cognac delen of met elkaar kletsen. Die gesprekken zou hij het ergste missen. Praten over vroeger en over straks, over auto's en motorfietsen, en over hun beider Mardan. Hij had Wilhelm al heel lang als meer dan een beste vriend beschouwd; dat ze verschillende ouders hadden, was de enige reden waarom ze geen broers waren. Hij zou niet goed weten waar hij zonder hem terecht zou zijn gekomen. Hoogstwaarschijnlijk opgeborgen op een of ander kantoor, met een jaarsalaris van hooguit een half miljoen kronen. Misschien zelfs dat niet eens.

Hij leegde zijn whiskyglas en keek uit over de tuin – dat project van zijn vrouw Eva dat maar niet afkwam. Ze stak er zelf weliswaar niet zoveel uur werk in, maar ze wist de professionals heel goed te vertellen hoe ze het hebben wilde. 'Het belangrijkste is per slot van rekening het eindresultaat,' had ze geantwoord toen hij haar had gevraagd waarom ze zelf niets deed. Midden in de tuin stond het cadeau dat ze van Wilhelm voor hun zilveren bruiloft hadden gekregen: een fontein van vijf meter doorsnee. Zonder meer het royaalste geschenk. Danielsen had het offwhite kaartje met het gouden opschrift tevoorschijn gehaald dat erbij had gezeten: 'Voor mijn twee beste vrienden, Bjørn en Eva. Gefeliciteerd met jullie 25-jarige huwelijk. Jullie vriend Wilhelm'. Hij herlas het meermalen voor hij het onder *Aftenposten* legde, die dichtgevouwen op het kleine, ronde tafeltje lag.

Hij dacht terug aan die zomeravond half juni, dertig jaar geleden. Toen ze op de trap van zijn ouderlijk huis hadden gezeten en hadden besproken hoe het bedrijf moest heten. Ze hadden hun naam op een blad papier geschreven en geprobeerd verschillende combinaties voor zich te zien. Wilhelm stelde 'Danmar' voor, met Danielsen voorop, maar dat had hij niet gewild. Wilhelm stak er het meeste geld in en dus sprak het vanzelf dat zijn naam voorop zou staan. Na een langdurige overredingsronde had Wilhelm ten slotte toegegeven en was hun avontuur van start gegaan.

'Bjørn?' zei Eva bij de terrasdeur.

Hij veegde zijn tranen af zonder dat zij het zag en draaide zich om. 'Ja?'

'De politie is hier. Ze willen met je over Wilhelm praten.'

Daniel goot nog een borreltje naar binnen en probeerde zijn zenuwen in bedwang te krijgen voordat hij langzaam naar beneden liep. Onder aan de trap bleef hij even staan en probeerde een helder hoofd te krijgen. Terwijl hij naar de woonkamer liep, bekeek hij de twee politiemannen. De grootste gaf er de voorkeur aan te blijven staan, terwijl nummer twee op de hoekbank genesteld een worstenbroodje met een dikke klodder garnalensalade zat te eten. Bjørn keek naar Eva, die hem zelfverzekerd naar binnen wenkte.

Anton Brekke had Danielsen niet meteen in de gaten. Hij was te druk bezig het huis in zich op te nemen. Zijn blik gleed telkens opnieuw de grote woonkamer door. Hij had in zijn loopbaan allerlei soorten woningen bezocht, maar dit huis was heel anders dan de rest. Aan beide kanten van deze zaal liep een trap in een boog naar de eerste verdieping. De vloer was met marmer bekleed. Aan het hoge plafond hing een monumentale kroonluchter. Aan de wanden naast de trappen hingen schilderijen in massieve lijsten. Aan de rechterkant was een eetkamer. Anton telde de stoelen met de hoge rugleuningen om de langwerpige tafel en kwam tot zestien.

Deze woonkamer deed hem aan plaatjes van het Koninklijk Paleis denken. Rode divans met koperen poten in de vorm van leeuwenklauwen. Boven de open haard hing een enorm olieverfschilderij van het echtpaar Danielsen.

Hij verplaatste zijn blik naar de hand met het worstenbroodje. Hij had het advies moeten opvolgen dat Haugen hem buiten voor het huis had gegeven. 'Eet dat liever op voor we naar binnen gaan.'

'Goedendag,' zei Bjørn Danielsen, en hij stak zijn hand naar Simon Haugen uit.

'Hallo. Simon Haugen, politie.'

Anton stond op en verplaatste het uitpuilende worstenbroodje naar zijn linkerhand. Hij streek met zijn vrije hand over zijn dij om eventuele kruimels af te vegen en stak hem naar Danielsen uit. 'Anton Brekke. Sorry dat ik aan het eten ben, maar...'

'Niets aan de hand,' zei Danielsen glimlachend. 'Kan ik jullie iets aanbieden? Iets te drinken?'

'Nee, dank je,' antwoordde Haugen.

'En jou?' Hij keek naar Anton. 'Iets tegen de dorst?'

'Ik geloof dat ik daar maar ja op zeg.' Hij hield zijn broodje omhoog. 'Ik ben zo slim geweest hier chilisaus op te nemen.' Hij wapperde met zijn hand langs zijn mond. 'Pittig spul.'

'Eva, haal jij even wat ijswater?'

Ze verdween de woonkamer uit. Danielsen liet zich op de tweezitsbank tegenover Anton zakken, terwijl Haugen nog steeds verkoos om te blijven staan.

'Dus... hebben jullie al iets bereikt?' richtte Danielsen zich tot alle twee.

Anton stak twee vingers omhoog om aan te geven dat hij die vraag zo meteen zou beantwoorden. Hij kauwde of zijn leven ervan afhing en wist het laatste stukje worst weg te werken. 'We trekken wat tips na,' loog hij.

'Mooi. Het zijn een paar zware dagen geweest, zowel voor mijn vrouw als voor mij. Ik overwoog contact met jullie op te nemen om te vragen of ik behulpzaam kon zijn, maar ik ging ervan uit dat ik vrij snel iets zou horen.'

Danielsen zag er aangeslagen uit. Zware wallen onder zijn ogen, ongeschoren en piekhaar. Dat kon hem niet schelen. Hij was in de rouw. Die indruk wekte hij althans.

Eva Danielsen kwam terug met een groot, beslagen glas ijswater en een onderzetter. Ze zette het voor Anton op tafel neer en ging naast haar man op de tweezitsbank zitten.

'Bedankt,' zei Anton, en hij nam een slok.

Hij zette het glas terug op de onderzetter en liet zijn blik op Eva rusten. Lange, blonde lokken aan weerszijde van een goedgevormd gezicht. Twee schoonheidsvlekjes pal rechts boven haar bovenlip. In haar jonge jaren moet ze beeldschoon zijn geweest, dacht hij, en hij keek naar een paar foto's aan de wand achter hen. Op diverse daarvan stond Wilhelm Martiniussen. Het echtpaar Danielsen samen met Martiniussen voor de Eiffeltoren in Parijs. Eva tussen de twee mannen. Een foto van het slot van de Zonnekoning in Versailles, zelfde opstelling. Op de grootste foto stond het echtpaar Danielsen alleen voor de Taj Mahal.

'Huwelijksreis?' vroeg Anton, terwijl hij naar die laatste knikte.

Danielsen schudde zijn hoofd en wees naar de foto die op een klein tafeltje naast de bank stond. 'Daarop zijn we pas getrouwd. Milaan.'

'Milaan, ja. Daar ben ik zelf ook geweest. Met school, in drieëntachtig. Ik zou er graag nog eens naartoe gaan.' Anton leegde het waterglas en ging verzitten. 'Jullie zijn behoorlijk bereisd.' Hij knikte naar de foto van het Vrijheidsbeeld in New York in de boekenkast. 'New York. Is dat even groot als iedereen beweert? Dat wil zeggen, als je er bent?'

'Geen idee. Wij zijn er helaas nooit geweest. Die foto heeft Wilhelm genomen. Hij was er zo tevreden mee dat hij hem aan mij heeft gegeven. Typisch iets voor hem.'

'Het ziet er trouwens wel oud uit. Lang geleden?'

'Tja. Ergens eind jaren zestig of begin jaren zeventig, meen ik. Dus moet hij rond de twintig zijn geweest. Hij was altijd erg dol op reizen. Vooral samen met ons.'

'Waar waren jullie op vrijdagavond?' vroeg Anton plotseling.

'We waren naar de schouwburg, en daarna hebben we gesoupeerd.'

'De schouwburg hier in Fredrikstad?'

'Nee, we zijn naar de Nationale geweest om Hedda Gabler te zien. Daarna zijn we wat gaan eten, dat doen we altijd.'

'Nog restaurants aan te bevelen in Oslo? Ik eet zelden ergens anders dan bij Bislet Kebab.'

'Statholdergaarden,' kwam Eva ertussen. 'Daar eten we graag als we in Oslo zijn. Of Feinschmecker.'

Natuurlijk, dacht Anton. Eva Danielsen wist vast niet hoe de binnenkant van een kebabtent eruitzag.

'Ik heb op weg naar huis met Wilhelm gesproken,' vervolgde haar echtgenoot.

'Hoe laat was dat?'

'Dat moet om een uur of elf geweest zijn.'

'Kunt je dat in je mobieltje nakijken?'

Hij stond op en liep naar de keuken, terwijl Haugen met zijn hiel de armleuning van de bank probeerde te raken.

'Je ziet er pips uit,' zei Eva met een blik op Haugen. 'Weet je zeker dat je niets wilt drinken?'

'Nee, dank je. Ik heb een beetje... last van mijn rug.'

'Wat vervelend.'

Anton schraapte zijn keel.

'Eva!' klonk het uit de keuken. 'Wil je even helpen? Ik snap niet hoe dat rotapparaat werkt!'

'Dan kom je toch hier?' antwoordde ze vriendelijk.

Danielsen kwam terug en gaf het mobieltje rechtstreeks aan Haugen. 'Hij staat erin als Wilhelm.'

'Elf uur twee,' zei Haugen, en terwijl hij het opschreef keek hij Anton aan.

'Waar ging het gesprek over?' wilde Anton weten.

'Ik belde eigenlijk alleen maar om te vragen hoe het met hem ging. Het is een vrij drukke week geweest. De pers had er veel ophef over gemaakt dat hij zijn auto's op stal zette, en maandag meldde Wilhelm ons dat hij een vrij omvattend project waar we behoorlijk wat middelen in hadden gestoken, wilde afblazen. Een nieuwtje dat zacht uitgedrukt niet bepaald goed viel.'

'Juist ja. Hoe reageerde je?'

'Je kunt wel zeggen dat ik geschokt was. Ik heb hem gisteren overdag geprobeerd te bellen, meteen nadat ik het op de radio had gehoord. De goden mogen weten hoe ik daarbij kwam. Ik zal wel gewild hebben dat het niet waar was. Natuurlijk werd er niet opgenomen, dus zijn Eva en ik naar Kråkerøy gereden. Daar zagen we dat het buiten bij zijn appartement wemelde van de politieagenten. Ik was niet eens in staat om naar huis te rijden.'

'Dat was het antwoord op de volgende vraag.' Anton glimlachte. 'Ik wilde weten hoe je reageerde toen Martiniussen zei dat hij dat project wilde afblazen.'

Bjørn Danielsen wreef met allebei zijn handen over zijn gezicht, zichtbaar vermoeid en aangeslagen. 'Wat zal ik zeggen? Ik was natuurlijk teleurgesteld, maar ik heb Wilhelm bij dit besluit gesteund. Hij wist het altijd het beste.'

Eva Danielsen zat te draaien op de bank en keek naar haar man.

'*Gesteund?* Wat gaat er nu eigenlijk gebeuren?'

'Eh, wat we nu verder gaan doen, moeten we in het bestuur bespreken. Toen hij werd vermoord, had hij nog niet de tijd gehad om Mardan uit het project terug te trekken.'

'Martiniussen – Danielsen – Mardan. Klopt dat?'

Hij knikte. 'Inderdaad.'

'Ik heb begrepen dat jullie Mardan samen hebben opgericht, maar dat Martiniussen de voornaamste aandeelhouder bleef?'

'In zekere zin wel, ja. Aanvankelijk bezat hij vijfenvijftig procent van de aandelen en ik vijfenveertig. De reden was domweg dat Wilhelm er het meeste geld in had gestoken.' Hij stond op en vervolgde. 'Een paar jaar waren wij de enige aandeelhouders. Toen kwam er een moment waarin ik wat extra kapitaal nodig had. Ik was verliefd op de vrouw met wie ik uiteindelijk zou trouwen.' Hij lachte naar zijn Eva, die naar hem teruglachte. 'Daarom wilde ik me uit het bedrijf uitkopen. Ik moest wat snel geld hebben. Ik wilde een kleine sportwagen, een herenhuis en een vakantiehut kopen.' Hij schudde zijn hoofd om zichzelf. 'Wat wij mannen allemaal niet doen om indruk te maken op de vrouwen.'

'Zeg dat wel. Ik heb het zelf meegemaakt. Maar dan zonder de sportwagen, het herenhuis en de vakantiehut.'

'Wilhelm verbood me om het te doen. Hij ried me niet aan om het te laten, hij zei onomwonden dat hij het niet goed vond. Hij voorzag wat de ontwikkelingen zouden zijn en wilde dat ik daar van mee zou profiteren. Ten slotte wist ik hem over te halen om tien procent van mijn vijfenveertig te kopen. Dat was genoeg voor een rode sportwagen en een vakantiehuisje op Hvaler.' Hij ging zitten en sloeg zijn arm om Eva heen.

'Ik ga ervan uit dat tien procent vandaag de dag genoeg zou zijn voor meer dan een sportwagen en een vakantiehuisje?'

Danielsen knikte langzaam en masseerde met twee vingers zijn slaap.

'Na die verkoop had je dus nog vijfendertig procent over. Nu heb je er dertien.' Anton keek Danielsen aan. Die knikte bevestigend. 'Wat is er met die tweeëntwintig procent gebeurd?'

'Die heb ik in negenentachtig verkocht. Wilhelm kocht drie procent, zodat hij er in totaal achtenzestig had en daarmee de controle over de vennootschap had. De resterende negentien procent heb ik verkocht aan Frank Julsen, Hans Arnesen, Gustav en Johnny Nielsen – dat zijn broers – en... Frode Moen.' Die laatste naam sprak Danielsen op een dusdanige toon uit dat Anton hem vragend aankeek. 'Dat beviel Wilhelm niet.'

'Dat je aandelen verkocht, of dat je ze aan Frode Moen verkocht?'

'Frode. Hij mocht hem niet zo. Dat liet hij nooit merken, maar ik kende Wilhelm. Die keer maakte hij niet zoveel bezwaar. Hij ging er waarschijnlijk van uit dat ik wist wat ik deed.'

'Deed je dat ook?'

Danielsen glimlachte. 'Nee.' Hij stond weer van de bank op. 'Ruim twee jaar later, vlak na de Golfoorlog, reisde Wilhelm naar Irak. Daar had hij ons niets van verteld, hij ging gewoon. Zo was hij. In Irak ging hij namens Mardan een overeenkomst aan om in drie verschillende gebieden naar olie- en gasvelden te zoeken en die tot ontwikkeling te brengen. Een paar maanden later waren er vondsten gedaan in alle drie de velden. Zoiets brengt veel geld in het laatje.'

Twee donkere mannen in werkkleding kwamen met allerlei gereedschap in hun hand langs het raam.

‘O jee,’ zei Eva. ‘Dat was ik glad vergeten. Die gaan in de tuin werken.’

‘Vandaag?’ riep haar echtgenoot uit.

‘Jeetje, ik heb ze dinsdag al gebeld. O, o, o.’

‘Nee, echt, Eva,’ zei Danielsen hoorbaar geërgerd.

Anton en Haugen keken de diva na terwijl ze op haar hoge hakken over het parket klikte, en Danielsen maakte zijn excuses voor de slechte timing.

‘Je kende Wilhelm duidelijk goed,’ zei Anton. ‘Kun je iemand bedenken die hem dood wilde hebben?’

‘Ik heb de laatste dagen nergens anders aan gedacht. Hij had geen vijanden.’

‘En die heeft hij ook maandag niet gekregen?’ vroeg Anton voorzichtig.

‘Ik had graag nee gezegd, maar de waarheid is dat ik het niet weet. Frode Moen liet duidelijk merken dat hij het niet met zijn beslissing eens was. Toen ik gisteren mijn gedachten weer op een rijtje had gekregen, heb ik alle bestuursleden gebeld en een...’ – Danielsen staarde voor zich uit, ‘spoedvergadering belegd. Daar heb ik precies gezegd wat jij zojuist hebt gevraagd.’

‘Nog reacties?’

‘Absoluut niet.’

Anton stond op. ‘Een laatste vraag, Danielsen. Heb je nog meer besproken?’

‘Sorry...?’

‘Met Martiniussen. Vrijdag over de telefoon.’

‘Nee, zoals gezegd belde ik om te vragen hoe het met hem ging. Hij voelde zich prima. Ik geloof dat hij het fijn vond dat de last van dat project van zijn schouders gevallen was. Hij was tevreden, alleen maakte hij zich wat zorgen om Nora, want die was ziek.’

‘Dat was alles?’

Danielsen krabde peinzend aan zijn hoofd. ‘Ja.’

'Ik kreeg de indruk dat die twee heel hecht waren,' zei Haugen toen ze weer in de auto zaten.

'Mm. Red je je in je eentje, de rest van de dag?'

'Ja, hoezo?'

'Ik ga even terug naar huis. De zaak met mijn chef doornemen en wat kleren halen, dan neem ik hier vanavond een hotel. Ga jij vandaag een praatje met de overige bestuursleden maken?'

'Ja. Dan neem ik Erik mee.'

'Wie is dat?' vroeg Anton, terwijl hij Danielsens chique behuizing achter zich zag verdwijnen.

'Inspecteur Erik Lange. Die zat op school in ons jaa...'

'Werkt die joker hier in Fredrikstad? Nemen jullie jan en alleman maar aan? Ik heb donderdag college gegeven aan zijn kleine broertje en diens jaar. Net zo onbruikbaar als z'n grote broer.'

Haugen lachte. 'Hij zit hier inmiddels al een paar jaar.'

'God allemachtig. De zaken staan er hier nog slechter voor dan ik al dacht.'

'Zo kan ie wel weer. Lange is een bekwame rechercheur.' Haugens toon was nu serieus.

'Hij weet nu blijkbaar te overtuigen. Bekwaam zijn en overtuigen zijn twee heel verschillende dingen, beste kerel. Denk daar maar eens over na.'

16

Zondag 14 juni
Sarpsborg

Terwijl Anton Brekke op weg naar Oslo de tolpoortjes bij Moss passeerde, reed een patrouillewagen van het politiebureau van Sarpsborg de Navestadveien af, die naar een industriegebied vlak onder de Sarpefossen leidt. Ze hadden opdracht naar eigendommen te zoeken, of iets anders dat de persoon kon identificeren die de dag daarvoor het ziekenhuis was binnengebracht. Het ambulancepersoneel had aanvankelijk gedacht dat de patiënt in elkaar was gezakt omdat hij niet goed was geworden, maar de alerte chef-arts op de Spoedeisende Hulp in Fredrikstad had al snel kunnen vaststellen dat hij een klap op zijn hoofd had gehad. Wat het slagwapen was wist hij niet, alleen dat het een spits en zwaar voorwerp was geweest. De politieagenten waren het erover eens dat ze liever iets anders hadden gedaan. Zelfs een voorgeleiding van gevangenen die in voorarrest zaten was bevredigender geweest.

Ze zwenkten de weg over waar de patiënt naar alle waarschijnlijkheid was neergeslagen en stopten voor een rij werkketen.

'Dit is hopeloos,' zei de chauffeur, terwijl hij het portier opende. 'We weten niet eens waar hij aangevallen is.'

De ander zuchtte. 'Is dit waar de ambulance hem heeft opgepikt?' vroeg hij, wijzend naar de plaats waar de hoofdweg langs het industrieterrein liep.

'Klopt.'

'Wat denk jij dat er gebeurd is?'

‘Geen idee,’ was het korte antwoord.

‘Wanneer is hij aangevallen?’

‘Geen idee. Hij werd in elk geval gisterochtend opgepikt.’

‘Ligt hij nu in coma?’

‘Klopt.’

‘Jee.’ De agent schudde zijn hoofd. ‘Wat rot. Arme kerel. Mijn ouders wonen hier een paar honderd meter vandaan. Voor hetzelfde geld was het mijn bejaarde vader geweest.’

De chauffeur knikte instemmend, zijn gezicht ernstig.

Aan de andere kant van het industrieterrein stonden de pas voltooide gebouwen van de Rijksverkeersdienst. De meeste van de oude opslagloodsen waren leeg, een paar waren er met schroot gevuld. Maar uit de werkketen viel op te maken dat in elk geval iemand van plan was geweest iets van het terrein te maken.

De agent die de leiding had, droeg de ander op de greppels langs de Navestadveien af te zoeken, terwijl hij zelf het smalle, geasfalteerde weggetje op wandelde dat langs de hele westkant van de bebouwing liep. Ondergekliederde stenen muren, gebroken ruiten en lege bierflesjes – van jongeren die blijkbaar geen andere plek hadden om te drinken – was het enige wat zijn aandacht trok.

Een krankzinnige herrie van een te hard rijdende brommer verscheurde de stilte. De politieagent keerde zich op zijn hakken om en rende langs de bekladde muren naar de auto terug. Abrupt bleef hij staan. Beneden op de grond lag iets wat daar niet hoorde. De brommer minderde vaart toen de jeugdige berijder de politieauto in het oog kreeg. De agent aan de rand van de greppel stak een vermanende wijsvinger naar de bromfietser op. Die gaf weer gas toen hij besefte dat hij allang uit zicht zou zijn voor de politieauto zelfs maar in beweging kwam.

'Zullen we?' klonk het bij de weg. 'Die rijdt als een dolleman! Dat brommertje is gegarandeerd opgevoerd!'

De ander gaf geen antwoord. Hij bleef omlaag staan kijken naar de kant van de weg. Vanaf het oude asfalt liepen een paar vierkante meter zand een aantal meters omlaag naar het oude, roestige gazen hek dat eens, jaren geleden, onbevoegden van het terrein had geweerd. Inmiddels was het hek even bouwvallig als de oude loodsen.

'Hallo? Zullen we?' probeerde zijn collega bij de greppel opnieuw.

'Nee,' antwoordde hij. 'Kom eens hier. Hier is iets.'

Ze gingen op hun hurken zitten. Waar de sporen begonnen, bevond zich een kleine kring die er anders uitzag dan de rest van het zand. De kleur was donkerder en steenachtig. De duidelijk zichtbare sporen in het zand wekten de indruk dat iemand hier had gekropen, en ze stopten waar het zand in het asfalt overging.

'Hij heeft hier gelegen, is bijgekomen en vervolgens naar de weg gekrabbeld, waar hij gisterochtend is gevonden,' zei de agent die de vondst had gedaan.

'Daar ziet het naar uit, ja. Maar een portefeuille? De man is duidelijk beroofd.' Zijn collega stond op. 'Hier vinden we geen portefeuille. We bellen de technische, dan kunnen zij de sporen zekeren.'

'Wacht nou even.' De agent die de leiding had, richtte zich op en strekte zijn rug, terwijl hij neerkeek op de verroeste omheining, waarvan de bovenkant zich vijf meter beneden hen bevond. 'De dader was hoogstwaarschijnlijk op contant geld uit. Dat oude mensen met hun AOW op zak rondlopen, is geen geheim. Hij is hier achtergelaten. Geen rationele handeling. Misschien ligt zijn portefeuille hier nog ergens. Een desperaat persoon zou het geld eruit hebben gehaald en zich snel van het ding ontdaan hebben. Denk je ook niet?'

'Klinkt logisch. Ik ga achter het hek kijken,' zei de ander. 'Daar zou ik het in elk geval hebben weggegooid.' Hij zette koers naar de hoofdweg om eromheen te lopen; het bouwvallige hek zou echt geen negentig kilo aankunnen.

De agent die de leiding had bleef staan kijken tot zijn collega op het grasveldje aan de andere kant van het hek opdook. Hij liep met voorzichtige stappen en keek naar de grond. Geen van tweeën zeiden ze iets tegen elkaar. Ze hadden al meer gevonden dan waarvoor ze waren gekomen. Als de portefeuille niet opdook, was dat geen al te groot punt. Vroeg of laat zou de man door een of ander familielid als vermist worden opgegeven, en dan zou zijn identiteit wel bekend worden. De agent was tevreden; weer een stukje solide politiewerk achter de rug.

'Ha!' zei zijn collega op het grasveldje. 'Bingo! Ik had verdorie bij de recherche moeten zitten.' Grijnzend stak hij een bruine, dichtgeklapte portefeuille omhoog.

Ze trokken rubber handschoenen aan en maakten hem open op de passagiersstoel van de auto: een sleutelkaart met 'Radisson SAS' erop, rijbewijs, VISA-kaart, contant geld en een foto van een jonge vrouw met donker haar en een klein jongetje op schoot.

'Nul-twee, sierra drie-nul.'

De luidspreker kraakte. 'Nul-twee hier,' klonk de vrouwenstem aan het andere eind.

'We hebben bij de Navestadveien een portefeuille gevonden die hoogstwaarschijnlijk van die oudere heer is. Hij heet Vincent De...,' hij bracht het rijbewijs naar zijn ogen, 'Luca. DeLuca. Het rijbewijs is uitgegeven in New York, dus het is misschien een toerist. Niets wijst er in elk geval op dat het een Noor is.'

'Die achternaam moet je even spellen.'
'Delta-echo-lima-uniform-charlie-alfa.'
'DeLuca. Vincent DeLuca,' zei ze met wat de agent een perfecte uitspraak leek.
'Klopt. Kun je iemand sturen om het fort te houden tot de technische komt? Dan rijden wij terug zodra diegene er is.'
'Dat zal moeilijk worden,' antwoordde ze vrolijk. 'De technische is er over een klein halfuurtje.'
'Vlot hoor,' zei hij ironisch. Hij wilde weg. 'Over, sierra, drie-nul.'
De andere agent stopte de inhoud van de portefeuille terug en deed die in een bruine papieren zak. Hij maakte wat aantekeningen op de zak en legde hem op het dashboard.
'Merkwaardig. Het ziet er niet naar uit dat er iets weg is.'
'Hoeveel geld zat erin?'
'Tweeënhalfduizend Noorse, vijfduizend Zweedse en vijfduizend Deense kronen, en een paar honderd dollar.'
'Een toerist. Met vakantie. De arme kerel.' Hoofdschuddend pakte hij zijn doos met pruimtabak uit het zijvak in het portier. 'Sparta heeft gisteren weer verloren. Ben jij nog naar de wedstrijd geweest?'

17

Maandag 15 juni
Fredrikstad

De ochtendzon prikte naar binnen door de luxaflex en trof de glimmende kruin van inspecteur Erik Lange.

Hij was er eens goed voor gaan zitten in de bezoekersstoel in Haugens kantoor. Met duim en wijsvinger streek hij over het pas getrimde ringbaardje om zijn mond, terwijl zijn blauwe, ijskoude ogen op de bruine dossiermap op zijn schoot rustten. In de deuropening bekeek Anton Brekke zijn spitse oren, en de gebruinde nek die Lange aan een van de plaatselijke zonnebanken te danken had. 'Lange,' zei hij.

Lange schrok op, legde de documenten op het bureau en draaide zich om. 'Hallo. Anton Brekke in hoogsteigen persoon, zo, zo.' Hij stond op en stak zijn forse hand uit. 'Dat is lang geleden.'

Anton negeerde het gebaar. 'Waar is Haugen?'

'Bij de dokter. Hij zou over een uurtje terug moeten zijn.' Lange ging braaf weer in de stoel zitten en pakte de geopende dossiermap.

Juist, dacht Anton. Hij wist vrij zeker waarom Haugen had besloten naar de dokter te gaan. De man leed blijkbaar hevige pijn. Anton wist dat hijzelf de dokter pas voor zo'n probleem zou opzoeken als hij bijna dood was. Nu hoopte hij alleen maar dat Haugen zich niet ziek zou melden. Hij twijfelde er ten zeerste aan dat Lange een bekwaam rechercheur was geworden. Het zou een nachtmerrie worden als hij Haugen zou vervangen.

Lange bladerde de documenten en foto's door. 'Zeg, weet je...'

'Hoe is het gisteren met de overige bestuursleden gegaan?' viel Anton hem in de rede.

'Haugen is er alleen naartoe gegaan. Ik ben tot diep in de nacht met de beelden van die bewakingscamera bezig geweest. Maar zijn rondje zal wel niet zoveel hebben opgeleverd, als jij niets hebt gehoord.' Lange glimlachte tegen Anton om te benadrukken dat het niet spottend bedoeld was. 'De camerabeelden daarentegen...,' vervolgde Lange enthousiast, terwijl hij met de dossiermap wapperde. 'We hebben trouwens gisteren bijna honderd telefoontjes gekregen die allemaal op hetzelfde neerkwamen: Wilhelm Martiniussen is op de rivierpromenade gezien. We hebben met de bediening gesproken, en hij heeft een paar pilsjes gedronken in het gezelschap van twee jonge meisjes die door de ober worden beschreven als radicalen, met Palestijnensjaal en al. Zie je het plaatje voor je?'

'Ik snap wat je bedoelt, maar het plaatje zie ik niet,' antwoordde Anton.

'Ik heb trouwens gehoord dat je mijn kleine broertje college hebt gegeven. Hij zei dat hij je compleet onderuit had gehaald. Wat dat betreft lijkt-ie op zijn broer, hoor. Vlijmscherp.'

'Je broertje beschikt werkelijk over een fascinerende intelligentie.'

Lang keek ietwat bedremmeld en vervolgde toen: 'Martiniussen ging een paar minuten voor elf naar huis. Dus om mijn werk een pietsje simpeler te maken, heb ik de camera's van Shell Kråkerøy gecheckt van half tien tot half elf.' Lang glimlachte naar de bekende Kripos-rechercheur naast hem. Hij verwachtte dat Anton wakker zou worden en laaiend enthousiast zou willen horen wat hij had ontdekt. Dat gebeurde niet. 'Hoe dan ook,' hernam hij, 'er zijn tijdens dat uur drieënzestig auto's en vier motoren gepasseerd die van het centrum naar Kråkerøy reden in de richting van Martiniussens appartement. Twee Range Rovers, maar geen witte. Daarentegen kwam er wel een motor voorbij waarvan de eigenaar naar eigen zeggen thuis lag te slapen...'

'Frode Moen?'

Lange bewoog zijn hoofd langzaam op en neer. 'Dat alleen al is meer dan genoeg om hem op te pakken.'

Anton was verbaasd dat Moen nog niet in een politiecel zat. De politie had er alles bij te winnen om te laten zien dat het onderzoek van deze prominente moordzaak resultaten afwierp in de vorm van verdachten.

'Wat zei Haugen daarvan?' vroeg hij, terwijl hij op de stoel achter het bureau ging zitten.

'Eigenlijk niks. Hij haalde alleen maar zijn schouders op, alsof hij niet zo heel verrast was.'

'Hij is ervan overtuigd dat Moen niet zuiver op de graat is.'

'En jij niet?'

'Nee,' antwoordde Anton zelfverzekerd.

'Dus we pakken hem niet op.'

'Nog even niet. Hij heeft gelogen, wat gezien de omstandigheden op zich al ernstig genoeg is. We wachten af. Luisteren naar wat Haugen te zeggen heeft, ook al weet ik dat al.'

'Da's een goeie. Die juriste wil trouwens graag dat we in de loop van de dag bij elkaar komen. Het voorlopige sectierapport wordt binnen een paar uur verwacht.'

'Zeg haar maar dat dat goed is.'

Anton verheugde zich er al op dat hij zijn blikken op Martine Riecks aantrekkelijke gestalte kon laten rusten.

Inspecteur Lange stond op. Toen hij Haugens kantoor uit stapte, botste hij in de deuropening tegen aspirant Magnus Torp op.

'Dag Erik! Sorry,' zei Torp, en hij liet de inspecteur langs.

Lange gromde iets wat als 'dag' klonk en beende weg door de gang. Met zijn hoofd voorover keek Anton schuin naar Torp op. De student droeg zijn pas gestreken blauwe uniformshirt met de verplichte zwarte das en de zwarte broek met het reflecterende ruitjespatroon boven de zoom, en zwarte, pas gepoetste schoenen. Hij stond kaarsrecht in de deuropening en keek Anton aan.

'Dag Erik,' zei Anton met een hoog stemmetje, terwijl hij al grijnzend een nichterig polsgebaar maakte.

'Ha, ha. Om je te bescheuren. Iemand beneden bij de surveillancedienst zei dat ik dit aan je moest geven.'

Hij stak Anton een papiertje toe met een naam en adres erop.

'Alle mensen,' zei Anton al lezend. 'Ongelofelijk wat ze allemaal voor elkaar krijgen, hè?' Hij vouwde het papiertje op en stopte het in zijn broekzak. 'Zeg, die loopbrug van de rivierpromenade naar het gedeelte van Kråkerøy waar Martiniussens appartement ligt, is daar geen cameratoezicht?'

'Ja, normaal wel...'

'Eens raden. Buiten werking.'

Torp knikte. 'Maar hij is nu gemaakt.'

'Wat schieten we daarmee op?' Anton legde zijn benen op de rand van het bureau.

'Niet veel, denk ik.' Torp haalde zijn schouders op. 'Wat gaan we vandaag doen?'

'Niet zo heel weinig,' glimlachte Anton. 'Maar je kunt beginnen met een kop koffie voor me te halen. Uit de pauzekamer, niet uit de machine in de gang.'

Een paar minuten over tien dook inspecteur Haugen

in zijn kantoor op. Hij zag er bleek uit. Hij keek naar Torp, die op de bezoekersstoel was gaan zitten, en naar Anton, die op *zijn* stoel half in slaap was gesukkeld, met zijn armen afhangend naast zijn lichaam. Hij voelde dat hij werd geprovoceerd. Ze hadden aan het werk kunnen zijn. Ze hadden op zijn minst kunnen doen alsof. In plaats daarvan zaten ze naar elkaar te koekeloeren. Een tweedejaars student aan de politieacademie en een van de beste onderzoekers van de rijksrecherche.

Tot overmaat van ramp leed hij pijn.

'Dus jullie zitten hier,' zei hij nors, terwijl hij midden in de kamer bleef staan. Anton wilde iets zeggen, maar Haugen viel hem in de rede: 'En, Anton, al met Lange gepraat?'

'Yes,' antwoordde hij zonder op te kijken. Zijn aandacht werd meer in beslag genomen door Torps enorme haakneus. 'Heb ik.'

'Goed. Mooi. Je hebt er verder geen ideeën over?'

'Tja, ik heb er niet zo over nagedacht. Het is uiteraard merkwaardig dat Moens motor daar is gesignaleerd. Misschien had hij hem uitgeleend?' Hij draaide zich om in de stoel 'We moeten maar eens met hem praten. Hem met die camerabeelden confronteren. Maar ik wed dat er een natuurlijke verklaring voor is. Wat zeiden de bestuursleden?'

'De hele club heeft een alibi en ze zijn allemaal zwaar aangeslagen door de gebeurtenis.'

'Jee, wat heb jij gisteren een hoop gedaan,' zei Anton bemoedigend, en hij glimlachte.

Haugen negeerde het compliment en vervolgde: 'We moeten bij de advocaat van Martiniussen langs. Hij verwacht ons.'

'Nu al? Wat voor vliegtuig heeft hij genomen? Een F-16?'

Torp gniffelde om Antons flauwe grap.

'Hij heeft gisterenmiddag een vlucht naar huis geboekt,' zei Haugen, terwijl hij naar de deur liep. 'Kom op!'

Advocatenkantoor Skjold, dat uitsluitend uit Kurt Skjold zelf bestond, was maar een paar minuten lopen van het politiebureau. De drie genoten van de wandeling over de trottoirs in het centrum en de helft van de voetgangersstraat. Torp maakte zich even uit het trio los om twee drugverslaafden te grijpen die bezig waren het slot van een fiets open te breken die duidelijk niet de hunne was. De twee sjofele knullen zetten het op een lopen toen ze de jongeman in uniform in het oog kregen, en Anton moest Torp bijna verbieden om de achtervolging in te zetten. De kledingzaken waren net open en het goedgeklede winkelpersoneel was druk bezig om borden buiten te zetten die hopelijk wat koopgrage klanten naar binnen zouden lokken. Anton dacht aan zijn eigen garderobe en realiseerde zich dat hij binnenkort eens moest gaan winkelen. Maar dat kon wel wachten tot de uitverkoop, en dan zou de zaak Martiniussen allang in het archief opgeborgen zijn.

Dat hoopte hij althans, ook al zag het er op dit moment somber uit.

'Hoe voel je je?' vroeg Anton, terwijl hij naar Haugen opkeek.

'Het gaat.'

'Ik zie het. Maar gaat het beter? Wat zei de dokter?'

'Niet nu, Anton,' zei Haugen gedecideerd, en hij rolde met zijn ogen om duidelijk te maken dat Torp niets mocht horen. Hoe alledaags zijn kwaal ook was, Haugen wilde niet dat iedereen te weten kwam wat hem mankeerde. Ze hadden hem al genoeg op de hak genomen na die episode waarbij hij in de Vesterelven was beland. Het laatste waar hij op dat moment op zat te wachten waren rectumzalven in cadeauverpakking op zijn bureau.

'Hij heeft niks in de gaten,' zei Anton.

'Waar gaat het over?' klonk het van de student, die twee stappen achter hen liep.

'Hij heeft meer in de gaten dan jij denkt,' zei Haugen zachtjes; alleen zijn lippen bewogen. 'Drieëntwintig, nog één jaar opleiding voor de boeg. Hij heeft de afgelopen vier maanden het grove werk gedaan bij de voorbereiding van drie grote drugsvangsten. Vier kilo amfetamine en bijna tien kilo hasj.'

'Wij waren net zo oud toen we van de politieschool kwamen,' zei Anton. Er was meer nodig voordat hij ergens van onder de indruk was.

'Tegenwoordig is het een academie, weet je nog?'

'Ja, een bachelor's degree in deskundologie en meeleefkunde. Uitermate nuttig.'

'Hebben jullie het over mij?' vroeg Torp nieuwsgierig achter hun rug. Hij deed twee grote stappen en drong zich tussen hen in.

'Nee,' zeiden ze in koor.

Met een lach die maar net zichtbaar was in de volle, witte baard waarachter de driedubbele onderkin schuilging, heette advocaat Kurt Skjold hen alle drie welkom. Ze werden binnengelaten door de secretaresse, een jonge, struise blondine van net in de twintig met wenkbrauwen uit een potloodje.

'Mijn dochter,' zei Skjold bars, terwijl hij Torp over de rand van zijn bril waarschuwend aankeek. 'Ze heeft pas haar opleiding tot juridisch secretaresse afgerond.' Met een lichte dreun plofte hij in zijn enorme leren fauteuil neer, waar zo te zien wel vaker ruw mee omgesprongen werd. 'Ze wilde niet in mijn voetsporen treden.' Hij stond weer op en liep naar de vijf archiefkasten die op een rij tegen de muur stonden. Ook al liep hij normaal, het leek net of hij rolde; op zijn kantoor werd het kennelijk vaak laat, compleet met allerlei soorten junkfood.

Hij trok laatje nummer drie uit de middelste kast open en nam de archiefkaartjes haastig door. 'Camilla,' riep hij. 'Ik weet zeker dat ik Wilhelms map hier had.'

Kurt Skjold was gestrest.

'Die ligt hier,' antwoordde ze vanuit de gang.

Torp sprong van zijn stoel en liep naar buiten om hem te halen.

'Vriendelijk bedankt.' Skjold liet zich op de stoel achter zijn bureau vallen en legde de map voor zich neer. 'Dat is me wat. Kortom. Hoe staan de zaken ervoor? Hebben we al een verdachte?'

'Officieel of officieus?' vroeg Anton.

'Ha!' lachte Skjold, zodat zijn baard en de rest van hem trilde. 'Hierbinnen is alles officieus.'

'Dan hebben we geen verdachte.'

'En officieel?'

'Volgen we een paar sporen. Als ik heel eerlijk ben, hebben we niet veel aanknopingspunten.'

'Juist.' Het zware lijf leunde naar achteren in de stoel. Hij schoof zijn vingers in elkaar en legde zijn handen op zijn massieve pens. 'Ik ga ervan uit dat de bestuursleden van Mardan verhoord zijn?'

'We hebben met allemaal een praatje gemaakt,' antwoordde Haugen.

De secretaresse kwam een blad met diverse flesjes frisdrank en mineraalwater plus vier glazen brengen. Dat zette ze voorzichtig op het bureau, waarna ze zonder iets te zeggen weer naar buiten liep.

'Neem maar wat jullie willen,' zei Skjold met een gebaar naar het dienblad.

Haugen bedankte, en Torp schonk zichzelf pas in nadat Anton de dop van een glazen flesje ijskoude cola had gewipt. Hij dronk het zo uit de fles.

'Allemachtig,' zei Anton, terwijl hij het beslagen flesje op het bureau zette. 'Je kunt zeggen wat je wilt, maar de inhoud van een glazen flesje smaakt toch echt beter dan die van een plastic flesje.'

Haugen beet op de binnenkant van zijn wangen. Soms vroeg hij zich af of Anton niet helemaal goed bij zijn hoofd was, of dat hij een bijbedoeling had als hij zich zo gedroeg. Als een ongelikte beer. Of hij eigenlijk wel nadacht voordat hij zulke dingen zei en deed. Of het allemaal deel uitmaakte van een vooropgezet plan. Maar hoe dan ook, het beviel hem niet. Hij vond het gênant. Dat Anton in zijn vrije tijd van alles en nog wat op zijn manier deed, wist hij beter dan wie ook, maar nu waren ze aan het werk. En ze onderzochten een moord.

'Hadden de bestuursleden nog iets interessants te melden?' wilde Skjold weten.

'In wezen niet,' antwoordde Anton. 'Wat ik zeggen wou... hadden jij en Wilhelm alleen zakelijk contact?'

'Nee, nee. Wilhelm en ik waren goede vrienden. We kenden elkaar al vanaf de tijd dat hij en Bjørn Mardan oprichtten.' De advocaat leunde tegen de rug van zijn stoel en stak een hand uit naar een ingelijste foto die achter hem op de vensterbank stond. De stoel knarste en kraakte. Torp boog zich stilletjes opzij om te zorgen dat de simpele constructie niet in elkaar zakte. 'Dit zijn wij, op jacht in Afrika. Acht jaar geleden. Een cadeautje voor mijn vijftigste verjaardag.'

Met hun hoofden vlak bij elkaar bekeken de drie een acht jaar jongere Martiniussen en een wat minder zwaarlijvige versie van Skjold. Ze poseerden aan weerszijden van een gevelde neushoorn, allebei gehuld in een kakikleurig short, een bijpassend overhemd en een tropenhelm. De geweren stonden tegen het dode dier geleund.

'Ja, dat was een heel avontuur,' zei Skjold met een weemoedige glimlach, waarna hij geestdriftig vervolgde: 'Verder zijn we kortgeleden nog naar Rome geweest om de finale van de Champions League te zien, Wilhelm als fan van United, ik van Barcelona. Hij was die avond niet erg tevreden.' Skjold lachte. 'Ik geloof dat ik daar ergens nog een foto van heb.' Hij trok de bovenste la van zijn bureau open en begon erin te rommelen.

'Hoeft niet, hoor. Niet nodig,' zei Anton zacht en begrijpend. 'Het was vast een reis om niet te vergeten.'

Zelf zou Anton de finale tussen Manchester United en Barcelona bij voorkeur wel graag vergeten; die had hem zesduizend kronen gekost.

Op slag veranderde Skjolds gezichtsuitdrukking. De hartelijke glimlach die onder de baard op de loer lag, was verdwenen en zijn ogen zagen er plotseling vochtig uit. Alsof het nu pas tot hem doordrong dat de drie mannen tegenover hem hier waren om de moord op zijn oude vriend en cliënt – in die volgorde – te onderzoeken. Hij schoof zijn handen achter zijn hoofd, en ondanks het feit dat de airconditioning aan was, had de zwaarlijvige man grote vochtplekken onder zijn oksels. Hij probeerde zijn gezicht in de plooi te houden, maar het ontging de zes ogen die op hem gericht waren niet: terwijl hij naar het plafond staarde, gingen zijn oogleden in snel tempo op en neer. Met een snelle beweging draaide hij zijn stoel opzij, greep een papieren zakdoekje en snoot zijn neus.

'Neem me niet kwalijk,' zei hij, en hij schraapte zijn keel.

Ze zeiden geen van allen iets.

'Tja.' De keel werd nog eens geschraapt. 'Ik heb heel hard nagedacht. Alle mensen hebben wel iets wat ze liever niet bekend zien worden. Geheimen waarvan ze bang zijn dat ze onthuld worden, soms zo erg dat ze bereid zijn te sterven om dat te voorkomen. Snappen jullie?' De drie knikten. 'Ik heb me afgevraagd wat het geweest kan zijn dat Wilhelm het leven heeft gekost. Hij had twee goede vrienden. Bjørn Danielsen en mij. Dan had je al die anderen die graag met hem omgingen omdat hij... nou ja, omdat hij Wilhelm Martiniussen was. Door de jaren heen hebben we veel met elkaar gedeeld. Het meeste, denk ik eigenlijk.' Hij zweeg even en vervolgde toen: 'En hoe hard ik mijn best ook doe, ik zou niet weten wie hem dood gewild kan hebben. Zelfs niet wie hem een kwaad hart toegedragen kan hebben. Er zijn maar weinig mensen van wie je zoiets kunt zeggen. Als ze mij vermoord zouden vinden, zouden er tientallen mogelijke moordenaars met een motief zijn. Bij jullie ook. Honderden. Denk maar aan alle levens die jullie hebben verpest, ook al hadden de meesten daar toch echt zelf om gevraagd. Jullie snappen wat ik bedoel?' Haugen gaf geen krimp. Anton knikte al luisterend en Torp deed het hem na. 'Dertig jaar lang is Wilhelm bezig geweest om Mardan op te bouwen, samen met Bjørn Danielsen. Naar buiten toe kon de indruk ontstaan dat Bjørn aan het hoofd stond. Maar het was omgekeerd. Wilhelm was een scherpe vent die mogelijkheden zag waar anderen problemen zagen. Voor het vermogen dat hij heeft opgebouwd gaat een mens doorgaans over lijken, maar Wilhelm niet. Hij was geen gladjanus.' Met de flesopener wipte Skjold de kurk van een flesje limonade, en hij schonk zijn glas half vol. Hij leegde het in één snelle slok. 'Ik weet dat Wilhelm bezig was een uiterst moeilijke beslissing te nemen inzake het zogenaamde Canadaproject. Zijn jullie daar bekend mee?'

'Zo'n beetje wel,' antwoordde Anton.

'Toen ik hoorde dat hij vermoord was, kwam dat als eerste bij me op.' Het baardige gezicht vertrok. 'Dat de kogel nu door de kerk was. Als je een project dat in de miljarden loopt, afkapt en er een streep onder zet, dan maak je vijanden. Zelfs die goeie, ouwe Wilhelm.' Kurt Skjold greep het pakje sigaretten dat op zijn bureau lag. 'Bezwaar?'

'Ga gerust je gang,' zei Anton.

Skjold zette het raam achter hem wijd open en stak zijn sigaret aan. 'Ik probeer op kantoor niet te roken.' Hij inhaleerde en blies de rook het open raam uit, terwijl hij keek naar de mensen die voorbij raceten. In beslag genomen door hun eigen zaken. Op weg naar de volgende klus.

'Wat wilde je eigenlijk niet over de telefoon bespreken?' Anton was nieuwsgierig, en hij had zo'n donkerbruin vermoeden dat het antwoord in de map op het bureau zat.

'Zijn testament.' Skjold nam drie trekjes en smeet de sigaret het raam uit. 'Je weet wie de erfgenaam is?'

Anton en Haugen gingen ervan uit dat Martiniussens naaste familie zijn vermogen, de aandelen, de diverse woonhuizen en stukken grond zou erven.

'Zoals jullie vast wel weten, had hij geen directe familie,' vervolgde Skjold. 'Zijn naaste familielid is een neef in Stavanger. Die zit ook in de oliebranche. Het is eerder een zakelijke relatie dan een familieverhouding.' Skjold sloeg de map op zijn bureau open en stak Anton het papier toe. Hardop las hij:

TESTAMENT

Ik, Wilhelm Martiniussen, Noors staatsburger, geboren 3 maart 1949, verklaar dat dit document mijn testament is. Bij afwezigheid van eigen nakomelingen laat ik al mijn onroerend goed, mijn aandelen in NV Mardan, Nokia, Golden Ocean Group en Orkla, al mijn contante geld en alle bedragen op mijn bankrekeningen na aan Bjørn Danielsen, geboren 10 februari 1949, Øvre Allé 3. 1613 Fredrikstad.

Mijn overige nalatenschap, met inbegrip van mijn inboedel, auto's en andere bezittingen, valt eveneens aan Bjørn Danielsen toe.

Daarnaast draag ik het beheer over de Martiniussenstichting aan Bjørn Danielsen over. Indien Danielsen deze verantwoordelijkheid niet op zich wil nemen, staat het hem vrij haar aan een andere geschikte persoon over te dragen. In dat geval gaat mijn voorkeur uit naar het huidige districtshoofd Ole Ivar Lerdal.

Fredrikstad, 13-08-1999

Wilhelm Martiniussens handtekening was net als alle andere handtekeningen onleesbaar. Maar het was zonder enige twijfel de zijne. Onder zijn handtekening hadden twee getuigen, advocaat Kurt Skjold en een gepensioneerde kantonrechter, de verklaring ondertekend dat Wilhelm Martiniussen in het volle bezit van zijn geestelijke vermogens was geweest toen het testament werd opgesteld en dat zij tweeën niet handelingsonbekwaam waren. Anton was geen jurist, maar hij zag geen rare dingen in het testament en Kurt Skjold bevestigde dat het geldig was.

Bjørn Danielsen zou weldra de titel van rijkste man van de provincie overnemen. Maar was hij daarvan op de hoogte?

Kurt Skjold haalde zijn schouders op. 'Geen idee. Dat heb ik hem in feite nooit gevraagd. Maar ik ga ervan uit dat Wilhelm het hem heeft verteld. Anders zou het vreemd zijn. Die twee waren als broers voor elkaar. Hoe heeft hij het trouwens opgenomen?'

'Bjørn Danielsen is zwaar aangeslagen. Ken je hem?' vroeg Anton, terwijl hij het papier retour zond over het bureau.

'Nee, niet bijzonder goed. We hebben bij een paar gelegenheden samen gedineerd.'

'Jullie tweeën?'

'Nee, nee. Wilhelm, Bjørn en ik. We kennen elkaar, maar we hebben buiten Wilhelm om nooit contact gehad.' Hij stak een nieuwe sigaret aan en ging weer op de vensterbank zitten. 'Ik was Wilhelms privéadvocaat. Ik had niets met Mardan te maken.'

'Hoeveel erft Danielsen?'

'Geen idee. Dat zou ik moeten nakijken. Maar het is een heleboel.'

'Alleen maar naar schatting.'

'Lastig te zeggen. Alles gaat naar hem. Contanten, onroerend goed, aandelen, etcetera. Het is niet eenvoudig om een bruikbaar getal te geven. Maar laten we zeggen...,' hij keek peinzend; de rekenmachine in zijn hoofd werkte op volle toeren, 'tweeënhalf – plusminus.'

'Ik ga ervan uit dat daarbij geen sprake is van miljoenen.'

Skjold schudde zijn hoofd en blies de rook uit zijn longen. Anton ging rechtop in zijn stoel zitten. Zoveel geld kon hij zich niet eens voorstellen. Tweeënhalf miljard kronen. Wat zou hij daar niet mee kunnen doen. Hij zou aan één armzalig procentje al genoeg hebben. Zelfs aan een half procent. Een kwart. Het eerste wat hij zou doen, was een nieuwe flat kopen. Daarna zou hij rechtstreeks het internet op gaan om in te loggen op zijn Pokerstarsaccount en aan een van de tafels met de allerhoogste inzet te gaan zitten. Nee, hij zou aan meerdere tafels gaan zitten. En dan zou hij winnen. Op grote schaal. Want dat deed hij altijd als hij speelde met geld waarvan hij niet bang was om het te verliezen.

'Wat is dat voor stichting?' vroeg Haugen.

'Iets wat Wilhelm aan het begin van de jaren negentig heeft opgericht. Het enige, op Mardan na, waarvoor hij echt in vuur en vlam stond. Kort gezegd gaat het om een liefdadige instelling. Die schenkt grote bedragen aan organisaties die het nodig hebben. Vorig jaar heeft de stichting bijna vijftig miljoen weggegeven. Het jaar daarvoor bijna honderd.'

'Aan wie of wat?'

'Arme kindertjes in Afrika,' glimlachte Skjold. 'En dergelijke. Ik kan niet beweren dat ik dat allemaal erg nauwkeurig bijgehouden heb. Dat is ook mijn taak niet. Eigen advocaten – ook daar.'

De drie bedankten hem en liepen opnieuw het mooie weer in. De zon was nog hoger aan de hemel geklommen. De voetgangersstraat werd door bejaarden in bezit genomen. Voor het eerst had Anton het gevoel dat hij in deze zaak een stap verder was gekomen; tweeënhalf miljard was als motief meer dan genoeg. Hij keek er serieus naar uit nog eens een bezoekje op Øvre Allé 3 af te leggen.

18

Maandag 15 juni
New York City

Een zwarte Mercedes S600 reed langzaam Union Street af en stopte vlak voor de kruising met 8th Avenue. Een in het pak gestoken jongeman stapte achter het stuur vandaan en opende met een elegant gebaar het achterportier. Een stevige stok van donker hout kwam met een klap op het asfalt neer, gevolgd door twee benen in pas geperste, grijze broekspijpen. De chauffeur vroeg zijn passagier net als altijd of hij een helpende hand nodig had, maar zoals gewoonlijk zei Calogero Locatelli nee. Hij hoefde geen hulp, ook al hield dat in dat hij een paar seconden extra nodig had om van de achterbank van de lage auto te komen.

Het was lang geleden sinds hij deze omgeving voor het laatst had bezocht. Hij keek rond. Kinderen met blote benen speelden op de stoep, auto's reden langzaam door de rustige buurt en niemand leek speciale aandacht te besteden aan de man met het grijze haar en de stok. Twee jonge knullen raasden met grote snelheid langs op skateboards en de achterste sneed Calogero opzettelijk.

Dit waren andere tijden.

Een oudere dame met een kinderwagen haastte zich met een beleefd knikje voorbij. Hij haalde diep adem. Brooklyn had iets bijzonders. Hier was het begonnen. De chauffeur, die met zijn waakzame blik voortdurend alles wat zich in de buurt bewoog in de gaten leek te hebben, en die kennelijk tegelijkertijd lijfwacht en chauffeur was, hoorde toe hoe Calogero over vroeger vertelde. Toen zijn vader, Don Domenico, samen met Frankie Ioele – later bekend als Frankie Yale – in deze straten de bochten had afgesneden met de politie op de hielen. Frankie was op een zomerdag in 1928 volgepompt met kogels uit een Thompson-machinepistool. Zeven maanden later was dat machinepistool teruggevonden in Chicago. Het was hetzelfde dat bij het beruchte bloedbad op Valentijnsdag was gebruikt. Zeven gangsters waren in een garage tegen de muur gezet door mannen die als agenten van het politiekorps van Chicago verkleed waren. Ze waren ontwapend en van achteren aan flarden geschoten. Dezelfde man had achter allebei de overvallen gezeten: de opgeblazen mediafavoriet Al Capone. Don Domenico kon hem niet uitstaan en na de moord op Frankie Yale hadden ze nooit meer met elkaar gepraat.

Don Domenico Locatelli was door een natuurlijke oorzaak gestorven. Laat in het najaar van 1983 was hij na een lang ziekbed in het Victory Memorial Hospital overleden. Hij had met een glimlach zijn laatste adem uitgeblazen; hij had een lang leven achter de rug – hij was zevenentachtig geworden – en geen onbetaalde rekeningen achtergelaten. Hij had gemerkt dat zijn einde naderde, en op zijn sterfdag had hij zijn naaste onderdanen verzameld om bekend te maken dat zijn zoon Calogero het nieuwe hoofd van de familie zou zijn. Vincent Giordano was er ook bij geweest, en tot zijn opluchting was de keuze op Calogero en niet op hemzelf gevallen. Hij wist dat Domenico hem lange tijd als mogelijke opvolger had beschouwd en had tot God gebeden dat dat niet zou gebeuren. Het zou ongetwijfeld de genadeslag zijn geweest voor zijn vriendschap met Calogero, die ervoor had gezorgd dat hij een man van eer werd.

'Het is warm,' zei Calogero, en hij veegde met een

hand zijn voorhoofd af. ‘Toen we van huis gingen was het toch niet zo warm?’

‘Nee,’ was het korte antwoord van zijn lijfwacht. ‘Zullen we uw jasje in de auto leggen?’

‘Graag.’

Geleund op zijn lijfwacht trok de oude Calogero het jasje van zijn pak uit. Hij ademde zwaar.

‘Weet u zeker dat u niet liever in de auto blijft wachten? Hij woont op de eerste verdieping. De trap is steil en het is een zware klim. En het staat niet eens vast dat hij thuis is.’

Calogero keek omhoog naar het raam op de eerste verdieping – Vincents woonkamer. ‘Wanneer heb je voor het laatst geprobeerd te bellen?’

‘Tien minuten geleden.’

‘We gaan samen naar boven.’

De lijfwacht knikte naar een blauwe Chevrolet sedan verderop in de straat. Die stond geparkeerd op een vrije plek achter twee andere auto’s. Een van de speurauto’s van de FBI. Al toen ze over de Verrazano-Narrowsbridge Staten Island af waren gereden, had de lijfwacht Calogero op de auto attent gemaakt. Dat was niets nieuws; ze bleven meestal niet lang zonder begeleiding. Hij maakte zich er geen zorgen over. Het lukte de FBI al een halve eeuw niet hem achter slot en grendel te krijgen, en het zou ze ook nooit lukken. Hij liet ze in hun sop gaarkoken en stak met trage passen de straat over, steunend op zijn stok.

‘Madonna mia... ik wist wel dat het steil was, maar...’ De aanblik van de trap benam hem de moed en hij begreep dat hij zich de korte wandeling vanaf de auto had kunnen besparen. ‘Ik geloof dat ik liever wacht. Roep maar naar binnen dat ik er ben.’ Hij ging op de tweede traptree zitten om zijn rechterbeen wat rust te gunnen.

Boven hoorde hij de lijfwacht diverse keren hard bij Vincent op de deur bonken. Hij riep herhaaldelijk dat Calogero Locatelli hem wilde spreken, maar het haalde niets uit; Vincent deed niet open. De lijfwacht bleef een paar minuten zo staan en probeerde intussen allerlei varianten uit: 'Het is belangrijk! Doet u nou open, sir!' en 'Don Calogero is hier om met u te spreken!'

'Weet u zeker dat hij thuis is?' riep de lijfwacht naar beneden.

'Nee, maar waar zou hij anders moeten wezen?' gromde Calogero, nog steeds uitgeput van de aanblik van de steile trap. 'Laten we naar zijn dochter rijden. Misschien heeft zij hem gesproken.'

De zwarte Mercedes glipte Union Street uit en reed verder in de richting van Fort Hamilton, met de burgerauto van de FBI nooit verder dan drie auto's achter hen. Het kon de agenten niets schelen dat ze waren ontdekt. Dat hoorde bij hun taak. Het was de bedoeling dat Calogero Locatelli zich bekeken voelde; een gestreste crimineel zou vroeger of later een fout maken. Meer was hij niet voor hen. Een schurk. Een eenvoudige crimineel en psychopaat die letterlijk over lijken ging om te bereiken wat hij wilde. Hij was in de eerste plaats gevreesd en daarna pas gerespecteerd. Bij zijn oude vader was het altijd omgekeerd geweest. Voor Don Domenico was de inzet van moord als machtsmiddel een laatste uitweg geweest. Zijn hele lange leven had hij altijd geprobeerd situaties met praten op te lossen. Calogero Locatelli was er daarentegen niet zo happig op, zich uit te problemen te kletsen. Hij gaf de voorkeur aan de eenvoudige oplossing.

De hele weg naar Fort Hamilton probeerde Calogero de gesprekken die hij de laatste weken met Vincent had gevoerd de revue te laten passeren. Het was nu binnenkort tien jaar geleden dat zijn vrouw was overleden, dus het was niet helemaal ondenkbaar dat hij in een depressie was geraakt. Rond die gedenkdagen was Vincent nooit helemaal zichzelf.

'Hopelijk zit hij in Miami met op iedere knie een slet en een piña colada in zijn hand,' zei de lijfwacht vanaf de voorstoel, terwijl hij in de spiegel naar zijn baas keek.

'Laten we het hopen. Het bevalt me niet. Dit is niets voor Vincenzo,' antwoordde Calogero zachtjes, terwijl hij achteroverleunde tegen de hoofdsteun.

De lijfwacht draaide de Mercedes de tuin voor de eengezinswoning van Vincents dochter in. Ze stond met tuinhandschoenen aan in het bloemperk onkruid te wieden. Toen ze de auto zag, verkrampte er iets in haar; hij kwam maar heel zelden onaangekondigd op bezoek.

Ze bleef toekijken hoe de oude man zich met zijn stok van de achterbank werkte. Hij deed een paar stappen over het geasfalteerde deel van de tuin en bleef staan waar het gras begon.

'Connie,' zei hij, en hij stak de arm uit waarmee hij de stok niet vasthield.

Zij trok haar handschoenen uit, smeet ze op het gras en liep snel op hem af. Omhelsde hem langdurig. 'Oom Calo, wat doet u hier?'

'Je vader.'

Ze sloeg een hand voor haar mond. 'Nee...'

Nu is hij er ook niet meer, dacht ze. Haar oude vader. Ze zag het allemaal voor zich. Herdenkingsbijeenkomst, begrafenis, de moeilijke tijd daarna. Ze had het gevoel dat de vorige keer pas kortgeleden was.

'Nee, lieverd, kalm aan,' zei hij, en hij streelde haar over haar wang. 'Ik wilde alleen maar weten of je de laatste dagen nog iets van hem hebt gehoord. Ik krijg hem niet te pakken, snap je?'

'Ik... ik heb geen idee.' Ze was nog niet helemaal hersteld van de schok die ze had gemeend te zien aankomen. 'Hij zei dat hij op reis ging.'

'O ja? Vanwege...' Hij zweeg en wachtte tot zij de zin af zou maken. 'Ja?'

'Wat bedoel je?'

'Is hij weggegaan omdat het *die tijd van het jaar is*?'

'Vanwege mama?'

Calogero knikte.

'O.' Ze keek naar de grond. 'Nee. Het was iets anders. *Zaken*. Maar daar wist u dus niets van?'

'Nee,' antwoordde hij met zijn kiezen bijna op elkaar. 'Dus hij is hoogstwaarschijnlijk niet eens in de stad?'

'Nee,' zei ze bezorgd. 'Jemig, ik was ervan overtuigd dat u ervan afwist. Hij kan toch niet gewoon zomaar op reis gaan?'

'Mama?' Angelo stond in de deuropening en kreeg hun gast in het oog. 'Oom Calo!' riep hij, en hij rende de trap af.

'Hallo,' zei Calogero, en glimlachend reikte hij de lijfwacht zijn stok aan. Langzaam ging hij op zijn hurken zitten om het jochie te omhelzen. 'Zullen we een ijsje gaan kopen? Als je moeder het goedvindt?'

Connie glimlachte. 'Natuurlijk.'

'We hebben toch geen haast?'

De lijfwacht schudde zijn hoofd.

19

Maandag 15 juni
Fredrikstad

Op de tweede verdieping van het politiebureau van Fredrikstad ging de eer voor het overzicht op het prikbord aan de muur in de overlegruimte naar inspecteur Erik Lange. Alles was er met spelden in verschillende kleuren opgeprikt. In de rechter bovenhoek zat een foto van Wilhelm Martiniussen, terwijl de rest van het prikbord in beslag werd genomen door foto's van de plaats delict en een kaart van het centrum van Fredrikstad inclusief Kråkerøy, met een rode cirkel om de plek waar Martiniussens appartement zich bevond. Kleinere foto's van Frode Moen en Bjørn Danielsen en eentje van Moens motor, genomen terwijl hij langs het Shell-tankstation op Kråkerøy reed, met daarnaast diverse gele post-it-briefjes met aantekeningen.

Aanwezig op de bijeenkomst van die dag waren Anton Brekke, de inspecteurs Haugen en Lange, politiejuriste Martine Rieck en twee andere rechercheurs die de commissaris in zijn wanhoop op de zaak had gezet in de hoop daarmee voor een snelle voortgang te zorgen. Van de technische was alleen Klavestad aanwezig – Simonsen was sporen aan het zekeren na een beroving van een tankstation. En dan was er Torp, de student, die hoogst enthousiast was over het feit dat hij mee mocht doen met het onderzoek in plaats van alleen maar voor chauffeur te spelen. Maar weinig van zijn medestudenten zouden met iets dergelijks kunnen pronken wanneer na de zomervakantie het derde en laatste jaar op de politieacademie begon.

Inspecteur Lange nam snel het voorlopige sectierapport van het forensisch instituut in Oslo door. Hij las die zinnen uit het verslag van de patholoog voor die hij begreep. Wilhelm Martiniussen was zoals aanvankelijk al aangenomen door verstikking om het leven gekomen – zuurstofgebrek ten gevolge van wurging. Het enige uitwendige letsel was de langwerpige inkeping in zijn hals, die zoals de patholoog had kunnen vaststellen van de pianosnaar afkomstig was.

Anton nam het woord. De andere aanwezigen luisterden aandachtig, terwijl hij de belangrijkste punten uit het gesprek met advocaat Skjold opsomde. Geld, aandelen en onroerend goed ter waarde van bij elkaar tweeënhalf miljard kronen. Allemaal naar één en dezelfde persoon – Bjørn Danielsen.

'Erven is niet strafbaar, Brekke,' zei Martine Rieck vriendelijk.

Ze glimlachte. Maar niet op een pedante manier; ze deed het met haar ogen. Anton keek snel de overigen om de tafel langs. Was hij de enige die merkte dat ze glimlachte? Hij dacht van wel. Alle ogen waren op hem gericht, dus hij durfde niet terug te lachen. Zo meteen zou hij het wel doen. Hij zou van oor tot oor glimlachen als ze 'ja' zei op zijn uitnodiging om samen iets te drinken. Want dat zou ze doen.

'Nee, ik denk alleen maar hardop.'

Wat een antwoord, dacht hij. Hoe had hij zoiets over zijn lippen kunnen krijgen. Hij had graag teruggespoeld. Haar een gepast antwoord gegeven. Haar laten zien wie hier de baas was.

Martine knikte. 'Ga maar met hem praten, dan zien we wel wat we verder doen.'

'Goed,' zei Anton kortaf. 'Ik wil een lijstje met de mobiele telefoongesprekken van Danielsen en Moen.'

'Hoe gaat het met Nora Røed Karlsen?'

'Ze is aan het opkrabbelen. Wordt door familie en vrienden opgevangen,' antwoordde Haugen. 'Martine, zoek jij de paragrafen op die we nodig hebben voor Frode Moen?'

'Ja, dat gaat wel lukken.'

Anton stond op en liep naar het prikbord. Hij trok de punaise eruit waarmee de vergrote opname van Martiniussens hals was vastgeprikt en staarde naar de foto. Een smalle, diepe inkeping liep van oor tot oor over de hals. Langs de rand zaten diepe bloeduitstortingen, maar toch was de keep netjes. Niets wees erop dat er nog meerdere pogingen waren gedaan – de dader had aan één poging genoeg gehad.

'Dít,' zei hij, terwijl hij met de foto wapperde, 'is niet door een willekeurig persoon gedaan. Dít is niet in een opwelling gedaan.' Er volgde een korte pauze, waarin hij de foto nog eens bekeek. Dít is zo gepland. En het zou me verbazen als we met een nieuweling te maken hebben. Die pianosnaar wijst op een uiterst degelijke en zelfverzekerde moordenaar.' Hij legde de foto op tafel en schoof hem naar Haugen toe. De foto ging de tafel rond.

Martine schoof hem door zonder er echt naar te kijken. 'Ik moet er bijna vandoor. Ik heb,' en ze keek naar de klok, 'een minuut geleden een afspraak.'

Ze klapte haar ringband dicht en stond op. Het zwarte uniform zat als gegoten om haar fraai gewelfde heupen. Erik Lange volgde haar met zijn blik toen ze naar de deur liep.

'Iemand in voor een kleine lunch?' vroeg Torp.

'Ja.' Anton keek op zijn horloge. 'Tijd om bij te tanken.'

'Zeg dat wel, zeg dat wel,' zei Lange, en hij klopte op zijn maag.

'Misschien kun jij de mobiele gesprekken van Danielsen en Moen natrekken.'

Anton zei het op een manier die duidelijk maakte dat het geen verzoek was. Lange keek hem aan. 'Zal ik na de lunch doen,' antwoordde hij op een bepaald toontje.

'Eventueel daarvoor,' zei Anton, terwijl hij de kamer uitliep.

In de kantine van het politiebureau vulde Anton zijn dienblad met allerlei lekkere dingen. Een baguette met rosbief, een smörrebröd met garnalen, een halve liter melk, een kartonnetje sinaasappelsap en een brosreep. Torp nam hetzelfde, zonder de melk, terwijl Haugen het bij een kop koffie en een garnalensmörrebröd hield.

'Ik ga zitten,' zei Anton, terwijl hij de rij uit liep.

'Je moet hier betalen,' zei Haugen.

'Nee hoor, Torp trakteert me op een lunch.'

Hij grinnikte bij zichzelf terwijl hij de kantine door stiefelde en helemaal in de hoek ging zitten. Een lichtelijk beledigde en iets armere Torp ging tegenover hem zitten en schudde mismoedig zijn hoofd.

'Torp, je bent toch niet op je teentjes getrapt?'

'Nee hoor.'

'Waarom zit je dan je hoofd te schudden?'

'Er zit ui op de rosbief.'

'Natuurlijk zit er ui op de rosbief.'

'Ik hou niet van ui.'

'Allemachtig, ben je twaalf, of zo?'

Anton en Haugen lachten en vielen op hun lunch aan. Geen van drieën zeiden ze tijdens hun kleine hap iets vermeldenswaards. Torp had meer dan genoeg te stellen met het naar binnen werken van de ui. Antons gedachten gingen heen en weer tussen een half miljard kronen en de vraag hoe Martine er onder haar uniform uitzag. Hij keek om zich heen. Zeven of acht agenten in uniform gingen aan het tafeltje naast het hunne zitten en brulden elkaar toe wat ze in het weekend hadden gedaan. Een paar van hen waren in Oslo de stad in geweest – het was kennelijk niet cool om dat thuis in Fredrikstad te doen – terwijl een ander klaagde dat hij overwerk had moeten doen.

Ze bleven nog even zitten om het eten te laten zakken; er werd niets gezegd, want er viel genoeg te beleven aan het tafeltje ernaast.

'Ja, ze hebben ook die ouwe vent geïdentificeerd die in Sarpsborg is neergeslagen. Zal wel een toerist zijn,' zei Torp, alleen maar om de stilte te verbreken.

'Wat was daar loos?' vroeg Haugen.

'Een ouwe vent die was neergeslagen op het industrieterrein bij de nieuwe gebouwen van de Rijksverkeersdienst.' Hij nam een grote slok van zijn sap. 'Vincent-en-nog-wat. Uit New York. Een Amerikaan.'

'O ja? Hoe is het met hem afgelopen?' vroeg Haugen, terwijl hij het afval op de tafel bij elkaar verzamelde.

'In coma geraakt. Komt-ie uit het woelige New York naar het vreedzame Noorwegen, wordt-ie hier neergeslagen. Bijna tragikomisch.'

'Alleen maar tragisch,' zei Anton. 'Die lui die zomaar een ander in elkaar timmeren... die moesten aan de dichtstbijzijnde lantaarnpaal worden opgehangen. Serieus. En het was nog een oude man ook?'

'Ja,' antwoordde Torp. 'Bijna zeventig, geloof ik.'

'Een tragedie. Nog arrestaties?'

'Niks. Vooralsnog niet.'

Anton goot de rest van zijn melk naar binnen en stond op. 'Volgende halte Danielsen. Cry-baby, ga maar gauw burgerkleding aantrekken. Laten we liever niet met z'n allen in vol ornaat bij meneer en mevrouw Danielsen op de stoep verschijnen. Je weet hoe die lui zijn. Niet dol op roddelende buren.'

Vanaf de achterbank van de Mondeo kon Anton Torp zien aankomen. Goed gekleed, die jongen was modebewust. Met een zwarte katoenen broek en een dunne witte trui met lange mouwen aan kwam hij met grote stappen op de auto af. Hij had de tijd genomen om zichzelf een kuif te geven nu hij de verplichte politiepet niet op hoefde. Zijn haar glom van de handvol wax die hij erin had gesmeerd.

Anton drukte op het knopje van het raam en stak zijn hoofd naar buiten. Hij keek omlaag naar de bruine schoenen die Torp aan zijn stevige voeten had gedaan.

'Fraaie schoenen, Torp.'

'Bedankt,' antwoordde de ander met een trots lachje voordat hij op de chauffeursstoel ging zitten.

'Zijn daar ook herenschoenen van?'

Torp lachte ironisch en reed de auto de binnenplaats af. Toen vroeg hij: 'U speelt toch geen poker, hè?'

Hij kon twee redenen hebben om dat te vragen: Of hij en Haugen hadden Antons zwak voor gokken besproken, maar dat was niet erg waarschijnlijk; Haugen was er de man niet naar om over zoiets te praten. Of Torp liep rond met het plan om hem te vragen voor een avondje pokeren. Anton wachtte een paar tellen.

'Nee, niet noemenswaard,' antwoordde hij ongeïnteresseerd.

'Wat jammer nou. Ik ga vanavond een klein toernooi spelen met een paar vrienden. De inleg is driehonderd kronen en alles gaat naar de winnaar. Ik dacht dat je misschien ook wilde komen, mocht je je vanavond in je hotel vervelen.'

'Tja, nou ja, dat is aardig. Hoe laat is het? En wordt het een volle bak?'

'Om acht uur, bij mij.'

'Bij jou, of bij je moeder?'

'Ha ha ha. Ik heb een eigen souterrain.'

'Betaal je huur?'

'Nee.'

'Heb je een eigen badkamer?'

'Nee.'

'Een keuken?'

'Nee.'

'Dan is het een jongenskamer.'

'Ja hoor. Hoe dan ook, het is bij mij. Het was leuk geweest als je mee had gedaan, dan hadden we een man meer gehad. We zijn met ons vijven.'

'Er komt in elk geval één man. Driehonderd als inleg is een lachertje. Anders is de Toblerone in de minibar van het hotel misschien toch aanlokkelijker.'

'Wat had je dan in gedachten?'

'Een vijfhonderdje is toch wel het minimum, lijkt me.'

'Mij best. Ik bespreek het wel even met de anderen. Dus je komt?'

'Ja, maar dan moeten jullie beloven dat jullie mij er niet meteen uit spelen.'

'Ja hoor,' lachte Torp, 'dat zal ik zeggen. Ik zal het goed met je maken.'

'Anton,' begon Haugen, 'weet je zeker dat je dat risico wilt nemen?'

'Ik aarzel een beetje, maar ik heb toch niks beters te doen.'

'Mijn betere helft vroeg zich af of je vandaag wilde komen eten.'

'Vibeke?' barstte Anton geschrokken uit.

'Ja.'

'Dan denk ik toch echt dat het poker wordt, joh! *No offence*, maar je weet...'

'Dacht ik al. Maar ik heb het nu in elk geval gevraagd.' Met een glimlach draaide Haugen zich om naar zijn oude kameraad op de achterbank. 'Ik geloof wel dat ze het leuk had gevonden.'

'Ik vraag het me af. We moeten het een andere keer maar eens doen, maar ik denk niet dat het voor de komende Kerst nog gaat gebeuren.' Anton leunde naar achteren en tikte Torp op zijn schouder. 'Vooruit met de geit! Ik moet terug naar mijn hotel om wat pokerregels na te kijken. Full house is meer waard dan straight flush, toch?'

Torp glimlachte berekenend; dit zou weleens een leuk avondje kunnen worden.

Bjørn Danielsen was met een houten kop wakker geworden.

Hij had ontbeten met drie vingers whisky. De enige whisky die hij lekker vond. Nu zaten de rechercheurs alweer beneden in de woonkamer op hem te wachten. Eva had hem al een paar minuten geleden gevraagd of hij naar beneden wilde komen, maar hij had alsmaar gewacht. Hij wilde vandaag met niemand praten. Had zich nog steeds niet geschoren, en zijn haar piekte alle kanten op. Hij wist dat hij er onverzorgd uitzag, maar dat kon hem geen moer schelen. Hij gooide de plaid van zich af, kwam met een zwaai van de leren bank overeind en zette zijn voeten met een pets op het parket. Sjokte naar de huisbar en schonk nog een whisky in. Goot die naar binnen voordat hij de trap afging naar zijn bezoek.

Hij knikte in de richting van Anton en Haugen en bleef vervolgens staan met een vragende blik op Torp. Die blik zei: wie ben jij en wat doe je hier?

'Dit is Magnus Torp,' zei Anton. 'Hij studeert aan de politieacademie. Dat je niet denkt dat ik mijn zoontje meeneem naar mijn werk.'

Het grapje ontlokte Danielsen zowaar een glimlach. 'Juist ja, goeiemiddag.' Hij ging naast zijn vrouw op de tweezitsbank zitten. 'En, nog nieuws?'

'Martiniussens testament.' Haugen kwam meteen ter zake. 'Wat weet je daarvan?'

Eva Danielsen keek naar haar man, die er met gefronst voorhoofd bijzat.

'Nee,' antwoordde hij, terwijl de grote groeven in zijn voorhoofd nog dieper werden, 'daar weet ik niets van.'

'Je bent de universele erfgenaam.'

'Wat?' zei Danielsen geschrokken, alsof hij zojuist een doodsbericht had gehoord. '*Ik?* En Nora dan?'

'Nora wordt niet genoemd,' zei Anton. 'Maar dat is ook niet zo vreemd. Ze kenden elkaar nog niet zo heel lang. Bovendien waren ze alleen maar verliefd op elkaar.'

'Dus je had er geen idee van?' vroeg Haugen voorzichtig. Hij had geen zin om nu al te laten doorschemeren dat Danielsen onder verdenking stond.

'Nee.'

Eva keek peinzend. Alsof ze iets wilde zeggen.

'Echt niet?'

'Bjørn.' Eva legde haar hand op de dij van haar man. 'Dat hartinfarct...,' zei ze voorzichtig.

'Ja, verdorie!' barstte Bjørn uit. 'Ik ben niet helemaal nuchter. Maar ik weet nog wel dat hij het erover had. We waren op zakenreis naar Stockholm. Een lang weekend, van donderdag tot en met zondag. Er waren vergaderingen van 's ochtends vroeg tot 's avonds laat.' Hij keek de drie politiemannen om beurten aan.

'Wat gebeurde er in Stockholm?'

'Het waren drie vreselijk drukke dagen. Van acht uur 's ochtends tot zeven uur 's avonds vergaderingen en lezingen. Daarna gingen we de stad in. We deden nog wel een poging om de jongere garde bij te houden, maar dat lukte ons niet bijster goed. We kregen tijdens dat hele verblijf niet meer dan tien uur slaap, en toen we 's zondags terug naar huis zouden reizen, ging het mis. We waren in Arlanda al naar de *gate* onderweg toen Wilhelm plotseling tegen de grond klapte.'

'Hartinfarct,' kwam Eva ertussen. 'De stakker. Maar gelukkig liep het goed af.'

'Godzijdank wel. Linea recta naar het ziekenhuis. Ik bleef de hele tijd bij hem, en toen hij in dat ziekenhuisbed lag, zei hij dat hij alles aan mij wilde nalaten, aangezien hij zelf geen erfgenamen had. Ik lachte er alleen maar om, maar hij heeft het dus gedaan? Jezus. Daar zat ik nou echt niet op te wachten.'

Bjørn keek nog treuriger.

'Weet je om hoeveel het ging?' hengelde Anton.

'Geen idee.' Bjørn keek zijn vrouw aan, die hem met grote ogen aanstaarde. 'Hij had overal geld in zitten, niet alleen in Mardan. Aandelen van diverse goed boerende bedrijven. Onder andere Nokia. Hij had daar halverwege de jaren negentig een fors bedrag in gestoken, en we weten allemaal hoe het verder is gegaan. Plus alle appartementen die hij verhuurt.' Hij liet zijn hoofd tegen de bankleuning rusten. 'Beste mensen, ik ga ervan uit dat ik daarmee de hoofdverdachte ben?'

'Nee,' antwoordde Haugen snel.

'Ik was bereid geweest met hem te ruilen.' Nu kwamen de tranen. 'Zonder hem was ik niets geweest. Mardan, mijn huis, mijn auto's, alles wat ik heb, heb ik aan Wilhelm te danken. Zelfs mijn vrouw.'

'Bjørn toch,' zei Eva, en ze sloeg haar armen om hem heen.

De drie – zelfs Torp – verbaasden zich over de heftigheid van zijn reactie. Dat hij zo'n beetje wist voor welk bedrag zijn beste vriend goed was, daarvan waren ze overtuigd. Bijna niemand zou negatief reageren op het bericht dat hij zojuist meer dan twee miljard rijker was geworden, maar Bjørn Danielsen leek bijna teleurgesteld. Hij wilde duidelijk geen verdere verantwoordelijkheid, en Anton kon de vraag maar niet van zich af zetten: *Waarom niet?* Het was moeilijk te geloven dat de man tegenover hem zo ondeugdelijk was als hij het zelf deed voorkomen. Er was weinig over van de zelfverzekerde en doelbewuste figuur die hij destijds op de televisie had gezien.

Anton keek snel op de Omega om zijn pols en stond op.

'Sorry dat we je lastig hebben gevallen,' zei Haugen. 'We komen terug zodra we meer weten.'

Eva begeleidde hen naar de deur, en op de trap dankten ze haar met een meevoelende glimlach. Ze haastten zich langs Danielsens grijze Bentley Continental GT de voortuin door en gingen in de Mondeo zitten, die zeker vierhonderd paardenkrachten minder telde.

Anton haalde het briefje tevoorschijn dat hij eerder die dag van Torp had gekregen. Tegelijkertijd verscheen er een sms'je van Lange op Haugens mobiel: *Frode Moen deed moeilijk. Hij vermaakt zich nu in de cel.*

'Had je tegen hem gezegd dat hij naar Moen moest?' vroeg Haugen.

'Ik niet. Maar het is prima dat hij zich een beetje nuttig maakt.'

'Ik had liever gehad dat wij het hadden gedaan.'

'Maar dan hadden we dit gemist. Hier.' Anton stak hem het papiertje toe.

'Lars Andreassen? Wie is dat?'

'Degene die jou in het water heeft gesmeten. Ik heb een paar van die klojo's op dat klusje gezet, en ze zijn er warempel achter gekomen wie het was. Ik moet zeggen, als ze willen kunnen ze het best.'

20

De snelheidsmeter wees exact zestig kilometer per uur aan toen aspirant Magnus Torp op Kråkerøy de Mondeo Rijksweg 108 opreed in zuidelijke richting.

Torp remde voor twee voetgangers die een zebrapad overstaken. Hij gebruikte de korte pauze om de radio harder te zetten en iets te zoeken wat om aan te horen was. Haugen popelde om terug te gaan naar het politiebureau om wat tijd te doden bij Frode Moen, die ongetwijfeld in een cel op de begane grond op zijn nagels zat te bijten. 'Alleen Brekke en ik praten met hem,' had hij inspecteur Lange laten weten. En hoe langer Moen op die twee moest wachten, hoe beter. Hij mocht best een beetje zweten en misschien een verklaring in elkaar draaien die bij de eerste kritische vragen van de rechercheurs al ontzenuwd zou worden. Want Moen stond ongetwijfeld onder grotere druk dan destijds; die kleine stunt met de aandelen was er niets bij.

Haugen was ervan overtuigd dat ze de juiste man in het cachot hadden.

Torp draaide het volume abrupt hoger. Eminem hielp bijna de slechte luidsprekers om zeep en Anton, die zich op de achterbank een ongeluk schrok, pelde zijn veiligheidsriem af en boog zich over het middenconsole in een koortsachtige poging de volumeregelaar te raken. Haugen wierp een blik op de wanhopige hand die er net niet bij kon en stak zijn krachtige wijsvinger uit om het spektakel af te zwakken.

'Bedankt!' zei Anton luidkeels. Hij liet zich naar achteren vallen en deed zijn riem weer om. 'Wou je me uit de weg ruimen, Torp? Luister jij naar zulke dingen?'

'Eminem heerst,' stelde Torp vast.

'Ik dacht dat hij rapte.'

De aspirant sloeg van de hoofdweg af en reed verder over een smalle, holle grindweg met struiken en bomen die maar één redelijk harde windvlaag van hun definitieve afscheid verwijderd waren. De Mondeo zwoegde voort en trilde zelfs bij twintig kilometer per uur zo hard dat Haugen zijn linkerhand tegen het dashboard stootte, terwijl hij zich met de rechter- aan de handgreep van het portier vastklampte.

Na honderd meter verviel de weg van kwaad tot erger. Torp, die liever geen rijksvoertuig wilde vernielen, stelde voor dat ze het laatste stukje te voet zouden gaan; de kleine boerderij in de verte had de grootte van een vuist. Anton protesteerde. Hij ging geen meter lopen.

Het erf voor het bouwvallige woonhuis, dat best een likje verf had kunnen gebruiken, was ongetwijfeld ooit met grind bestrooid geweest, maar inmiddels even slecht onderhouden als de weg. Het terrein stond vol met allerlei schroot. Oude auto's, een paar tractoren en verschillende landbouwwerktuigen. De twee tractoren zagen eruit alsof ze al jaren niet meer rijklaar waren en van maar twee van de zes auto's waren alle portieren nog intact. Anton liep een paar stappen het weiland op, en zijn oog viel op een hooischuur die er nog ouder uitzag dan het woonhuis. Voor de grote schuurdeur zat een stevige balk, met aan weerszijden ook nog eens een hangslot. Hij ging ervan uit dat de balk voor de deur in feite de dragende balk was. Als iemand hier inbrak, zou die een verrassing krijgen in de vorm van een schuur die boven zijn hoofd instortte. Hij was niet van plan naar binnen te gaan.

Anton liep terug naar het woonhuis, klom de vier

bakstenen traptreden op en bleef voor de voordeur staan. Hij zocht naar de bel, maar het enige spoor daarvan waren twee losse draden die uit de huismuur staken, vlak onder een messing naambordje waarop in sierletters nog min of meer de woorden 'Familie Andreassen' te lezen stonden, gevolgd door 'Gunnar, Lisbeth en Lars'. Terwijl hij zijn hand optilde om op de deur te bonzen, maakte Haugen hem attent op een auto die met grote snelheid de verwaarloosde grindweg opreed.

De oude bruine Toyota Corolla raasde de weg af. Een stofwolk hing als een wandtapijt achter de auto. De chauffeur kende de weg en ontweek de grootste gaten door snel manoeuvreren. Vanaf de trap kon Anton een dikke, bleke arm uit het raam zien hangen terwijl het refrein van *The Final Countdown* van Europe steeds dichterbij kwam. De Corolla zwaaide breeduit het erf op en remde abrupt naast de Mondeo, vanwaar Haugen en Torp een goed zicht hadden op de verloedering die achter het stuur vandaan kwam.

De forse man was gekleed in een oude joggingbroek van Adidas en een donkerblauw flanellen shirt, en aan zijn voeten zaten versleten Zweedse klompen. Anton liep de trap weer af en probeerde zich op iets anders te concentreren dan het dikke matje op zijn hoofd, dat eruitzag alsof het de laatste jaren alleen met handzeep was gewassen. Even later kreeg hij oogcontact met de man. Koude, uitpuilende ogen. Anton was blij dat hij niet gelovig was, anders zou hij gedacht hebben dat hij zojuist de duivel in hoogsteigen persoon had ontmoet.

'Wie zijn jullie goddomme,' blafte de pas aangekomene, en hij duwde Anton opzij voordat hij de voordeur opentrapte.

'We zouden graag met Lars spreken,' zei Haugen zo vriendelijk en tegemoetkomend als uitsluitend Simon Haugen kon zijn.

'Waarom?'

De man, die alleen maar Gunnar Andreassen kon zijn, deed een stap over de drempel, draaide zich om en keek naar de drie mannen op het erf.

Anton nam het over. 'We zijn van de politie en moeten je zoon spreken. Is hij thuis?'

'Wat heeft die knul goddomme nou weer gedaan?'

'Is hij thuis?' herhaalde Anton.

'Ja.'

Gunnar Andreassen liet de deur openstaan, liep het huis binnen en verdween de keuken in. De vertegenwoordigers van de politie liepen de woonkamer in en troffen Lars Andreassen aan op de bank voor de tv, die de een of andere soap voor de zoveelste keer uitzond. Lars keek er nauwelijks naar. Hij werd meer in beslag genomen door het kleine lcd-scherm van zijn digitale camera, terwijl zijn hand heen en weer ging tussen een zak popcorn en zijn volle lippen.

'Hallo,' zei Anton, terwijl hij naast hem ging zitten. 'Wat een mooi fototoestel heb je daar.'

'Ik neem graag foto's,' antwoordde de jongen zonder op te kijken. 'Kijk eens!' Met ijverige handen hield hij Anton zijn camera voor. Op het scherm was een close-up van een paardenbloem te zien die bezoek had van een bij. De gele strepen van de bij liepen over in het geel van de paardenbloem. Anton moest toegeven dat de foto eigenlijk vrij goed was. 'Ik heb er nog veel meer, wil je ze zien?'

Voor het eerst keek Lars op, en zijn oog viel op Torp en inspecteur Haugen. Toen hij de stevig gebouwde politieman opmerkte, schrok hij. Zijn mond ging open. Hij bleef Haugen zitten aangapen, zijn blik aan hem vastgekleefd.

'Hallo. Herken je me?' Haugen glimlachte.

'Ik heb niks verkeerds gedaan. Ik zweer het.'

Gunnar Andreassen kwam met een bierblikje in zijn hand de woonkamer in slenteren. Hij plofte in een oude leunstoel en bracht het blikje naar zijn mond. Een paar druppels bier liepen zijn mondhoeken uit en landden op zijn toch al vlekkerige shirt. Met één en dezelfde beweging kneep hij het blikje in elkaar en veegde zijn mond af, waarna hij het blikje op de grond liet vallen.

'Wat heb je verdomme nou weer uitgespookt, Lars?' zei hij, en hij liet een boer.

'Hij heeft niets verkeerds gedaan,' zei Anton. 'We willen alleen graag zijn foto's zien.'

Andreassen stond op, boog zich over het tafeltje tussen hemzelf en zijn zoon heen en schreeuwde schuimbekkend: 'Hoe vaak heb ik je nou al gezegd dat je met die rotcamera alleen maar last krijgt?' Hij bracht zijn vlakke hand omhoog om de jongen een oplawaai te geven.

'Nu is het wel genoeg!' riep Anton. Hij sprong op en duwde Gunnar met zo'n grote zet in zijn stoel terug dat die omviel. 'Geen woord meer!' Hij spuwde hem de woorden bijna toe.

Andreassen krabbelde uit de omgevallen stoel en bleef op de grond zitten, zonder precies te begrijpen wat er zojuist was gebeurd.

'Misschien moeten we alles op het bureau afhandelen?' zei Haugen.

'Heb je daar zin in, Lars? Wil je een ritje met ons maken?' Anton ging voor hem op zijn hurken zitten. Hij had graag gezorgd dat Lars hier nooit meer naartoe hoefde. Op de plastic borden op de eettafel lag beschimmeld eten. Het vloerkleed was onder al het afval en de bierblikjes bijna niet te zien. Lars had hier niets te zoeken.

'Ik wil niet naar de gevangenis.'

'Je gaat niet naar de gevangenis.' Anton gaf hem een

schouderklopje. 'We willen alleen heel graag de foto's in je camera zien. We denken dat je misschien foto's hebt van iemand die we zoeken. We kunnen onderweg wat lekkers kopen, dan heb je iets te doen terwijl wij je fototoestel bekijken. Daarna rijden we je weer naar huis. Hoe lijkt je dat?'

'We kunnen met het zwaailicht en de sirenes aan rijden,' voegde Haugen eraan toe.

Anton zuchtte gelaten. Hij wilde de jongen best meenemen, maar sirenes? Nu was Haugen al te goedhartig.

'Mag ik voorin zitten?'

Torp en Lars grijnsden bijna om het hardst terwijl de Mondeo over Rijksweg 108 het overige verkeer voorbij raasde op weg naar het centrum.

Voorzichtig stak Anton de kabel van een computer in het fototoestel. Lars Andreassen zat keurig netjes op de bezoekersstoel aan een grote reep chocola te knagen, met tussendoor sporadische slokjes frisdrank. Hij glimlachte, merkbaar tevreden met zijn vipbehandeling, en nog nagenietend van zijn ritje.

'Heb je vrijdag veel foto's genomen?' vroeg Anton.

Het fototoestel was op de maximale resolutie ingesteld en op de geheugenkaart van vier gigabyte was plaats voor bijna tweehonderddertig foto's.

'Ja.'

'Maar deze zijn toch niet allemaal van vrijdag?'

'Jawel,' antwoordde Lars, en hij maakte het laatste stukje chocola soldaat.

'Heb je vrijdag nog meer foto's genomen? Staan die thuis op je computer?'

'Alle foto's die ik vrijdag heb genomen, zitten in mijn camera. Ik heb geen pc!' riep hij.

'Wat doe je met je foto's als je camera vol is?'

Lars keek naar Torp, die zijn uniform weer had aangetrokken. 'D-d-at kan ik niet zeggen.' Hij sloeg zijn blik neer en staarde naar de vloer tussen zijn stoel en het bureau. 'Want dat is, geloof ik, verboden.'

Torp ging op zijn hurken naast hem zitten. 'Luister eens, Lars, zijn wij geen goeie maatjes?'

'Jawel.'

'Precies. Dus dan kun je het best zeggen. Er overkomt je niets.'

'Maar het is verboden.'

'Luister eens,' zei Anton. 'Verboden of niet, maak je maar geen zorgen. Je helpt nu de politie, en dan zijn wij degenen die uitmaken wat wel en niet mag.' Hij gaf hem twee snelle knipoogjes.

'Beloof je dat?'

Anton knikte.

Met nerveuze gebaren legde Lars uit dat hij de foto's opsloeg op een van de computers van de centrale bibliotheek van Fredrikstad. Bijna in tranen voegde hij eraan toe dat hij wist dat zoiets verboden was en dat er zelfs een briefje op zat met een waarschuwing dat het niet mocht.

'Torp, je weet wat je te doen staat?' zei Anton, en hij keerde zich weer naar het computerscherm toe.

'Wat dan?'

'De foto's op de computers van de bibliotheek bekijken.'

'Eh... kunnen we deze niet eerst doornemen? Hij zegt toch dat alle foto's van vrijdag hier op staan?'

'Goed. Haal dan maar een kop koffie voor me.'

Torp en Haugen verdwenen het kantoor uit. Haugen kon niet meer wachten. Hij liep snel naar de cellen beneden. Anton mocht alle tijd aan die foto's verspillen die hij wilde, maar Haugen wist dat hij niet veel zou vinden. Bovendien voelde de inspecteur een paar keer per dag de hete adem van de commissaris in zijn nek; die wilde resultaat zien.

Anton kopieerde alle foto's naar de harddisk van de computer om ze stuk voor stuk in ogenschouw te nemen. De koffie kwam en ging naar binnen zonder dat hij iets interessants vond. De meeste foto's – verrassend goede foto's – waren van allerlei auto's. Lars koesterde kennelijk een meer dan doorsnee belangstelling voor voertuigen, en dan vooral SUV's. Zijn favoriete auto was de Lamborghini Gallardo, vertelde hij. Maar de foto daarvan zat in de computer van de bibliotheek. Mercedes ML en BMW X5 kwamen het meest voor. Vaak vijf of zes foto's van dezelfde auto, als hij het geluk had er een te vinden die geparkeerd stond. Het leek wel of de auto's alleen in de kleuren wit, zwart en grijs geleverd werden. Er waren veel foto's en Haugens oude apparaat nam bij iedere foto ruimschoots de tijd om hem te openen. Anton laste een korte pauze in en werkte een handvol winegums uit het zakje van Lars naar binnen. Alle drie de colablikjes die ze bij het tankstation voor hem hadden gekocht, waren al leeg.

'Nog meer te drinken?' vroeg Anton, terwijl hij stiekem hoopte dat Lars genoeg had.

'Ja!' riep die met een brede lach. 'Graag!'

'Torp...'

'Best hoor.'

Torp verdween voor de volgende belangrijke opdracht. Een minuut later was hij terug met een ijskoude, halve liter cola. 'Dit is uit de privévoorraad van inspecteur Lange. Hij heeft bijna een heel krat in zijn koelkast staan, maar hij weet precies hoeveel hij heeft, dus we moeten straks een nieuwe kopen.'

'Ja, natuurlijk,' zei Anton, en hij ging verder met foto's kijken.

Die gingen van auto's over op boten, vervolgens wat bloemen, en toen kwam de paardenbloem met de bij. De foto die Lars thuis zo vol trots had laten zien.

'Prachtig hoor, Lars, die foto,' zei Anton glimlachend. 'Je hebt er gevoel voor. Heb je dat toestel zelf gekocht?'

'Nee, gewonnen,' mompelde hij met zijn mond vol winegums.

'Wat? Heb je het gevonden?'

'Neeeee!' antwoordde Lars, en rekte het woord zo lang mogelijk uit, waarna hij begon te schaterlachen. '*Gewonnen!*'

'Geluksvogel die je bent!'

Terwijl hij verder klikte, vertelde Lars van de wedstrijd die hij had gewonnen. '*Fredrikstad Blad* hield een fotowedstrijd!' zei hij vol ijver. 'Ik had een foto opgestuurd van toen ik tien was, bij mama op schoot. Die had geen kleur!'

'O ja? Zwart-wit dus?' Anton keek hem nieuwsgierig aan.

'Jaaa. Mama zat op de schommel bij ons in de tuin. Die is er nu niet meer, papa heeft de boom omgehakt toen hij op een avond flink dronken was. Hij zei dat hij het huis ook ging omhakken, maar dat heeft hij gelukkig niet gedaan.' Lars lachte luid. 'Maar ik zat bij mama op schoot! En achter op de foto schreef ik waarom hij geen kleur had. Dat was omdat mama en papa en ik hem in de donkere kamer in de hooischuur hadden ontwikkeld, en toen heb ik geschreven dat ik geen nieuwe foto van mama kon maken omdat ze dood is. Maar toen won ik, al is de foto oeroud!'

Het was een triest verhaal, maar Lars wist het zo te vertellen dat Anton onwillekeurig moest glimlachen.

'Wat een verhaal, hè Torp?'

'Huh?' zei Torp ongeïnteresseerd.

Hij keek naar Torp, die op de archiefkast zat. Hij had niet meegeluisterd; een of ander lekker stuk eiste met sms'jes zijn aandacht op.

'Ga iets nuttigs doen!'

'Wat dan? Heb je me hier niet meer nodig?'

'Nee. Wegwezen, ga maar met de schaapskudde mee. Misschien vinden jullie wel een wrak om van de weg te plukken. Dat is toch geen manier van doen. Respectloze zak!'

Enigszins onthutst, en niet zeker waarom Anton hem er bijna uitgooide, haastte hij zich het kantoor uit met zijn blik op het display gericht, terwijl hij ondertussen zijn sms'je afmaakte.

Anton dacht aan de arme knul voor hem. En aan zijn vader, die misschien niet altijd zo geweest was.

'Kijk nou eens, kijk nou eens.'

'Heb je de dief gevonden?' Lars hield op met kauwen.

'Nee,' antwoordde Anton kortaf, terwijl hij naar de foto van het rivierterras keek, waarop inspecteur Erik Lange en Martine Rieck tegenover elkaar zaten, allebei achter een halve liter bier. 'Verdomme.'

Lange was er als de kippen bij geweest. Tijdens de bijeenkomst had hij haar smachtend nagekeken. Anton haalde zijn hand over zijn baardstoppels en vroeg zich af of hij een ringbaardje moest kweken.

'Wil je nog meer fris?' vroeg hij baldadig.

'Ik heb nog,' antwoordde Lars, en hij schudde zijn flesje frisdrank.

'Ja, maar...' Hij stond op, deed Haugens kast open en haalde een rugzak tevoorschijn. Daar zaten alleen een trainingspak, een handdoek en een toilettas in. Hij ritste de rugzak open en dumpte de inhoud in de kast. 'Nergens heengaan, ik ben zo terug.'

Meesmuilend haastte hij zich de gang door, maar trok snel een ernstig gezicht toen hij twee agenten met blauwe overhemden en zwarte dassen tegenkwam. Hij liep door en bleef voor de deur van het kleine keukentje staan. Keek snel om zich heen en sloop geluidloos naar binnen. Inspecteur Lange was kennelijk dol op cola; er stond bijna een vol krat onder in de koelkast. Als waarschuwing dat deze frisdrank verboden terrein was, had hij een paar meter afzettape om het krat gewikkeld. 'Joker,' zei Anton bij zichzelf, en hij hevelde alle flessen voorzichtig naar de rugzak over voordat hij de afzettape verwijderde en in een strik om de koelkast bond.

'Hier,' zei Anton, en stak Lars de rugzak toe. 'Hier heb je voor een paar dagen fris.'

Lars maakte de rugzak open en lachte al zijn tanden bloot. 'Allemaal?'

'Allemaal.'

Anton veranderde de naam van de foto van inspecteur Lange en Martine Rieck in 'de tortelduifjes' en opende Haugens e-mail. Na enig zoeken vond hij Martines mailadres, voegde de foto toe en schreef:

Hallo!
Zie bijgaande foto. Ik neem aan dat het alleen maar een kwestie van tijd is voor ik jullie even voor verhoor bij me zal moeten roepen, ha, ha.

Anton

Wat een pathetisch mailtje. Hij bleef een paar minuten spijt zitten hebben. Hoopte nog even dat het mailtje zou bouncen omdat het adres incorrect was, of iets in die trant. Hij opende de 'tortelduifjes' nog eens en zoemde in. Ze hielden elkaars hand niet vast, dat was tenminste iets. Lange droeg een wit overhemd met opgestroopte mouwen en koketteerde met zijn bruine onderarmen. Zelfs vergeleken met die van Anton zelf waren ze mager – maar wel bruin. Anton was nooit naar een solarium geweest, en hij hield ook niet erg van vakanties in het zuiden. Martine had een strak zittend, kort zwart jurkje aan. Het soort jurkje dat bijna 'pak me' schreeuwt. Ze had haar lange blonde haar opgestoken en duidelijk meer tijd voor de spiegel doorgebracht dan anders. Zonder meer een date.

De klootzak!

Hij sloot het mailprogramma af uit angst voor een snel antwoord en keerde weer terug naar de foto's. Scrolde naar beneden en besloot met de laatste te beginnen en van achteren naar voren te werken.

De laatste foto was op zaterdagmiddag genomen en toonde een aantal politieauto's die met zwaailicht aan voor het appartementencomplex stonden. Daarna een foto die Lars van zichzelf had genomen, grijnzend voor een van de politieauto's met zijn duim omhoog.

Daarop volgden drie, vier foto's van de brug van Kråkerøy. Twee daarvan waren met onvaste hand genomen. Er reden geen grote auto's over de brug die de belangstelling van de fotograaf hadden kunnen wekken. Om precies te zijn waren er helemaal geen auto's. Lars moest aangetrokken zijn geweest door de lege brug. Op de volgende foto stond een glanzend rode Ferrari. Hij stond naast de pompen in het Shell-tankstation geparkeerd.

Er werd twee keer snel op de open deur geklopt, gevolgd door 'Hallo!'.

Anton keek naar haar op. 'Eh... hallo,' zei hij.

'Bedankt voor je mailtje.' Ze liep het kantoor in en ging naast Lars staan. 'Hallo,' zei ze glimlachend tegen hem.

'Dag,' zei Lars, en hij zette zijn flesje aan zijn lippen.

'De tortelduifjes,' zei ze, haar toon enigszins stroef maar niet streng.

'Ja, vond je dat dan geen passende titel?' Anton stak zijn voeten naar voren en leunde naar achteren in zijn stoel.

'O ja, zonder meer. Zolang je mij maar niet bedoelt.'
'Een foto zegt meer dan duizend woorden, weet je...' Anton lachte zijn Colgate-lach.
'Daar heb je helemaal gelijk in, Brekke. En ik weet niet precies wat ik juist van die foto moet denken.'
'O nee?'
Daar heb je het, dacht Anton. Nu had hij haar beledigd. Hij wist dat het idioot was geweest om dat vrijpostige mailtje met het brutale 'tortelduifjes'-onderschrift bij de foto te sturen. Hij was een beetje al te familiair geweest. Een beetje te zeker van zichzelf. Dat kwam vaker voor, en het was niet voor het eerst dat hij zijn vingers eraan brandde. Het ging hem volstrekt niet aan met wie zij omging. Per slot van rekening kende hij haar niet eens. Hij had alleen zin om haar wat beter te leren kennen. Hij haalde diep adem en zette zich schrap voor de welverdiende veeg uit de pan.
'Nee. Die foto is namelijk van mijn zus, Anette. En van Lange, dus.' Ze rolde met haar ogen. 'Prince Charming...'
Anton liet zijn longen langzaam leeglopen. Er was nog hoop. 'Bespeur ik daar een tikje ironie?'
'Nee, dat niet. Maar hij is niet echt mijn type. Hij vroeg me een paar weken geleden mee uit, en daar heb ik toen beleefd nee tegen gezegd.'
'Laat me eens raden. Je hebt de zogenaamde werkplekkaart uitgespeeld. We werken op dezelfde plek, dat wordt toch niets, bla, bla, bla.'
'Precies!'
Martine Rieck lachte luidkeels. En het was een heerlijk opgewekte lach. Van zulke kleinigheden was hij altijd erg gecharmeerd. Nu begon hij pas serieus trek in de appetijtelijke blondine te krijgen.
'De werkplekkaart zou bij mij niet werken. Uiteindelijk ben ik alleen maar op bezoek.'

Het charmante gelach ging in een onzeker, wegstervend gehinnik over. 'Jaha?'

Anton liet zijn blik over haar lichaam glijden. Haar blik verstrakte en ze keek hem streng aan.

'Train je veel?'

Een lichtrood waas trok als een sluier voor haar gezicht.

'Ga op het bureau liggen,' vervolgde hij, 'dan geef ik je de massage van je leven. Lars kan me wel helpen.'

Lars grijnsde. Anton wist dat hij zich nu op glad ijs begaf.

Ze keek hem licht gechoqueerd aan. 'Ha! Dat had je gedacht!'

'Goed, dan neem ik genoegen met een diner en...'

Het plan was op Torps jongenskamer te gaan pokeren. Maar hij liet die pot van drieduizend kronen graag schieten als hij in plaats daarvan de avond met haar kon doorbrengen. Bovendien was het niet zeker dat hij zou winnen. Hij dacht nog eens na. Wie probeerde hij nu iets wijs te maken? Natuurlijk zou hij winnen. Die vier vrienden hadden natuurlijk nauwelijks meer hersens dan de gastheer. Hij zou de tafel leegspelen!

'En?' zei ze voorzichtig.

'Tja. Een biertje. Of misschien *sex on the beach*. Of whisky, als dat meer iets voor jou is.'

'*Sex on the beach*, je bent...' Ze grinnikte. 'Dat klinkt verleidelijk, maar helaas kan ik vanavond niet. Ik heb met iemand afgesproken.'

'Niet met Lange, mag ik hopen?' vroeg hij op een zachte, schampere bromtoon.

'Nee, vanzelf. Maar met de andere helft van jullie geheime bijeenkomst, die niet meer zo geheim is.'

Ze had er wel zin in, maar ze wilde niet gezien worden als de politiejuriste die voor de veelgeprezen Anton

Brekke op haar rug ging, want op meer was hij heus niet uit. Iets aan deze ongeschoren man met het borstelige haar en de krachtige kaken trok haar aan. Wat precies, daar kon ze haar vinger niet op leggen. Hij stond erom bekend dat hij geen omwegen maakte, en dat gold kennelijk niet alleen voor zaken die met zijn werk te maken hadden. Dat beviel haar wel.

Maar nee.

'Geeft niet. Ik zorg er wel voor dat ik morgenavond ook in de stad ben.'

Ze glimlachte zo breed dat haar ogen spleetjes werden. 'Dat zou gezellig zijn geweest, maar...'

'Prima. Ik haal je om zeven uur af?'

'Ik geloof dat we het tegoed moeten houden.'

'Er loopt een moordenaar los in de stad, Rieck. Ik moet er niet aan denken dat je alleen bent,' zei hij met een twinkeling in zijn oog. 'Ik kom je om zeven uur halen.'

'Het spijt me.' Ze glimlachte. Haar zin zei ja, maar haar verstand nee.

'Jullie juristen ook. Kwart over zeven dan. Laatste bod.'

'Ik merk dat ik er een kleur van krijg. Andere keer.'

'Ik kan alleen morgen. De rest van het jaar ben ik bezet. En het volgende ook.'

Ze snoof. 'Houden jullie me maar op de hoogte. En nu moet ik naar de rechtbank.'

Anton volgde haar fraaie figuur tot ze de deur uit was.

Hij richtte zijn blik weer op het scherm. 'Jee, da's nog eens een auto, Lars.'

'Die rode in het tankstation?'

'Ja.'

'Da's een *Ferrari*,' zei Lars vol trots. 'Daar heb ik niet zoveel foto's van!'

Anton knikte, maar hij gaf geen antwoord. Zijn blik was aan het scherm gekluisterd. Plotseling werd de hand die op de muis rustte klam, en joeg de adrenaline door zijn lijf. En dat had er niets mee te maken dat het mooiste in uniform wat de rijksdienst te bieden had, zojuist binnen was geweest. Wilhelm Martiniussen was op het scherm opgedoken. Hij was kennelijk net de loopbrug vanaf de rivierpromenade over gewandeld. Een paar stappen achter hem liep een andere man. De achterste man had een zwart pak aan. Hij keek zonder het te merken recht in de camera. Zag eruit als zomaar een oude man die na een wandeling door de stad op weg naar huis was. Maar het ging om zijn blik. Anton zoemde in op zijn gezicht. De man keek strak, alsof hij zich ervan wilde verzekeren dat hij niet bekeken werd. Anton keek op naar Lars, die er geen idee van had hoezeer hij had geboft dat hij de flitser niet had gebruikt toen hij deze foto nam.

Jaren geleden had hij een foto van diezelfde man gezien, zij aan zij met de onbetwiste gangsterkoning van New York, zo niet van de VS, Calogero Locatelli. Ze stonden lachend voor een federale rechtbank in New York. Een heel land was ervan overtuigd geweest dat Calogero Locatelli straks in de gevangenis zou wegrotten. Er was grote belangstelling voor de zaak, en er was geen nieuwszender die niet in en buiten de rechtszaal aanwezig was geweest toen de eerste getuige, een oudere dame, haar verschrompelde rechterhand op de Bijbel had gelegd en had gezworen de waarheid en niets dan de waarheid te zullen spreken, waarna bleek dat ze zich plotseling helemaal niets meer herinnerde. 'Wie? Calogero Locatelli? Nee, nooit van gehoord,' had ze met klem beweerd. De twee andere getuigen waren nooit komen opdagen – helemaal nergens – en de rechter had de zaak alleen maar kunnen seponeren. Alweer had de gerechtigheid het onderspit gedolven. Alweer was Calogero Locatelli vrijuit gegaan. Alweer hadden de Locatelli's bewezen dat misdaad loont.

Ineens dacht hij aan het geklets in de kantine, toen met Haugen en Torp. *Vincent*, de toerist die in coma was geraakt nadat hij was overvallen. De foto op het scherm sprak klare taal. Die *toerist* was Vincent Giordano, een van de gevaarlijkste mannen aan de oostkust van de VS.

'Torp!' riep Anton, terwijl hij de gang op liep. '*Torp!*'

De aspirant dook al snel in de deuropening van de pauzekamer op, zichtbaar verheugd dat Anton niet boos meer op hem was.

'Rij me naar het ziekenhuis!' riep Anton onderweg naar de trap.

Torp bleef staan. 'Dan moet ik toestemming vragen om een auto te gebruiken.'

'Ik geef je toestemming!' siste Anton, en hij liep door.

'Ik heb de sleutels van de Mondeo hier,' zei de aspirant, en hij trok ze uit zijn broekzak. 'Maar ik denk dat ik dat eerst even moet melden.'

'Allemachtig, man. Schiet op of geef mij die sleutels.'

Ze haastten zich de trap af. Torp spoot de binnenplaats af, zodat de auto bijna op zijn kant de weg op draaide. Hij schakelde en zette met een bliksemsnelle beweging zowel het zwaailicht als de sirene aan.

'Als je straks geen elektrische rolstoel met je tong wilt bedienen, stel ik voor dat je die rotherrie nú uitzet.' Anton was op tilt. Hij zat bijna tien centimeter boven zijn autostoel. Met onvaste hand zette Torp de sirene uit, terwijl hij onzeker opzij keek naar Anton. 'Zet het licht ook uit.'

'Ik dacht...'

'Ja, jij denkt een hoop. Zeg het maar eerlijk, je geilt

erop om met het zwaailicht aan te rijden. Je moet twee dingen voor me doen.'

'Wat dan?' vroeg Torp.

'Straks Lars naar huis rijden, en daarna moet je Lange vragen of hij contact met de gemeente wil opnemen om hem een of andere behuizing te geven. Vraag Lange of hij de papiermolen op gang wil brengen, zodat Lars ergens in de nabije toekomst op zichzelf kan gaan wonen. Het is niet goed voor hem om samen met zijn vader in dat krot te wonen. Hij verdient zoveel beter. Rij hier maar in.' Hij wees naar de hoofdingang van het ziekenhuis.

'Komt voor elkaar.'

Torp remde af naast een paar taxi's die op hun volgende ziekenhuisklant wachtten.

'Maak een ritje met Lars voor je hem thuis aflevert,' zei Anton, terwijl hij uitstapte.

'Hoe bedoel je?'

'Gewoon, een eindje met hem rijden. Naar Sarpsborg en terug, of zo. Maar hou het christelijk.'

'Best,' antwoordde Torp, en hij grijnsde als een kind op kerstavond.

'Ik bedoel niet dat je hem moet bekeren. Als je maar christelijk rijdt. Alsof je een domineestoga en een befje draagt. Begrepen?'

'Aha, op die manier. Begrepen. O, nog één ding.'

Anton keek hem aan.

'Lange heeft de mobiele gesprekken van Moen en Danielsen nagetrokken. Niets van belang.'

'Hm, oké.'

'Hij is, geloof ik, een beetje boos op je.'

'Wie?'

'Lange dus.'

'Boo-fucking-hoo,' zei Anton, en hij sloeg het portier dicht.

De FBI-afdeling voor de bestrijding van de georganiseerde misdaad zetelde op de achtste verdieping van het Jakob K. Javits Federal Building op Manhattan. De man die jarenlang de leiding had gegeven aan verschillende onderzoeken naar Calogero Locatelli en zijn mensen, was FBI-agent Percivall Wilson, Percy voor zijn vrienden. Een oudgediende op het bureau. Binnenkort zover dat hij met pensioen kon. Hij keek er al naar uit. Hij had genoeg geld gespaard om een appartementje in Florida te kopen, waar hij volop van iedere dag zou genieten zonder ook maar een gedachte vuil te maken aan Locatelli en zijn onderknuppels, die hem twee huwelijken en talloze slapeloze nachten hadden gekost. Hij had al lang geleden ingezien dat ze gedoemd waren de strijd tegen de maffia te verliezen. Na die catastrofale rechtszaak waarbij twee van de getuigen – die allebei onder bescherming van de FBI stonden – waren verdwenen, had het onderzoeksteam zich op de mensen rond Locatelli gericht. Ze hadden Vincent Giordano, die was opgeklommen tot Locatelli's rechterhand, al veertig jaar in de kijker, maar het was sinds 1970 niet meer tot een veroordeling gekomen. Drie jaar voordat Wilson bij het bureau was begonnen.

Wilson keek op de klok op het pc-scherm. Hij had zich niet meer verroerd nadat hij vijf minuten daarvoor dat telefoontje van zijn informant had gekregen. Volgens de geruchten in de New Yorkse onderwereld werd Vincent Giordano vermist. Al dagenlang had niemand hem gezien of iets van hem gehoord. Ze hadden hem ook al opgegeven. Als ze Calogero Locatelli ooit de bak in kregen, zou Vincent Giordano ongetwijfeld de volgende zijn. De laatste tien jaar had hij zich nogal gedeisd gehouden. Dat hij nog actief was, wisten ze; ze zagen hem voortdurend bij Locatelli over de vloer komen. Maar hij was niet meer zo actief als vroeger. Dat kwam doordat zijn vrouw was overleden, wist het bureau. Ze waren samen met 500 anderen naar haar begrafenis geweest. In het zwart geklede, rouwende gasten van over het hele land hadden aan de emotionele ceremonie deelgenomen. Je kon van Vincent Giordano zeggen wat je wilde, maar dat hij van zijn vrouw had gehouden leed geen enkele twijfel. Hij had bijna vijf minuten naast de open kist gesproken zonder zijn blik van haar af te wenden.

En nu was hij vermist.

Er waren twee mogelijkheden. Of hij had besloten met vakantie te gaan, maar dat was vrij onwaarschijnlijk, aangezien Locatelli niet wist waar hij was. Of hij was vermoord – en dan zouden ze het lijk nooit vinden. Wilson stond van zijn stoel op en ging bij het raam staan. Het was bijna elf uur 's avonds, maar acht verdiepingen lager raasde het verkeer zoals altijd over Broadway. Als Giordano niet snel boven water kwam, wist hij, dan zou Locatelli automatisch een van de andere families de schuld geven, zo niet allemaal, en dan zou de totale oorlog in de stedelijke onderwereld uitbreken. En dan mochten Wilson en zijn agenten er bij staan toekijken. Zelfs de FBI was niet in staat degenen die Locatelli's woede zouden ondergaan, te beschermen. Wat moesten ze doen – een compleet leger psychopaten en moordenaars getuigenbescherming aanbieden? Die lui zouden in een deuk liggen.

Wilson ging achter zijn bureau zitten en schreef een kort mailtje om de FBI-directeur in Washington ervan op de hoogte te stellen dat niemand minder dan Vincent Giordano door de aardbodem verzwolgen was, in het ergste geval letterlijk. Meer kon hij niet doen. Nu konden ze alleen maar naar achteren leunen en de eerste knal afwachten.

21

Inspecteur Lange moest op de binnenplaats van het politiebureau tot kalmte zien te komen. Hij schoof twee dotten pruimtabak onder zijn bovenlip en leunde tegen de bakstenen muur. Streek met zijn hand over het keurig geknipte ringbaardje om zijn mond. Hij was kwaad dat aspirant Magnus Torp hem namens Brekke had gevraagd contact op te nemen met de gemeente om die mongoloïde jongen te helpen. Hij was er zelfs woedend over. Hij was toch verdomme geen sociaal werker? En hoe zat dat met Martine Rieck en de blik die ze Brekke had toegeworpen? Haar zuster had hij al gehad, daar school een zekere troost in. Maar Martine was degene die hij al wilde hebben sinds ze twee jaar geleden op het politiebureau was begonnen, toen hij nog steeds getrouwd was. Wat zag ze in vredesnaam in Brekke? Peenhaar, een bleke huid en een onverzorgd gezicht. Hij draaide zich om en bekeek zijn spiegelbeeld in de ruit. Misschien moest hij zich van dat baardje ontdoen? Hij wist niet eens meer hoe hij er zonder het ding uitzag. Het zat er al sinds hij als negentienjarige genoeg baardgroei had gehad.

Het moest Brekkes reputatie zijn. Door zijn ontspannen houding zonder poeha was hij de lieveling van de media geworden en hij had nooit een zaak opgegeven. Lange wist het. De hele rijksdienst wist het. Vroeg of laat zou hij ook deze oplossen.

Hij glimlachte als hij eraan dacht hoe het zou zijn de beroemde Brekke op de meet te kloppen.

Er waren inmiddels drie dagen verstreken sinds de moord op Wilhelm Martiniussen, en ze hadden nog steeds geen verdachte. Afgezien van Frode Moen. Maar een foto van zijn motor in de buurt van Martiniussens appartement maakte nog geen moordenaar van hem. Hij werd er alleen maar interessant door. Hij had niet eens een advocaat nodig om zich eruit te draaien. Toch was zijn advocaat uit de hoofdstad onderweg.

Als Moen iets met de moord te maken had, zou hij ongetwijfeld de Luitenant opzoeken – een orakel dat in een klein boerderijtje tussen Halden en Fredrikstad zat. In het godverlaten gehucht Skjeberg. Een slimmerik van formaat. Inspecteur Lange en de rest van het politiekorps van Østfold hadden een grote hekel aan hem. De Luitenant was invalide en liet zich bijna nooit buiten zien, maar dat hij er illegale activiteiten op nahield was boven alle twijfel verheven. Hun eigen team van tien rechercheurs, onder wie Haugen en Lange zelf, hadden hem bij elkaar anderhalf jaar nauwlettend in de gaten gehouden zonder dat het iets anders dan hoge onkosten had opgeleverd.

Op zijn boerderijtje kreeg hij bezoek van alles en iedereen, van kapitaalkrachtige moordenaars tot internationale politici. Allemaal hadden ze één wens: hun wandaden uit de wereld helpen. De prijs voor een audiëntie was vijftigduizend euro, en dat was dan alleen nog maar een gesprek. Daarna hing het eindbedrag ervan af aan welke touwtjes de Luitenant moest trekken. Het meest lucratieve klusje had hij halverwege de jaren negentig opgeknapt voor een oorlogsmisdadiger uit Servië. Een nietsontziende smeerlap die over de hele aardbol werd gezocht. Een vlucht die door de Luitenant zelf was geregeld had de Serviër via Europa naar Zweden gevoerd. Met een simpele roeiboot was hij uit Zweden de grens bij Svinesund overgebracht, waarna hij met een klaarstaande auto het kleine stukje naar de boerderij van de Luitenant was gereden. Vier dagen had hij zich daar in de hooischuur opgehouden. Op de vijfde dag was hij een Noorse Kosovo-Albanees met een geldig Noors paspoort. Toen was hij in een gehuurd privétoestel naar Spanje gevlogen voor het verwijderen van zijn onderkin, het verkleinen van zijn neus en het voller maken van zijn lippen. Nu dreef hij diverse terrasjes en bars in Oslo. De prijs van dat alles was bijna twintig miljoen Noorse kronen geweest. Keurig netjes overgemaakt naar de rekening van de Luitenant op de Kaaimaneilanden. De Luitenant had er geen idee van wie er voor die opdracht had betaald. Dat boeide hem ook niet. De klus was te hoog geprijsd; zijn enige aandeel had uit zes snelle telefoontjes bestaan, maar Serviërs mocht hij niet. Etnische zuivering was een verkeerde manier van oorlogvoeren.

Lange vloekte. Het leek wel of iedereen was vergeten dat hij degene was die Moens motor op de beelden van de bewakingscamera had gevonden. Hij spuugde de twee pruimen uit, die begonnen te schrijnen, en besloot het Martiniussen-raadsel zelf tot op de bodem uit te zoeken. Terwijl Brekke van Martine smulde zou Lange degelijk politiewerk verrichten. En hij wist wie hem de juiste richting aan kon wijzen – en dat wel zou *moeten* doen.

Op 13 september 1944 om drie uur 's nachts vloog een viermotorige bommenwerper van de Royal Air Force het binnenland van Østfold over. Het toestel wierp twaalf containers met wapens, explosieven en munitie voor de Noorse binnenlandse strijdkrachten af. Tegelijkertijd kwam een paar honderd meter verderop een zwak klein jongetje ter wereld, met zijn eigen broer als vroedvrouw. Hij schreeuwde de hele nacht en tot ver in de ochtend. Toen werd hij stil, en er werd beweerd dat hij daarna nooit meer had gehuild. Zeven maanden daarvoor had zijn vader zich bij de Elfde SS-Panzergrenadier-Division Nordland aangesloten. Hij vocht aan het oostfront zij aan zij met andere Noren en Duitsers tegen de communisten. De oorlog ging voorbij en toen de vader thuiskwam moest hij vier jaar zitten wegens landverraad. De Luitenant was vijf jaar toen hij zijn vader voor het eerst zag.

In 1963 liep de dienstplicht van de Luitenant bij het Noorse leger ten einde. Hij had er vanaf dag één een hekel aan gehad. Waarom zou hij een land dienen dat zijn eigen vader wegens landverraad de gevangenis in had gestuurd? Wat voor recht hadden diegenen die halsoverkop waren gevlucht toen de Duitsers het land bezetten om zijn vader, die hoe dan ook zijn leven had geriskeerd in de strijd tegen de Sovjethorden, te veroordelen? Maar zijn vader wilde de argumenten van zijn zoon niet aanhoren. 'Je weigert geen dienst. Je doet je plicht, jongen!' zei hij, en de Luitenant had zijn oude vader gerespecteerd. In 1964 deed de Luitenant hetzelfde als zijn vader meer dan twintig jaar daarvoor had gedaan – hij trok erop uit om tegen de communisten te vechten. Hij reisde naar Rhodesië in Afrika, nam dienst bij de Rhodesian Light Infantry en joeg in de bush op de guerrilla's van Robert Mugabe. In 1973 werd hij lid van de Selous Scouts, een speciaal commando dat uitsluitend uit elitesoldaten bestond. Opnieuw zwierf hij zes jaar door de bush met de andere jagers, die de gevreesde bruine baretten droegen.

Ze slachtten alle guerrillastrijders die ze tegenkwamen af.

In 1979, na vijftien jaar oorlogvoeren tegen de guerrilla's in Rhodesië en zonder één gevecht verloren te hebben, verloren ze de oorlog. Robert Mugabe werd premier en Rhodesië werd Zimbabwe. Zowel de blanken als de zwarten die tegen de slechterik Mugabe hadden gevochten, vluchtten het land uit. Ze wisten allemaal wat Mugabe met hen zou doen. De Luitenant had het van nabij meegemaakt. Mannen en vrouwen, oud en jong, werden verminkt. Hun wangen, lippen en kin werden afgesneden. Veel van de slachtoffers overleefden het – maar zonder gezicht.

Hij reisde naar Zuid-Afrika en nam dienst bij de South Africa Defence Forces, SADF, waar hij een jaar lang de bloedige strijd tegen de communisten voortzette. Daarna volgden er zeven jaar bij de inlichtingendienst MID – Military Intelligence Division. Een positie die hem een reusachtig netwerk bezorgde, al had hij er destijds geen idee van gehad hoe nuttig dat netwerk van contacten zou worden.

In 1988 trok hij erop uit om in zijn laatste veldslag te vechten. Bij Cuito Cuanavale in Angola vocht de SADF tegen Angolese en Cubaanse strijdkrachten. De communisten werden teruggeslagen en lieten 525 gesneuvelden en 33 pantserwagens achter. Maar op het slagveld lag ook de Luitenant, zwaargewond.

Bij gedempt licht zat Peter Jäckel, de Luitenant, achter zijn kolossale bureau. De kamer werd uitsluitend verlicht door twee 50-inch plasma-tv's aan de wand en twee computerschermen die links en rechts op het grote bureau waren gezet en zijn ogen op de wereld vormden. Vandaar volgde hij alles wat zich op de aardbol afspeelde, terwijl de plasmaschermen non-stop het laatste nieuws van de beurs van Oslo en CNN uitzonden.

Hij drukte op een knop op zijn bureau om zijn assistente te roepen, Mery. Een Aziatische schone die eerder die week negenentwintig was geworden maar er desondanks uitzag alsof ze nog twintig moest worden. Hij had haar drie jaar daarvoor in het ziekenhuis ontmoet, toen hij daar was voor onderzoek. Bij de andere verpleegsters aan wie hij was overgeleverd was het zo duidelijk als wat geweest dat hetgeen ze deden hun werk was. Maar Mery had blijk gegeven van een natuurlijke zorgzaamheid en consideratie – zij voelde zich betrokken. Bij zijn volgende onderzoek had hij haar een nieuw baantje aangeboden. Ze kon haar loon verdriedubbelen, gratis in een eigen appartementje in de tuin wonen en ze kreeg een gratis auto. 'Het zal je aan niets ontbreken,' zo had hij het gezegd. Mery, die van Vietnamese oorsprong was maar in Noorwegen geboren en getogen was, had om alles gelachen en gezegd dat ze niet kon rijden. Twee weken later had ze zich bij hem gemeld en twee maanden daarop had ze haar rijbewijs gehaald. Ze hield zich voor het merendeel met haar eigen zaken bezig, maar zorgde er altijd voor dat het de Luitenant aan niets ontbrak en dat hij zijn medicijnen kreeg. Daarnaast kookte ze eten. Ook al was zijn leven niet zo heel anders dan daarvoor, het was toch nieuw. Ze was iedere kroon waard.

'Peter?' zei ze glimlachend in de deuropening.

'Wat is de E.T.A. voor het diner?' Ze was aan zijn militaire manier van uitdrukken gewend geraakt. Aanvankelijk had ze een briefje in haar zak gehad waarop stond wat de diverse uitdrukkingen betekenden. *Estimated Time of Arrival* – geschatte aankomsttijd. Adam, een vroegere collega van de Luitenant bij de SADF, nu als chauffeur en lijfwacht aangesteld, had haar op de hoogte gebracht.

'Ik had gedacht over een uur.'

'Wat gaat u opdienen?'

'De kip is op dit moment aan het ontdooien. Ik had gedacht kip met rijst en zuurzoete saus. Maar als je nu al honger hebt, kan ik best iets anders maken. Smörrebröd misschien? Ik ben verse groenten bij de buurman wezen kopen.'

'Mmm.' Hij likte zijn mond af. Hij was dol op haar zuurzoete saus. 'Nee, ik wacht wel. Eet u vandaag mee, of krijgt u bezoek?' Zijn toon grensde aan het sarcastische.

Hij zinspeelde op de jongeman die ze de afgelopen dagen op bezoek had gehad. Een arrogante, opgeblazen zakenman die meer leek dan hij was; de Mercedes waarin hij kwam aanrijden, behoorde niemand anders dan zijn vader toe, en dat gold ook voor het penthouse van waaruit hij vast en zeker zijn buitengewoon geslaagde investeringen deed. De Luitenant werd door bepaalde bronnen goed op de hoogte gehouden. Allemaal in het geheim. Mery mocht niet de indruk krijgen dat hij haar bespioneerde. Maar nu woonden ze al drie jaar onder hetzelfde dak en ze had nog nooit eerder mannelijk bezoek gehad. De Luitenant hechtte er belang aan dat ze een betrouwbare en goede man kreeg. Zelf was hij helaas te oud voor deze schone – vond hij zelf.

'Nee... ik geloof niet dat hij nog komt,' antwoordde ze met een weemoedig lachje.

'Goed. Ik wist wel dat hij niets voor u was.'

'Dat dacht ik al, Peter. Ik had het zelf ook moeten inzien.' Ze deed twee stappen het kantoor in. 'Het is hier koud. Wie heeft de verwarming uitgedaan?' Ze liep naar de Luitenant toe en legde haar handen op zijn dunne benen. 'Maar je bent ijskoud! Je hebt alleen maar een dunne broek aan!'

'Hij heeft zich toch niet onfatsoenlijk gedragen tegen mijn lieve Mery?'

'Nee, absoluut niet. Wie heeft de verwarming uitgezet?'

'Het was hier vannacht zo verschrikkelijk warm dat

ik Adam heb gevraagd om de radiatoren en de kachel uit te zetten.'

'Dat moet je niet doen,' zei ze boos. 'Je weet hoe belangrijk het is dat je warm blijft. Het heeft met je bloedsomloop te maken. Dat heb ik je al eens gezegd.'

Ze deed de grote kast achter hem open. Haalde er twee dikke plaids uit en stopte ze in om zijn benen. Toen liep ze even naar buiten en kwam terug met een paar wollen sokken die ze over zijn koude voeten trok.

'Zo, nu komt het wel goed.'

'Bedankt, Mery. Als ik een jaar jonger was geweest, was ik met u naar het altaar gestapt.' Op zijn grove gezicht verscheen een brede glimlach.

De intercom op het bureau knetterde. Op de eerste verdieping van de hooischuur tegenover het hoofdgebouw woonde Adam. Achter de rode schuurwanden was een modern appartement gebouwd, en een van de kamers was zijn werkkamer. Een ruimte, volgepropt met meer dan twintig bewakingsschermen die allemaal aan een eigen camera gekoppeld waren. Adam had een volledig overzicht over het hele terrein en alle kamers in het hoofdgebouw, afgezien van de slaapkamer van de Luitenant, diens kantoor, en Mery's appartement. Adam had de camera's daar het liefst laten zitten – er kon ondanks alles iets gebeuren – maar de Luitenant had geantwoord: 'Geen sprake van.' Toen de deur naar de hoogtechnologische kamer tijdens de inval van een paar jaar geleden was geopend, waren Haugen en Lange zeker van hun zaak geweest: de man was schuldig – aan iets. Niemand zou zoveel geld in beveiliging steken als hij niets te verbergen had. Die keer had het politiedistrict Østfold besloten dat Peter Jäckel gepakt moest worden. Desnoods zouden ze een complete gevangenis verbouwen om te zorgen dat de invalide strafbekwaam werd verklaard. De Luitenant had alles met kalmte opgenomen. Hij had zich het recht voorbehouden geen verklaring te geven, en tot zijn vreugde was de politie afgedropen met gezichtsverlies als enig resultaat. Twee dagen daarop had de districtscommissaris een telefoontje van de minister van Justitie gekregen. Daarna was hij nooit meer zonder reden lastiggevallen, en het speciale team dat was opgericht om de Luitenant achter slot en grendel te krijgen, was ontbonden.

'Er staat een burgerauto van de politie voor het hek,' meldde Adam via de intercom. 'Er zit één man in. Verder niemand te zien. Ook geen beweging op de andere camera's. Hij heeft drie keer getoeterd en wil blijkbaar naar binnen.'

'Nou ja. Verwacht ik gasten?'

'Nee.'

'Wie van die politiemensen is het?'

'Even kijken.' Adam nam de camera bij het hek en zoemde in op Langes gezicht. 'Die met het ringbaardje.'

'Goeie God. Wat wil die idioot?'

'Geen idee. Zal ik opendoen?'

'Ja. Ik heb voor het avondeten toch niets bijzonders te doen. Mery gaat kip in zoetzure saus met rijst maken. Zal ik vragen of ze ook voor u wil dekken?'

'Ja, heel graag.'

Hij keek naar Mery op. 'Wilt u over vijf minuten binnenkomen en me iets te drinken aanbieden? Onze gast heeft geen dorst.'

Ze knikte en liep het kantoor uit. De Luitenant zette zijn computerscherm uit, zodat alleen de omtrekken van zijn hoofd achter het bureau te zien waren. Hij had een hekel aan Lange. Niet alleen aan de politieman, maar aan de persoon. Tijdens de inval had hij zich ronduit stuitend gedragen, vooral tegenover Adam – die hem alleen al met zijn blote handen tientallen malen om het leven had kunnen brengen, zonder dat het slachtoffer zelfs maar zou weten wat er gebeurde. De enige die de Luitenant nog een beetje respecteerde was inspecteur Haugen. Hij was tijdens de huiszoeking de enige geweest die zo beleefd was geweest in de gang zijn schoenen uit te trekken. Een ongewoon gebaar bij politiemensen. Bovendien had hij de Luitenant het respect betoond dat hij verdiende, ook al had Haugen hem graag achter de tralies gezet. Bewonderenswaardig, voor een politieman. Op zoiets stelde de Luitenant prijs. Lange was de man geweest die met vuile laarzen over zijn bed had gelopen, terwijl hij tegen het plafond bonkte om te horen of daar soms een loze ruimte boven zat. Bij wie had Lange gedacht dat hij op bezoek was? Een amateur? Ze waren zelfs nooit in de buurt gekomen van wat doorslaggevend bewijsmateriaal zou zijn geweest. Dat zat goed verstopt op heel andere plekken.

Hij drukte op de afstandsbediening van de cd-speler aan de andere kant van de kamer. Die begon Johann Pachelbels *Canon in D* te draaien. Hij drukte op 'repeat' en dempte het geluid, zodat hij zou kunnen praten met de idioot, die hij nu hoorde naderen; de stevige laarzen dreunden op het parket.

Die beste brave Lange zou zijn trekken thuis krijgen. De Luitenant was een man van weinig woorden, maar als hij iets zei, dan werd er geluisterd.

Inspecteur Erik Lange stapte met zware passen het kantoor van de Luitenant binnen zonder te merken dat hij niet alleen was in het vertrek. De stevige legerlaarzen zonken weg in het tapijt. Hij keek om zich heen in de donkere kamer en kreeg iets in het oog dat zwakjes blonk in een geopend etui op de televisiekast.

Met nieuwsgierige vingers peuterde hij de medaille uit het etui en hield die voor het televisiescherm in het licht om ernaar te kijken. De medaille voelde zwaar aan in zijn hand. Een groot Maltezer kruis van verguld metaal met geëmailleerde witte velden. In het midden een symbool dat hij niet kende. Aan de bovenkant van de medaille hing een geel zijden lint met een dikke groene streep langs allebei de randen en een smal rood streepje in het midden. Lange moest denken aan zijn eigen, enige onderscheiding: de medaille die hij na zijn dienst in het leger had gekregen. Die lag thuis op zijn studeerkamer, samen met een oorkonde van Defensie wegens voltooide dienstplicht.

De Luitenant schraapte protesterend zijn keel. Hij stelde het niet echt op prijs dat de inspecteur aan het allerheiligste in deze kamer kwam.

'Jezus, zit je hier in het donker, Peter,' zei Lange, en hij ging naast de stoel voor het bureau staan, terwijl de medaille nog uit zijn hand hing. 'Goeiendag.'

'Is dat zo?' vroeg de Luitenant zuur. 'Wilt u die alstublieft terugleggen in het etui?'

Lange lachte. 'Ik heb er thuis ook zo eentje,' zei hij, en hij zwaaide met de medaille voor hij die in het etui terugstopte.

'Zo eentje hebt u er thuis *niet*, inspecteur,' zei de Luitenant geïrriteerd. 'Wat komt u doen, ellendig onderkruipsel?' Dankzij zijn jaren aan het front en zijn ervaringen achter de vijandelijke linies was hij met een onverbloemd taalgebruik gezegend. 'Het staat mij niet bij dat ik u een uitnodiging heb gestuurd, en aangezien u alleen komt, neem ik aan dat u ook geen rechtsgeldig document bij u hebt dat u toegang verschaft?'

'Dit is maar een beleefdheidsbezoekje, Peter,' zei Lange.'

'Er is niets beleefds aan u, inspecteur. Zelfs vandaag bent u niet zo fatsoenlijk om uw schoeisel uit te trekken. Wat komt u doen?'

'Ik heb een paar vragen.'

'Natuurlijk hebt u een paar vragen. Ik weet dat u niet komt om mij iets te vertellen. Op deze aardbol gebeurt niets wat ik niet weet maar u wel.'

Lange trok de stoel uit en wilde net gaan zitten toen de Luitenant met stemverheffing zei: 'Was u van plan om lang te blijven?'

'In principe niet.'

'Goed. Blijft u dan maar liever staan.'

'Mozart,' zei Lange zacht, alsof hij wist waar hij het over had, en hij luisterde naar de achtergrondmuziek. 'Duitse muziek op zijn best. Mooi.'

'Niemand zou zo dom mogen zijn als u.'

'Pas op, Peter. Vergeet niet dat ik van de politie ben. Je kunt niet zomaar alles tegen me zeggen.'

'Vertelt u mij niet wat ik wel en niet kan doen! Ik vocht al in oorlogen toen u nog aan uw moeders borst sabbelde,' blafte de Luitenant vanuit het donker. 'U zat er helemaal naast toen u het over een Duitse componist had. Mozart kwam uit Oostenrijk. Al sprak hij ook Duits, dat maakt nog niet automatisch een Duitser van hem. Ook al zou u nog zo goed Engels spreken, inspecteur, dan maakt dat nog niet automatisch een Engelsman van u. Volgt u mij? Incompetente zak.' Een korte pauze. 'Kom nu maar ter zake.'

Lange stond erbij zonder iets te zeggen. Het verbale spervuur van de Luitenant had hem overdonderd voordat hij zelfs maar op gang was gekomen.

'Kunt u sneller praten en denken – dat is namelijk de volgorde die u aanhoudt – als u zit?'

'Ja,' antwoordde Lange met een zucht.

Hij had er inmiddels spijt van dat hij deze tocht überhaupt ondernomen had.

'Ga dan in godsnaam zitten.'

Lange ging voorzichtig op de stoel zitten en probeerde in het donker oogcontact met de Luitenant te krijgen. Hij schraapte zijn keel. 'Frode Moen,' zei hij gedecideerd.

'Wat is er met hem?' grijnsde de Luitenant, en hij leunde naar achteren in zijn rolstoel.

'Raad eens,' zei Lange zachtjes met opeengeklemde kaken, hoorbaar gefrustreerd over de behandeling die de Luitenant hem liet ondergaan. Een dergelijke behandeling was hij niet gewend. Hij was juist bij de politie gegaan om eraan te ontkomen.

'Ik raad nooit. Ik weet, begrijpt u dat? En vertel me nu maar waarom u hier binnen komt stieren om het over Frode Moen te hebben.'

De Luitenant bekeek hem. Net zo onverteerbaar als de vorige keer. Hoe deze kerel voor een degelijke politieman kon doorgaan, was hem een raadsel. Hij had hem graag in de diepe bossen van Skjeberg losgelaten en Adam jacht op hem laten maken. Langes carrière zou daarbuiten ongetwijfeld drastisch zijn bekort.

De inspecteur zag er nors uit. Hij wekte een doorgewinterde indruk, maar wat wist die lummel nu helemaal van tegenslag af. De Luitenant had zeventienjarige jongens die nog maar nauwelijks rekruut-af waren, meegenomen voor opdrachten waarbij de inspecteur van schrik zou zijn flauwgevallen. Hij keek dwars door het valse macho-imago van deze knaap heen. Dit was een onzeker kind in het lichaam van een volwassen man.

'Het gaat toch niet om de moord op Wilhelm Martiniussen?' vervolgde de Luitenant.

'Wat weet jij van die zaak af?' vroeg Lange, die bijna omhoogschoot van zijn stoel.

'Tja...' De Luitenant boog zich naar voren zodat het schijnsel van de plasmaschermen aan de wanden zijn gehavende gezicht belichtte. Er werden twee ijskoude, doodse ogen zichtbaar. Een in de verte gerichte blik die nooit ophield naar vijanden te zoeken. 'Wat denkt u dat ik van die kwestie afweet, inspecteur Lange?'

'Als je over informatie over de moord op Martiniussen beschikt, raad ik je aan om dat nu te zeggen. Je hebt er veel bij te verliezen als je moeilijk doet, Peter.'

'O ja?'

Ineens stond Mery in de deuropening. Haar timing had niet beter kunnen zijn. 'Heb je dorst, Peter?'

'Ik wil graag wat ijswater met een paar drupjes citroen.'

Ze glimlachte tegen Lange en keerde zich op haar hakken om. God, wat was ze goed. Hij was trots op haar en moest in het donker glimlachen. Lange volgde haar met zijn blik de deur uit tot ze een heel eind de gang in was.

'Gesteld dat we zouden gaan graven om erachter te komen waar je je geld vandaan hebt.'

'Dat zou u wel willen weten. Maar die poging is al eens gedaan. Zonder succes.' Hij wreef het hem nog eens goed in en genoot er iedere seconde van. 'Maar ik zal u niet voor de gek houden, inspecteur. Wat de moord op Wilhelm Martiniussen betreft, weet ik niet meer dan wat de media hebben geschreven.'

'En dat weet je zeker?'

'Dus u hebt Frode Moen in de kijker? Ik wil geen spelbreker zijn, maar neem van mij aan dat Moen nog geen mus de nek kan omdraaien.'

'We hebben een theorie...'

'Lieve help!' viel de Luitenant hem in de rede. 'Een theorie nog wel! Nu ben ik gespannen.'

'Moen beweerde dat hij vrijdagavond thuis met zijn vrouw lag te slapen. Maar op de bewakingscamera van het Shell-tankstation op Kråkerøy staan beelden waarop hij rond het tijdstip van de moord op zijn motorfiets voorbijkomt.'

Mery zette een blaadje met het waterglas op het bureau neer. De Luitenant goot de helft naar binnen en veegde zijn mond af met zijn hand. 'Dát was nog eens verfrissend. Die theorie heeft trouwens weinig om het lijf.'

Lange rolde met zijn ogen. 'Geef me dan wat meer aanknopingspunten. Ik weet dat je iets weet.' Het kwam er bijna smekend uit.

Er viel een korte pauze, waarin de Luitenant de rest van het water naar binnen goot en een tevreden geluidje uitbracht.

'Zoals wij het zien...,' vervolgde Lange.

'En wat bedoelt u daarmee? Zoals Anton Brekke het ziet, of zoals *uzelf* het ziet? Voor zover ik weet heeft Brekke de leiding over dit onderzoek.'

'Dat klopt min of meer.'

'Hij is bekwaam. Dus nu komt u hier bij mij om indruk te maken op hoofdinspecteur Brekke en de rest van het politiekorps?'

'Helemaal niet, Peter.'

'Weet Brekke dat u nu bij mij bent?'

'Nee...'

'Precies. Weinig professioneel van u, maar iets anders viel waarschijnlijk niet te verwachten. En, hoe ziet u het?'

'De situatie is als volgt. Frode Moen reageerde heftig toen Martiniussen het Canadaproject afblies. Hij is de enige die al eerder met de politie in aanraking is geweest, en dan spreekt het natuurlijk vanzelf dat we hem grondig onder de loep nemen.'

'De zaak tegen Moen is geseponeerd,' zei de Luitenant triomfantelijk. Hij had bijna zeshonderdduizend kronen voor dat akkefietje geïncasseerd; Moen was hem nog steeds geld schuldig.

'We weten allebei dat hij schuldig was.'

'Ú weet dat niet, inspecteur.' Ík wel, dacht de Luitenant.

'Hoe dan ook. Wij denken dat Moen niet per se de dader hoeft te zijn, maar dat hij misschien aan een paar touwtjes heeft getrokken en dat hij door de bewakingscamera is geregistreerd toen hij op weg was om te kijken of de klus inderdaad werd uitgevoerd – om het zo te zeggen. Snap je?'

'Laat ik het politiekorps wat belastinggeld besparen. Moens minnares woont op Kråkerøy, en dat verklaart de camerabeelden.'

'Minnares?'

'U hebt toch wel gezien waar hij mee getrouwd is? Als u er niet zo op gespitst was geweest een zondebok te vinden en in plaats daarvan Moen hadden laten volgen, was u daar zelf wel achter gekomen. Hij is iedere dinsdag- en donderdagavond bij haar. Soms ook op vrijdag, zoals u inmiddels weet. Het hangt er allemaal vanaf hoe de situatie thuis op hun landhuis is. Dat vrouwmens waarmee hij is getrouwd, staat erom bekend dat ze een beetje... lastig is. Maar ze heeft zoveel geld dat scheiden geen optie is. Moen is namelijk niet meer wat hij geweest is. Hij wekt natuurlijk de indruk dat hij nog steeds heel bemiddeld is, maar de sul heeft het merendeel van zijn kapitaal verkocht. Bovendien staat het landhuis op haar naam. Een fantastische plek, trouwens.'

'Hoe heet zijn minnares?'

'Niet hebberig worden, inspecteur.'

'Weet jij hoe ze heet?'

De Luitenant boog zich naar voren, trok zijn ene wenkbrauw op en keek hem aan met een blik die 'vanzelfsprekend' zei. Toen liet hij zich weer naar achteren zakken, het donker in.

'Waarom vertel je me dit?' vroeg Lange achterdochtig. Het was hem volledig duidelijk dat de Luitenant niet erg over hem te spreken was. Deze informatie kon net zo goed verkeerd zijn en er alleen maar toe dienen hem op een dwaalspoor te brengen.

'Omdat ik met u te doen heb. En omdat Moen een grote windbuil en een nog grotere geldwolf is. Het is hoogtijd dat het vrouwmens waar hij mee getrouwd is, erachter komt dat de boer nog andere akkers omploegt.'

'Dus je denkt niet dat Moen iemand ingehuurd kan hebben om Wilhelm Martiniussen uit de weg te ruimen?'

'Dat moet jij juist zien te ontdekken.'

'Maar...'

'Nu wil ik wat rusten voor het avondeten,' viel de Luitenant hem in de rede. 'Rijdt u voorzichtig terug naar Fredrikstad, want ik lees liever niet dat u bij een verkeersongeluk bent omgekomen.'

'Een laatste vraag, Peter.'

'Nee. Au revoir,' antwoordde hij, en hij wuifde de inspecteur met een elegant gebaar zijn kantoor uit.

22

Inspecteur Haugen zat tegenover Moen en diens advocaat.

Moen was al eerder in verhoor geweest, maar nog nooit in een ruimte als deze. De keer dat hij van witwassen was beschuldigd, hadden de verhoren plaatsgevonden in doodgewone kantoren met bureaus, computers, archieven, kindertekeningen op de wanden en hier en daar een plant. Niet zoals nu. IJskoude, grijze stenen muren. Een metalen tafel waaraan handboeien bevestigd konden worden. Een wand werd in beslag genomen door een spiegel die overduidelijk als raam fungeerde voor de mensen aan de andere kant. Hij voelde zich net een schurk in een goedkope Amerikaanse soapserie, die nu op dit moment met de aardige agent praatte. Zo meteen zou zijn collega, die niet zo rustig en beheerst zou zijn, waarschijnlijk het vertrek binnenstormen.

Het was koel, maar toch zweette Moen. Zijn voorhoofd was nat, zijn handen trilden. Tegen inspecteur Lange had Moen niets van betekenis gezegd, en tegen inspecteur Haugen evenmin. Wat Haugen ook vroeg, de advocaat kwam er iedere keer tussen door te zeggen 'Daar hoef je geen antwoord op te geven,' en Moen had zich stilgehouden.

De deur ging open en Anton Brekke kwam buiten adem binnen. Hij legde een bruine dossiermap op de rand van de tafel. 'Sorry dat ik zo laat ben, maar ik ben helemaal vanaf het ziekenhuis komen lopen.' Anton greep een stoel, draaide hem de verkeerde kant op en ging zitten. Legde zijn armen op de rugleuning en leunde met een blik op de advocaat naar voren. 'Jou ken ik.'

'Nog bedankt voor de vorige keer, Brekke.'

'Weet je dat het gerucht de ronde doet dat degenen die jou als verdediger kiezen, schuldig zijn? Dat simpele criminelen als het erop aankomt zelfs met een boogje om je heen lopen vanwege alle smeerlappen die je hebt verdedigd? Wij weten allemaal dat je een goeie advocaat bent. Maar heb je niet gemerkt dat je cliënten meestal rechtstreeks de bak in draaien, al is er maar een microscopisch klein kansje dat ze schuldig zijn? De meeste mensen hebben echt die indruk van je – dat je alleen lui verdedigt die schuldig zijn.'

Haugen tekende geluidloos protest aan door Anton onder de tafel tegen zijn been te schoppen.

'En je weet vast ook wel wat er gezegd wordt over geruchten die de ronde doen?' vervolgde Anton.

De advocaat zag eruit als één groot vraagteken.

'Niet?' Anton keek hem glimlachend aan. 'Waar rook is, is vuur, zeggen ze. Dus we weten dat die beste, brave Moen hier ergens schuldig aan is. Waaraan, dat valt nog te bezien.'

Nog een schop onder de tafel, ditmaal iets harder.

'Maar!' vervolgde Anton. 'We gaan het niet over jou hebben, maar over je cliënt. Heb je er eigenlijk wel enig idee van hoe ernstig hij in de problemen zit? Hm? Die beste, brave Moen hier,' en Anton richtte zijn staalharde blik op Moen, 'is in de ware zin des woords de lul.'

Frode Moen slikte. Zijn spitse gezicht was bleek. Hij had liever dat de andere rechercheur de vragen stelde, niet deze Anton Brekke.

'Waarom ben ik hier eigenlijk? Ik heb niets verkeerds gedaan,' zei hij.

'Daar kunnen we wel mee beginnen,' zei Anton.

'Waarom je hier bent. Inspecteur Lange is naar je toegekomen om je te confronteren met het feit dat je tegen ons hebt gelogen over waar je vrijdagavond was. Je verkoos, eh... ogenblikje.' Anton stak zijn arm uit naar de dossiermap. Haalde het tweede vel papier tevoorschijn en vervolgde: 'Ja... je verkoos dus om Lange bij zijn nekvel te grijpen om vervolgens – op een holletje... de buitendeur met zijn hoofd open te stoten.'

'Zo is...,' begon Moen.

'Je hoeft niets te zeggen,' viel zijn advocaat hem in de rede.

'Ik denk dat hij wel weet dat hij niets hoeft te zeggen.' Haugen klonk wrevelig.

'Nou,' vervolgde Moen, 'zo is het niet precies gegaan. Inspecteur Lange belde aan en vroeg of hij binnen mocht komen. Natuurlijk, zei ik. Toen liep ik de woonkamer in, en de inspecteur ook. Hij stampte naar binnen... met MARSLAARZEN aan!' Hij sloeg uit protest met zijn hand op tafel. 'Dat is verdomme huisvredebreuk! Ik had hem beleefd gevraagd zijn smerige laarzen in de gang uit te trekken, en hij grijnsde tegen me. Hij stond daar te grijnzen! Alsof ik niets in te brengen had. Toen werd ik kwaad, dus begeleidde ik hem naar buiten. Bij zijn nekvel.'

'Dus je geeft toe dat je je daar schuldig aan hebt gemaakt?'

'Ik heb de deur niet met zijn hoofd opengemaakt. Laten we wel wezen.'

'Dat wordt dan jouw woord tegen het zijne, en wie denk je dat de rechtbank zal geloven? Vraag je dat maar eens af.' Anton liet de dossiermap los. 'Waarom heb je gelogen, Frode?'

'Bewijzen op tafel graag, anders hebben jullie geen geldige reden om hem vast te houden.' De advocaat stond op.

Anton keek nonchalant naar hem op. 'Hij heeft pas een politieman overvallen in verband met een moordzaak. We kunnen hem net zo lang vasthouden als wij nodig achten.' Hij richtte zijn blik weer op Moen. 'Frode toch, Frode toch. Je hebt wel eens eerder wind tegen gehad, maar wat je nu te wachten staat is toch zeker een beetje te veel van het goede?'

'Ik snap niet waar je het over hebt. Ik heb niemand vermoord.'

Anton stak zijn hand weer naar de dossiermap uit. Bladerde erin tot hij bij de foto kwam waarop het nummerbord van Moens motorfiets duidelijk te zien was, en smeet die voor hem op de tafel neer.

'We wéten dat je liegt. Snap je het nu?'

Moen beet zo hard op zijn onderlip dat de huid eromheen wit werd.

'Kan ik iets te drinken krijgen?' vroeg hij schor.

'Nee.' Anton wees naar de twee lege plastic bekertjes op de tafel voor hem. 'Je hebt al genoeg gehad. Waar ken je Vincent Giordano van?'

Moen keek hem geschrokken aan. Zijn mond bewoog, maar er kwam geen woord uit.

'Waar ken je Vincent Giordano van!' schreeuwde Anton, terwijl hij zich over de tafel heen boog.

'I-ik heb geen flauw idee wie dat is,' zei Moen hoofdschuddend.

'Oké, we beginnen nog eens van voren af aan. Je hebt de foto zelf gezien. Het is toch jouw motorfiets?'

'Jawel, ja, dat is zo.'

De advocaat schraapte zijn keel. 'Frode, je hoeft helemaal niets te zeggen. In een rechtszaal houdt dit allemaal geen stand, en dat weten ze. Ze willen alleen maar dat je je eigen verklaring verpest.'

'Dat had hij allang gedaan, dus het is heel simpel. Hij beweert dat hij thuis samen met zijn vrouw lag te slapen, terwijl hij in werkelijkheid buiten reed, rechtstreeks op de plek af waar Wilhelm Martiniussen is vermoord. Waar Martiniussen onderweg naar zijn vriendin in de lift is gewurgd. Waar hij in zijn eigen urine en ontlasting is gestorven.'

'Het is onmogelijk vast te stellen wie er op die motor zat,' zei de advocaat.

'Het geval wil dat die motor niet gestolen is. Die staat om precies te zijn bij je cliënt in de garage.'

'Iemand kan hem stiekem meegepikt hebben. Zoiets kan gebeuren.'

Moen keek naar de advocaat op. 'Kan ik alleen met de rechercheurs praten?'

De advocaat wierp hem een blik vol onbegrip toe. 'Wat? Dat raad ik je ten sterkste af, Frode. Die twee willen je woorden in de mond leggen, en je kunt er donder op zeggen dat je wegens moord wordt aangeklaagd voordat we een kwartier verder zijn.'

'Bedankt voor je goeie zorgen, maar wil je zo goed zijn om buiten te wachten?'

De advocaat wierp de rechercheurs een boze blik toe en liep toen naar de deur. 'Ik blijf buiten staan, Frode. Roep maar als er iets is.'

Frode Moen wachtte tot de advocaat de deur had gesloten en zei toen: 'Hij is, eh, ook de advocaat van mijn vrouw.'

'Ja, en?'

Toen kwam het. Moen stortte zijn hart uit. Hij weidde uit over zijn leven vanaf de tijd dat hij wegens voorkennis was aangeklaagd. Over zijn echtgenote Margareth, die altijd al een lastige vrouw was geweest, maar die je reinste kreng was geworden nadat haar man tien jaar geleden in zwaar weer was beland. Dat ze al acht jaar niet meer in hetzelfde bed sliepen en elkaar al negen jaar niet meer hadden aangeraakt. Zijn tijd als rijke, bekende stadgenoot was voorbij en veel mensen beschouwden hem alleen nog als een boef. Het had niet uitgemaakt dat zijn zaak geseponeerd was. De media hadden zijn reputatie ook voorgoed geruïneerd. Maar op een keer was hij diep in de nacht op een datingsite op internet een mooi dingetje van eind twintig tegengekomen. De foto die hij als profielfoto gebruikte, was vijftien jaar oud. Zijn wangen waren ronder, zijn haar dikker, en hij zag er gelukkig uit. Alleen al door naar die foto te kijken kon je tot de slotsom komen dat die man succes had. Dat het een oude foto was, wist zij niet. Ze was ook niet iemand die de financiële pagina's in de krant las. De nacht voor hun eerste afspraak had hij geen oog dichtgedaan. Wat zou zij in vredesnaam kunnen zien in een man op leeftijd met een mager, spits gezicht en dun peenhaar? Hij had aan haar gezicht kunnen zien hoe teleurgesteld ze was toen hij op die kille avond in april op het afgesproken tijdstip bij haar voor de deur verscheen. Ze had het geprobeerd te verbergen, maar was er pas in geslaagd toen haar oog op de auto viel waarin hij aan was komen rijden: een splinternieuwe Porsche 911. Toen was ze verkocht. Hij wist dat ze hem om zijn geld nam, maar daar zat hij niet mee. Zij kreeg materiële goederen en liefde van hem, al was ze eigenlijk alleen in de goederen geïnteresseerd, en hij kreeg haar.

Toen Anton vroeg wat hij gedacht had toen Martiniussen dood was, wond Moen er geen doekjes om. Hij had geglimlacht toen hij hoorde dat zijn collega was vermoord en was kwaad geweest toen hij hoorde dat Nora Røed Karlsen het er levend vanaf had gebracht. Het was tenslotte allemaal haar schuld. Hij haatte haar nog intenser dan hij Martiniussen had gehaat.

'Vincent Giordano?'

'Nooit van gehoord,' antwoordde Frode Moen. 'Jullie moeten me geloven. Ik haatte Wilhelm, maar met die moord heb ik niets te maken.' Zijn stem klonk wanhopig. 'Ik kende Wilhelm toch zeker goed genoeg om te weten wanneer hij definitief iets besloten had. Ik hoopte tot het allerlaatst dat hij van mening zou veranderen, maar hij was zo koppig als een ezel. Onwrikbaar – daar stond hij om bekend.'

'We gaan vanzelfsprekend met die vriendin van je praten. Wanneer hebt je haar voor het laatst gesproken?'

'Vrijdag.'

'Je hebt sinds de moord geen contact meer met haar gehad?'

'Nee. We hebben vaste afspraken. We zien elkaar op dinsdag en donderdag en zo nu en dan op vrijdag.'

'Wie spint er garen bij Martiniussens dood?'

Moen glimlachte zelfverzekerd. 'Weten jullie dat niet eens?'

Anton gaf geen antwoord, maar hij vermoedde wat het antwoord zou zijn.

'Bjørn Danielsen natuurlijk,' zei Moen. 'De universele erfgenaam.'

Anton en Haugen keken elkaar vragend aan. Had Danielsen echt al die tijd van dat testament afgeweten? Was hij het niet even snel weer vergeten als het in dat ziekenhuis in Stockholm ter sprake was gekomen?

'Hoe weet je dat?' vroeg Anton.

'Bjørn maakte er jaren geleden eens lolletjes over tijdens een kerstdiner, en Wilhelm knikte toen bevestigend. Het leek bijna alsof Bjørn het niet serieus nam, maar iedereen wist dat Wilhelm over zoiets nooit gekheid zou maken.'

Haugen stond op en schoof zijn stoel onder de tafel. 'Kunnen we even buiten praten?' vroeg hij aan Anton.

Ze liepen allebei naar buiten. Beenden de advocaat

voorbij zonder naar hem te kijken en sloegen de hoek om.

'Wie is die Vincent Giordano?' fluisterde Haugen.

Anton vertelde in het kort over de toerist van wie men eerst had gedacht dat hij een hartinfarct had gehad. Over de foto van de loopbrug, waarop hij een paar meter achter Wilhelm Martiniussen liep, en over Giordano's connecties met de beroemde familie Locatelli.

'Waarom heb je daar niets over gezegd?'

'Ik was er niet zeker van. Dat ben ik nog steeds niet. Ik ben pas nog in het ziekenhuis geweest. Ga er later nog eens naartoe om een praatje te maken met de dokter die hem heeft behandeld toen hij binnen werd gebracht.'

Haugen knikte en zei toen: 'Ik ga wel bij Moens' vriendin langs. Ik vraag haar naam en rijd er dan heen om een praatje met haar te maken.'

'Ja. Als ze dat verhaal bevestigt, en ik geloof wel dat ze dat zal doen, hoeven we hem niet meer vast te houden. Danielsen is ineens weer interessant geworden.'

'We houden hem hier hoe dan ook vierentwintig uur vast. Hij krijgt een aangifte aan zijn broek wegens dat overvalletje op Lange.'

'Moet dat nou? Lange heeft geen enkel respect betoond.'

'Ja, Anton, dat moet.'

In de gang achter hen klonken zware stappen. Er ging een deur open en meteen weer dicht, en de stappen kwamen dichterbij. Lange bleef abrupt voor Anton en Haugen staan.

'Ik weet misschien waarom Moen op die camera bij het Shell-tankstation te zien was,' zei hij met een sluw lachje.

'Ja, omdat hij daar ergens een minnares heeft zitten,

toch?' zei Anton alsof hij het al die tijd al had geweten. 'Hij heeft het allemaal tijdens het verhoor verteld,' onthulde hij, en weg was hij.

'Verdomme, Simon, waarom is mij dat niet verteld?'

'Je hoort het nu toch? We hebben het zojuist pas ontdekt. Hoe ben jij er trouwens achter gekomen?'

'God allemachtig. Weet je wat ik daarvoor heb moeten doorstaan?' snauwde Lange zachtjes.

Haugen krabde aan zijn hoofd. 'Nee?'

'Ik ben naar Peter Jäckel gegaan...'

'*De Luitenant?*' klonk het boos.

Lange knikte.

'Domme zet. We doen dit onderzoek samen. Je weet best dat je niet alleen naar hem toe moet gaan. We hebben te horen gekregen dat we hem met rust moeten laten. Dit kan nog wel eens averechts voor je gaan werken.'

23

Anton Brekke stond voor de eengezinswoning van Magnus Torp en diens moeder in Lisleby.

Bij de trap naar de voordeur stond Torps goed beschermde fiets: zowel het voorwiel, het frame als het achterwiel waren met sloten aan de trapleuning vastgemaakt. Anton moest glimlachen. Wie zou er nou met die ouwe tweewieler daar aan de haal gaan? Hij verwenste zichzelf omdat hij de ijverige aspirant niet om zijn telefoonnummer had gevraagd. Wat moest hij nu? Aanbellen en tegen mevrouw Torp – hoogstwaarschijnlijk een ontwikkelde vrouw van zijn eigen leeftijd – zeggen dat hij bij haar zoon kwam rondhangen? Pijnlijk.

Hij zuchtte.

Als een inbreker sloop hij om het huis heen. In het gunstigste geval zou hij een ingang naar het souterrain vinden, of op zijn minst een raam waar hij op kon bonzen om zijn komst te melden.

Hij vond geen van tweeën. 'Stom rothuis,' zei hij, en hij liep weer naar de voorkant.

Nu stond hij op de trap en zette zich schrap om aan te bellen. Een wit, ovaal bordje met bloemetjes erop meldde dat Judith en Magnus Torp hier woonden. Op het moment dat zijn vinger de knop raakte, vloog de deur open en knalde bijna in zijn gezicht.

'Hoi,' zei een vrouw met een nauwsluitend, roze joggingpak. 'Ik dacht dat ik buiten wat hoorde, snap je? Jij bent zeker Anton Brekke? Ik heb zóveel over je gehoord! Magnus praat de laatste dagen nergens anders over. Anton hier en Anton daar. Leuk om je te zien.'

Ze praatte snel.

'Eh... ja, dat ben ik. Hallo.'

'Hij had helemaal niet gezegd dat je zo leuk was!'

'Nou...'

'Maar kom binnen!' riep ze energiek. 'Kan ik je iets aanbieden? Een glas wijn? Ik heb een goeie rosé staan. Op cursus geweest in het buitenland, snap je? Wat flesjes meegenomen.' Ze giechelde. 'Misschien wat te veel. Niet tegen Magnus zeggen, die is heel streng.'

'Ik hou m'n mond. Je spruit is thuis, ja?'

Anton zag het horrorscenario voor zich: Magnus Torp had vertraging opgelopen en nu moest hij bij diens dierbare moeder op het hoekbankje gaan zitten. Daar was niets mis mee; ze zag er nog goed uit. Maar het zou fout kunnen aflopen en Torp zou het bepaald niet op prijs stellen. Niet dat Anton zich veel aan Torps mening gelegen liet liggen, maar hij had niet de gewoonte om het aan te leggen met de moeders van de politiestudenten met wie hij tijdens zijn werk te maken kreeg, en dat wilde hij graag zo houden.

Lieve God, laat die kloothommel thuis zijn, dacht hij.

'Magnus is thuis, hoor. Hij zit beneden met zijn vrienden op je te wachten. Hij heeft het vandaag beestachtig druk gehad.'

'O ja?'

'Jaja.' Ze huppelde de keuken binnen om een nieuwe fles wijn open te trekken. Op het aanrecht stonden een halfvol glas en een lege fles. 'Zeker weten?' Ze hield de fles omhoog.

'Nee, bedankt. Waar is, eh, de trap naar beneden?'

Ze loodste hem een deur door, een steile trap af en klopte één keer op de benedendeur, maar wachtte niet op antwoord voor ze opendeed.

Torps jongenskamer was precies wat hij ervan had verwacht. Aan de muur hing een flatscreen tussen twee enorme luidsprekers. Een zwarte driezitsbank met twee zwarte kussens, allebei met een verschillend Chinees karakter erop, twee leren fauteuils en een klein glazen tafeltje, uitsluitend opgeluisterd door het laatste nummer van *For Him Magazine*. Naast de pokertafel stond een bijzettafeltje met diverse schaaltjes, gevuld met chocola, chips en andere snacks. De pokertafel stond strategisch onder een plafondlamp, de enige verlichting afgezien van de tientallen kaarsen die elders in de kamer flakkerden.

Anton trok zijn neus op.

'Is dit een pokeravond of een gezellig samenzijn? In dat laatste geval meld ik me af.'

'Hoe bedoelt u?'

Anton knikte naar de kaarsen.

'O.' Torp lachte. 'Ja, kaarsen zijn gezellig, hè?'

'Dan hoop ik voor je dat je later op de avond nog damesbezoek krijgt.'

'Krijg ik ook.' Hij haalde zijn laptop en liet hem aan Anton zien. Scrolde een fotogalerij langs van een meisje met de wonderlijkste kinpartij die Anton ooit had gezien. Hij leek nog het meest op de kin van een zeeleeuw. Esthetisch gezien had ze het niet bijster goed getroffen. Dun en futloos blond haar hing over haar ronde gezicht. Torp had wel eens hoger mogen mikken. Nu scrolde hij naar een foto waar ze in bikini op stond. 'Lekker stuk, hè?'

'Komt ze na afloop bij je langs?' vroeg Anton lichtelijk geschokt.

Torp knikte trots.

'O ja? En waarmee had je zo'n lekker stuk willen inpalmen? Met een handje rohypnol en een scheutje GHB?'

'Met kaarsen kom je een heel eind.' Het sarcasme ontging Torp. Hij was duidelijk van mening dat dit meisje een goeie vangst was.

'Dan neem je van tevoren toch zeker wel een pilsje?'

'Nee, dat heb ik niet nodig.'

'Dat weet ik wel, maar toch...'

Ze gingen aan de pokertafel zitten. Torp stelde hem aan zijn vier vrienden voor. Twee timmermannen, een bewaker en een econoom. De bewaker zag eruit alsof hij rechtstreeks van zijn werk kwam, zoals hij daar zat in zijn donkerblauwe Securitas-uniform. Ze maakten alle vier een goede eerste indruk op Anton. Het waren beleefde jongens; ze stonden allemaal op en staken hun hand uit.

'Hoe is het in het ziekenhuis gegaan?' fluisterde Torp, terwijl hij zich naar Anton toeboog.

'Daar is dit de tijd en plaats niet voor.'

'Nee, vanzelf. Sorry.'

'Maar ik ga er later vanavond naartoe. De chef-arts van de Spoedeisende Hulp heeft nachtdienst, en ik ga een praatje met hem maken.'

Ze legden alle zes een briefje van vijfhonderd op tafel. Torp deelde fiches rond, terwijl hij zijn vrienden waarschuwde dat ze rekening moesten houden met Anton, die uiteindelijk niet vertrouwd was met de regels.

De eerste vier ronden paste Anton, en de vijfde speelde hij helemaal uit. De pot was niet groot, en daar ging het hem juist om toen hij met een glimlach zijn kaarten toonde en zei: 'Deze heb ik toch gewonnen?'

'Maar je hebt niets,' antwoordde de econoom, die de op een na hoogste hand had.

'Ik heb een straat,' protesteerde Anton.

Torp rekte zijn hals en keek. 'Je hebt niets,' lachte hij.

'Pff!' Anton streek met zijn hand over zijn voorhoofd. 'En ik overwoog nog wel om all in te gaan, of hoe het ook heet. Ik geloof dat dit mijn dag niet is. Die vijfhonderd kronen kan ik beter meteen opgeven.'

De anderen lachten.

Anton greep een handvol chips, nam een slok van zijn glas frisdrank en gluurde opzij naar Torp. Die zat te glimlachen. Hij vond het prachtig dat de goedgebekte rechercheur werd weggespeeld. Hij zag al voor zich hoe zijn medestudenten nieuwsgierig zouden luisteren naar het verhaal hoe Anton Brekke op zijn pokeravondje was ingemaakt.

Anton schudde zijn hoofd. Wat een stel. Hij had voor de Toblerone in de minibar moeten kiezen.

'Je moet toch eens wat pokerregels bestuderen, Brekke. Geef me maar een seintje als je een goedkope kleerkast nodig hebt,' zei de econoom, alsof dat ergens op sloeg.

'Een econoom die kleerkasten verkoopt?' vroeg Anton spottend.

'Ik ben bedrijfseconoom bij een firma die gadgets voor kleerkasten verkoopt. We hebben de nieuwste snufjes op kastengebied. Wat zou je zeggen van een elektrische kast met schuifdeuren en spots die aangaan als je de deur openschuift, daar in... St. Hanshaugen, was het niet?' Hij keek Torp vragend aan en die knikte. 'Ik kan je... laten we zeggen, vijfentwintig procent korting aanbieden. Vijftig als ik je er vanavond uitspeel.' Hij glimlachte.

'Nee. Hou je mond en ga de kaarten schudden.'

Er was nog net een klopgeluid te horen voordat ze de luchtdruk van de openzwaaiende deur voelden.

'Hallo jongens. Hebben jullie ergens zin in? Iets te eten? Zal ik wat klaarmaken?'

Torps moeder stond glimlachend in de deuropening. Anton moest toegeven dat ze er toch wel erg goed uitzag.

Torp klemde zijn kaken op elkaar. 'Mama... kun je oprotten?'

'Jemig, zoiets zeg je toch niet tegen je mammie, Torp?' vroeg Anton grinnikend.

'Ja, luister maar naar Brekke, Magnus. Hij is tenminste een heer,' zei zijn moeder, en ze lachte de hoofdinspecteur toe.

De wijn was haar inmiddels naar het hoofd gestegen; Anton meende een flirterig knipoogje te zien. Ja – dat moest het geweest zijn, want nu sprong Torp van zijn stoel op en achtervolgde zijn moeder over de trap naar de bovenverdieping, terwijl de anderen aan tafel het uitschaterden.

Begeleid door een achtergrondmuziek die Anton normaliter niet eens had willen horen als hij ervoor betaald werd, liet hij de anderen het spel bepalen. Hij maakte een paar keer een klein potje buit op de timmermannen, maar beide keren deed hij alsof hij niet helemaal snapte wat er gebeurde. 'Jee, heb ik gewonnen?' vroeg hij gespeeld toen Torp hem feliciteerde.

Alles ging volgens plan.

Na een uurtje spelen was Antons stapel fiches nog ongeveer even groot. De jonge man in het Securitas-uniform had de ene timmerman eruit gespeeld en zich aardig tegoed gedaan aan de voorraad van de tweede. De econoom blies niet meer zo hoog van de toren; zijn pruimtabakgrijns was verdwenen toen hij de helft van zijn fiches aan Torp had verloren.

Anton was van plan binnenkort de grote klapper te maken. Dat had hij een uur geleden ook al kunnen doen, maar wat had hij dan de rest van de avond moeten ondernemen? Naar het ziekenhuis zou hij later pas gaan. De dienst van de pokerspelende chef-arts begon om elf uur. Dat was althans wat de knorrige verpleegster had gezegd toen Anton hem had beschreven als 'die korte, gezette arts met het dunne haar'. De chef-arts kon hem vertellen hoe het er met Vincent Giordano voorstond, in elk geval of er een kans bestond dat hij het zou overleven.

Wat de man ook had gedaan, Anton wilde dat hij er bovenop zou komen. Een verhoor met zo iemand stond hoog op zijn verlanglijstje. Ook al was de kans dat hij tijdens een eventueel verhoor ook maar iets zou zeggen, heel klein. Al sinds hij een jongetje was, verslond Anton alles wat hij aan boeken en films over de Cosa Nostra kon vinden. Literatuur over de maffia was het enige wat hij las zonder dat zijn leraren hem onder druk hoefden te zetten. Alles, van feitelijke informatie tot biografieën. Hij vond het prachtig om dingen te lezen en aan de weet te komen over de grootste boeven ter wereld. Pas toen hij in zijn tijd aan de politieacademie iets had gelezen over een Siciliaanse maffioso die de zoon van een veronderstelde verklikker in een vat met zuur had gestopt, was het tot hem doorgedrongen dat het misschien allemaal niet zo flitsend was als de films en boeken het voorstelden. Dat die mannen in wezen een stelletje monsterlijke psychopaten waren. Maar het was desondanks onmogelijk om niet gefascineerd te zijn door zulke geweldige krachtfiguren. En nu zat hij een paar kilometer af van een van de allergrootsten ooit. Vincent Giordano hoogstpersoonlijk. Een volwaardig lid van de Cosa Nostra. De rechterhand van don Calogero Locatelli. De nummer twee op de ranglijst van New York. Misschien van de hele VS. Hij wist dat dit de eerste en laatste keer zou zijn dat hij een dergelijke zaak onderhanden had. Tijdens zijn bezoek aan het ziekenhuis had hij zo goed en zo kwaad als het ging een blik naar binnen geworpen. Vincent Giordano had roerloos in bed gelegen. Het enige waaruit bleek dat hij nog leefde, was de hartmonitor, die regelmatige, zachte piepjes liet horen. Er liepen slangetjes naar zijn neus, zijn hals, zijn armen, zijn hoofd, zijn handen en een paar van zijn vingers. De gevreesde en gerespecteerde oude man zag er voor het eerst in de geschiedenis verslagen uit.

'Hallo?' riep Torp. 'Ben je in slaap gevallen? Jij bent.'

Anton werd uit zijn trance gerukt. 'O.' Hij keek naar zijn kaarten. Schoppen tien en ruiten zes. Een waardeloze hand. 'Pas.'

'Was je met je hoofd bij Martine Rieck?' Torp grijnsde. 'Je ging helemaal in je eigen wereld op.'

'Ik was boven bij je moeder. Je hebt toch gezien hoe ze naar me keek? Met van die fonkelende ogen.'

De anderen lachten, en Torp wilde zich niet laten afleiden, dus hij deed mee met het lachsalvo.

Nu was de bewaker aan de beurt om te delen. Zijn handen werkten snel. De kaarten werden in rap tempo geschud. Hij was goed, maar niet goed genoeg. Geen van de anderen rond de tafel had het in de gaten, maar Anton sloot al het andere buiten en concentreerde zich op de stok. Hij meesmuilde. Allebei de keren dat de bewaker zichzelf een kaart gaf, haalde hij die van de bodem van de stok. De kleine smeerlap. Hij speelde vals, en dat deed hij iedere keer als hij deelde.

Antons eerste impuls was, hem bij zijn nekvel van de tafel weg te trekken, de vloer met hem aan te vegen en daarna de hele stok in zijn waffel te rammen. Vals spelen bij een gewoon spelletje kaart was tot daar aan toe, maar als je vals speelt wanneer er geld op het spel staat, moet je het goed doen. Zo goed, dat je nooit wordt betrapt. Anders moet je de gevolgen aanvaarden. En in dit geval hoorden de gevolgen een pak slaag te zijn. Hupla het ziekenhuis in.

In plaats daarvan koos Anton ervoor, zijn gesjoemel

tegen hem te gebruiken. Ook al gaf hij zichzelf de beste beginhand, hij had er geen idee van welke kaarten de anderen hadden. Nu moest Anton inzetten. Als de bewaker zichzelf twee azen had gegeven – iets wat eigenlijk wel vanzelf sprak – dan moest hij die maar houden. Anton was van plan te vertrouwen op iets wat hij de laatste tijd weinig had gehad: mazzel.

'Ik ga mee,' zei hij, en keek naar zijn kaarten: ruitenvrouw en ruitenboer.

Toen de flop kwam, was de pot groot genoeg voor een bevredigend resultaat.

Op tafel lagen ruiten negen, schoppen tien en ruiten twee. De econoom schoof een stapeltje fiches naar voren; hij wilde de pot meteen hebben.

Vooralsnog had Anton helemaal niets. Maar de kansen waren in zijn voordeel. Er moesten nog twee kaarten worden omgedraaid. Als een daarvan ruiten was, zou hij een flush hebben, en als het een acht of een heer was, een straat. Hij nam een slok uit zijn glas, terwijl hij in stilte uitrekende wat zijn kans van slagen was. Er waren vijftien kaarten die hem een winnende hand zouden bezorgen. Ongeveer vijftig procent.

'Call,' zei Anton, en legde zijn fiches met een klap in de pot.

Torp paste.

Anton keek naar de bewaker. Eigenlijk had hij geluk gehad met die flop. In elk geval als hij twee azen in handen had. De bewaker stak zijn hand uit en pakte twee stukjes chocola, waarop hij al peinzend ging zitten kauwen.

'Hmm,' gromde hij. 'Nee, ik moet toch maar all in gaan.'

'Check,' zei de econoom kortaf.

'Dus jij hebt een paar azen.' Anton keek de bewaker glimlachend aan. 'Ik weet zeker dat je ze hebt, maar ik zeg toch maar check. Wijt het maar aan het feit dat ik een amateur ben die niet weet waar hij mee bezig is.'

Anton draaide zijn ruitenboer en -vrouw om, de econoom had klaver zeven en acht en zette zijn resterende fiches in op de kans dat er een zes of een boer op tafel kwam – een straat.

De bewaker toonde wat Anton al had geweten dat hij had. Twee azen, en vooralsnog de beste hand.

De turn werd omgekeerd. Nog een aas, en de bewaker sprong juichend van zijn stoel op. Drie azen. De econoom vloekte en stond op, klaar om weg te gaan.

De river was een schoppenheer, en Anton glimlachte. Breed. Van nu af zou hij korte metten met ze maken.

'Nu heb ik toch zeker een straat?'

Achttien ronden later stopte Anton zonder de bewaker als valsspeler te ontmaskeren de zes briefjes van vijfhonderd in zijn broekzak en liep voorzichtig de trap op. Sloop langs de woonkamer, waar Judith Torp uitgeblust op haar bankje hing, naar buiten, de vochtige lucht in.

FBI-agent Percivall Wilson reed in zijn zwarte dienstauto – een Ford Crown Victoria – over 8th Avenue in Brooklyn en parkeerde voor 'Bobby's'. De FBI was volledig op de hoogte van Vincent Giordano's gewoonten; op zijn bezoekjes aan 'Bobby's' kon je de klok gelijkzetten. Wilson hoopte dat Bobby Parvati, Giordano's goede vriend buiten de *familie*, hem iets kon vertellen. Hopelijk iets dat heel die mysterieuze verdwijning zou bagatelliseren. De avond daarvoor en in de ochtenduren had Wilson bij Newark International Airport en de andere grote vliegvelden van New York City navraag gedaan of de naam van de man op wie hij jacht maakte in hun systeem van het afgelopen weekend stond. Er waren tientallen Vincents die binnenlandse en buitenlandse vluchten hadden geboekt, maar geen Giordano.

Wilson pakte zijn bruine jasje van de passagiersstoel. Deed het handschoenenvak open en haalde de holster met zijn dienstpistool eruit, een zwarte Heckler & Koch P2000 kaliber .40. Een wapen dat hij nooit ergens anders dan op de schietbaan had gebruikt. Afgezien van die keer dat hij het per ongeluk thuis op het terras had afgevuurd. De kogel was tegen het houtwerk geketst en had zijn korte loopbaan in de aarde onder aan het terras beëindigd. Hij moest minderen met drinken, zoveel was hem wel duidelijk.

Terwijl hij het volle café binnenliep, schoof hij de holster verder naar achteren op zijn heup en trok zijn jasje er dichter omheen. Zijn gouden FBI-badge zat goed zichtbaar op de voorkant van zijn riem. Hij keek naar het lege bord in de binnenhoek van het café. Het geplastificeerde witte kaartje stond er nog: 'Gereserveerd voor signor Giordano'.

'Goedemiddag, mevrouw,' zei hij met een vriendelijk knikje naar mevrouw Parvati achter de bomvolle taartenvitrine.

'Goedemiddag.' Ze had de badge gezien, maar stond er niet bij stil. Ze kreeg dagelijks mensen uit allerlei beroepsgroepen langs, dus dat er een federale agent binnenkwam was niet iets waar ze zich druk over maakte. Ze ging ervan uit dat hij hetzelfde wilde als de overige armen der wet: een kartonnen bekertje koffie. 'Wat zal het zijn?'

'Mevrouw Parvati?' Hij keek haar vragend aan.

Ze knikte.

'Ik ben op zoek naar uw man,' vervolgde Wilson. 'Bobby. Is hij in de buurt?'

Haar bruine ogen werden groot. 'Eh, hij is ziek. Maar waar gaat het om, als ik vragen mag?' Haar toon was voorzichtig. Noch zij, noch haar echtgenoot had ooit de wet overtreden, en nu kwam er ineens zo'n agent die met haar man wilde praten. Een hardwerkende man die belasting betaalde en met wie niemand een appeltje te schillen had. In ieder geval niet voor zover zij wist, en niemand kende hem zo goed als zij.

'Ik wil hem alleen maar iets vragen.' Wilson glimlachte en wees op de koffiekan. 'In een papieren bekertje. Met extra suiker.'

Terwijl ze de koffie inschonk, zei ze: 'Ik begrijp het, sir, maar ik denk niet dat u veel aan hem hebt. Bobby houdt zich altijd aan de wet. Hij gaat ook niet met wetsovertreders om.'

'Ik weet dat hij zich aan de wet houdt, mevrouw. Maar hij heeft de laatste jaren veel contact gehad met iemand die ik zoek. Dat wil zeggen, ik ben niet de enige die hem zoekt. Hij is van de aardbodem verdwenen. Daar lijkt het in elk geval veel op.'

'O ja? Wie dan?' Ze gooide de suiker in de koffie en pakte een roerstokje.

'Vincent Giordano.'

Mevrouw Parvati stond met haar rug naar hem toe, maar toch ontging het Wilson niet dat ze een paar seconden lang verstijfde. Bobby was niet ziek. Hij was bang en gedeprimeerd. Hij zat maar thuis televisie te kijken en kranten door te bladeren. De dag dat Giordano hem dat sleuteltje had gegeven, was hij veranderd. Ja, ze had het allemaal zien gebeuren. In het begin, toen Giordano steeds vaker bij hen kwam, had ze Bobby gesmeekt niet meer met hem te praten dan strikt noodzakelijk. Hij was immers een van die afschuwelijke figuren waar de kranten over schreven. Een moordenaar. Een gangster. Als je hem te na kwam, ging je een wisse dood tegemoet.

'Mevrouw Parvati...?'

'O. Vincent Giordano. Ja, die komt hier altijd. Nu u het zegt, heb ik hem al een poosje niet meer gezien. Wordt hij echt vermist? U denkt toch niet dat hem iets is overkomen?' Ze zette het papieren bekertje op de toonbank.

'Daar probeer ik nu juist achter te komen. U woont recht boven de zaak, nietwaar?' Wilson pakte het bekertje. 'Denkt u dat het goed is als ik even naar boven ga? Hij heeft toch niet die griep waar zoveel over te doen is?' Hij gniffelde wat om het allemaal onschuldig te laten klinken.

'Ja, dat is wel goed, hoor. Maar u zult waarschijnlijk een paar keer moeten aanbellen, want hij ligt ongetwijfeld te slapen.'

Bobby Parvati sliep niet. In een versleten joggingpak bood hij de agent een stoel en luisterde naar diens vragen. Bobby verklaarde dat Giordano zich niet anders had gedragen dan anders, toen hij hem voor het laatst had gesproken. Dat hij alleen maar een tevreden indruk had gemaakt en plezier had gehad in het leven. Dat hij zich erop had verheugd, de middag door te brengen met zijn kleinzoon Angelo. Bobby voegde eraan toe dat hij het opmerkelijk vond dat Giordano zomaar had kunnen verdwijnen. Dat was niets voor hem. Hij probeerde Wilson ervan te overtuigen dat Vincent Giordano iemand was die heus wel voor zichzelf kon zorgen en dat hij weer op zou duiken voor de week om was.

Bobby Parvati kwam al net zo overtuigend over op agent Wilson als op zichzelf.

Terwijl Wilson hem bedankte en Bobby's flat uitliep, parkeerde een zwarte Mercedes S600 voor het café. Twee van Calogero Locatelli's gorilla's baanden zich een weg naar de toonbank.

24

Daar lag hij, op een wit laken met twee lichtblauwe, dunne dekens opgetrokken tot over zijn maag.

De onbevreesde Vincent Giordano.

In de steriele kamer waren de gordijnen dichtgetrokken. Op het tafeltje naast het bed stonden geen bloemen of aardige, handgeschreven kaarten van iemand die van hem hield. Naar alle waarschijnlijkheid was zijn naaste familie zelfs nog niet op de hoogte gesteld. Voor de artsen en het verplegend personeel was hij nog steeds een naamloze patiënt; op de map met zijn status stond nog steeds ONBEKEND en 'Gevonden bij de Navestadveien'.

Anton Brekke bleef staan kijken hoe de behaarde borstkas rees en daalde met behulp van het beademingsapparaat. Het gezicht ziet er anders uit, dacht hij. Toen hij een paar uur daarvoor door de deur naar binnen had gekeken, had hij alleen het naakte bovenlijf en al die verschillende slangetjes gezien. De baardstoppels waren een paar millimeter langer geworden in de drie dagen dat hij nu in coma lag. Maar zijn haardos was nog hetzelfde, al was die boven op zijn hoofd weggeschoren.

Anton moest glimlachen. Dit was bijna surrealistisch. Daar lag hij in een ziekenhuis in Fredrikstad, de man die de Amerikaanse overheid al een aantal keren levenslang de bak in had willen krijgen. Een rasechte maffioso. Een nietsontziende moordenaar. Een man die al had gemarteld en gemoord voordat Anton zelf geboren was.

'Heeft deze man iets met de moord op Martiniussen te maken?' vroeg de chef-arts, terwijl hij ondertussen in de status las.

Een miserabele poging om ongeïnteresseerd te lijken.

'Nieuwsgierig, dokter?'

De chef-arts glimlachte.

'Ik heb gehoord dat je eerst dacht dat hij een hartinfarct had gehad?'

'Nou,' begon de arts, terwijl hij op de stoel bij de muur ging zitten, 'volgens het bericht dat bij de meldkamer binnenkwam was er een oude man niet goed geworden en met zijn hoofd tegen de grond geslagen.' Hij werd opgepiept, haalde zijn pieper uit zijn zak, wierp er even een blik op en stopte hem weer terug. 'Ik kreeg hem binnen op de spoedeisende, vlak nadat jullie met zijn drieën bij die... ja, die jonge vrouw op bezoek waren geweest. Zijn hoofdwond was natuurlijk het eerste wat mijn aandacht trok. Het is technisch onmogelijk dat hij die bij zijn val heeft opgelopen. Dan had hij loodrecht uit de lucht moeten vallen met zijn hoofd naar beneden. Snap je? De wond was een diep gat boven op zijn schedel, bijna een kleine krater. Je mag de foto straks wel zien. Daarnaast had hij grote blauwe plekken op zijn rug. Ongewoon groot.' De arts illustreerde de afmetingen door zijn vingers te spreiden en zijn handen dertig centimeter van elkaar te houden. 'Heb ik ook foto's van. Daarna ging het naar de röntgen, waar we een CT van zijn hoofd gemaakt en een röntgenfoto van zijn hele rug genomen hebben. Ik was zelfs bang voor een breuk, zo hard was erop geslagen, maar daar was gelukkig niets van vast te stellen. Op de CT daarentegen was een barstje in zijn schedel te zien en een lichte zwelling van het hersenweefsel. Geen bloeding, een goed teken.' Hij stak zijn duim op.

'Ja, en?'

'Maar dat is nu weer normaal,' zei hij, en weer stak hij zijn duim op.

'Die verwondingen. De klappen op zijn rug, dat barstje in zijn schedel... kan het zijn dat hij is aangereden?'

De chef-arts fronste zijn voorhoofd en dacht na. Krabde in zijn dunne haar en zei: 'Nee, onmogelijk. Zijn benen zijn niet gebroken en er is niets op te zien. Geen enkele aanrijding laat alleen maar zulke merktekens op de rug en een gaatje in het hoofd achter. Als hij van achteren was aangereden en vervolgens met zijn schedel op de grond was geklapt, zou de botsing met de auto grotere verwondingen op zijn rug hebben veroorzaakt. Hij is op zijn hoofd geslagen en daarna op zijn rug, hoogstwaarschijnlijk ook in die volgorde, met een zwaar, puntig voorwerp.'

Anton knikte instemmend. Wat de arts zei, klonk zinnig.

'Geloof je dat hij bij zal komen?'

'Ik probeer niet al te veel te geloven, maar zijn toestand is stabiel, de zwelling van het hersenweefsel is weg. Ik ben optimistisch.'

'Ben je doorgaans een optimist?'

'Nee.' Hij glimlachte. 'Als je hier wacht, haal ik gauw even de foto's.'

Gauw was een overdrijving; de chef-arts bewoog zich in zijn gewone, trage tempo voort.

'Zeg, had hij iets bij zich toen hij binnenkwam? Iets in zijn zakken, of wat dan ook?' vroeg Anton, terwijl hij op de stoel ging zitten.

'Bij mijn weten niet, maar dat zal ik ook natrekken.'

Zonder zijn blik van Vincent Giordano af te wenden kantelde Anton de stoel naar achteren en leunde tegen de muur. Met een scheef hoofd keek hij apathisch naar de patiënt. Wat zou hij er niet voor gegeven hebben om een praatje met hem te houden. En wat een verhalen zou deze oude man kunnen vertellen als hij bijkwam. Hij had alles gezien. Alles meegemaakt. Van welke kant je het ook wilde bekijken, hij was een stukje Amerikaanse geschiedenis. Hij was de rechterhand van Calogero Locatelli. Hij was opgegroeid onder de vleugels van Don Domenico Locatelli, die werd beschouwd als misschien wel de grootste misdaadkoning van de geschiedenis. Volgens een van de vele theorieën was Don Domenico misschien wel de man geweest die destijds door de CIA in de arm was genomen om president John F. Kennedy uit de weg te ruimen. De plannen waren opgesteld in het huis van de man die de baas was in Florida, Santo Trafficante, en men zei dat Don Domenico het beslissende woord had gesproken.

Misschien wist de man in het bed voor hem ook het antwoord op dat raadsel.

Waarschijnlijk wel.

Na bijna twintig minuten kwam de chef-arts terugslenteren met een envelop en een grote, bruine papieren zak. Anton opende de zak en haalde er een zwart colbertje uit.

'Daar heb je niet veel aan?' vroeg de chef-arts, en hij wierp hem een meewarige blik toe. 'Deze foto's,' en hij wuifde met de envelop, 'mag je houden. Heb ze gekopieerd.' De chef-arts gooide de envelop op de deken over Vincent Giordano's benen. 'Nu moet ik snel terug. Complete chaos.'

'Mooi. Bedankt voor de hulp. Bel me als er iets uit komt.'

'Natuurlijk.' Duim omhoog.

Anton legde het colbertje op de grond en ging op zijn hurken zitten. Met zijn vingers zocht hij de zakken zorgvuldig af. Inwendig vloekte hij. Er zat zelfs geen oud snoepje in. Zonder veel hoop stak hij drie vingers in de binnenzak. Hij glimlachte ironisch en mismoedig: ook die was leeg. Hij bleef een poosje zitten. Probeerde enig teken van leven te ontdekken.

'Wat is er?' vroeg een stem die onmiskenbaar van Torp was in de deuropening.

'Wat doe jij hier? Kreeg jij juffrouw zeeleeuw niet op bezoek?'

'Ja, maar ik heb haar gevraagd of ze weer weg wilde gaan. Ik wou jou liever gezelschap houden.' Hij ging naast Anton op zijn hurken zitten. 'Ik liep de chef-arts tegen het lijf en die vertelde me waar ik naartoe moest. Heb je hulp nodig?'

'Ja, Torp, ik heb hulp nodig. Jouw hulp,' antwoordde Anton sarcastisch.

'Maar goed dan dat ik ben gekomen,' antwoordde Torp met een grote grijns.

'Dit is naar alle waarschijnlijkheid de moordenaar. Maar die informatie blijft tussen deze vier muren totdat ik zeg dat het goed is. Begrepen?'

Torp knikte. Even beeldde hij zich in dat zijn derde en laatste jaar aan de politieacademie overbodig was. Hij had nu al meer ervaring dan de meeste leraren daar. Zijn leraren zouden hem als voorbeeld gebruiken. Er zou nog jaren over hem worden gepraat. *De student die de moord op Wilhelm Martiniussen ophelderde.* Als het zo doorging, zou hij voor zijn dertigste de sterrechercheur van Kripos worden.

'Is dát de moordenaar?' Hij ging naast het bed staan en staarde naar Vincent Giordano. 'Een ouwe knar, hoor.'

'Dat zou ik niet graag tegen hem zeggen als hij bijkomt. Dit is de zogenaamde toerist die in Sarpsborg is neergeslagen.'

'Wow!' Torp boog zich over het bed heen. 'Jemig, kijk dat litteken eens. Heb je dat gezien?'

'Ja.'

'Hoe zou hij daar aan komen?'

'Geen idee.'

'Ziet er heel lelijk uit. Wat doen we nu?'

'Bel Sarpsborg en zeg dat we eraan komen. Ik wil alles zien wat ze in deze zaak hebben.'

'Wat doen we met mijn fiets? Die staat bij de hoofdingang.'

Met Torps fiets half uit de achterbak van Antons privé-Volvo hangend zetten ze koers naar het politiebureau van Sarpsborg.

25

De receptionist van het Radisson SAS knikte toen Anton Brekke zijn legitimatie liet zien.

Jawel, de Amerikaan was hem opgevallen. Maar eigenlijk alleen omdat hij uit de VS kwam; ze kregen zelden Amerikanen in het hotel. Hun gast stond vroeg op, ontbeet om kwart over zeven en ging zelden 's avonds op stap.

'Jullie weten toch niet wanneer jullie gasten weg zijn, en wanneer ze terugkomen?' Anton keek hem vragend aan.

'Nee, uiteraard niet. Overdag kun je onmogelijk weten welke gasten wel en niet in het hotel zijn, maar 's avonds merk je wat eerder wie er laat binnenkomt. Ik ben nachtportier, hè? Nieuwsgierig zijn is zowat het enige wat ik te doen heb.'

'Heb je nog met hem gepraat?'

De receptionist beet op zijn lip. Kauwde. 'Nee, althans niet meer dan met andere gasten.'

'Had je afgelopen vrijdag ook nachtdienst?'

Hij knikte. 'Ik werk alleen 's nachts. Twee weken op, twee weken af.'

'Heb je hem die avond gezien?'

'Ja, hij kwam binnen toen ik net met werken begonnen was.'

'En je begint?'

'Om elf uur. Tot zeven uur.'

'Weet je nog wanneer hij ongeveer kwam?'

De receptionist keek peinzend naar de grote lobby.

'Misschien kwart over elf? Niet lang nadat ik was begonnen, in elk geval.'

'Heb je met hem gepraat?'

'Alleen maar een paar woorden gewisseld. Hij zei dat hij net van de een of andere vesting kwam. Ik neem aan dat hij het over de oude stad had.'

'Ik logeer zelf ook in dit hotel, dat weet je misschien?'

'Ja.'

'Als ik de telefoon op mijn kamer gebruik, dan wordt dat toch in jullie systeem opgeslagen?'

'Klopt.'

'Inkomende gesprekken ook?'

'Ja.'

'Kun je me een uitdraai van alle telefoongesprekken vanuit kamer 318 bezorgen?'

De receptionist knikte meteen. 'Geen probleem. En er is niets aan de kamer veranderd, zoals jullie hadden gevraagd.'

'Gevraagd?'

'Ja, de politie van Sarpsborg heeft opgebeld en gezegd dat de kamer niet mocht worden schoongemaakt. Zodat hij nog hetzelfde zou zijn als zij kwamen. Wacht even, dan zoek ik het papier op waar die mededeling op staat. Het meisje dat hier overdag is heeft de mededeling in ontvangst genomen.' Hij bladerde de stapel achter de balie door op zoek naar het papier. 'Ik heb het daarnet nog gezien.'

'Geeft niet,' zei Anton. 'Bedankt voor de hulp.'

Ze haastten zich over de betegelde vloer naar de lift.

Aan de deurknop van kamer 318 hing een 'Niet Storen'-bordje. Hoewel er geen kamermeisje was geweest om de kamer schoon te maken, was hij toch schoon. Het bed was opgemaakt, in het kleine glazen tafeltje naast de tweezitsbank bij het raam kon je je spiegelen en de vloerbedekking zag eruit alsof hij zojuist was gestofzuigd. Het enige wat erop wees dat de kamer niet klaar was voor nieuwe gasten was de gesloten koffer aan het voeteneinde van het tweepersoonsbed.

'Zoeken we iets speciaals?' Torp liet zijn blik door de kamer gaan.

'Nee, niets speciaals. Neem een kijkje in de badkamer.'

'Wat moet ik zoeken?'

Anton spreidde mistroostig zijn armen. 'Beste jongen. Kijk nou gewoon of je iets interessants vindt. Kastjes, laden,' hij stak hem een latex handschoen uit zijn broekzak toe, 'de wc.'

Torp fronste zijn voorhoofd. 'De wc? Serieus?'

'Ja.'

Torp liep de badkamer in en deed de deur achter zich dicht. Anton tilde de koffer op het bed en trok de ritssluitingen open. Zes witte overhemden, vier katoenen onderbroeken en een toilettas. Hij legde alle kledingstukken op het bed en streek met zijn vingers over de binnenkant van de koffer. Hij zuchtte. Wat had hij verwacht hier aan te treffen? Hij moest glimlachen om zijn eigen optimisme.

Hij legde de kleren in de koffer terug en opende de toilettas. Tandpasta, een ingelijst fototje van vijf bij vijf centimeter van een lachende kleine jongen, deodorant, aftershave en een Amerikaans paspoort. Hij schoof de koffer opzij en ging op de rand van het bed zitten. Voorovergebogen, met zijn onderarmen op zijn dijen gesteund, bekeek hij de zwart-witfoto in het paspoort. Die zag eruit alsof hij een paar jaar oud was, maar de kille ogen en de dikke bos haar waren hetzelfde als op de foto die Lars had gemaakt. Zijn geboortedatum was zeven januari 1941, en de naam was Vincent DeLuca. Vals. Maar dat deed er niet toe. Iedereen kon een valse pas bestellen, en deze man bezat er waarschijnlijk meer dan een. Anton schreef de naam en de geboortedatum in zijn notitieboekje en legde de pas terug.

De deur van de badkamer ging open.

'Niks gevonden,' zei Torp terneergeslagen. 'Jij wel?'

Anton negeerde de vraag. 'Is de badkamer helemaal leeg?'

'Er staat hier een glas met een tandenborstel.'

Torp schoof opzij om Anton de deur door te laten. In de badkamer waren de standaardhotelspullen aanwezig. Kleine zeepjes in papier op de wastafel. Op het rek ernaast vier dikke handdoeken met het logo van het hotel. In de douche shampoo en douchecrème.

Antons blik bleef rusten op de latex handschoen op de grond. Ongebruikt.

'Eh,' begon Torp, 'die is te kort.'

'Te kort?'

'Ja, hij gaat maar tot over mijn pols. Ik kan de wc best onderzoeken, maar dan wil ik langere handschoenen hebben.'

'Het is prima dat je met me meegaat om wat te leren en zo, maar als ik je vraag om iets te doen, dan doe je dat. Als je voor agent wilt spelen, doe dat dan maar bij de schaapskudde, maar niet bij mij.'

'Ja, maar...'

'Opzij,' zei Anton nors.

Hij trok zijn jasje uit, rolde de mouw van zijn overhemd op en trok de handschoen aan. Met zijn knieën op de harde tegels stak hij zijn hand in de wc. Terwijl het water om zijn onderarm klotste, vroeg hij Torp om naar de receptie te gaan en de lijst met telefoontjes te halen.

Anton ging verzitten. Hij steunde met zijn ene arm tegen de wand achter de wc, terwijl de andere in de afvoer verdween. Zijn vingers gleden langs het gladde porselein. Hij had er geen idee van wat hij zocht, maar hij wist dat hij geen rust zou hebben als hij het niet deed; hij had wel eens bewijzen gevonden op vreemdere plekken dan een afvoer. Maar deze afvoer leek al even schoon als de rest van de kamer. Hij trok zijn arm er weer uit.

Terwijl het water op de tegels droop, bleef hij naar de rug van zijn hand staan kijken. Een afgescheurd stukje papier plakte tegen de latex handschoen. Hij trok het er met duim en wijsvinger af en hield het tegen het licht. Het was verkleurd doordat het in het water had gelegen, maar op de voorkant van het snippertje papier waren de neus, de ogen en het haar van Wilhelm Martiniussen te zien.

Het was inmiddels al over enen toen Anton zijn telefoontje met Haugen beëindigde. Er was geen twijfel meer aan: de moordenaar was gepakt, en zou in voorlopige hechtenis worden genomen – als hij uit zijn coma ontwaakte.

Torp lag waarschijnlijk al op één oor. Zelf was Anton te opgewonden om naar bed te gaan. Hij zou toch alleen maar naar het plafond liggen staren, ervan overtuigd dat degene die in werkelijkheid achter de moord stak, tot Martiniussens naaste bekenden hoorde. Welk voordeel kon Giordano nu bij deze liquidatie hebben?

Hij parkeerde zijn auto voor het hotel en haastte zich naar ‘Oscar’, een van de cafés in de stad die livemuziek hadden. Een plaatselijke muzikant met de artiestennaam ‘Staysman’ bracht een nieuw muziekje ten gehore dat hij *Zonder schoenen* noemde. Anton ging aan de bar zitten, bestelde bier en opende zijn notitieblok op een lege bladzij. Schreef daar *Wilhelm Martiniussen, Vincent Giordano, Frode Moen* en *Bjørn Danielsen* op. Hij trok strepen van Martiniussen naar Danielsen en

Moen. Krabbelde er Mardan bij en omcirkelde de naam drie keer. Wat was het verband? Al nadenkend goot hij de halve liter bier die voor zijn neus was gezet naar binnen. Danielsen was Martiniussens beste vriend en de enige erfgenaam van zijn miljardenvermogen. Reden genoeg om hem uit de weg te ruimen? Zonder meer. Maar hoe paste Vincent Giordano in dat plaatje? Danielsen, de hevig aangeslagen vriend, trok zich de moord het meeste aan van iedereen. Misschien was het geen verdriet waar hij zo zwaar onder gebukt ging, maar berouw? Volgens hemzelf was hij altijd nummer twee geweest. Had deze nummer twee contacten van het kaliber Giordano, een van de topfiguren in de Amerikaanse onderwereld? Dat kon Anton zich niet voorstellen. Ze hadden zijn verleden uitgeplozen en hij had zijn hele leven bij zijn beste vriend in de schaduw gestaan. Nooit in het buitenland gestudeerd, geen duistere geheimen in het strafregister van de politie. Domweg geen tijd om kennis met dat soort mensen te maken. Hij was smetteloos.

Of hij was de koudste kikker die Anton ooit had meegemaakt.

Anton bestelde nog een pils en verplaatste zich van de bar naar een leeg zithoekje waar hij wat beter afgeschermd was. Hij opende de envelop die hij van de chef-arts had gekregen en legde de twee foto's voor zich op tafel. Vincent Giordano was van achteren flink toegetakeld, zoals de arts al had gezegd. Het hele middenstuk van zijn rug was paars. Hoe vaak hij was geslagen, viel onmogelijk te zeggen. Foto nummer twee was van zijn hoofd. De dikke, zwarte bos haar zag eruit alsof hij in bloed gedompeld was. De wond zelf ging eronder schuil, maar volgens de chef-arts was die toegebracht met een zwaar, spits voorwerp.

Terwijl hij grote slokken uit zijn glas nam, bleef Anton naar de foto's zitten staren. Dat Giordano het had overleefd, hield in dat degene die hem had geprobeerd om het leven te brengen, ook degene was die hem had ingehuurd. Een amateuristische poging. Iemand die het niet had aangedurfd Wilhelm Martiniussen zelf uit de weg te ruimen. Maar waarom moest de huurmoordenaar dood? Het had geen zin hem te liquideren om alle sporen uit te wissen. De betreffende persoon moest Giordano juist hebben ingehuurd omdat hij wist hoe professioneel die was. Giordano zou Noorwegen meteen na de moord hebben verlaten, en als hij dat had gedaan, zou de zaak hoogstwaarschijnlijk onopgelost zijn gebleven.

Anton stopte de foto's terug in de envelop. Hij leunde naar achteren, sloot zijn ogen en probeerde voor zich te zien wat er verkeerd was gegaan toen Giordano op de overvaller was gestuit. De hoofdwond zat boven op zijn schedel. Hij moest van achteren zijn neergeslagen, op de grond zijn gevallen – anders had hij de klap wel zien aankomen en zich verdedigd – en vervolgens meerdere malen op zijn rug zijn geslagen. In wiens aanwezigheid had Giordano zich zo weinig kwetsbaar gevoeld dat hij met zijn rug naar hem toe had gestaan? Frode Moen was tenger en heel weinig angstaanjagend. Maar zou hij het aandurven hem de rug toe te keren? Mogelijk. Als ze elkaar kenden.

Maar anderzijds leek Moen daar het type niet voor. Nu niet meer.

Bjørn Danielsen trapte het dunne zijden laken van zich af en keek naar zijn vrouw. Ze lag in een vrouwenblad te lezen waarop ze geabonneerd was. Hij werd het nooit zat om naar haar te kijken. Haar lange, blonde lokken, haar gladde gezicht, de blauwe, verleidelijke ogen. Dankzij een bekwame plastische chirurg in Oslo was haar lichaam nog steeds even mooi als toen ze dertig was. Toen ze twintig jaar geleden voor het eerst een afspraak bij de man had gemaakt, was hij ertegen geweest. Hij had aan het natuurlijke altijd de voorkeur gegeven boven het kunstmatige. Ze was toch beeldschoon, waarom begon ze aan die onzin? Maar zoals altijd had ze net zo lang doorgedramd tot ze haar zin kreeg. En nu beviel het hem wel.

Ze keek hem vanuit haar ooghoeken aan en glimlachte.

'Het is een drukkende avond,' zei hij, terwijl hij rechtop in bed ging zitten.

'Vind je?' Ze legde haar vinger tussen de pagina's van het blad en sloeg het dicht, waarna ze haar hand teder op zijn voorhoofd legde. 'Je gloeit helemaal.'

'Ik denk dat ik iets onder de leden heb.'

Hij stapte uit bed en liep naar het raam. Het slaapkamerraam keek op de imposante haag uit. Hij bleef even naar de verlichte fontein kijken en zei toen: 'Eva, door wie denk jij dat hij vermoord is?' Zijn stem was zacht en schor.

Ze legde het blad op het nachtkastje. 'Geen idee, Bjørn. Kom weer naar bed. Je moet rust nemen.'

Hij deed het raam op een kiertje open en ging toen weer in bed liggen.

'Ik word hier letterlijk niet goed van. Zo meteen moet ik overgeven.'

Ze draaide zich opzij en legde haar hoofd op zijn harige borstkas.

'Concentreer je maar op de verantwoordelijkheid die Wilhelm je heeft gegeven.'

Hij gaf geen antwoord. In gedachten was hij bij zijn vriend, bij het geld en bij de verantwoordelijkheid die hij zou krijgen. Met het geld was hij blij – dat zou hij goed kunnen gebruiken.

‘Wat zou het nu fijn zijn geweest als we een zoon of een dochter hadden gehad.’

‘Waarom juist nu?’

‘Ik voel het gemis altijd, maar nu meer dan ooit. Iets anders om energie in te steken. Iets anders om aan te denken.’

‘Ook als ik zwanger zou *kunnen* worden, zou het toch te laat zijn.’

‘Ik weet het. Adoptie.’

‘Praat geen onzin. We worden oud. Er zijn regels voor zoiets.’

‘Ik weet het.’ Hij streelde haar over het haar. ‘Maar pleegouders dan? Nu kunnen we ons over een compleet kindertehuis ontfermen.’

‘Ik wil er niets over horen. We hebben het hier al eens over gehad.’

‘We hebben het nooit over pleegouderschap gehad.’ Hij duwde haar hoofd weg en ging weer rechtop in bed zitten.

‘Bjørn...’

‘Denk erover na. We kunnen ze een fantastische opvoeding geven en zorgen dat ze fatsoenlijk opgeleid worden. Tegelijkertijd doen we iets nieuws en zinnigs met ons leven. Dat zou me goed doen, vooral nu.’

‘Snap je het dan niet? We zijn te oud.’ Ze keek hem streng aan en draaide zich toen om.

Hij staarde nog een poosje de kamer in voordat hij zei: ‘Ik had meer moeten doen.’

‘Wat bedoel je?’ Ze draaide haar hoofd opzij en keek hem aan.

‘Hem moeten overhalen. Ik had meer moeten doen. Dat is zijn dood geworden, Eva. Die toestand met het Canadaproject. Waarom moest hij verdomme ook zo koppig zijn.’

26

Dinsdag 16 juni
Fredrikstad

Anton Brekke keek op de klok. Het was even over enen.

Hij leunde met zijn elleboog op Haugens bureau, liet zijn kin in zijn handpalm rusten en zuchtte.

'Nog nieuws van je chef, nu Giordano gepakt is?' vroeg Haugen.

'Zolang ik hier nog nodig ben, kan ik hier wel blijven totdat we erachter zijn wie er aan de touwtjes trekt.'

'Je hebt de hoop toch niet opgegeven?' Haugen keek op van zijn computerscherm en richtte zijn blik op Anton. 'De moord is pas vier dagen geleden gepleegd, en de moordenaar is nu naar alle waarschijnlijkheid gepakt. We hebben een hoop voor elkaar gekregen, als je bedenkt met hoe weinig we begonnen zijn.'

'Maar ik zie het verband maar niet. We hebben het gegarandeerd pal onder onze neus.' Anton smeet het notitieblok met zijn krabbels van gisteren voor Haugen neer, 'maar we zien het niet. Giordano is niet de hoofddader.'

Haugen schudde langzaam zijn hoofd. 'Nee. Bjørn Danielsen?'

Anton haalde zijn schouders op. 'Voordat ik vannacht in slaap viel, bedacht ik juist dat het niet eens iemand van Mardan geweest hoeft te zijn die deze klus heeft laten opknappen. Wie weet is er nog een speler die er veel bij te verliezen heeft als Mardan zich uit het Canadaproject terugtrekt?'

'Wie zou dat dan moeten wezen? Lange heeft alle connecties van Mardan vanaf het allereerste begin nagetrokken. Geen verdachte dingen. Noch in de vorm van investeringen, noch in die van betrokken personen. Afgezien van die Frode Moen dan. Maar wat hem betreft had je waarschijnlijk gelijk. Dat was een doodlopend spoor.'

'Ja. Hij is zonder meer een boef, maar niet onze boef. Deze keer in elk geval niet.'

Anton stond van zijn stoel op en liep naar het raam. Het lagedrukgebied had Fredrikstad ingenomen en de sluizen waren boven het centrum opengezet. Haugens computer maakte de welbekende geluiden die een nieuw mailtje aankondigden.

Anton keerde zich van het raam af en boog zich over Haugens brede schouders heen.

Telenor had de werkelijke eigenaar van het mobiele nummer dat was gebruikt om Giordano op zijn hotelkamer te bellen, niet gevonden. De simkaart stond geregistreerd op naam van een zekere Hans Larsen, die volgens de burgerlijke stand in een bejaardentehuis in Trondheim woonde. De kaart was maar drie keer gebruikt: één inkomend en twee uitgaande gesprekken. Alle drie van en naar kamer 318 in het Radisson.

'Als we erachter komen van wie dat nummer is, hebben we onze man,' zei Haugen, en scrolde het mailtje door, terwijl hij de hoofdpunten las.

'Dat wisten we al,' zei Anton teleurgesteld. 'Staat er niets in over basisstations?'

'Daar ben ik nu. Toen Giordano vanuit zijn hotelkamer belde, bevond het mobieltje zich in dit gebied.' Haugen beschreef met zijn wijsvinger een cirkel over de plattegrond van het centrum van Fredrikstad op zijn computerscherm. 'Dat was ook allebei de keren het geval toen het mobieltje naar het hotel belde.'

'Ja?'

Haugen stak een hand half de lucht in. Dat wilde zeggen: wacht even. Hij scrolde al lezend verder.

'De gesprekken *naar* het hotel vonden woensdag om vier uur en vrijdag om zes uur plaats. Giordano belde zaterdagochtend om kwart over negen *vanuit* het hotel. Hij is toen toch neergeslagen?' Achter Haugens rug knikte Anton bevestigend op de retorische vraag. 'En op die zaterdagochtend wordt het mobiele signaal ineens door andere basisstations opgevangen dan het eerste dat ik aangaf. Door drie verschillende, en dan gaat het mobieltje plotseling op zwart – het wordt uitgezet. Haugen klikte een nieuwe plattegrond aan en zette zijn wijsvinger op de Navestadveien in Sarpsborg. 'En dat gebeurt hoogstwaarschijnlijk hier, waar Vincent Giordano is neergeslagen.'

'De Navestadveien valt onder dat laatste basisstation?'

Haugen knikte. 'Giordano belt zaterdagochtend de man achter de schermen. Ze spreken af elkaar te ontmoeten, ongetwijfeld zodat Giordano zijn betaling in ontvangst kan nemen. Dan verandert de man achter de schermen van gedachte. Giordano mag niet blijven leven – ook hij moet dood.'

'Ja, dat is vast wel zo'n beetje wat er is gebeurd. Ik geloof alleen niet meer dat het om geld ging. Giordano is geen huurmoordenaar. Hij is de rechterhand van Calogero Locatelli. Wel eens van gehoord?'

'Niet veel meer dan wat jij me gisteren via de telefoon hebt verteld. Een of andere gangster.'

'*Een of andere gangster...*' Anton keek Haugen dom aan. 'Het gaat er juist om dat Locatelli geen gewone gangster is. Er zijn hier enorme krachten in het spel.'

'De maffia dus,' zei Haugen mismoedig.

'Precies.'

De deur van het kantoor ging open en Torp beende naar binnen in zijn trotse uniform.

'O jongen toch.' Anton glimlachte. 'Die pet staat je toch zo goed. Heb je wel eens geprobeerd een waterpas op die klep te leggen?'

De klep van de politiepet liep bijna volledig horizontaal over Torps voorhoofd.

'Dit is in elk geval beter dan dat lamme slagersmutsje dat jij in jouw tijd op moest,' antwoordde Torp meteen. 'Wat was dat lelijk.'

'Da's voor het eerst dat ik je iets zinnigs hoor zeggen, Torp. Maar je komt hier vast niet binnen om over mode te discussiëren. Wat is er?'

'Er heeft zich een getuige gemeld. Ze had het artikel over Giordano en Martiniussen op de netkrant van *Verdens Gang* gelezen.'

'Het artikel...?' Anton keek Haugen vragend aan.

Haugen opende zijn browser en klikte de website van de krant aan. Het artikel stond nog bovenaan: WILHELM MARTINIUSSEN DOOR DE MAFFIA GELIQUIDEERD.

Onder de tekst stond een foto van Martiniussen en een klein plaatje van de plek waar Giordano was neergeslagen.

'Niet te geloven. Het is toch verdomme niet te geloven,' zei Anton boos. 'Wie is hier in godsnaam mee naar buiten getreden?'

'Ik niet,' zei Torp voorzichtig.

'Het is in elk geval iemand uit de groep mensen die de krant heeft gebeld met de tip van de week. Waar is Martine Rieck? Haar telefoon zal nu wel niet stilstaan.'

'Op de rechtbank,' antwoordde Haugen. 'Ze is de hele dag bezet.'

'Dat is waarschijnlijk maar beter ook. Hier op het bureau hebben ze er genoeg mee te stellen.'

'Maar wat was er nou met die getuige?' vroeg Haugen.

'Een vrouw heeft twee mensen gezien die bij het bouwterrein aan de Navestadveien stonden te praten. De ene was een man met zwart haar, stevig gebouwd, met een net pak aan. De andere droeg een flodderig joggingpak en een witte baseballpet, mager. Er stond ook een zwarte auto, zei ze. Niet bijzonder groot.'

'Verder geen signalement?' vroeg Anton

'Nee. Ze was haar hond aan het uitlaten. Een Deense dog, daar had ze waarschijnlijk haar handen meer dan vol aan. Maar Giordano is toch niet zo stevig gebouwd?'

'Hij heeft brede schouders. Stevig hoeft niet dik te zijn als het om mannen gaat, Torp.'

'Alleen als het om vrouwen gaat?'

Anton glimlachte. 'Hoe dan ook, wij zijn in die andere persoon geïnteresseerd. Een baseballpet. Dat zal geen toeval zijn. Zo anoniem mogelijk blijven. Mager. Kleine, zwarte auto. Frode Moen is mager. Zie de kleur en het merk te achterhalen van de andere auto's waar Moen over beschikt, Torp.'

Torp knikte. 'O, trouwens, Lange wil graag weten of jij enig idee hebt wat er met zijn frisdrank is gebeurd.'

'Wat voor frisdrank?' vroeg Anton onschuldig.

'Hij had een krat in de koelkast staan. Nu is alles weg, en iemand heeft een strik van afzettape om het lege krat gebonden.'

'O ja?' Anton moest zijn best doen om niet te grijnzen.

'En toen ik Lars naar huis bracht, zei hij dat jij de aardigste politieman was die hij kende, omdat je hem een zak vol cola had gegeven.'

'Het spijt me, aspirant Torp, maar van die kwestie weet ik niets af.'

'Eigenaardig.' Torp liep de deur uit.

'Danielsen heeft ook een zwarte auto,' constateerde Haugen; het frisdrankmysterie kon hem niet boeien.

'Zijn Bentley is grijs.'

'Dus nu richt je het oog ineens weer op Moen?'

'Ik weet het verdomme niet meer. We lopen alsmaar in een kringetje rond. Moen, Danielsen, Moen, Danielsen. Ergens heb ik het idee dat we in deze zaak nog niet verder dan de oppervlakte zijn gekomen. Maar ik weet een plek waar we misschien wat kunnen graven.' Hij wierp een blik op de Omega om zijn pols. 'Ik heb zo'n idee dat ze daar binnenkort wakker zullen worden.'

FBI-agent Percivall Wilson zuchtte opgelucht toen de lift op de achtste etage stilstond. Hij had een hekel aan liften, maar zijn luiheid was groter dan zijn angst dat de lift zou blijven steken.

De grote, open ruimte was in hokjes opgedeeld. Aan het andere uiteinde was zijn kantoor, met uitzicht over Broadway. Vijf jaar geleden had hij een eigen kantoor gekregen, en daarmee gepaard een grotere verantwoordelijkheid. De boeven moesten gepakt worden, en hij had de familie Locatelli als taak gekregen. Het was hem één keer gelukt een rechtszaak tegen Calogero Locatelli te beginnen, maar omdat de getuigen nooit waren komen opdagen, was de rechter gedwongen geweest de zaak niet ontvankelijk te verklaren. Nu keek hij alleen nog maar uit naar zijn pensioen. De dag dat hij de sleutel van zijn kantoor aan zijn opvolger kon overdragen.

Hij was zijn werk nooit zat geworden; hij wist dat het van wezenlijk belang was. Als het niet gebeurde, hadden de criminele organisaties vrij spel. In de loop der jaren was het hem steeds duidelijker geworden dat hun werk preventief was. Hun aanwezigheid legde de criminelen aan banden, zodat ze niet helemáál konden doen wat ze wilden. Wilson had beseft dat ze de slag hadden verloren op de dag dat de FBI er niet in was geslaagd de getuigen tegen Calogero Locatelli te beschermen. De maffiabaas had voor de federale rechtbank naar het massale perskorps staan lachen. Een spottende grijns die zei: jullie krijgen me nooit te pakken. De spot was tegen de FBI gericht, en nog meer tegen de bevolking. Wie zou er nog proberen tegen deze mensen te getuigen, als zelfs de FBI niet voor bescherming kon zorgen?

Dagelijks hoopte hij dat Locatelli of een van zijn intimi een beslissende flater zou slaan. Maar dat zou vast niet gebeuren zo lang hij nog bij de FBI werkte en hij had er al lang geleden in berust dat hij na zijn pensionering hoogstwaarschijnlijk slechts in de herinnering zou voortleven als een van de vele agenten die hadden gefaald in de strijd tegen de maffia.

Mannen in zwarte pakken met pistoolholsters op hun heup knikten beleefd tegen hem toen hij hun hokjes passeerde. Met zware stappen liep hij door het labyrint van door lage wanden van elkaar gescheiden kantoortjes. Zijn jonge assistente zat in het hokje voor zijn eigen kantoor. Voordat hij haar had kunnen begroeten, keek ze gestrest van haar beeldscherm op en zei dat hij telefoon had op lijn drie, en dat de betreffende persoon al een kwartier wachtte.

Wilson deed de deur van zijn kantoor dicht en trok de luxaflex op voor hij achter zijn bureau ging zitten. Hij haalde zijn computer uit stand-by, nam de hoorn van de haak en drukte op het knipperende getal drie op zijn telefoon.

'Special Agent Percivall Wilson.' Zijn stem was diep en helder.

Hij hoorde dat de man aan het andere einde zich

voorstelde, maar verstond de naam niet. Wilson vroeg hem die te herhalen, maar ook deze keer ving hij de naam niet op. De man bleef doorpraten, terwijl Wilson inlogde en zijn e-mail opende. Hij hoorde het krakkemikkige Engels van de man zonder belangstelling aan en vroeg zich af of de ander eigenlijk wel met de juiste persoon doorverbonden was; het immigratiekantoor zat in hetzelfde gebouw.

Wilson klemde de hoorn van de telefoon tussen zijn oor en zijn schouder en begon al luisterend naar de stem zijn mailtjes door te kijken. Een halve minuut lang ging het gesprek bijna op de automatische piloot; toen liet Wilson zijn muis los, leunde naar achteren in zijn bureaustoel, greep de hoorn steviger vast en vroeg geïnteresseerd: 'Wie?'

'Vincent Giordano,' antwoordde de man.

'En wie zei je dat je was?'

'Anton Brekke van de Kripos.'

'Cry-wat?'

'De Noorse, eh, recherche.'

27

Vrijdag 13 december 1968
New York City

De luide kreet van een man weerkaatste tegen de wanden van het verbouwde magazijn.

Vincent Giordano keek tussen de luxaflex door naar de speelvloer beneden. Vanuit het kantoortje op de eerste verdieping kon hij de begane grond volledig overzien. Een dikke, kale man danste de ruimte door, terwijl hij het uitschreeuwde van vreugde.

Vincent zuchtte. Gelukkig zat er veel tijd tussen de grote uitbetalingen. En de winnaar was zo iemand die toch wel weer terugkwam; voor het eind van de maand zou hij zijn winst verspeeld hebben. En nog meer bovendien.

Zijn casino draaide nu al meer dan vijf jaar. Hij was zevenentwintig en had nu al een inkomen waar zelfs weinig directeuren in de stad zich mee konden meten. Zijn opdrachten waren niet meer van Calogero Locatelli afkomstig, maar van diens vader Don Domenico. Zijn voornaamste opdracht was het beheren van het casino, en daar was Don Domenico uiterst tevreden over; de wekelijkse stapel bankbiljetten die Vincent afdroeg, werd steeds dikker. Daarnaast knapte hij wat losse karweitjes op. Niet tegen extra betaling, maar puur uit welwillendheid en loyaliteit tegenover de baas. Iets wat hij als strikt noodzakelijk ervoer. Hij was al met al beloond met de aanzienlijkste positie die een jonge maffioso zich maar kon wensen.

Hij was zojuist van een dergelijk karwei teruggekomen. Een voormalig lid van de Locatelli-familie was samen met zijn minnares en een koffer van Don Domenico met bijna een miljoen dollar erin de stad uit gevlucht. Hij was jong, nog jonger dan Vincent, en de verleiding was kennelijk te groot geworden. Wat betekende een miljoen dollar nu helemaal voor Don Domenico? Ze zouden al in Mexico zijn voordat iemand ze had kunnen opsporen.

Vincent vond zowel de deserteur als diens minnares in een aftands motel aan route 81 in West Virginia. Hij schoot eerst de vrouw dood. Daarna zei hij dat hij overwoog de jonge man te laten leven als die hem de koffer met geld gaf. Kort daarna lag de koffer op de grond. De twee avontuurlijke idioten waren er al in geslaagd meer dan twintigduizend dollar stuk te slaan.

'Hoe had je gedacht dat terug te betalen?' had Vincent rustig gevraagd.

'Ik... ik heb geen idee.'

Het laatste wat de jonge man zei voordat Vincent hem twee keer in het gezicht schoot, was 'nee'.

Hij had veel van dat soort klusjes gehad. Daar zat hij geen seconde mee. Het waren per slot van rekening trouweloze smeerlappen die hij omlegde. Mannen die niet geaarzeld zouden hebben om hem een kogel in het lijf te jagen. Het enige wat hem nog steeds dwarszat, was de moord op Vette Phil. Die had in de loop van een aantal jaren een paar honderdduizend dollar achterover gedrukt. Beslist niet netjes, maar genoeg om op zo'n wrede manier de dood te vinden? Vincent werd nog steeds fysiek onwel als hij eraan dacht. Hij glimlachte des te breder bij de herinnering aan de liquidatie van dat corrupte politiezwijn Tommy Mitchell.

Het geschreeuw beneden op de speelvloer was opgehouden. De dikke man was van de roulettetafel op weg naar de blackjacktafels in de hoek. Vincent ging achter het bureau zitten en wierp een blik op de wekelijkse boekhouding. Hij deed alles zelf. Geen boekhouder. Geen tussenpersoon. Alles om te zorgen dat er geen schakel tussen hemzelf en Don Domenico in zou zitten. Als hij een boekhouder aanstelde, die het werk ongetwijfeld sneller zou doen, had hij geen volledige controle. Niemand die ze alle vijf op een rij had, zou het risico nemen iets van hem te stelen, maar de mogelijkheid was toch aanwezig. En wat zou Don Domenico daar wel niet van zeggen?

Over de trap kwamen zware stappen dichterbij. De deur vloog open en het vierkante gezicht van Calogero verscheen in de deuropening.

'Klaar?' vroeg hij geestdriftig.

'Waarvoor?' vroeg Vincent, terwijl hij de papieren opruimde.

'Eten, whisky en vrouwen, natuurlijk.'

'Ik heb Sofia beloofd dat ik vanavond vroeg thuis zou zijn.'

'Dat heb ik de mijne ook beloofd. Ook al ben je getrouwd, je hoeft toch niet de hele tijd braaf te zijn?'

Vincent glimlachte. 'Nee, maar er valt nog het nodige te doen in huis.'

'Hou op. Je huis kan wel tot morgen wachten. Cathy heeft naar je gevraagd. Ze vroeg zich af waarom je nooit belt.'

'Ze weet dat ik getrouwd ben.'

'Ze weet ook dat je notoir ontrouw bent.' Calogero's gelach vulde de kamer. 'Ben je zover?'

'Ik heb thuis een boel te doen. Alle meubels staan nog in de woonkamer.' Zijn stem klonk aarzelend.

'Bel toch maar op en zeg dat het laat wordt, en dan stuur je er een paar kerels heen om Sofia te helpen met de gordijnen en de hele rambam.'

Hij lachte. 'Ja, en dat zal toch zo goed vallen.'

'Cathy zag er vandaag echt heel lekker uit...'

'Heb je haar vandaag dan gezien?'

Calogero knikte. 'En ze is ongetwijfeld goed in vorm tegen de tijd dat wij er zijn. Kom nou, dan hoef ik niet alleen te gaan.'

'Je kunt toch wel een lekker wijf aan?'

'Jawel maar geen twee.' Hij knipoogde schuin. 'Isabella is er ook. We eten en drinken wat bij Provenzano, en dan huren we allebei voor een paar uur een kamer. Kom nou mee, pantoffelheld.'

Vincent dacht een paar seconden na. Toen pakte hij de telefoon om zijn liefste Sofia te bellen en tegen haar te zeggen dat hij laat thuis zou zijn.

In West Manhattan lag het Italiaanse restaurant Provenzano, met uitzicht over de Hudson en New Jersey. Voor de Locatelli's een historisch restaurant: zowel Don Domenico als Calogero hadden hier in de chique eetzaal hun bruiloft gevierd en in de bar daarnaast had Calogero zijn eerste moord gepleegd – op zijn zestiende.

De rechthoekige ruimte was gevuld met grote, ronde tafels voor vier, acht en twaalf personen, met witte tafelkleden en stoelen met hoge ruggen. Stevige witte Romeinse zuilen liepen van de vloer tot het dak. De donkere paneelwanden waren getooid met schilderijen van bekende en minder bekende kunstenaars. De kelners droegen een zwarte broek, een wit overhemd en een wit jasje.

Dit was een tent voor mensen die ruim in hun geld zaten. En de bar ernaast was een populaire plek voor jonge vrouwen op zoek naar mannen op wie dat van toepassing was.

Cathy zat samen met haar vriendin Isabella ongeduldig te wachten in de bar. De affaire van Calogero en Isabella duurde nu al dik een jaar. Via haar had Vincent Cathy leren kennen. De rijzige schoonheid met het lange, bruine krulhaar dat zo fraai met haar roomwitte huid contrasteerde. En die vernauwde blik waarmee ze hem altijd bekeek; ze vrat hem bijna op met haar ogen alleen.

'Wat denken jullie dat er vanavond gaat gebeuren?' vroeg Cathy, terwijl ze ongeduldig in haar drankje roerde.

'Denk je dat er vanavond iets anders gaat gebeuren dan anders?' Haar vriendin klonk nors. Isabella zond er een vriendelijk lachje achteraan dat benadrukte dat haar norsheid niet vervelend bedoeld was, maar dat vooral zei: verbeeld je maar niets.

Voor Isabella was dit routine geworden. Ze trof Calogero een paar keer per week, at dan lekker en sloot het geheel af met een snel rondje in bed bij haar thuis of op een van de hotelkamers in de stad. Ze wist heel goed wat het verschil was tussen een vrouw, een geliefde en een minnares, en dat zij nooit meer dan dat laatste zou zijn. Verliefd was ze niet meer. Dat was inmiddels lang geleden. Maar ze vermaakte zich prima met hem. Kreeg mooie, dure cadeaus, en hij was hoe dan ook niet zomaar iemand.

Nu was Cathy wat Isabella anderhalf jaar geleden was geweest: verliefd. Ervan overtuigd dat Vincent Sofia voor haar zou verlaten. Ze hadden moeite om kinderen te krijgen, en dat eiste zijn tol van hun jonge huwelijk. Dit was *Vincent Giordano*, wat moest die met een vrouw die hem geen kinderen kon geven? Niet dat hij dat met zoveel woorden zei, maar zij interpreteerde hem op die manier. Hij had het haar al een van de eerste avonden verteld. Hij had in de put gezeten, en de rijpe achttienjarige was erin geslaagd de harde man zijn hart te laten uitstorten. Ze had zijn vertrouwen gewonnen. Dat moest toch iets betekenen. Zij wilde niet alleen maar een minnares zijn. Dít was de man met wie ze een gezin wilde stichten. Ze had in Londen ook minnaars gehad. Oudere mannen. Maar niemand kon ook maar enigszins tippen aan de vlotte Italiaan uit Brooklyn. Als hij een kamer binnenkwam, merkte iedereen hem op. En zoals de mensen hem behandelden! Alleen al de gedachte zette haar in vuur en vlam. Als het restaurant vol was als zij kwamen, zette de kelner een nieuw tafeltje neer. Als ze naar een uitgaansgelegenheid gingen, werden ze door de portier langs de rij geloodst. Zo zag het leven eruit als ze bij hem was.

Hij was gevoelig, sterk, had meer gezag dan wie ook die ze kende, en hij was rijk.

Ze hield van hem.

'Kom nou toch.' Cathy glimlachte. 'Vincent is een heel ander type dan Calogero.'

Isabella legde haar hand op de hare. Keek haar ernstig in de ogen en zei: 'Nee. Dat is hij niet. Geloof dat maar niet. Als puntje bij paaltje komt gebruiken ze ons als hoeren.'

Cathy trok haar hand weg en keek haar geschokt aan. 'Hoe kun je dat nou zeggen? Denk eens aan alles wat we van ze krijgen. Cadeaus, vakantiereisjes, kleren. En dat baantje dat je hebt zou je toch zonder Calogero nooit gekregen hebben?'

'En jij hebt het nog steeds niet door? Cathy...' Isabella sloeg haar arm om haar vriendin heen, omhelsde haar langdurig en fluisterde: 'Laten we ervan genieten zolang het kan.'

Bij de deur riep een bekende stem tegen hen: 'Schiet eens op. Vincenzo is al aan het bestellen.'

Vincent zat de menukaart door te bladeren toen ze met hun drieën gingen zitten. Hij keek snel naar de meisjes op, glimlachte en richtte toen zijn blik weer op de diverse gerechten die Provenzano te bieden had. Hij las de gerechten stuk voor stuk nauwkeurig, al kende hij het menu uit zijn hoofd. Het was telkens weer even moeilijk om te beslissen. Toch bestelde hij uiteindelijk altijd hetzelfde: kip marsala. Een eenvoudig gerecht met drie hoofdingrediënten: kip, paddenstoelen en marsalawijn. Hij vroeg of de anderen klaar waren om te bestellen en wenkte de kelner.

Vanaf zijn plaats kon Vincent door de grote ramen aan het uiteinde van de zaal naar buiten kijken. Auto's reden met roekeloze snelheid voorbij. Het sneeuwde nog steeds, en het zag er niet naar uit dat het snel zou ophouden. Hij keek omhoog en nam de buurstad aan de overkant van de Hudson in ogenschouw: New Jersey.

'Aantrekkelijk?' vroeg Calogero na een paar tellen.

'Wat?' antwoordde Vincent, terwijl hij zijn blik van het raam afwendde.

'Jersey,' antwoordde zijn vriend kort, en rekte zijn rug.

'Nee, Calogero. Niet aantrekkelijk.'

De atmosfeer tussen de Locatelli's en de rivaliserende Balducci's in New Jersey werd steeds verhitter. Wonen in Jersey was populairder geworden. Er moesten nieuwe huizen en appartementen komen om de nieuw toegestroomde inwoners onder te brengen. In vroeger dagen zou Don Domenico de baantjes automatisch onder de diverse families hebben verdeeld, maar de Balducci's wilden alles voor zichzelf hebben.

Calogero lachte. 'Laten we hopen dat alles snel gesust wordt. Ze zijn wel verdomd brutaal, dat ze zich in papa's zaken mengen. Hij heeft ze uiteindelijk de vrije teugel gegeven op drugsgebied in ruil voor zijn deel van de koek als het om onroerend goed gaat. Ondankbare honden zijn het. Als het aan mij lag...' Hij snoof. 'De Balducci's, dat zijn dus net welpen. Ze zoeken voortdurend de grens op en ze blijven net zo lang doorgaan totdat ze een flinke tik krijgen. Een die echt zeer doet. En daar zit het probleem bij papa. Je hebt gezien hoe de welp die mama van hem heeft gekregen, zich gedraagt.

Hij pist en schijt binnenshuis en keft zodra hij zijn eigen schaduw ziet. Die hond heeft nooit geleerd waar de grens lag, en nu is het te laat. Die zal mijn ouders blijven terroriseren tot hij crepeert. En nu wil papa al voor de tweede keer met die rottige Balducci's gaan praten.' Hij maakte een wegwerpgebaar om aan te geven hoe hij over praten dacht. 'Praten, praten, praten. De vorige keer dat hij dat probeerde is al jaren geleden. Ze moeten hard aangepakt worden nu ze nog klein zijn, anders is het eind zoek als ze eenmaal flink uit de kluiten gewassen zijn.'

Vincent knikte instemmend. Calogero stond bekend om zijn korte lontje, maar nu had hij wel degelijk een punt. Zijn vader was precies het tegendeel. Die loste problemen altijd het liefst zo vreedzaam mogelijk op. Verstandig, en ongetwijfeld de reden dat hij nog steeds de boventoon voerde. Maar soms was er een andere aanpak nodig.

'Wat denk jij dat er zal gebeuren?'

'Niets. Totdat de emmer bij papa overloopt. En ik hoop dat hij binnenkort vol is. We zien het wel. Vanavond nemen we het ervan.' Hij glimlachte en legde een hand op Isabella's dij. 'Of wat zeg jij, meisjelief?'

Isabella gaf hem een kus op zijn wang.

Terwijl het viertal at, lachte en luidkeels praatte, arriveerden er nieuwe gasten in het restaurant. De meeste bezoekers wisten heel goed wie ze waren en vonden het leuk om onder een dak met ze te eten. Wetteloze zakenlieden. Mannen over wie je hoorde in het nieuws.

Een goedgekleed gezin van vier ging aan het tafeltje naast het hunne zitten.

'Hoe gaat het met je studie?' vroeg Vincent al kauwend.

'Goed. We gaan in januari naar Rome,' antwoordde Cathy, terwijl ze oogcontact probeerde te krijgen.

'Jee, niet gek. Ik ben nog nooit in Italië geweest,' antwoordde hij zonder van zijn bord op te kijken.

'Nee? Dan kun je er toch heen als ik er ben?' Haar stem klonk gretig.

''Waarom?'

'Vincenzo!' brulde Calogero. 'Wat ben jij onromantisch.'

'Dat ben ik helemaal niet, maar waarom zou ik naar Italië gaan?'

Cathy streek hem voorzichtig over zijn wang. 'Zou dat dan niet leuk zijn? Ons oude land bezoeken?'

'Ons oude land...' Vincent grijnsde. 'Je lijkt wel een Italiaanse.' Hij nam een slok uit zijn glas. 'Ik kan niet weg bij Sofia. Dat weet je. Hoe lang blijf je daar?' Hij keek haar aan.

Een abrupte beweging bij de deuropening trok zijn aandacht. Twee mannen in het zwart liepen snel op hen af.

'Calo!' schreeuwde hij waarschuwend.

Het zou hem nooit lukken zich over de tafel heen te werpen. Het was te laat. Nu zou hij geraakt worden. Het maakte niet uit wat hij deed. 'Calo!' schreeuwde hij weer. 'Ze zijn hier!' Vincent sleurde Cathy van haar stoel en ging bovenop haar liggen. Het werd in één klap doodstil in het restaurant. Er werd geen woord gezegd. Er klonk geen enkel geluid. De andere gasten zaten met open mond te kijken hoe Vincent boven op de jonge vrouw op de grond lag. Toen kreeg Calogero hen in het oog. Hij verstijfde. Zijn vork sloeg rinkelend tegen zijn bord aan en viel vervolgens op het parket. De mannen liepen snel door, hun pistolen wijzend naar de wetteloze zakenlieden. De vrouwelijke gasten slaakten hartverscheurende doodskreten toen de knallen door het hele restaurant galmden.

28

Dinsdag 16 juni
Fredrikstad

'De Nóórse?' vroeg FBI-agent Wilson. 'Is Vincent Giordano in Noorwegen?'

'Ja, ik ben er zeker van dat hij het is. Ik heb een pas gevonden op zijn hotelkamer. Daar stond Vincent DeLuca in, maar dat is vermoedelijk alleen maar een...'

'Pseudoniem,' viel Wilson hem in de rede. 'Ik heb gezien dat er een Vincent DeLuca vanaf Newark is vertrokken. Dus hij is nog in leven. Dat had ik nooit gedacht. Zelfs Calogero Locatelli heeft er geen idee van waar hij is. Ben je bekend met de Locatelli-familie?'

'Ja,' antwoordde Anton snel. 'Maar ik weet alleen wat er op internet over te lezen staat. Zoals je zegt leeft hij nog. Maar meer ook niet. Iemand heeft geprobeerd hem dood te slaan. Hij ligt in coma.'

'Wat?' barstte Wilson uit, terwijl hij van zijn stoel opstond. 'Door wie, en niet in de laatste plaats, waarom?'

Anton Brekke vertelde over de moord op Wilhelm Martiniussen, het afgescheurde stukje foto dat ze in de wc hadden gevonden, en dat het niet mogelijk zou zijn veel verder te komen met het onderzoek zolang Giordano in coma lag. Wilson lachte en zei dat het geen verschil zou maken als Giordano bijkwam; hij zou geen woord zeggen.

'Zelfs niet nu de persoon in kwestie heeft geprobeerd hem te vermoorden?'

'Nee, dat zou me verbazen, en de rest van het bureau ook. Hij praat niet. Maar laten we hopen dat je erachter komt wie er aan de touwtjes trekt voordat Giordano wakker wordt. Anders vrees ik dat jullie straks nog meer moorden moeten uitzoeken. Is er iets wat ik voor je kan doen?' Wilson trok zijn bureaula open en viste zijn notitieblok eruit.

'Ik wil graag weten hoe we contact kunnen opnemen met zijn naaste familie, zodat het ziekenhuis ze op de hoogte kan stellen.'

'Prima. Hij heeft een dochter die begin jaren zeventig is geboren. Nog meer?'

'Zou je met Calogero Locatelli kunnen praten om te achterhalen wie of wat er achter Giordano's reis naar Noorwegen zit?'

Het werd een ogenblik stil; toen antwoordde Wilson: 'Was het maar zo simpel. Ze mijden me als de pest. Er is geen schijn van kans dat Calogero Locatelli met mij zal willen praten.'

'Zelfs niet als het om een van zijn mannen gaat?'

'Dan al helemaal niet. Vincent Giordano is de nummer twee van de Locatelli-familie. Die twee zijn als broers, maar dat helpt helaas niet. Jij hebt meer kans om tot Locatelli door te dringen dan ik. Als je het gevoel hebt dat je daardoor verder komt met je onderzoek.'

'Heb je een telefoonnummer waarop ik hem kan bereiken?'

Wilson lachte luid. 'Nee, dan moet je toch echt de vijver oversteken.'

Anton gaf geen antwoord.

'Vliegangst?' vroeg Wilson.

'Nee, maar áls ik kom, krijg ik dan de garantie dat ik met hem kan spreken?'

'Ik kan niets garanderen. Maar ik weet wel waar hij uithangt, en als je de situatie uit de doeken doet... dan misschien wel. Het enige wat zeker is, is dat jij meer kans maakt dan ik. En wie weet, misschien heeft Locatelli wel een hart en wil hij weten wat er met zijn goede vriend is gebeurd.'

Anton beëindigde het gesprek en keek inspecteur Haugen aan.

'Worden we er wijzer op?' vroeg Haugen.

'Misschien. Maar niet hier. We moeten naar New York. Als er een verklaring is, dan ligt die daar.'

Anton stond op en liep naar de deur.

'Eh, New York? Vandaag?' Haugens toon was luchtig – alsof hij juist deze dag nog duizend andere dingen te doen had.

'Yes, baby. Neeew Yooork, Neeeeew Yooooork!' Met valse stem loeide Anton het welbekende refrein.

'Ik weet niet of een vliegreis van zeven à acht uur op dit moment wel zo goed voor me is, Anton...'

'Hou op. New York op kosten van de staat. Hoe vaak krijg je die kans?'

'De dokter zei dat...'

'Als hij je niet met ziekteverlof heeft gestuurd, kan het zo erg niet zijn. We gaan hoe dan ook niet lang. Hooguit een paar dagen.'

Haugen fronste terneergeslagen zijn wenkbrauwen. 'Ja, nou, ik zie gewoon tegen die vliegreis op. We vliegen nou niet bepaald business class.'

'Zeurpiet! Ik kan toch een zwemband voor je kopen? Kun je daarop zitten.' Lachend schoot Anton de deur uit.

29

Vrijdag 13 – zaterdag 14 december 1968
New York City

Het vuur flitste pulserend uit de pistoolmonden.

Aan het tafeltje ernaast beval de vader zijn kinderen onder tafel te kruipen door met zijn armen te zwaaien. Een paar gasten legden hun handen over hun hoofd en drukten hun gezicht tegen de tafel, terwijl anderen zich op de grond gooiden uit angst getroffen te worden door de dodelijke projectielen die door het restaurant vlogen.

Waarom schiet hij niet terug, dacht Vincent. Calogero droeg altijd een revolver om zijn enkel. Hij moest geraakt zijn. Vincent lag op zijn buik over Cathy's rug heen om haar dekking te geven. Hij zou zich graag omdraaien om te zien of Calogero getroffen was, ook al wist hij het antwoord wel. Maar de schutters vuurden nog steeds.

Vincent telde twaalf knallen.

Er sloeg een deur dicht. Een naargeestige stilte daalde neer in het restaurant. De mannen met de pistolen waren even snel verdwenen als ze verschenen waren. Vincent stond op. Hij keek niet eens naar de stervende vrouw die voor hem op de grond lag. In twee snelle passen was hij bij een bloedende Calogero. Stroopte diens broekspijp op en trok de revolver, waarna hij de deur uit en de straat op rende. Terwijl de hand met de revolver langs zijn dijbeen hing, liet hij zijn blikken over de parkeerplaats en de drukke verkeersweg glijden. Niemand te zien. Überhaupt weinig mensen. In de verse sneeuw zag hij vier voetafdrukken die eindigden bij twee verse bandensporen.

Hij stak de revolver in zijn zak en rende het restaurant weer in. Het eerste wat hij zag was de vader van het tafeltje naast hen. Hij lag huilend over zijn dode vrouw heen, terwijl de twee kinderen lamgeslagen toe zaten te kijken. Cathy holde op hem af, terwijl ze schreeuwde: 'Isabella is dood! Ze hebben Isabella doodgeschoten!' Vincent schoof haar opzij en ging op zijn hurken voor Calogero zitten. De kin van zijn vriend rustte op diens borstkas. Zijn knie was aan flarden geschoten. Tussen al het vlees en bloed door ving Vincent een glimp van de knieschijf op.

Er kwam een golf van misselijkheid bij hem omhoog. Hij had wel erger dingen gezien. Veel erger. Maar toch was dit iets heel anders. Hij richtte zijn blik op Calogero's gezicht. Een ronde bloedvlek had de boord van zijn overhemd al bereikt. Hij knoopte het jasje van zijn vriend los. Midden op zijn borst zat een donkerrode wond. Calogero kreunde. Hij leek alle spieren van zijn lichaam nodig te hebben om zijn ogen op te slaan en zijn blik op Vincent te richten.

'Heb je ze te pakken gekregen?' fluisterde hij.

'Nee,' antwoordde Vincent snel. 'Ze moeten regelrecht een wachtende auto in zijn gesprongen. Isabella is dood.'

Hij keek het restaurant rond. Cathy zat naast haar dode vriendin en streek haar over het bebloede gezicht, terwijl haar lichaam schokte. De kelner die hun bestelling had opgenomen, kwam langzaam op hen af wankelen, half in shock.

'Waar hebben ze mee geschoten? Het doet verdomme zo'n pijn.'

'Weet ik niet.'

'Ik ga dood. Ik ga verdomme dood bij Provenzano.'

'Nee. Het komt in orde. Niet praten. Spaar je krachten, makker, dan loopt het goed af. Nu breng ik je naar het ziekenhuis, oké?'

'Iemand moet hiervoor sterven, Vincenzo. Hoor je me? Wat papa ook zegt. Iemand moet dood.'

Vincent gaf geen antwoord. Hij trok zijn jasje uit en drukte het tegen Calogero's borst. Bond zijn riem eromheen om het op zijn plaats te houden. Om hem heen waren mensen bezig het restaurant te verlaten. Vincents oog viel op de man die machteloos had zitten toekijken hoe de moeder van zijn kinderen stierf. Die keek met een vertrokken gezicht en twee vochtige ogen naar de ongedeerde maffioso op, en zijn blik zei: Jullie schuld. Vincent sloeg zijn ogen neer en wendde zich af. Dat was ook zo. Het was ook hun schuld.

'I-ik heb een ambulance gebeld,' zei de kelner zacht.

Vincent schoof zijn armen voorzichtig onder Calogero's knieën en schouders en tilde hem op.

Hij richtte zijn blik op de kelner en zei: 'Heb je een auto?'

'Ja...'

'Dan breng jij ons naar het ziekenhuis. Hij heeft geen tijd om op een ambulance te wachten. Dan sterft hij.' Hij keerde zich naar Cathy toe. 'Wacht hier.'

'Maar Isabella?' huilde ze.

Vincent wierp een snelle blik op haar vriendin. Terwijl hij naar de uitgang liep, zei hij: 'Die is dood. Jij leeft nog. Wacht hier.'

'Maar de politie zal toch zo wel komen?'

'Wat dan nog? Wij hebben niets verkeerds gedaan. Vertel het maar zoals het gebeurd is.'

Ze knikte.

Vincent legde zijn vriend in de auto van de kelner op de achterbank en deed zijn best hem wakker te houden terwijl ze de zeven dwarsstraten op weg naar het dichtstbijzijnde ziekenhuis passeerden.

30

Dinsdag 16 juni
New York City

Anton Brekke zat op de bank met zijn arm om de schouders van zijn zoon geslagen.

Er rolde een oude klassieker over het scherm. *Scarface*. Een van de favorieten uit zijn jongere jaren. Hij keek opzij naar zijn zoon. Het jochie ging volledig op in de oude actiefilm. De moordenaars van Sosa – Tony Montana's vijand – drongen juist diens villa binnen. Toen hij op de klok keek, fronste Anton zijn wenkbrauwen. Het was nog geen acht uur. Het kinderprogramma was afgelopen, maar het was nog steeds wat aan de vroege kant om een film met zulke keiharde scènes uit te zenden.

'Nu komen er akelige stukken,' zei Anton, en hij hield een kussen voor het gezicht van zijn zoon.

'Nee,' zei de jongen, en hij smeet het kussen naar de hoek van de bank, 'verdomme nog aan toe. Ik kan er heus wel tegen.'

Verdomme nog aan toe, dacht Anton. Welke idioot had hem een dergelijk taalgebruik bijgebracht? Net toen hij de afstandsbediening pakte om te zappen, ging de telefoon. Hij stond op, liep de kamer door en stuitte in de keuken op zijn ex-partner. Hij bekeek haar lichaam. Was ze afgevallen? Misschien volgde ze een nieuw dieet? Niet dat ze dat nodig had. Of misschien toch een beetje? Na de scheiding was ze aangekomen, en daar was hij blij om. Het was een soort bevestiging dat ze er zwaarder aan tilde dan ze het deed voorkomen.

Ze sloeg haar armen om zijn hals en gaf hem een lange kus.

'Zo leuk dat je hier weer bent,' zei ze glimlachend.

'Niet zo leuk als het voor mij is om hier weer te zijn.' Hij streek haar over haar wang. 'Neem jij op? Het zal toch wel voor jou zijn.'

Hij keek toe terwijl ze de hoorn van de haak nam. Ze glimlachte en keek vervolgens ernstig. Toen kwam de lach weer terug, nu breder. Ze reikte hem de hoorn aan en zei dat het voor hem was.

'Anton Brekke?' zei de stem.

'Ja. Met wie spreek ik?'

'Kurt Tobiassen, van de staatsloterij. Misschien kunt u het beste even gaan zitten.'

Hij voelde dat iemand hem op zijn schouder klopte. Een stem vanuit de verte werd steeds duidelijker.

Inspecteur Simon Haugen schudde hem aan zijn bovenarm en zei: 'Anton, we gaan zo meteen landen.'

Anton deed moeizaam zijn ogen open en wreef met zijn handpalmen over zijn gezicht. Hij nam een grote slok uit het lauwe flesje Evian en keek met kleine oogjes opzij naar Haugen.

'Heb jij niet geslapen?'

'Geen seconde. Kijk eens naar dat uitzicht,' zei Haugen, en hij boog zich halsrekkend naar voren.

Anton keerde zich naar het raampje toe en zat oog in oog met de wolkenkrabbers van Manhattan. Het vliegtuig vloog zo laag dat het bijna leek of ze zich op dezelfde hoogte als het 381 meter hoge Empire State Building bevonden. Net als alle anderen had Anton ontelbare foto's van New York in vogelvlucht gezien. De eindeloze huizenblokken, de rechte wegen en straten. Geen enkele foto slaagde er helemaal in om deze aanblik weer te geven.

'Vliegen we niet een beetje laag?' vroeg Haugen.

'Het zou kunnen dat de piloot hier vaker heeft gevlogen, Simon,' zei hij sarcastisch. 'Kijk.' Anton wees naar een groot, open vierkant tussen alle flatgebouwen aan de zuidkant van Manhattan. 'Ground Zero.'

Het vliegtuig maakte een flauwe bocht, toen de piloot op landingsbaan 29 van Newark International Airport aanvloog. De zware Boeing 757 raakte de grond. De luchtremmen aan de vleugels klapten open. Het vliegtuig remde, maakte aan het einde van de landingsbaan een zwenking en taxiede naar de *gate*. Uit de luidsprekers klonk een aangename vrouwenstem: 'Gezagvoerder Didrik Dahl en zijn bemanning danken u voor het vliegen met Continental Airlines. Het is negentien uur plaatselijke tijd en de temperatuur is vijfentwintig graden in de schaduw.'

Met elk een koffer op sleeptouw liepen ze naar de eerste vrije taxi.

'We moeten naar Manhattan,' zei Anton in het Engels. 'Naar het federale gebouw Jacob K. Javits.'

De taxi reed het vliegveld af en de snelweg op. Passeerde de tolring en dook de onderzeese Hollandtunnel in, een meer dan tweeënhalve kilometer lange vierbaansweg tussen Jersey City en Manhattan. Drie straten voorbij de rand van Manhattan kwam de taxi de tunnel uit en vervolgde zijn koers in zuidelijke richting. Al was het al een paar uur avond, de straten waren vol auto's en de trottoirs vol mensen. Iedereen leek in tijdnood te zitten.

De chauffeur manoeuvreerde de taxi een aantal kruisingen over en eenrichtingsstraten door. Toeterde zo nu en dan tegen een voetganger. Sloeg op West Broadway linksaf en gaf gas in Worth Street voor hij met een geroutineerde zwenking van het stuur de taxi bij een groot aluminium bord met de tekst: *Jacob K. Javits Fe-*

deral Building – 26 Federal Plaza tussen twee geparkeerde auto's neerzette.

De grote ruimte voor het gebouw werd door lange, groene, gebogen banken in beslag genomen. Moderne kunst, dacht Anton. Een forse man met een nette zwarte broek en een wit overhemd dat strak over zijn forse maag spande kwam op hen af en stak zijn hand uit.

'Welkom in New York City. Ik ben Special Agent Percivall Wilson.'

De twee Noren schudden hem de hand en liepen achter Wilson aan het tweeënveertig verdiepingen hoge gebouw in. Liepen de helft van de enorme lobby door en bleven bij een lift aan de noordkant van het gebouw staan.

'Hoe ging de reis?' vroeg Wilson, terwijl hij op de knop van de 18e etage drukte.

'Geen centje pijn,' zei Anton. 'Tot we op het vliegveld waren.'

'De immigratiedienst?' vroeg Wilson met een grijns.

Anton knikte. 'Ik denk dat mijn gezicht ze niet beviel. Ik werd naar een soort kantoor meegenomen waar ze allerlei papieren controleerden. Het duurde tweeënhalf uur. Het hielp niet dat ik zei dat ik van de politie was en het land bezocht in verband met een onderzoek.'

'Nee, niets helpt. De regels zijn streng geworden, maar dat is nu eenmaal nodig.'

'Elf september,' zei Haugen.

Een bevestigend gehum.

De liftdeur gleed opzij. Wilson liep voor hen uit langs het bord aan de wand met de tekst: 'Organized Crime'. Verder de twee brede glazen deuren door. Het was al na tienen 's avonds en de hokjes in de grote ruimte waren op acht na verlaten. Wilson vertelde dat daar leden van een speciaal team zaten dat bezig was een cocaïnebende met vertakkingen naar de maffia op te rollen. Terwijl ze achter Wilson aan beenden, keken Anton en Haugen om zich heen. Het ene hokje na het andere. Stuk voor stuk met foto's van de familieleden van de man of vrouw die het hokje gebruikte.

'Neem me niet kwalijk,' zei Haugen tegen Wilson, 'maar je werkdag is vast al een poosje om. We kunnen dit best morgen afhandelen. Je hebt vast wel familie die thuis op je wacht.'

Wilson opende de deur naar zijn kantoor. 'Nee, dit is mijn leven. De enige familie die ik heb zijn de Locatelli's. Hij glimlachte scheef en vervolgde: 'Ik heb een hotel voor jullie geboekt. De Holiday Inn in Soho.' Hij trok de luxaflex omhoog en wees naar een wit gebouw, een paar straten verderop. 'Het is hier vlakbij. Vijf straten verder. Ik heb een kamer met twee bedden genomen. Jullie zijn ambtenaren, en ik ga ervan uit dat er ook bij jullie zuinig met de belastingcenten omgesprongen moet worden.'

Anton keek om zich heen. Aan de wanden hingen diploma's en onderscheidingen. Een donkerblauw windjack met 'FBI' in gele letters op de rug hing aan de haak naast de deur. Hij liep midden door de kamer en ging bij het raam staan. Wilsons kantoor lag net hoog genoeg om over de gebouwen ernaast heen te kijken en van het avondlijke uitzicht over Manhattan te genieten. Een eindje verderop blonk een blauw licht op de bovenste etages en de hoge antenne van het Empire State Building. Vanuit de lucht zag het gebouw er groot uit, maar van hieraf had het bijna iets koninklijks. Het machtigste herkenningspunt van New York. En nu begreep Anton waarom.

'Ik krijg er nooit genoeg van,' zei Wilson vanaf zijn bureaustoel. 'Van dat uitzicht.'

Anton wierp hem een klein, afgunstig lachje toe voor hij op de stoel naast Haugen ging zitten.

Wilson keek peinzend op zijn bureau neer. 'Jullie hebben een dode zakenman die naar jullie aannemen vermoord is omdat hij zijn bedrijf uit een groot project wilde terugtrekken.' Hij wachtte niet op antwoord, maar vervolgde meteen: 'Een dag na de moord wordt Vincent Giordano met ernstige verwondingen naar het ziekenhuis gebracht nadat iemand heeft geprobeerd hem dood te slaan.' Hij keek op en kreeg van allebei een bevestigend knikje. 'Jullie hebben twee verdachten – collega's van het slachtoffer – waarvan de een op een leugen is betrapt en een politieman heeft aangevallen. De andere was de enige erfgenaam van het enorme vermogen van het slachtoffer. Iets waar hij zogenaamd niets van afwist maar wel degelijk van op de hoogte bleek te zijn. Correct?'

'Tja, daar ziet het in elk geval wel naar uit. Frode Moen, de leugenaar, vertelde ons dat Bjørn Danielsen, de erfgenaam, er tijdens een kerstdiner over had zitten grappen.'

'Ik heb met degenen gesproken die bereid zijn om te praten, en geen van hen heeft ooit van Moen of Danielsen gehoord. Dat hoeft niet te betekenen dat er geen contacten tussen een van hen en Giordano zijn. Waar ik moeite mee heb, is Giordano's motief. Waarom zou hij een ogenschijnlijk doodgewone zakenman uit de weg ruimen? Daar wringt iets.'

'Wij hebben in de richting van een contractmoord zitten denken,' zei Anton. 'Maar omdat we zo weinig aanknopingspunten hebben – op de plaats delict zijn geen sporen achtergebleven, en dat hij op die manier gewurgd is...'

'Uitgerekend met een pianosnaar,' viel Wilson hem in de rede. 'Ik kan me niet herinneren wanneer ik dat voor het laatst heb meegemaakt.'

'Eerst dachten we aan een persoonlijk motief, gezien

het hele scenario. Toen dook Giordano op, en toen leek een contractmoord ons waarschijnlijker.'

'Hm. Vincent Giordano moordt niet voor geld. Dat heeft hij voor zover ik weet nooit gedaan. Dit is persoonlijk. Dat kan ik jullie verzekeren.'

'Maar jullie weten wel dat hij al meer moorden heeft gepleegd?'

'Ja, ja. Tientallen. En hij heeft er nog meer laten plegen.' Wilson keek naar Haugen, die het dichtst bij hem zat en hem aangaapte. 'Kijk niet zo geschokt. Zo gaat dat nou eenmaal. Wat moeten we doen? Een bewijs planten? Niemand wil met ons praten. Wie dat wel doet, is er geweest of wordt onder getuigenbescherming geplaatst, en sommigen zijn van mening dat dat op hetzelfde neerkomt.'

'Is hij nooit ergens voor veroordeeld?' vroeg Haugen.

'Hij is in 1970 tot dertig jaar cel veroordeeld. Wegens de moord op Menico Bagarello. Op een decembernacht in 1968. Een bloedige nacht waar in de onderwereld nog steeds over wordt gepraat. Daar heeft hij er vier van uitgezeten. Ooit zoiets meegemaakt!' Wilson grinnikte, alsof hij het tragikomisch vond.

'Vier van de dertig?' Haugen schudde zijn hoofd. 'Hoe is zoiets mogelijk?'

'Een van de buren was getuige van de moord en de zoon van het slachtoffer had alles door het raam van zijn kamer gezien. Hij hoorde zijn vader zelfs tevergeefs om zijn leven smeken.'

'Hoe was hij vermoord?' vroeg Anton.

'Met een schot' – Wilson tikte met zijn wijsvinger tussen zijn ogen – 'hier. Het duurde lang voor zijn zoon iets zei. Hij was tien jaar toen het gebeurde. Als hij nog een paar jaar bij zijn vader had doorgebracht, zou hij hoogstwaarschijnlijk dermate door diens werkwijze zijn beïnvloed dat hij zijn mond niet had opengedaan, maar liever wraak had genomen zodra hij met een wapen had leren omgaan. Maar dit was een kleine jongen die dol was op zijn vader. Zijn moeder was bij zijn geboorte gestorven; zijn vader was alles wat hij had. Hij wilde de moordenaar graag achter de tralies hebben. Zodra bekend werd dat de zoon van alles getuige was geweest, kwam de buurman ook tevoorschijn. Zijn waarneming en verklaring waren solide, maar op zich niet voldoende om Giordano veroordeeld te krijgen. De zaak kwam voor de federale rechter. De buurman trad tijdens het proces als getuige op, maar de rechter keurde het goed dat de zoon van het slachtoffer niet zelf aanwezig was. Zijn getuigenverklaring werd op de band opgenomen en op de rechtbank afgespeeld. Alle aanwezigen waren diep geraakt door die zwakke, huilende kinderstem. Sommigen beweren dat zelfs Giordano vochtige ogen had.' Wilson stond abrupt van zijn stoel op en liep snel naar de deur. 'Ik vergeet helemaal jullie iets aan te bieden. Koffie?'

'Ja, graag,' zeiden ze in koor.

Wilson kwam terug met drie koppen en een dampende kan koffie. Hij zette hem op het bureau, schonk zijn gasten en zichzelf in en ging weer zitten. Hij nam drie kleine slokjes en wierp een snelle blik op het display van zijn mobieltje. Liet de rug van zijn stoel een eindje naar achteren zakken en nam een ontspannen vertellershouding aan.

'De rechter trok zich niets aan,' vervolgde Wilson, 'van Vincent Giordano, noch van Calogero Locatelli of Don Domenico. Hij gaf hem zonder met zijn ogen te knipperen dertig jaar. Dat was een grote overwinning voor de FBI. Destijds was hij nog niet de nummer twee in de hiërarchie, maar we wisten dat hij het hoofd van de familie en diens zoon heel na stond. Giordano's vader was een van de oprichters van Murder Inc. en een oude vriend van Don Domenico.'

'Luciano Giordano,' zei Anton. 'Een van de allerwreedsten. En voor zover ik me kan herinneren is hij ook tamelijk wreed aan zijn einde gekomen.'

Wilson leek geïmponeerd door Antons kennis van de maffia; hij knikte waarderend. 'Luciano Giordano is niet oud geworden, nee. Neergeschoten en vermoord toen Vincent een tiener was. En kennelijk de oorzaak dat hij geworden is wie hij is – zijn eerste slachtoffer was clichématig genoeg de moordenaar van zijn vader. Dat zeggen ze althans.'

Wilson haalde een dikke, bruine dossiermap uit de la van zijn bureau en sloeg die open.

'Wat gebeurde er toen?' vroeg Haugen nieuwsgierig. 'Nadat Giordano veroordeeld was?'

Al pratend bladerde Wilson de map door. 'Giordano draaide de bak in. Hij heeft nooit bekend. Toen, na vier jaar, dook plotseling een van Don Domenico's kopstukken bij de politie op om de moord te bekennen waarvoor Giordano was veroordeeld. Hij had het gebruikte pistool bij zich – dat hadden de rechercheurs nooit gevonden. Hij leek nogal op Giordano. Breedgeschouderd, zwart haar, slank. Globaal gezien ongeveer hetzelfde.'

'Nam hij zomaar de schuld op zich?' vroeg Anton.

'Hij zei zelfs waarover ze hadden gepraat voordat Bagarello was doodgeschoten.'

'Maar Giordano was toch niet onschuldig?'

'Nee, natuurlijk niet, maar hij werd toch gerehabiliteerd. Zestien maanden later stierf de man in de gevangenis. Hij bleek al doodziek te zijn geweest toen hij bekende.'

'Hij nam domweg de schuld voor de moord op zich omdat hij toch dood zou gaan?'

'Inderdaad. Zowel de FBI als de dader begrepen hoe

het zat, maar we konden er niet veel aan doen. Hij bekende en kwam aan met het moordwapen. Giordano's advocaat zorgde voor de rest. Zoiets gebeurde niet voor het eerst, en ook niet voor het laatst. Vijfendertig jaar geleden was het wat makkelijker dan tegenwoordig, maar het komt voor.'

'Als hij in zeventig werd veroordeeld en zijn dochter begin jaren zeventig is geboren... hoe...?' vroeg Haugen.

Wilson grinnikte. 'Ze krijgen zelfs binnen de muren hun lekkers. Zijn vrouw kwam regelmatig bij hem op bezoek.'

'Wat is er met de jongen en die andere getuige gebeurd?' vroeg Anton.

'Die kwamen allebei in het pas opgerichte federale getuigenbeschermingsprogramma terecht. Ze werden beiden onder een nieuwe identiteit in een andere stad ondergebracht. De zoon kwam hier regelmatig terug. De volwassen getuige was een buitenlander, dus hij kreeg tijdelijk een nieuwe identiteit, zolang de zaak liep. Daarna werd hij teruggestuurd naar de plaats waar hij vandaan kwam. Om begrijpelijke redenen is het streng verboden naar je eigen stad terug te keren zolang je in het programma zit. Het einde van het liedje was dat de zoon de voorschriften zo vaak overtrad dat US Marshals hem ten slotte uit de regeling schrapten. Hij raakte aan lager wal en stierf in 1981 aan een overdosis. Hier in deze buurt zelfs. Ik ga ervan uit dat de buurman nog ergens op deze aardbol in leven is. Ik ben zelf niet eens bevoegd om informatie over zijn verblijfplaats te krijgen.'

'Dus Giordano heeft zich nooit op die andere getuige kunnen wreken?'

'Nee.'

Dat zette Anton aan het denken. Wilhelm Martiniussen was aan het eind van de jaren zestig in de Verenigde Staten geweest.

'Zou het compleet onmogelijk zijn erachter te komen uit welk land die getuige afkomstig was?'

Nu was het Wilsons beurt om nadenkend te kijken. Er verschenen vier dikke rimpels op zijn voorhoofd.

'Klinkt raar, maar Martiniussen was eind jaren zestig, begin jaren zeventig in de States,' vervolgde Anton.

Wilson keek verrast. 'De getuige kan uit Noorwegen zijn gekomen. Maar dat zou dan het ongelofelijkste zijn wat ik ooit in mijn carrière heb meegemaakt. Ik zal het eens bij US Marshals natrekken. Weinig kans dat ik hulp krijg, maar in het gunstigste geval kunnen ze misschien bevestigen of de getuige uit Noorwegen kwam.' Hij haalde een paar foto's uit de dossiermap en legde ze voor Anton en Haugen op tafel. 'Dit is Giordano onder verschillende omstandigheden. Die zwart-witfoto is van zijn arrestatie in zeventig.'

'Jemig,' barstte Haugen uit. '*Scarface?*' Hij staarde naar het dikke litteken. Het liep van Giordano's linker oorlel over zijn kaak helemaal naar het midden van zijn kin.

Voor het eerst in de geschiedenis geneerde Anton zich voor Haugen. Wilson leek niet door te hebben dat Haugen een grapje had gemaakt; er verscheen geen lachje op zijn gezicht. Haugen kreeg een kleur en legde de foto terug op het bureau. Ze bekeken alle foto's in het kleine stapeltje. Sommige waren tientallen jaren oud. Allemaal waren het heimelijke foto's, afkomstig van bewakingscamera's. Verscheidene ervan waren voor het huis van Calogero Locatelli gemaakt. Drie in het café van Bobby Parvati. Twee voor het oude huis van Giordano op Staten Island. Op allebei was ook zijn overleden vrouw te zien.

'Waar heeft hij dat litteken opgelopen?' vroeg Anton, terwijl hij naar de arrestatiefoto keek.

'Dat vraag ik me al af sinds ik hier begonnen ben. Er is maar weinig wat ik niet van die man weet, maar aan wie hij dat te danken heeft, is nog steeds een van de onbeantwoorde vragen. Volgens de gerechtelijke documentatie uit de jaren zeventig is het hem gevraagd, maar heeft hij geweigerd antwoord te geven.'

Anton zoog zijn wangen vol lucht en ademde met een plopgeluid uit. 'Een goed bewaard geheim dus?'

'Zonder meer.'

Wilson zette zich af met zijn been en de bureaustoel rolde zachtjes naar de wand waarlangs de brandveilige archiefkasten stonden. Hij trok de onderste la open en haalde er zeven mappen uit, allemaal indrukwekkend dik. Hij legde ze naast het bureau en legde de map die daar al op lag, boven op de stapel. Een halve meter documenten.

'Zijn dat alle aktes die jullie over Giordano hebben?' Anton boog zich opzij en staarde ernaar.

'Nee, dat is een veel kleiner stapeltje. Dit zijn voor het merendeel persoonlijke notities die ik in de loop van tien jaar over de Locatelli-familie heb gemaakt. Neem ze maar door en zie of jullie iets interessants tegenkomen. Ik heb het meeste genoteerd. Alles van geruchten tot en met dingen die ik zelf heb meegemaakt. Ik weet dat het een rommeltje lijkt, maar er zit in feite wel enige structuur in. In map nummer vijf zitten kleinere mappen over diverse leden van de Locatelli-familie. Onder andere Giordano.'

Anton en Haugen pakten allebei een map en lazen er een poosje vluchtig in. De tekst was zo vlot geschreven en zo gedetailleerd dat het net een misdaadroman leek. Wilson had alles genoteerd.

Haugen onderdrukte een lichte geeuw. Het liep tegen middernacht.

'We kappen ermee voor vandaag,' zei Wilson. 'Neem

die mappen maar mee om nog wat te lezen in het hotel. Maar pas er goed op.'

'Heb je kopieën?' vroeg Haugen. 'We zijn niet van plan ze kwijt te raken, maar hier zit een paar jaar werk in.'

'Ik heb veiligheidshalve kopieën gemaakt. Maar pas er desondanks goed op. Dit ligt hypergevoelig. Trouwens, sla het ontbijt in het hotel morgen maar over.'

'Wat?' barstte Anton bijna geschokt uit. Hij had zich al op het volgende hotelontbijt verheugd sinds hij in het Radisson dat van vandaag had gegeten.

'Ik weet een perfecte plek om morgen te ontbijten. Zorg dat jullie om kwart voor negen klaarstaan.'

31

Zaterdag 14 december 1968
New York City

In de grote, vierkante wachtkamer waren niet veel zitplaatsen over. De banken langs de muur zaten vol goedgeklede mannen, allemaal doordrongen van de ernst van het ogenblik. Midden in de ruimte stond een stapel stoelen. Iedereen wilde iets zeggen. Voorstellen om die ellendige roofdieren op de gruwelijkste manier af te slachten. Maar niemand durfde zijn mond open te doen. Nog niet.

Vincent Giordano bestudeerde het gezicht van de oudere man die recht tegenover hem zat. Calogero's vader. Het hoofd van de familie. De machtigste man van de onderwereld. Misschien wel van het hele land. Eens had hij het onmogelijke mogelijk gemaakt. Hij had de Amerikaanse droom verwezenlijkt – op zijn manier. Altijd probeerde hij een oplossing te vinden waar ze allemaal baat bij hadden. Dat had hij zelfs bij de Balducci's in New Jersey geprobeerd, maar nu hadden ze zich vergrepen aan wat hem het dierbaarst was: zijn enige zoon. Het was mogelijk Don Domenico één keer de voet dwars te zetten. Dat had dan een ernstig gesprek met een van zijn mannen tot gevolg. Dat was meestal voldoende om te zorgen dat de persoon in kwestie nooit meer over de schreef ging. Wie hem twee keer de voet dwars zette, eindigde in zee of in een cementmolen.

Don Domenico keek mat naar de grond. Zijn armen rustten op zijn dijen. Zijn ogen waren dof. Zijn wangen hingen slap. Een rouwend gezicht. Vincent kon zijn gedachten lezen: had hij er al lang geleden mee op moeten houden? Dat had hij kunnen doen. Hij had zich kunnen terugtrekken toen zijn zoon en zijn dochter nog klein waren. Een ranch in Montana kunnen kopen en een goed leven zonder risico's kunnen leiden. Maar hij was geen deserteur. Moest hij zijn imperium aan inhalige machtswellustelingen overlaten? Wat hij tijdens een heel leven had opgebouwd, zou in elkaar storten.

Dit was het leven waarvoor hij had gekozen. Dat gold ook voor zijn zoon.

De stoelen midden in de kamer werden van de stapel gehaald. Don Domenico's vrouw kwam huilend binnen en wierp zich om de hals van haar man. Vincent zat voorovergebogen toe te kijken hoe Don Domenico haar over haar rug streek en haar probeerde te troosten. Een jonge arts bleef in de deuropening staan en nam de gezichten op die vragend naar hem toegekeerd waren.

'Zeg dan iets!' blafte een van de mannen.

'We hebben hem geopereerd. Hij is buiten levensgevaar, maar het komt nooit meer goed met zijn knie.' Er ging een zucht van opluchting door de kamer. 'Vijf minuten later, en hij had het niet gered. Heel verstandig dat u niet op die ambulance hebt gewacht.' Hij glimlachte Vincent bemoedigend toe. 'Over een klein poosje mogen jullie bij hem.'

Don Domenico sloot zijn ogen en hield zijn vrouw stevig vast. Een paar anderen begonnen zachtjes tegen elkaar te praten. Vincents blik bleef op hetzelfde punt gericht. Hij zat alsmaar te wachten op het knikje dat zei: Doe het.

De minutenwijzer van de klok bewoog zich schoksgewijs voort. Iedereen in de kamer, zelfs de vrouw van Don Domenico, wachtte op wat ze allemaal wisten dat komen zou.

'Ik wil met Vincenzo praten. Alleen,' zei Don Domenico met een armgebaar naar de deur.

Steunend op twee van de mannen verliet zijn vrouw samen met de overigen de kamer. Don Domenico stond op. Liep met zware stappen de kamer door en ging naast Vincent zitten. Hij legde zijn oude, pezige hand op diens knie en zei: 'Dank je, Vincenzo. Je hebt vanavond niet alleen een leven gered. Ik sta nu bij je in de schuld.'

'U bent me niets verschuldigd. Ik ben alleen maar blij dat het goed is gegaan.'

'Heb je de schutters gezien?'

'Eentje.'

'De Balducci's, hè?'

Vincent knikte.

'Smerige zwijnen. Dat meisje van jou is er heelhuids vanaf gekomen?'

Nog een knik.

'Mooi. Ik heb begrepen dat het met dat van Calogero minder goed is afgelopen.'

'Dat klopt. Bovendien zijn ze erin geslaagd nog een andere vrouw te vermoorden. Die zat daar te eten met haar man en haar twee kinderen. De man keek me aan alsof ik de moordenaar was.'

'Dat snap ik best. Hebben ze niet geprobeerd jou te raken?'

'Geen idee. Ik zag alleen dat ze met hun wapens in de aanslag binnenstormden. Heb me op de grond gegooid. Geprobeerd Calo te waarschuwen.'

Don Domenico knikte begrijpend. 'Ik wil dat jij dit afhandelt. Pak de schutter die je hebt herkend en... alle anderen die je kunt vinden.'

'Het zal me een waar genoegen zijn. Morgenochtend vroeg zijn de Balducci's verleden tijd.'

'Dat weet ik. Dat hadden ze lang geleden al moeten zijn.'

In de buurt en in de pas gekochte villa op Staten Island heerste nachtelijke stilte. Geen licht in de buurhuizen. Niemand op de been; om deze tijd lagen normale mensen te slapen. Vincent trok de voordeur voorzichtig achter zich dicht. Alles wat hij hoorde was het zachte gezoem van de koelkast. Behoedzaam liep hij over het donkere parket van de gang de openstaande, dubbele deur van de woonkamer in. Draaide zich om en knipte de lamp aan die hij de dag daarvoor had aangesloten. De kartonnen dozen die een paar uur daarvoor nog in een stapel tegen de muur hadden gestaan, waren weg. Om de bank en de stoelen zat geen plastic meer. De gordijnen voor de grote ramen, die van de vloer tot het dak liepen, hingen op hun plaats. Vincent sloot even zijn ogen, en zijn geweten stak hem. Sofia had het allemaal zelf gedaan. Zelfs de enorme wandkast stond op zijn plaats. Op tafel lagen vier ingelijste foto's. Alle vier van hen tweeën. Hij haalde vier dunne spijkertjes en sloeg ze voorzichtig in de muur. Zette de grootste foto op de schoorsteenmantel. De drie andere hing hij op een rij naast de kast. Daarna liep hij de gang in en sloop de trap op en de slaapkamer in. Het was koel in de kamer. Zo had ze het graag. Hij ging op de rand van het bed zitten en stopte haar deken goed in. Streek haar teder over het haar. Toen liep hij om het bed heen naar zijn kant en trok de la van het nachtkastje open. Stak zijn hand er helemaal in en viste er een rood sleuteltje uit. Deed de la voorzichtig dicht, legde het sleuteltje op Sofia's nachtkastje en sloop naar buiten. Als het sleuteltje daar lag wanneer ze wakker werd, zou ze het begrijpen. Hij had haar ingelicht toen ze getrouwd waren. Als dat rode sleuteltje opdook, kwam hij misschien nooit meer terug.

In de garage opende hij de gereedschapskast. Onderin stond een metalen kistje met een cijferslot. Hij draaide aan de combinatieschijven, opende het slot en haalde de inhoud eruit, zijn pistool, een Colt M1911 met bijbehorende geluiddemper. Twee blauwglanzende revolvers van het merk Smith & Wesson, model 25, allebei van het kaliber .45 ACP. Hij zwoer bij dat kaliber; de grote, zware kogel ging langzaam, maar genadeloos op zijn doel af. Daarnaast nam hij een lange, spitse dolk van het type Fairbairn-Sykes mee.

De leden van de Balducci-familie wisten allemaal dat Don Domenico woedend zou reageren. Maar weinigen namen aan dat het al diezelfde nacht zou gebeuren. Ze gingen ervan uit dat de man zijn handen meer dan vol zou hebben aan zijn vrouw en dochter, terwijl ze allemaal in de rouw waren om het verlies van Calogero. Ze namen aan dat hij pas daarna een bijeenkomst zou beleggen. Het zou hun niets verbaasd hebben als hij had afgezien van een grote bijeenkomst met de leden van de andere vier families in New York voordat hij besloot wat er moest gebeuren, maar hij zou toch op zijn minst met zijn eigen familie bijeen moeten komen. Met zijn eigen plaatsvervanger en *consigliere* – raadgever. Don Domenico was de verstandigste van alle familiehoofden van de maffia, en de laatste die irrationele beslissingen zou nemen. Dat wisten ze.

Johnny en Pete Balducci werden daarom volledig verrast toen ze bij het verlaten van hun stamkroeg in New Jersey regelrecht in de loop van Vincents revolver keken. Johnny wist nog net zijn mond te openen om iets te zeggen voordat Vincent hem in zijn bek schoot. Hij richtte de loop op diens broer en haalde de trekker nog eens over. Daarna was Johnny weer aan de beurt. Zo ging hij door totdat de inhoud van zijn magazijn, waar zes patronen in pasten, broederlijk tussen de twee was verdeeld. Hij nam de tijd om de lege straten af te turen. Geen mens te zien. Voordat iemand in de bar zijn hoofd naar buiten durfde te steken om te kijken wat er aan de hand was, zou hij allang weg zijn.

Vincent parkeerde zijn auto langs de stoep bij het kerkhof van Jersey City. Viste wat muntjes uit zijn broekzak en liep naar de telefooncel. Van daaruit kon hij het appartement van Giovanni Schiro zien, een hooggeplaatst lid van de Balducci-clan. Hij tastte in zijn zak naar het stukje papier met Schiro's telefoonnummer erop.

'Ja?' snauwde een vrouwenstem aan het andere eind. 'Wie belt er verdomme op dit uur van de nacht op?'

Vincent zorgde dat hij ademloos en gestrest klonk. 'Met Johnny. Zeg tegen Giovanni dat hij over vijf minuten klaar moet staan. Hij wordt opgehaald.'

'Is er iets mis?' Nu klonk haar stem bezorgd.

'Zeg tegen hem dat Calogero Locatelli nog leeft. Vijf minuten.'

Vincent wachtte zes minuten. Toen ging hij in zijn auto zitten en drukte het gaspedaal diep in. De auto spoot de straat in en scheurde zo hard de hoek om dat de sneeuw en de prut hoog opspatten. Hij kon Giovanni Schiro op de trap zien staan. Om de indruk te wekken dat hij haast had, ging hij voor het appartement op zijn rem staan.

Schiro draafde de trap af naar de auto. Johnny Balducci had hem nú nodig. Misschien gingen ze Calogero Locatelli in het ziekenhuis opzoeken? Betekende dat oorlog? Als het zo was, had het zijn instemming. Don Domenico zou pas begrijpen dat het menens was, wanneer zijn erfgenaam dood was. Pas dan zou hij hen serieus nemen. Pas dan zou hij hen niet langer als tuig van de straat en geteisem beschouwen. Schiro's voeten remden abrupt af en slipten op het ijs toen hij zag dat het raam aan de passagierskant neergedraaid was.

Te laat. In de auto klonken vier knallen. Hij voelde

dat hij uit balans raakte. Zijn bovenlijf werd door iedere kogel die hem trof verder naar achteren geslagen. De forse man viel achterover in de sneeuwhoop bij de brievenbus. Ademen ging niet meer. In de verte hoorde hij het wanhopige geschreeuw van zijn vrouw.

In het havengebied, iets ten oosten van Newark International, zat Alessio Balducci. De kleinzoon van Francesco Balducci – het hoofd van de familie in Jersey. Hij was pas negentien geworden en zou in de voetsporen van zijn vader, Johnny Balducci, en zijn grootvader treden. Hij leidde nu al een droombestaan. Hij was een leuke jongen, de vrouwen gingen plat voor hem en hij had meer geld dan al zijn vrienden. Het enige wat hem niet zinde was dit hier. Hij moest net als iedereen de hele hiërarchie doorlopen. De laatste zes weken had hij hier bij de haven moeten zitten om erop te letten of zijn grootvaders bevelen door de havenarbeiders werden uitgevoerd – wat altijd zo was; hij hoefde zijn auto alleen maar uit om naar de wc te gaan. Maar waar het om ging, was dat hij hier was. Zo wilde zijn grootvader het. De jongen mocht in dit leven niets in de schoot geworpen krijgen. Zo deed hij ervaring op en leerde hij het leven waarmee hij gezegend was op prijs stellen.

Alessio Balducci draaide het raampje omlaag en smeet zijn peuk naar buiten. Veegde de linkerkant van de beslagen voorruit schoon, draaide de leuning van zijn stoel naar achteren en keek in ontspannen houding door de voorruit. De motor draaide stationair om het binnen in de auto warm te houden. De containers stonden langs de rand van de kade opgestapeld. Vier lagen hoog. Een eind verderop zag hij de silhouetten van de sjouwers. Ze werkten met hun hele lichaam. Hij moest glimlachen. God, wat was hij blij dat hij dat klotewerk niet hoefde te doen. Dan was het toch heel wat beter om een paar uurtjes in een warme auto te zitten. Nog maar een paar weken en hij zou een nieuwe, betere taak krijgen. Dat had zijn vader hem beloofd.

Er bonsde een vuist op het raam. De gouden ring die de persoon in kwestie om zijn pink droeg, maakte een scherp geluid in de stille auto. Alessio Balducci rekte zich uit en draaide het raampje half omlaag.

'Mister Balducci?' De stem klonk vriendelijk.

'Ja? Zijn er problemen?'

'Ja...'

Alessio's hand was al bijna bij de handgreep van de deur.

Vincent boorde de dolk in zijn linker oogbol. Hij draaide het heft om, hield het twee seconden stil en trok toen het lemmet eruit, waarna hij het in de gladde jongenshals stak. Het warme bloed golfde over de borst van de jongen en over Vincents hand. De hals dampte in de kou. Alessio wilde schreeuwen, maar het enige wat eruit kwam was een zacht gejammer, en een klotsend geluid uit zijn keel. Vincent drukte door totdat het heft de huid raakte. Hij trok het lemmet er langzaam uit en veegde het af aan zijn jasje. De jongeman probeerde uit alle macht de fatale bloeding te stelpen door zijn handen tegen zijn hals te drukken. Zijn mond stond half open; de lippen trilden. Zijn goede oog staarde in paniek naar voren, zonder te knipperen. Zijn negentienjarige lichaam begon heftig te stuiptrekken en zijn handen gleden van zijn hals en vielen op zijn schoot.

Vincent kwam bij Cathy naar binnen stieren.

Haar zolderverdieping aan Lexington Avenue, in Upper East Side Manhattan, was meer als een atelier dan als een woning ingericht. Schilderijen en beeldhouwwerken stonden overal door de kamer verspreid. Sommige waren af, het meeste bestond uit pas begonnen projecten. Onder de twee grote, ovalen ramen met uitzicht over het gebouw ernaast en Central Park, stond het bed. Tegen de muur daar tegenover stonden een langwerpige tafel, een witte leren bank en twee diepe leunstoelen.

Cathy verplaatste de telefoonhoorn naar haar schouder en keek verschrikt naar hem op. Zijn hele rechterarm zat onder het opgedroogde bloed.

'Ophangen,' zei hij gedecideerd, 'ik verwacht een telefoontje.'

'Wat? Ik heb mijn tante aan de lijn.'

Vincent deed twee snelle stappen in haar richting. 'Ophangen. Nu.'

Ze zei zachtjes iets in de telefoon en smeet de hoorn provocerend hard op de haak.

'Wat is er gebeurd?'

'Heb ik hier kleren?'

'Ik zal ze halen. Maar wat is er gebeurd? Je bent niet gewond?'

'Nee,' antwoordde hij kort.

'Wie belt er op?'

'Niet zoveel vragen stellen. Met wie was je in gesprek?'

'Mijn tante, zei ik toch.'

'Om deze tijd?'

'In Engeland is het nu ochtend, Vincent. Ik moest met iemand praten.'

'Heb je haar verteld wat er is gebeurd?'

Na een aarzelende blik in zijn richting antwoordde ze 'ja', terwijl ze hem met hertenogen aankeek.

'Waarom?'

'*Waarom?*' riep ze. 'Mijn beste vriendin is vandaag vermoord. Pal voor mijn ogen!'

'Wat heb je tegen de politie gezegd?'

'Wat jij zei dat ik moest zeggen.' Haar stem brak.

Vincent liep langzaam naar haar toe en sloeg zijn armen om haar heen. 'Kalm aan, kalm aan. Niks aan de hand. Je bent heel flink geweest.' Hij droogde haar tranen af en keek haar diep in de ogen. 'Probeer het te vergeten. Aan iets anders te denken. Maak een reis naar Rome en geniet ervan.'

'Ik kan niet eens slapen. Kun je vannacht bij me blijven?' vroeg ze huilend.

'Nee, ik heb dingen te doen.'

Hij trok schone kleren aan en liet zich in de leunstoel zakken. In de verte hoorde hij Cathy praten, maar het drong niet tot hem door wat ze zei. Hij was elders met zijn gedachte. Was hij zorgvuldig genoeg geweest? Toen hij de Balducci-broers voor de bar te grazen nam, was er geen mens te zien. Toen hij Giovanni Schiro doodschoot, zat hij in de auto. Niemand zou hem kunnen identificeren. Midden op de dag wel, maar niet in een zwarte decembernacht. Desondanks was het roekeloos om een dergelijke tocht alleen te ondernemen. Maar zo wilde hij het. Nu was alleen de schutter die hij had herkend nog over. Daarna zou hij naar huis gaan, de trap op sluipen, het sleuteltje weghalen en naast Sofia gaan liggen.

'Hoe denk je erover?' vroeg Cathy, en voor het eerst sinds lang glimlachte ze.

'Hè? Waarover?'

'Ik ga binnenkort naar huis om Kerstmis te vieren.'

'Ja, en wat dan nog?'

'Je kunt me komen opzoeken.'

Hij zuchtte. 'Eerst wil je dat ik meega naar Rome en nu dit weer? Beste meid, je snapt toch dat dat allebei onmogelijk is?'

'Ik zou het zo graag willen.'

'Wanneer ga je naar huis?'

'Op dinsdag, dus we hebben nog een paar dagen samen. Op Nieuwjaarsdag is het de bedoeling dat ik naar Italië ga.'

'De *bedoeling*?'

'Ik weet niet of ik het nog wel opbreng.'

'Vanwege vanavond?'

'Uh-uh.' Ze ging op haar buik op de bank liggen en keek naar hem op. 'Dan zou ik jou zo ontzettend missen.'

'Het zal je goed doen om een poosje weg te gaan. Maak die reis nou maar.'

Hij moest er niet aan denken haar om zich heen te hebben als ze zo deed. Die vervloekte overgevoeligheid ook. Hij had haar al maanden geleden voor het eerst gezegd dat er nooit méér tussen hen kon zijn. Die keer had ze gezegd dat ze het begreep. Nu leek ze wel bezeten.

De telefoon ging twee keer met een hoog geluid over. Vincent nam de hoorn van de haak zonder iets te zeggen. Schreef een adres op een klein stukje papier. 'Wanneer?' Hij vouwde het papiertje op en stak het in zijn broekzak. 'Oké. *Grazie*.'

'Wie was dat?' vroeg Cathy,

'Een vriend. Ik moet ervandoor.'

32

Woensdag 17 juni
New York City

Toen Wilsons zwarte dienstauto langs het trottoir voor de Holiday Inn tot stilstand kwam, was Anton Brekke juist bezig het hotelontbijt te lijf te gaan: een stuk wit brood met een plak ham van een centimeter dik. Hij knipoogde door het zijraampje tegen Wilson en schoof met de witte boterham in zijn hand op de passagiersstoel.

'Dus toch een ontbijt?' Wilson glimlachte.

'Maar één boterhammetje,' antwoordde Anton met zijn mond vol. 'Ben dol op zo'n hotelontbijt.'

'Met een half varken erop. Waar is je makker?'

'We gaan met z'n tweeën. Hij voelt zich niet helemaal lekker.'

'Toch niets ernstigs?' Wilson stuurde Lafayette Street op en reed de eenrichtingsstraat door.

'Nog niet. Maar binnenkort ongetwijfeld wel. Die grote vent heeft de pijndrempel van een klein meisje.' Anton grinnikte. 'Waar gaan we naartoe?'

'Brooklyn. Naar 'Bobby's', Giordano's vaste stek.'

Toen ze Brooklyn Bridge over reden, vertelde Wilson dat het dertien jaar tijd en zevenentwintig mensenlevens had gekost om deze majestueuze brug te bouwen, en dat hij nu samen met het Empire State Building het gezicht van de stad vormde. Anton keek vanuit de auto alle kanten op. Hij viste zijn mobieltje uit zijn zak en maakte een foto van The Financial District aan de zuidkant van Manhattan. Van hieraf zag het eruit alsof de wolkenkrabbers pal naast elkaar stonden. Zij bezaten de hemel.

'Heb je vannacht nog wat gelezen?'

'Ja, een heleboel, maar tegelijkertijd ook weinig. Het gaat me waarschijnlijk niet eens lukken één map in haar geheel te lezen. In een ervan ben ik tot iets meer dan vijftig bladzijden gekomen.'

'Als ik jou was, zou ik aan map vijf beginnen. Ik kan overal kopieën van maken, dan kun je alles lezen als je thuis bent. Misschien steek je er wat van op.' Hij wierp Anton een glimlachje en een knipoog toe.

'Zou je dat willen doen?' vroeg Anton geestdriftig.

'Geen probleem. Dus je bent niets wijzer geworden?'

'Helaas niet. Maar wel spannende lectuur. Sommige dingen zijn bijna niet te geloven. Zoals bijvoorbeeld, eh, hoe heet het ook alweer? Het ging onder andere om die moord waarbij de zoon alles had gezien.'

'De warme nacht...' Wilson klonk bijna theatraal. 'De nacht van veertien december achtenzestig.'

'*De warme nacht*.' Anton proefde de naam op zijn tong. 'Heel bijzonder.'

'Het was vies koud. Het bloed stroomde die nacht – vandaar de naam. De oudjes hebben het er nog steeds over. Volgens sommigen had Domenico Locatelli een klein leger naar Jersey gestuurd, terwijl anderen denken dat het maar één man was: Vincent Giordano.'

'Wat denk jij?'

'Het laatste. Hij werd namelijk aangeklaagd, veroordeeld en vervolgens vrijgesproken voor de laatste in de reeks moorden van die nacht. Mijn voorganger is degene die het meeste over die zaak heeft opgeschreven. Zoals ik al zei, was het een poosje voor mijn tijd. En mijn voorganger dacht niet dat één enkele man tot zoveel slechtheid in staat was.'

'Naar ik begreep vond die liquidatie naar alle waarschijnlijkheid plaats uit wraak voor een moordpoging op Calogero Locatelli? Een aanslag waarbij Calogero's vriendin en een moeder van twee kinderen die toevallig aanwezig was, om het leven kwamen?'

'Klopt als een bus. Domenico Locatelli heeft die nacht meer machtsvertoon laten zien dan ooit daarvoor. De Jersey-clan liep een ernstige klap op. Ze hebben nooit meer een grote bedreiging gevormd voor de families in New York. Vincent Giordano heeft ze uit de weg geruimd. Eigenhandig.'

'Kennelijk ben je daar heel zeker van?'

'Ja, ik wéét het gewoon. Heb je naar de foto's van de plaatsen delict gekeken? Heb je gezien wat hij met die jonge knul bij de haven heeft uitgehaald?'

Anton knikte.

'Een monster. Maar onbetaalbaar voor de Locatelli-familie. Dat is hij altijd geweest. Loyaal tot op het bot. Dat heeft hij die nacht in december wel bewezen. Hij beschouwde de aanval op Calogero Locatelli als een aanval op zichzelf.'

'Maar je zei dat hij na de dood van zijn vrouw veranderd is?'

'Ja, hij is niet langer actief. Maar jouw dode zakenman in Fredrikstad bewijst dat oude gewoonten moeilijk af te leren zijn.' Wilson zette zijn voertuig langs de stoep neer. 'We zijn er.'

De eetgelegenheid was meer dan half gevuld. Anton en Wilson gingen aan het verste tafeltje zitten. Een oudere heer wierp hun over zijn brillenglazen een strenge, afkeurende blik toe voordat hij een hap van zijn brood nam en verder bladerde in de krant. Antons neusgaten verwijdden zich toen hij de heerlijke geur van koffie, vers bakwerk, gegrilde worstjes, eieren en spek opsnoof; hij prees zichzelf gelukkig dat hij zich bij het ontbijtbuffet in het hotel had weten te beheersen.

Ze bestudeerden de kleine, geplastificeerde menukaart en gingen bestellen. Anton boog zich over de toonbank heen en keek nieuwsgierig naar de diverse taarten. 'Een omelet pesto met bacon. Extra bacon. En een stuk daarvan.' Hij wees een chocoladetaart met een dikke laag glazuur aan.

Bobby Parvati keek heel even verschrikt. 'Wilson, wat kan ik voor je doen?'

'Ik neem hetzelfde als mijn collega. We gaan in de hoek zitten, kom je bij ons als het klaar is, of...'

'Ik kom bij jullie,' antwoordde Bobby snel.

Vier politieauto's met zwaailichten en huilende sirenes raasden buiten voorbij. Anton keek op. Hij was de enige. Noch Wilson, noch iemand van de andere gasten leek iets te merken. Thuis in Noorwegen zouden vier politiewagens die op volle kracht uitrukten de meeste mensen nieuwsgierig hebben gemaakt. Hier was daar meer voor nodig.

Met een bord in allebei zijn handen bleef Bobby Parvati bij hun tafeltje staan. Hij wierp een blik op Anton, keek Wilson aan en knikte toen streng naar het kleine bordje midden op tafel met de tekst: 'Gereserveerd voor signor Giordano'.

'Jullie kunnen hier niet zitten. Dit is gereserveerd,' zei hij beleefd.

Anton had de tekst op het kleine, geplastificeerde bordje niet opgemerkt. Hij pakte het met duim en wijsvinger op en hield het voor zijn ogen. De tekst was handgeschreven met een blauwe pen. Hier zat hij, op de vaste plaats van Vincent Giordano. Het moest deze stoel zijn. Niet die waar Wilson op zat. Van hieraf kon hij alles zien wat er in het café en bij de deur gebeurde. Deze mensen zaten nooit ergens met hun rug naartoe. Ze moesten alles in de gaten houden. Hij had inmiddels wel begrepen dat Wilson zijn fascinatie voor de maffia niet deelde. Geen bewondering, maar fascinatie. Een groot verschil.

'Daar wilden we het juist met je over hebben. Dit is Anton Brekke, een rechercheur moordzaken uit...'

'Ik bedien jullie niet aan dit tafeltje,' viel Bobby hem in de rede. 'Zoek maar een ander, of anders is dáár de deur.'

Ze gingen overstag en verhuisden naar het lege tafeltje ernaast. Bobby zette de borden neer en leunde met zijn handpalmen op het tafelblad.

'Ik heb je al gezegd dat ik niets weet.'

Wilson prikte zijn vork in een reepje spek en stopte het in zijn mond. 'Uh-uh. Ik hoor het je zeggen. Maar ik geloof je niet. Kom nou toch. Ik weet dat jij en Vincent goede vrienden zijn, en geloof me als ik zeg dat hij je op dit moment echt nodig heeft. Meer dan hij ooit iemand nodig heeft gehad.'

Bobby ging rechtop staan. Zijn blik vernauwde zich. 'Sorry. Ik kan jullie niet helpen.'

'Hij,' en Wilson wees naar Anton, 'is een rechercheur moordzaken uit Noorwegen. Weet je waar dat ligt?'

Bobby knikte haastig. *Rechercheur moordzaken.* Hield dat in dat Vincent dood was? Hij zou het graag vragen, maar tegelijkertijd wilde hij zich door die speciale agent Wilson niet de wet laten voorschrijven. Bobby wilde geen pion in dit spelletje zijn.

'Uh-uh. Toen ik de vorige keer bij je was, zag ik twee van Calogero Locatelli's gorilla's. Ze stonden hier binnen met je vrouw te praten. Ik neem aan dat ze jou moesten hebben. Ze wilden antwoord op dezelfde vragen die ik je stelde. Waar of niet?'

'Ze vroegen of ik wist waar Vincent was, ja.'

'En als Calogero mogelijk denkt dat jij weet waar Vincent naartoe is, dan is de kans groot dat hij je dat ook inderdaad heeft verteld.'

'Ik heb er geen idee van waar hij naartoe is, of waarom. In wat voor problemen zit hij?'

‘In coma,’ antwoordde Wilson kort en onaangedaan, terwijl hij een grote hap van zijn omelet nam.

Bobby was opgelucht; Vincent was in ieder geval nog in leven. Hij zou zich er wel doorheen slaan. Dat deed hij altijd. Hij kon niet in een ziekenhuis in Noorwegen aan zijn eind komen. Zo was het niet voorbeschikt.

‘Iemand heeft geprobeerd hem te vermoorden,’ zei Anton. ‘Hem dood te slaan. En ik heb er belang bij de dader te vinden. Daarom ben ik hier. In de hoop erachter te komen wie of wat Vincent met Noorwegen verbindt.’

Het gezicht van Bobby veranderde. De toegeknepen oogjes gingen open. Hij stak zijn hand in zijn zak en wreef over het sleuteltje dat Vincent hem had gegeven.

‘Het spijt me. Ik zou jullie echt graag willen helpen, maar ik heb geen idee. Ik heb werkelijk geen idee. Erewoord.’

Bobby liep snel weg en smeet de grote, dubbele deur naar de keuken open. Voordat de deurhelften dichtklapten, zagen ze hem op een stoel in de hoek neerzakken.

‘Ik geloof hem nog ook,’ zei Anton. ‘Ik denk niet dat hij ook maar iets weet.’

‘Hij komt overtuigend genoeg over. Jammer. Ik had gehoopt dat hij iets wist en dat hij open kaart zou spelen als hij te horen kreeg dat zijn vriend misschien niet meer levend thuiskomt.’

33

Dinsdag 14 december 1968
New York City

Cathy wachtte tot ze de voordeur dicht hoorde slaan.

Ze sprong van de bank op, schoot haar dikke winterjas aan en glipte de gang op. Zijn zware voetstappen op de trap galmden door het hele trappenhuis. Stop, dacht ze, wacht. De voetstappen werden steeds zachter. De buitendeur viel dicht. Ze verhoogde haar tempo en rende de trap af met haar hand aan de leuning. Ze mocht hem niet kwijtraken. Dat hij op weg was om iemand uit de weg te ruimen, wist ze. Isabella had haar verhalen over hem en Calogero verteld. Ongelofelijke verhalen. Gruwelverhalen. Verteld om haar tot het inzicht te brengen dat ze geen van tweeën geschikt waren om dag in dag uit mee samen te leven. Cathy had niet naar haar willen luisteren. Zo was haar Vincent niet. Vandaag was ze er persoonlijk getuige van geweest. Eerst van de schietpartij bij Provenzano, daarna van het feit dat hij zelf onder het bloed zat. Nu wilde ze met eigen ogen zien waartoe de man van wie ze hield in staat was. Ze was er niet bang voor. Eerder het tegenovergestelde: ze werd er opgewonden van. Een *man* zoals hij zou ze nooit meer ontmoeten. Nooit. Thuis bestonden die niet. Wat wilde ze nog meer? Voorlopig was hij er nog niet aan toe, Sofia voor haar te verlaten.

Voorlopig. Ze wist precies hoe ze haar zin moest krijgen.

De kou beet in haar wangen. Uit haar kleine mond kwam koude damp. Zijn auto stond nog buiten geparkeerd. Waar was hij naartoe? Ze trok haar jas dicht om zich heen. Keek een poosje naar links en toen naar rechts. Daar liep hij. Zij moest afstand houden. Als hij zich nu omdraaide, moest ze er niet aan denken wat er zou kunnen gebeuren. Ze ging er weliswaar niet van uit dat hij haar zou doden, maar hij zou haar waarschijnlijk niet meer willen zien. Hij had haar al lang geleden duidelijk gemaakt dat ze nooit haar neus in zijn zaken mocht steken. *Nooit.*

Ze bleef de hele tijd één huizenblok achter hem. Ze liepen langs kleine kiosken en levensmiddelenzaakjes die schuilgingen achter stevige traliehekken. Ze wierp een snelle blik op het horloge dat ze een paar weken geleden van hem had gekregen. Het liep tegen half vijf. Ze had het gevoel dat de schoten in het restaurant al dagen geleden gevallen waren, terwijl het in werkelijkheid maar een paar uur was.

Wat een avond.

Voor haar uit sloeg Vincent de hoek om. Ze ging sneller lopen. Had hij haar gezien? Stond hij nu achter het volgende gebouw te wachten? Haar hart begon te bonzen. Het geluid van autobanden die door de sneeuw ploegden, overstemden haar voetstappen op het asfalt. Bij de hoek bleef ze staan. Stak haar hoofd er voorzichtig omheen. Het leek net een slechte spionagefilm. Ze voelde zich dom, maar dat moest dan maar. De adrenalinestroom was inmiddels op gang gekomen – en zou nog veel sterker worden. Hij stak op een drafje de straat over en liep in een rustiger tempo door naar het oosten.

'Hallo, juffrouw. Alles in orde?' Ze schrok op en draaide zich om. Een politieagent keek haar bezorgd aan. 'Het was niet mijn bedoeling u te overvallen, juffrouw, maar u keek een beetje bang.'

'Hallo. Nee, hoor. Niets aan de hand,' antwoordde ze met een glimlach.

'Woont u ver weg?'

'Nee, maar een paar straten verderop.'

'Wil ik u naar huis brengen? Het is geen goed idee dat een jong meisje...'

'Nee, dank u, agent.'

De agent knikte beleefd en liep verder de andere kant op. Cathy keek weer om de hoek. Nu was hij weg. Verdomme, snauwde ze zachtjes. Rende de straat over en liep door in de richting die hij genomen had. Bij het volgende kruispunt bleef ze staan. Dacht een paar tellen na voor ze besloot om over te steken. De andere mogelijkheid was linksaf gaan, maar dat was de kant van Harlem op. Ze betwijfelde of hij daarheen onderweg was. Zelf had ze in elk geval geen zin naar die buurt te gaan. Niet alleen. Dat was vragen om moeilijkheden. Ze las de krant niet voor niets.

Ze vouwde haar handen om warme adem tussen haar handpalmen te blazen. Ze had zulke koude vingers dat het pijn deed om haar vuisten te ballen. Hoe had ze haar wanten kunnen vergeten? Twintig graden onder nul, en toch had ze er niet aan gedacht! Ze vloekte en ging sneller lopen om het wat warmer te krijgen. Het kon onmogelijk nog ver zijn, anders had hij de auto wel genomen.

Bij 1st Avenue en E 102nd Street bevond zich een huizenblok dat bestond uit tien kleinere woonblokken, omringd door hoge bomen. De bomen stonden zo dicht op elkaar dat het er bijna uitzag of de gebouwen vanuit de lucht in het bosje waren neergelaten. Het zou overdreven zijn dit een gezellige buurt te noemen; alle buitenlampen waren kapot en op de parkeerplaats stond een autowrak. Cathy stak 1st Avenue over en bleef bij de ingang staan. In de sneeuw zag ze verse voetafdrukken. Ze keek rond. Liet haar blik over de omgeving glijden. Toen liep ze er dichter naartoe. Ze kreeg kippenvel van deze plek. Die voetsporen moesten van hem zijn. Ze sloop langs de afdrukken. Onder de witte bomen door. Ving in het donker een glimp van hem op. Er stond daar in elk geval een man. Een man die verdacht veel op haar Vincent leek. Ze stopte abrupt en drukte haar lichaam tegen de muur. Niemand zou haar daar kunnen zien. Voorzichtig stak ze haar hoofd naar voren. Hij was weg. Ze wreef haar handen en sloeg haar armen over elkaar. Toen klikte er iets. Een metalig geluid sneed door de onrustige stilte. Het geluid van een slede die naar voren schuift, zodat er een patroon in de kamer wordt geladen. Ze stak nog eens haar hoofd naar voren. Nu stond hij er weer, met zijn rug naar haar toe. Hij deed twee stappen opzij en ging onder een afdakje boven een zijdeur van een van de woonblokken staan. De ingang voor de conciërge? Een nooduitgang? Of misschien een gewone toegangsdeur. Ze zag hem. Niet duidelijk, maar ze was er zeker van.

Er kwam een opgewekt, zacht gezang dichterbij.

Cathy drukte haar lichaam zo hard tegen de stenen muur dat het pijn deed. Ze kende het liedje: 'And here's to you, Mrs. Robinson, Jesus loves you more than you will know, wo wo wo, God bless you please, Mrs Robinson, heaven holds a place for those who pray, hey, hey, hey.' Het gezang hield even op en ging toen weer verder. Nu ook het refrein. Cathy glimlachte. Zelf kende ze alleen dat gedeelte.

'Menico Bagarello,' zei een sombere stem.

Ze schrok op. Dat was Vincents stem. Plotseling was de kou weg. Haar vingers deden geen pijn meer. Vincent stond nog even rustig voor de deur. Hij herhaalde de naam. Nu iets zachter. Cathy ging op haar hurken zitten en stak haar gezicht precies zo ver naar voren dat ze de twee mannen met haar rechteroog kon zien.

'Wie is daar?' vroeg Bagarello scherp.

'Sinds wanneer schieten wij op vrouwen en kinderen?'

'Waar heb je het over?'

'Wie had je bij je in Provenzano?'

Menico Bagarello deed twee stappen naar voren. Nu zag hij het pistool met de geluiddemper.

'Wie was die andere schutter?' vervolgde Vincent.

'Mister, valt hier niet over te praten, ja? Ik heb boven tienduizend dollar liggen. Die kan ik wel gaan halen. Ik heb jou nooit gezien en jij hebt mij nooit gezien. Oké?'

'Is je leven niet meer dan tienduizend dollar waard? Zijn de twee vrouwen die je hebt vermoord niet meer waard? Is de eer van Calogero Locatelli niet meer waard dan tienduizend flutdollars?'

'Ik kan voor meer zorgen. Noem maar een bedrag. Ik heb een achterban.'

Vincent glimlachte. 'Er staan geen mensen meer achter je. Die zijn vertrokken.'

'Vertrokken, waarheen?' De stem klonk heel bang.

Vincent bracht zijn pistool omhoog. *'Arrivederci.'*

Menico Bagarello strekte zijn armen uit. 'Alsjeblieft, ik heb een zoontje.'

Cathy kromp in elkaar toen ze de gedempte knal hoorde. Het klonk niet eens als een knal. Het leek meer op het geluid van een vuist die tegen een handpalm sloeg, vermengd met het metalen geluid van een pistoolslede die terugsloeg, een nieuw patroon uit het magazijn ophaalde en dat in de kamer schoof. Een gordijn op de derde etage van het naastgelegen woonblok bewoog. Ze drukte zich weer tegen de muur en hield haar adem in. Sloot haar ogen.

Een ogenblik later waagde ze het om weer te kijken. De man van wie ze hield, was weg. Menico Bagarello lag met zijn armen en benen wijd. Alsof hij een sneeuwengel aan het maken was.

34

Woensdag 17 juni
New York City

Anton Brekke en FBI-agent Wilson waren zojuist Brooklyn Bridge opgereden toen in Antons zak de Nokia-ringtone klonk.

Hij wierp een snelle blik op het display: Simon Haugen.

'Hell-o!'

'Ja, dag. Zijn we iets opgeschoten?' De stem klonk groggy.

'Ja hoor, Simon, de zaak is nu opgehelderd,' antwoordde Anton sarcastisch.

Haugen zuchtte. 'Dat kan ik even niet hebben, Anton. Zijn we iets opgeschoten of niet?'

'Je klinkt chagrijnig. Gaat het zó slecht met je?'

'Ja, ik wil naar huis.'

'Naar huis? We zijn hier nog geen vierentwintig uur. Wat een zeikwijf ben jij. Moet ik een pakje tampons voor je kopen?'

Haugen stelde Antons humor niet op prijs; hij hing op zonder te antwoorden. Anton vertaalde het korte gesprek voor Wilson in het Engels. Diens enige commentaar luidde: 'Wat ben jij een lul,' gevolgd door gelach.

Wilsons zwarte Ford Crown Victoria stopte voor de Holiday Inn in Soho. Ze bleven een poosje zitten, terwijl de airconditioning koele lucht de auto in blies. Anton beschikte nu over de persoonsgegevens van Vincent Giordano's dochter. Hij had het gevoel dat hij al te lang wachtte met het verstrekken van informatie aan het ziekenhuis. Het was ondanks alles zijn dochter. Ze had het recht om te weten dat haar vader levensgevaarlijk gewond in een ander werelddeel in het ziekenhuis lag. Maar hij wilde wachten. Wachten tot hij Calogero Locatelli had gesproken. Daarna kon Connie worden ingelicht. Als de volgorde omgekeerd was, zou Connie Locatelli ongetwijfeld waarschuwen voordat Anton de kans kreeg hem te ontmoeten. In dat geval was hij het voordeel kwijt dat hij Locatelli informatie over Giordano kon geven. Dat zou erop neerkomen dat hij paste, omdat hij in deze zaak zulke rottige kaarten had gekregen.

'Ik haal jullie om zeven uur af. Zie voor die tijd iets van jullie bezoek te maken. Ga een wandeling maken. Laat je rondleiden. Wat dan ook. Er valt hier genoeg te kiezen.'

'Een andere keer.' Anton glimlachte. 'Nu ga ik naar boven om nog wat in je aantekeningen te lezen.'

Op hun hotelkamer lag inspecteur Haugen *The New York Times* van die dag te lezen. Hij keek niet eens op toen de deur dichtviel. Anton dook in de minibar en opende een ijskoud blikje Seven-up. Hij liep stilletjes naar het bed, trok een pruillip en bleef op Haugen neer staan kijken.

'Simon, kan er geen lachje af?'

'We gaan naar huis zodra jij met die Calogero Locatelli hebt gepraat. We komen hier toch niks aan de weet. Afgesproken?'

'In ruil voor een lachje.'

Haugen glimlachte met tegenzin.

'Ik beloof niets,' vervolgde Anton. 'We moeten nu eerst horen wat hij te melden heeft. Het is allesbehalve zeker dat hij iets loslaat. Heb jij nog wat verder gelezen?'

'Ja,' gromde Haugen.

'Niets van belang?"

'Tja, het is wel interessant, maar niet voor ons.' Haugen pakte een stukje chocola van zijn nachtkastje.

'Wilson komt ons later afhalen. Dan gaan we naar het stamrestaurant van die Calogero Locatelli.'

'Dat bevalt me niets.'

'Weet ik. Maar het zou toch fijn zijn als je meekwam. Je komt wat slapjes over.' Zijn toon was provocerend. 'Weet je zeker dat dit wel iets voor jou is? Misschien had je meer voor elkaar gekregen bij de schaapskudde, waar je niet voor zulke grote uitdagingen komt te staan.'

Haugen grijnsde. 'Gewone agenten doen ook eerlijk werk. Ik had het geweldig naar mijn zin toen ik nog bij de ordehandhaving zat.'

'Ik niet.' Hij gooide een van de mappen op Haugens borst. 'Lezen.'

Anton ging in de stoel bij het raam zitten. Drie etages onder hem lag Lafayette Street, drie rijbanen met eenrichtingsverkeer. Aan weerskanten stonden auto's langs het trottoir geparkeerd. Tegenover het hotel bevonden zich maar liefst drie restaurants. Twee Chinese en een Frans. Een daarvan moest hij later op de dag maar eens bezoeken. Of op zoek gaan naar een van die beroemde pizzatenten. Hij had gehoord dat New York de beste pizza's ter wereld had. Wilson wist vast wel waar hij een stuk te pakken kon krijgen.

Hij sloeg map nummer vijf open. Behalve alle aantekeningen zaten er acht kleinere plastic mappen in. Op allemaal zat een wit papiertje geplakt:

'Domenico Locatelli 1896-1983: natuurlijke doodsoorzaak'
'Salvatore Conti 1944-1977: vermoord'
'Calogero Locatelli 1937-'

'Anthony Nichetti 1939-1980: vermoord'
'Vincent Giordano 1941-'
'Paul Teoli 1920-1999: natuurlijke doodsoorzaak'
'Bernardo Capasso 1946-1977: vermoord'
'Mario Roberto 1960-'

Anton kende drie van de namen, maar begreep dat het bij alle acht om zwaargewichten in de Locatelli-familie ging. Giordano's map was de enige die dikker was dan Don Domenico's. De eerste bladzijden waren met de hand geschreven. Het begin – een soort inleiding – bestond uit twee A4'tjes met alle mogelijke informatie over de man. Alles van de naam van zijn ouders tot en met de manier waarop ze waren gestorven en waar ze begraven lagen. Een fotootje van hem als kind was met plakband in de marge van het tweede blad geplakt. Zwart-wit, met een dikke, gegolfde rand. Een lachende kleine Giordano. Ronde wangen. Hij had een lunchbox in zijn hand.

Anton las vier uur aan een stuk door, met als enige onderbreking een bezoek aan de wc en een lunch in de vorm van een stuk chocola uit de minibar. De verhalen leken in niets op wat hij vroeger had gelezen. De boeken en films die geacht werden een realistisch beeld van de maffia te geven, stelden niets voor. Nada. Hij begreep steeds beter wat Wilson bedoelde als hij Giordano een monster noemde. Vooral van één moord werd hij fysiek onwel toen hij erover las: Vette Phil in de slachterij. Met rode inkt stond erbij: NIET BEVESTIGD, MAAR HEEL WAARSCHIJNLIJK.

Er waren genoeg gruwelverhalen waar Wilson dat niet bij had geschreven. Moorden waarvoor Giordano nooit was aangeklaagd. Moorden die ze niet konden bewijzen. Maar wel moorden waarvan ze wisten dat hij erachter stak. Hetzij als de beul, hetzij als de architect.

Hij legde de map op de vensterbank en rekte zijn armen en zijn rug. Hij had episode na episode, bladzij na bladzij in zich opgezogen. Snel wierp hij een blik op de klok. Het zou nog een paar uur duren voordat Wilson hen kwam ophalen. Haugen keek hem van achter een paar papieren aan.

'Hier staat dat de Locatelli's diverse politiemensen hebben geliquideerd. Corrupte politiemensen.'

'Ja, niets is waarschijnlijk zo erg als een corrupte smeris. Die zijn erger dan boeven.' Anton trok zijn jasje aan. 'Ik heb behoefte aan frisse lucht. Een hapje eten en wat uitwaaien voordat Wilson komt. Ga je mee, of blijf je hier medelijden met jezelf hebben?'

'Prima. Daarvoor kom ik mee.'

35

Het was vanavond rustig in het stamrestaurant van Calogero Locatelli.

De kopstukken van de Locatelli's kwamen hier al jaren. Bij speciale gelegenheden als bruiloften – en begrafenissen – huurden ze het restaurant af voor een grootscheeps diner. Of er nu een nieuw leven was begonnen of een ander was geëindigd, de leden en hun gezinnen kwamen in dit restaurant bijeen voor een uitgebreid feestmaal. Wilson was hier al vele malen eerder geweest. Onder andere tijdens een razzia in 1994. Een razzia die niets had opgeleverd.

'Luister,' zei Wilson zacht toen ze de drempel over waren. 'Laat die lui geen vat op jullie krijgen. Met wat voor oprispingen ze ook komen, laat het eraf glijden als water van een eend. Oké? Laat jullie niet bang maken. Niet denken aan wat jullie over ze hebben gelezen.'

Anton en Haugen knikten.

'Welkom!' zei een jonge brunette. 'Een tafeltje voor drie personen, of komen er nog meer?'

Wilson sloeg zijn jasje open. Ze wierp een snelle blik op zijn gele badge en glimlachte vals.

Wilson knikte naar de tafel langs de muur. 'Calogero Locatelli is degene met het witte haar.'

'Jij komt toch ook mee?' vroeg Haugen benauwd.

'Wil je dat ik jullie voorstel?'

Ze antwoordden geen van tweeën.

'Oké, ik kom wel mee. Maar hij is van jullie, vergeet dat niet.'

Ze bekeken hen eerst vanaf een afstandje. Calogero Locatelli met een gezelschap van vier andere mannen. Vier van zijn intimi. Wilson legde in het kort uit welke positie ieder van hen in de familie bekleedde. Ze praatten en lachten luidkeels. Hadden er lak aan dat de andere gasten last zouden kunnen hebben van hun gebral. Wie zou erover klagen?

Calogero Locatelli had zijn federale aartsvijand nog niet eens opgemerkt.

Met Wilson voorop liepen ze langzaam door het restaurant. Toen ze een paar meter van de tafel verwijderd waren, stond een van de in pak gehulde mannen op.

'Niet zo dramatisch, Roberto,' zei Wilson bars. 'Goeienavond, Calogero.'

Roberto. Mario Roberto. Anton had zijn map tussen de andere zien zitten. Het was niet de allerdunste.

Calogero Locatelli nam een grote slok uit zijn wijnglas voor hij opkeek. 'Percy.' Hij keek naar de twee mannen die Wilson bij zich had. Allebei gekleed in lichtblauwe jeans en dunne overhemden met lange mouwen. De ene was een van de langste mannen die Calogero ooit had gezien. 'Jee, heb je vandaag je speurneuzen bij je?' Zijn metgezellen lachten om de grap. 'Je bent toch wel een beetje een werkpaard, Percy. Neem je dan nooit vrij?' Nonchalant liet hij zijn blik weer zakken.

'Jullie halen zoveel rotzooi uit dat mensen als ik geen vrij kunnen nemen.'

'Sinds wanneer is het een misdaad om lekker te dineren? Hier gebeurt niets dat tegen de wet is. Afgezien van de rekening.'

'Dit zijn twee collega's die graag wat met je willen praten,' zei Wilson, en hij knikte naar Anton en Haugen.

'Zie je niet dat ik bezig ben?' Calogero glimlachte

spottend en stopte een vork met pasta naar binnen. 'Ik zit net te dineren. Jullie moeten mijn secretaris maar bellen om een uurtje van mijn tijd te vragen.'

Het gezelschap grijnsde weer.

'Ik denk dat je wel belangstelling voor het onderwerp zult hebben.'

'Niet echt.' Hij stak een hand uit naar het zoutvaatje. 'De afgelopen negentien jaar wordt mijn eten hier al door dezelfde kok klaargemaakt. Toch slaagt hij er nog steeds niet in, er genoeg zout in te doen.' Hij keek naar Wilson op. 'Kalm aan, ik zal hem heus niet om die reden uit de weg ruimen.'

Nog meer gelach.

Wilson keek met gefronste wenkbrauwen naar Anton. Zijn gezichtsuitdrukking zei: het spijt me.

'Nog nieuws over Vincent?' vroeg Wilson abrupt.

'Of er nog nieuws over Vincenzo is?' Calogero keek ernstig naar hen op. 'En wat wil je daarmee zeggen?'

Wilson boog zich naar voren en legde zijn handpalmen op tafel. 'Het gerucht is in omloop dat je er geen idee van hebt waar hij is.'

'Hij is een poosje op reis. Je weet heel goed hoe het om deze tijd van het jaar met hem is.' Een nieuwe slok wijn. 'Wij hebben ook behoefte aan een beetje rust en ontspanning. Zelfs die goeie ouwe Vincenzo.'

'Dus je weet waar hij is.'

'Natuurlijk.'

'En waar is hij dan, als ik vragen mag?'

'Dat mag je niet.' Hij knipte met zijn vingers naar de kelner, wees naar de wijnfles en stak een vinger in de lucht. 'Kan ik je een glas aanbieden? Een beetje boven jouw prijsklasse, maar er kan wel een glaasje af voor jou, Batman en Robin.'

Anton hield zich gedeisd. Wat moest hij tegen deze kerel zeggen. Een schoolvoorbeeld van een maffioso.

Arrogant, dikdoenerig en vol van zichzelf. Wilson deed zijn werk zo goed en zo kwaad als het ging.

'Dan niet.' Hij keerde zich naar Anton toe. 'Dit is hopeloos.'

'Wil ik Vincenzo van je groeten als ik hem weer spreek?' vroeg Calogero met zijn mond vol. 'Een groet kan ik altijd wel overbrengen.' Hij keek naar de twee onbekende *speurneuzen*. 'Of drie.'

Anton stak zijn hand in zijn achterzak. Haalde er een opgevouwen foto uit en legde die voor Calogero op tafel. 'Sorry dat hij dubbelgevouwen is.' Hij keerde zich naar Wilson toe. 'We moesten maar eens opstappen.'

De drie knikten tegen Calogero Locatelli. Hij knikte niet terug.

'Wat hebben die klojo's nou weer te pakken gekregen?' bromde hij, terwijl hij de foto openvouwde. 'Idioten. En dan nog midden tijdens het eten ook. Niets is meer heilig.'

Zijn gebrom stopte. Het arrogante lachje verdween en zijn gezicht verstrakte. De vork viel uit zijn hand op zijn bord. Voor het eerst in een heel leven zat de anders zo beheerste chef er in aanwezigheid van zijn intimi met open mond bij.

'Nee,' zei hij zacht en emotioneel. 'Ave Maria, gratia plena.'

Hij hief zijn hoofd op om de onbekende na te kijken die hem de foto had gegeven. Hij ving alleen nog een glimp op van Wilsons rug voor die de deur uit verdween.

Calogero knikte naar de man in het pak die een poosje daarvoor was opgestaan. Die begreep wat de bedoeling was en verdween achter hen aan naar buiten.

Met trillende hand hield Calogero de foto voor zich. Om het kaalgeschoren vierkant boven op zijn hoofd stond de volle bos haar van zijn vriend alle kanten op. Calogero wist niet meer wanneer hij Vincenzo voor het laatst zo had gezien. In feite had hij hem nog nooit zo gezien. Er zaten slangetjes aan zijn gezicht en zijn hoofd. Zijn vriend werd alleen nog door machines in leven gehouden. De tranen prikten in zijn ogen. Calogero gaf de foto aan de man naast hem en zei: 'Alsjeblieft, zeg dat er twijfel mogelijk is.'

De ander staarde er ongelovig naar. 'Dat... dat is Vincent. Wat waren dat voor kerels? Geen federalen.'

'Buitenlanders. Maar ze stonken naar smeris. Rij de auto voor. Ik wil naar huis.'

Noch Wilson, noch de twee Noren merkten de donkere sedan op die hen al volgde sinds ze bij het restaurant waren weggereden.

'Nou, dat is fantastisch gegaan,' zei Haugen geërgerd vanaf de achterbank.

'Ik denk eigenlijk niet dat het beter had gekund,' antwoordde Wilson. 'Die foto had ik echt niet zien aankomen. Ik heb hem nog nooit zo zien reageren. Slim bedacht.'

'Ja,' zei Anton, en hij keerde zich naar het zijraampje toe. 'Dat heeft hem te denken gegeven.'

'Inderdaad. Hij verloor zijn gezicht. In aanwezigheid van zijn vertrouwelingen. Het wordt nog spannend om te zien wat zijn volgende zet wordt. Het zou me niets verbazen als ik later vanavond een telefoontje krijg.'

'Ben je nooit bang dat je iets ernstigers dan een telefoontje zult krijgen?' Anton keek hem nieuwsgierig aan.

'Zoals een kogel, bijvoorbeeld?'

'Bijvoorbeeld.'

'Toen ik pas met dit werk begon, dacht ik daar wel eens aan. Maar... nee. Dat doen ze nooit. Zelfs vroeger zouden ze nooit een federale agent hebben omgelegd. Dan zou de hel losbreken.'

'Uh-uh. Dus ze maken alleen gewone politiemensen van kant?' vroeg Anton met een lichte grijns.

Wilson gaf geen antwoord.

Op hun hotelkamer in de Holiday Inn liet Anton zich in de leesstoel bij het raam zakken. Hij trok zijn wenkbrauwen op en wierp een kritische blik op Haugen, die bezig was zijn koffer te pakken.

'Wat ben jij aan het doen?'

'Waar lijkt het op?'

'Ja, ik zie dat je aan het pakken bent, Simon. Was je van plan naar huis te gaan?' Hij pakte de map van Giordano en begon te bladeren.

Simon Haugen gooide zijn kleren op zijn bed. 'Hadden we dat dan niet afgesproken?'

'Eh, nee?'

'We zouden vertrekken als jij met Calogero Locatelli had gepraat. Dat heb je nu gedaan.'

'Wel verdomme, Simon.' Anton gooide de map op de grond. 'We zijn in die korte tijd dat we hier zijn meer over de moordenaar te weten gekomen dan thuis in maanden.'

'Maar de moordenaar is gepakt, Anton!' zei Haugen geïrriteerd.

'Je praat alsof de zaak al opgehelderd is. Ben je niet eens nieuwsgierig wie erachter zit? Wie de werkelijke moordenaar is? Van mijn part ga jij naar huis. Maar ik blijf hier tot ik antwoord heb op mijn vragen – of tot Giordano bijkomt.'

'Hoe kun je er zo zeker van zijn dat je daar achter zult komen? We zijn niet bepaald iets nieuws te weten gekomen van Don Corleone.' Zijn toon was hatelijk.

'Ai... stel je voor dat hij je nu had gehoord, Simon. Wij zijn maar gewone politiemensen, weet je...' Anton haalde zijn wijsvinger over zijn hals en knipperde met zijn ogen. 'Dan was je er geweest.' Hij raapte de map op en legde hem op schoot. 'Maar je zit er wel naast op dat punt. We zijn iets nieuws te weten gekomen. Iets heel nieuws. Je hebt toch zelf gehoord wat Wilson zei? Hij heeft Calogero Locatelli nog nooit zo zien reageren. Dit is verdomme een man die normaal gesproken een complete stad onder controle heeft. Hij heeft een heel leger moordenaars, pooiers, boeven en nog meer moordenaars onder controle. Het sleutelwoord is hier *controle*. Hij is een controlfreak van een totaal andere orde, en nu is hij het overzicht kwijt. Hij heeft zijn naaste bondgenoot en vriend Vincent Giordano niet meer onder controle. En hij weet dat wij de oplossing hebben. Wilson zei zelfs dat het hem niets zou verbazen als hij later vanavond een telefoontje zou krijgen. Hoe gewoon denk je dat dat is? En dat van iemand die deze mensen echt kent.'

Haugen ging op zijn bed zitten en liet zijn kin op zijn handpalm rusten. Hij haalde zijn schouders op. Legde twee kussens achter zich en leunde naar achteren. 'Weet ik veel.'

'Ik betwijfel of zoiets ooit eerder is gebeurd. Hou het nog even vol. Laat je aambeien voor wat ze zijn. Slaap vannacht op je buik, of wat dan ook. Geef me nog één dag. Hooguit. Dan zal ik in het ziekenhuis je grote knuist vasthouden als je die rotzooi laat weghalen.'

Haugen glimlachte. 'Hooguit een dag?'

'Dat beloof ik. En bedenk dat ik niet beloofd had dat we vandaag weg zouden gaan als we met Calogero Locatelli hadden gepraat.'

'Dat weet ik.'

'Zijn we weer vriendjes?' Anton spande zijn kaken en grijnsde zijn witte tanden bloot.

'Ha, ha. Ja hoor. Maar je weet hoe het is.'

'Nee, dat weet ik niet. Hier.' Hij gooide de Giordano-map de kamer door, 'neem hier maar eens een kijkje in, dan snap je waarom ik dit echt tot op de bodem wil uitzoeken.'

'Je vindt dit leuk, hè?'

Anton keek even nadenkend en antwoordde toen: 'Ik vind het niet leuk, maar het is wel interessant. Ik ben gespannen om te zien wat hier het verband is.'

Hij had zijn zin nog niet afgemaakt of er werd op de deur gebonsd. De twee keken elkaar aan.

'Zeg nou alsjeblieft dat je iets besteld hebt, Anton. Eten, drank, of voor mijn part een stripper. Als je maar zegt dat je *iets* hebt besteld.'

Anton schudde zijn hoofd. Hij legde de map netjes op de vensterbank, stond op en keek Haugen aan.

Er werd opnieuw geklopt. Ditmaal iets harder.

'Wat als zij het zijn?'

'Ja, en stel je voor dat ze jouw Corleone-grap hebben gehoord.'

'Niet leuk, Anton,' zei Haugen zachtjes met opeengeklemde kaken. 'Het is die kerels menens!'

'Heb je dat nou pas door?'

Anton sloop de kamer door. Bleef bij de deur staan en legde zijn hoofd er luisterend tegenaan. Geen stemmen buiten. In elk geval niet zo luid dat hij ze kon horen.

Drie nieuwe bonzen.

Hij legde zijn hand voorzichtig om de deurklink. Hij keek naar Haugen, die hem een blik toewierp die zei: Niet doen. Met een bliksemsnelle beweging drukte hij de klink neer en rukte de deur open. De man die had geklopt, schrok niet van de abrupte beweging. Hij was een kop groter dan Anton en stond erbij als een blok beton, met zijn armen op zijn rug. Anton herkende hem. Het was dezelfde man die in het restaurant was opgestaan toen ze op de tafel af waren gelopen. Roberto. Mario Roberto.

36

Maandag 17 februari 1969
New York City

Vincent Giordano smeet de telefoonhoorn zo hard op het bureau dat de ramen naar de speelvloer trilden.

'Problemen?' vroeg de kleerkast die over de bewaking van het casino ging.

'Ja, wat dacht je dan?' snauwde Vincent, terwijl hij zijn bruine jasje aantrok. 'Ik moet een poosje weg.'

'Moet ik meegaan?' De ander spande iedere spier in zijn enorme lijf. 'Als er iets is, sta ik klaar, chef.'

Vincent gaf geen antwoord. Hij smeet de deur achter zich dicht. Rende de metalen trap af en alle blackjack-, roulette- en pokertafels langs. Door zijn zware stappen en boze houding vielen alle activiteiten in de hele tent stil. Er werd geen kaart gespeeld. Alle blikken waren op hem gericht. Hij balde zijn vuisten en beende doelbewust het vertrek door. Trapte de deur open en sprong in zijn zwarte Cadillac. De auto spoot van de smalle parkeerplaats af en ging linea recta op weg naar Lexington Avenue, Manhattan.

Ze had geweldige stampij gemaakt.

De hele Kerst door had ze Vincent in het casino gebeld. Toen hij haar had gevraagd om daarmee te kappen, was ze alleen maar actiever geworden. Compleet losgeslagen. En na haar aankomst in Rome was het nog erger geworden. Als Vincent niet in het casino te vinden was, had ze naar zijn huis gebeld. Daar was het meestal mevrouw Giordano die opnam, en de jeugdige Cathy wilde nooit iets specifieks. Ze wilde alleen maar met haar Vincent praten. Hun laatste gesprek had twee dagen daarvoor plaatsgevonden. Toen had hij haar een mededeling gedaan die onmogelijk mis te verstaan was: 'Ik heb het gehad met je.'

En zojuist had ze gebeld en gezegd dat ze zelfmoord zou plegen als hij niet kwam luisteren naar wat ze te zeggen had.

Dat krijg je als je het aanlegt met een achttienjarige del, dacht hij. Psychotisch kutwijf.

37

Woensdag 17 juni
New York City

Anton Brekke wilde zich omdraaien om te kijken of inspecteur Haugen dekking had gezocht onder het bed.

Maar hij durfde niet.

Zag hij nu de dood in de ogen? Dat zou het toppunt van ironie zijn. Als jongen had hij bijna van deze gewetenloze mensen gehouden. Had ervan gedroomd ook zo'n flitsend leven te leiden. In Las Vegas aan de pokertafel te zitten, omringd door de mooiste vrouwen ter wereld. Zich er geen zorgen over hoeven te maken of zijn rekeningen wel op tijd betaald zouden worden. Zouden diezelfde mensen hem nu om het leven brengen? Op een hotelkamer in New York? Ironischer kon het niet.

Hij bleef naar de bruine ogen tegenover hem staren. Daar stond Mario Roberto. Een meedogenloze moordenaar die hem en Haugen zonder pardon zou kunnen doodschieten en er nog ongestraft mee weg zou kunnen komen ook.

'Politie, hè?' vroeg Roberto.

Anton knikte.

'Hm,' zei Roberto, en kneep zijn ogen tot spleetjes. Alsof hij tegen de zon in keek.

Zijn rechterarm kwam van achter zijn rug vandaan. Hij stak zijn hand uit en greep die van Anton.

'Mario Roberto. Aangenaam.'

'Anton Brekke,' antwoordde Anton snel. 'Ook aangenaam om, eh, kennis met u te maken.'

'Calogero Locatelli wil u spreken.'

Anton gaf geen antwoord.

'Over Vincent Giordano,' vervolgde Roberto. 'Mijn auto staat beneden. De heer Locatelli wacht thuis op u.'

'Waar is dat?'

'Staten Island. Ik rijd u ook weer hiernaartoe. Het zal niet veel tijd in beslag nemen.'

Hij voelde de opluchting van zijn haren tot aan zijn tenen. Als ze uit de weg geruimd hadden moeten worden, zou dat al gebeurd zijn. Hij probeerde rationeel na te denken: waarom zouden ze hen eigenlijk dood willen hebben? Mister Locatelli nam mogelijk aanstoot aan de manier waarop Anton hem die foto had gegeven, maar om daarom te worden vermoord?

Nee. Dit waren zakenmensen. Het was tijd om informatie uit te wisselen.

'Goed. We komen naar beneden.'

Roberto schudde zijn hoofd. 'Alleen u. Die ander niet.'

Na een lange stilte barstte Haugen uit: 'Om de dooie dood niet!'

Roberto glimlachte. 'Wat is er met uw collega?'

'Van alles en nog wat. Ik kom zo.'

Anton deed de deur dicht en trok een droog T-shirt aan. Ging voor het bed staan waar Haugen op zat. Die keek ongewoon bezorgd.

'Ik laat je niet meegaan, Anton. Niet alleen.'

'Je hebt toch zelf gehoord wat hij zei.'

'Wat mankeer jij?' Haugen stond op. 'Je weet toch wat er zal gebeuren?'

'Daarnet maakte ik me zorgen. Maar als ze ons hadden willen vermoorden, waren we al dood geweest.'

'Ik laat je niet gaan. Punt uit.'

'Maar goed dat ik een hogere rang heb dan jij,' zei Anton. 'Het loopt wel goed af. Dit is waar we op gewacht hebben.'

'Ik heb hier verdomme helemaal niet op gewacht!' Hij ging weer zitten. 'Stel je voor dat ze mij moeten hebben. Stel je voor dat die vent mijn Corleone-grap heeft gehoord en dat er straks iemand komt om mij te grazen te nemen terwijl jij weg bent!'

'Simon.'

'Ja!' schreeuwde hij bijna panisch.

'Je hebt die grap in het Noors gemaakt.' Anton liep naar de deur. 'Bekijk het eens van de positieve kant: als ik niet terugkom, dan heb je thuis toch een verhaal te vertellen!'

Tijdens de rit naar Staten Island praatten ze aan een stuk door. Het verraste Anton niet dat de zeven jaar oudere Roberto hem wel lag. Hij was charmant, maatschappelijk geëngageerd en welbespraakt. Anton dacht er maar niet aan hoe weinig charmant de lange Italiaan zou zijn als het hem menens was.

Roberto zwenkte de geasfalteerde halve cirkel voor het kleine paleisje aan het eind van Emerson Avenue op.

'We zijn er,' zei hij. 'U kunt gewoon naar binnen lopen.'

'U gaat niet mee?'

'Nee, ik heb een paar dingen te doen. Maar na afloop rijd ik u weer terug.'

Al had hij op de hotelkamer nog zo zeer gedaan alsof hij zich veilig voelde, Anton was nog steeds nerveus. Dit was volkomen anders dan alles wat hij totnogtoe had meegemaakt. En om de een of andere merkwaardige reden maakte hij zichzelf nu wijs dat de aanwezigheid van Mario Roberto een eventuele overval zou voorkomen. Ze hadden immers tijdens de rit zo'n goed gesprek gehad. Alsof ze elkaar al jaren kenden.

Nee, dacht Anton. Wie probeer ik nu in vredesnaam voor de gek te houden?

Zijn polsslag versnelde. Misschien had Haugen Wilson gemeld wat er zojuist was gebeurd. Misschien zouden er zo meteen helikopters over half Staten Island cirkelen, terwijl de SWAT-groep van de FBI het huis met machinepistolen bestormde.

Hij dacht aan wat Wilson eerder die avond had gezegd: 'Laat die lui geen vat op jullie krijgen.'

'Oké, antwoordde Anton, en hij stapte uit de auto.

Hij begon aan de paar meters naar de dubbele, donkerhouten deur. Bleef staan en draaide zich om. Roberto keek hem vanuit de auto na en beduidde hem dat hij door moest lopen.

Anton was gewend aan de adrenalinekick van de pokertafel. Maar dit was iets heel anders. Voor de deur bleef hij staan. Toen hij zijn hand optilde om te kloppen, ging de ene deurvleugel open.

'Bewapend?' vroeg de gladde, in het pak gestoken man in bijna onverstaanbaar Engels.

'Nee.'

Achter zich hoorde hij Roberto het voorplein af rijden.

'Armen opzij.' Anton deed wat hem gezegd was en liet zich door de man fouilleren. 'Loop maar mee.'

Ze liepen door een imposante kamer met fraaie, oude meubels. Langs de wanden stonden de boekenkasten zij aan zij, allemaal gevuld met oude boeken. Anton rook vaag de lucht van verschillende kruiden. Die van knoflook was het sterkst. Hij ademde diep in door zijn neus. Ze liepen langs een keuken waarin een oudere vrouw net druk in de weer was met het klaarmaken van een maaltijd. Ze keek op en glimlachte tegen hem. Anton glimlachte terug.

Zijn polsslag daalde. Het ging precies om wat Mario Roberto had gezegd: een gesprek. Niet meer en niet minder. De aanblik van de vrouw gaf Anton een veilig gevoel. Het kantoor van Calogero Locatelli zou niet met plastic afgedekt zijn. Er zou geen man met een pistool bij de deur staan, klaar om hem dood te schieten zodra hij de kamer binnenstapte.

Anton slaakte een zucht van opluchting.

De man voor hem bleef staan en klopte drie keer op de deur voor hij die opende. Hij stak zijn hoofd naar binnen en zei: 'Ecco lo sbirro forestiero.' *Die buitenlandse smeris is er.* Hij keerde zich naar Anton toe en gebaarde dat hij naar binnen kon.

Het was donker in het kantoor. Anton ving een glimp op van het achterhoofd van Locatelli, die met zijn rug naar het bureau en de deur toe zat. Op het bureau stond een met messing beklede lamp met een kap van groen glas. Het enige licht in de kamer dat brandde. Onder de lamp lag de foto die Anton hem in het restaurant had gegeven, met daaromheen een stuk of tien zwart-witfoto's. Wachtend op een teken van leven haalde Anton zijn mobieltje tevoorschijn, schreef een sms'je met 'oké' en stuurde dat naar Haugen.

'Gaat u zitten,' zei Calogero Locatelli zacht.

Anton nam plaats in de stoel voor het bureau. Locatelli draaide zich om en legde een paar oude foto's neer.

'Ik zit hier te mijmeren,' zei hij, terwijl hij naar de foto's knikte. 'Nu is mijn dierbare Vincenzo dood, hè?'

'Nee, hij ligt in coma.'

'Dus hij ziet eruit zoals op de foto die u me hebt gegeven?'

Anton knikte.

'Hoe heet u trouwens?'

'Anton Brekke.'

'Hm. Bent u een Zweed?'

'Bijna goed.'

'U ziet er Zweeds uit. Mijn dochter is met een Zweed getrouwd. Waar komt u dan vandaan?'

'Noorwegen.'

'Dus mijn goede vriend ligt in coma in een Noors ziekenhuis?'

'Dat klopt.'

'Komt hij er bovenop? Wat zeggen de artsen?'

'Hij heeft een paar flinke klappen gehad. Ze hopen er natuurlijk het beste van. De laatste keer dat ik de dokter gesproken heb, was zijn toestand stabiel.'

De man tegenover Anton zou de goede tweelingbroer kunnen zijn van de Calogero Locatelli die ze in het restaurant hadden meegemaakt. De arrogante, brutale houding was verdwenen.

'Wie heeft dat gedaan, Anton Brekke?'

'Ik had nu juist gehoopt dat u me daarmee kon helpen,' zei Anton, en hij vertelde van de moord op Wilhelm Martiniussen.

Hij was bij elkaar bijna twintig minuten aan het woord. Liet zijn zwijgplicht voor wat die was en legde uit wat ze over de zaak wisten. Met een klein beetje hoop dat Locatelli een tipje van de sluier zou oplichten. Bjørn Danielsen en Frode Moen. Calogero haalde bij allebei de namen zijn schouders op. Nooit van gehoord.

De vrouw uit de keuken kwam binnen. Ze zette twee borden op het bureau en liep weer weg.

'Zoals u vast wel begrijpt, is de eetlust me in het restaurant vergaan.' Hij pakte het ene bord en schoof het andere naar Anton toe. 'Ik praat graag achter een lekker bord eten.'

Dezelfde geuren die Anton al eerder had opgesnoven, stegen samen met de warme damp naar zijn gezicht op.

'Uw vrouw?' vroeg hij, om maar iets te vragen.

'Al meer dan vijftig jaar.' Hij nam een hap. 'Bent u getrouwd?'

'Gescheiden.'
'Bestaan er smerissen die niet gescheiden zijn?'
Al kauwend glimlachte Anton plichtmatig.
'Waarom?' vroeg Calogero.
'Waarom ik gescheiden ben?'
'Uhuh. En kom niet aan met die flauwekul over idiote werktijden.' Calogero legde zijn vork weg en keek hem aan. 'U bent een gokker, hè? U neemt graag wat risico?'
De vraag benam Anton bijna de adem. 'Nou...'
Lachend zwaaide Calogero met zijn wijsvinger. 'Ik herken een gokker wanneer ik er een zie. Iemand die niet van gokken houdt, zou vandaag nooit mee hiernaartoe zijn gegaan. Dat was gewaagd. Want ik denk er liever niet aan wat voor merkwaardigs Wilson u allemaal over ons heeft verteld. Maar u hoopte op een flinke winst door hierheen te gaan.'
'Wat was er gebeurd als ik niet mee was gekomen?'
'Dan hadden we dit gesprek niet gehad. Niet meer, niet minder. Wat dacht u dan?'
'Ik? Nee, dat zou ik niet weten.'
'Bent u een winnaar of een verliezer?'
'Ik sta een klein beetje in de plus,' antwoordde Anton. 'Geen grote bedragen.'
'Uw pokerface deugt niet, beste man. Als u op de lange termijn in de plus zou staan, was uw vrouw niet bij u weggelopen.'
Dat was maar al te waar.
'Nee, daar hebt u misschien wel een punt.'
'Vind u het eten lekker?' Calogero pakte zijn vork en at verder.
'Verrukkelijk,' smakte Anton. 'Nog nooit zoiets gegeten.'
'Nee, zulke pastasaus is in Noorwegen vast niet te krijgen. En het is volkorenpasta, maar ongetrainde

smaakpapillen proeven het verschil niet.' Hij klopte op zijn maag. 'Mijn vrouw vindt dat ik een beetje om mijn lijn moet denken.'

Tijdens de rest van de maaltijd zeiden ze geen van tweeën nog iets. Anton nam een stukje brood om het plasje pastasaus op zijn bord mee op te vegen. Calogero schoof het bord opzij en ging er eens goed voor zitten.

'Zoals u ongetwijfeld hebt begrepen, is Vincenzo heel belangrijk voor mij. Hij is net een familielid. Een broer. Wat gebeurt er als hij bijkomt?'

'Dan wordt hij naar alle waarschijnlijkheid aangeklaagd voor de moord op Wilhelm Martiniussen.'

'En als de jury hem schuldig bevindt, komt hij zeker vast te zitten totdat hij op een lijkbaar naar buiten wordt gedragen?'

Anton schudde zijn hoofd. 'Op moord met voorbedachten rade staat in Noorwegen maximaal eenentwintig jaar. Bij goed gedrag komt hij na veertien jaar weer vrij. Maximaal.'

'Veertien jaar...' Calogero keek naar de foto onder de lamp. 'Dat is onacceptabel.'

'Helaas maakt u dat niet uit. Ik trouwens ook niet.'

'Stel dat hij uit zijn coma bijkomt...' Hij viel midden in de zin stil en staarde Anton aan alvorens te vervolgen: 'Brekke, ik weet wat u denkt. U bent goed. Ik ben slecht.'

'Zo denk ik over het algemeen niet.'

'Jawel, dat ligt in uw aard. Ik ben de grote, gemene schurk. Weliswaar niet uw schurk, anders zouden we hier niet als fatsoenlijke mensen zitten te praten. Al bent u bij de politie, ik mag u wel. En geloof me, dat zeg ik voor het eerst. Ik heb het gevoel dat we op dezelfde golflengte zitten. In elk geval een klein beetje.'

'O ja?'

'Uhuh. We hebben in elk geval één gemeenschappelijke interesse.'

'Gokken?'

'Ik heb ook niet altijd geluk. Het zit niemand aan een stuk door mee. Maar het grote verschil is, dat ik het me kan veroorloven om grote bedragen te verliezen. Hoeveel geld hebt u nodig om zorgeloos te leven?'

'Geen idee. Een miljoen misschien. Of twee.'

'Een miljoen dollar? Dat is niets. Met een miljoen kom je niet ver.'

'Ik dacht eigenlijk aan Noorse kronen.'

'Nog erger.' Calogero stond op en zocht steun bij het bureau, terwijl hij eromheen liep. 'Luister. Ik ben een optimist. Ik hoop en geloof dat Vincenzo uit zijn coma zal komen.'

'Mooi. Dat hoop ik ook.'

'We hopen dat vast om verschillende redenen. Maar hij ligt in een doodgewoon ziekenhuis, nietwaar? Niet in een gevangenisziekenhuis?'

'Een gewoon ziekenhuis, ja.'

'Laten we eens aannemen dat hij uit coma komt. U ziet hem dat ziekenhuis uit te krijgen. Ik regel de rest.'

'Pardon?'

'Twee miljoen. En ik heb het over dollars.'

Anton lachte. 'Ik luister niet meer.'

'Vijf miljoen.'

'Het spijt me.'

'Tien miljoen dollar, Anton Brekke. Bedenk eens wat u met dat geld kunt doen. U krijgt uw vrouw terug. U kunt samen een eilandje in de Caribische Zee kopen. De Bahama's. Op de Bahama's zijn casino's. U zult er echt geen spijt van krijgen.'

'Nee, zoiets is niet aan de orde,' bromde Anton. 'Ik geef toe dat het verleidelijk is. Maar nee.'

'Goed dan. Maar ik weet dat u begrijpt dat ik het moest vragen.'

Calogero ging weer in zijn stoel zitten.

'En ik weet dat u begrijpt dat ik moet weigeren. Wat voor rol speelde Giordano eigenlijk in uw familie?'

Door de maaltijd, het gevoel dat hij barstensvol zat en het vertrouwelijke gesprek was Anton een klein beetje te familiair geworden. Calogero Locatelli wierp hem over zijn bureau heen een dodelijke blik toe – heb het lef niet.

'Hij is een naaste vriend van me. Ik heb mijn leven aan hem te danken,' antwoordde hij kalm. 'Mijn leven.' Hij stak een hand uit naar de foto's die hij aan het begin had zitten bekijken. Ging er snel doorheen en hield er eentje onder de bureaulamp. 'Deze foto is drie dagen daarvoor genomen.' Zonder zijn blik van de foto af te wenden, vertelde hij van de schietpartij bij Provenzano, nu veertig jaar geleden. Anton had weliswaar gelezen wat er was gebeurd, maar hij liet de ander uitspreken.

'Mag ik kijken?' vroeg Anton, en hij stak zijn hand uit. Hij pakte de foto en boog zich naar de lamp toe. Er stond een groepje mannen en vrouwen op. Hij zag meteen wie Giordano was – de man die met een whiskyglas in zijn hand breed stond te lachen. 'Wie bent u?'

'Op de achterste rij rechts. Alleen mijn hoofd staat erop. Toen had ik donker haar.'

Daar, ja. Anton keek snel naar Calogero op en wierp hem over het bureau heen een klein lachje toe. Hij zou ook graag weten en erover doorvragen wie al die anderen op de foto waren. Een historische foto van de machtigste mannen in de Amerikaanse onderwereld. Hij keek snel naar de andere gezichten. Calogero liep met zijn stok naar een tafeltje in de hoek van zijn kantoor en schonk zichzelf een borrel in. Anton maakte van het onbewaakte ogenblik gebruik om de foto in zijn zak te stoppen. Die kon hij aan Vincent Giordano laten zien als hij bijkwam; dat zou hem ongetwijfeld een goede start bezorgen.

Het mobieltje in Antons zak trilde. Hij keek Calogero verontschuldigend aan en viste het eruit. Haugens sms'je bestond uitsluitend uit hoofdletters en verbindingsstreepjes, maar Haugens boodschap was kristalhelder: Anton moest terugkomen.

Hij stond op, bedankte de ander voor het gesprek en verliet het kantoor.

38

Bobby Parvati stond voor de oude opbergkluis. Hij had zijn hand in zijn zak en wreef over het sleuteltje dat Vincent hem had gegeven.

Bobby had zo lang mogelijk gewacht. Vincent had al meer dan een etmaal geleden terug moeten zijn. Hij was niet dood. Nog niet, in ieder geval. Maar dat deed er niet toe. De afspraak was, dat hij het sleuteltje zou gebruiken als Vincent niet op het afgesproken tijdstip terug was. Lange tijd stond hij voor kluisje nummer 872. Hij had zo vaak naar het sleuteltje gekeken dat hij wist dat daar hetzelfde nummer op stond, maar om honderd procent zeker te zijn, hield hij het toch weer omhoog. 'Acht-zeven-twee,' mompelde hij bij zichzelf.

Hij keek om zich heen. De bewaker zat half te slapen achter de dikke glazen ruit. Een Bob Marley-kloon beende achter hem langs en maakte een ander kluisje open. Gooide er een ordner en een stapel papieren in, waarna hij weer afsloot en naar buiten liep.

Bobby stak het sleuteltje in het slot. Haalde diep adem. Wachtte even. Toen draaide hij het om en maakte de deur open. Opgelucht liet hij zijn adem ontsnappen. Geen geamputeerde lichaamsdelen. Geen wapens. Alleen twee enveloppen. De ene was oud en geelbruin – alsof hij er al jaren lag.

Dat was ook zo. 'SOFIA' stond er met blokletters op. Hij legde hem terug en pakte de andere. Die zag er nieuwer uit. Wit. Geen kreukels. 'BOBBY'.

Hij begon te trillen. Nu was hij echt bang. Wilde hij

eigenlijk wel weten wat er in die envelop zat? Hij sloot zijn ogen. Zijn hartslag ging omhoog. Zijn lippen trilden, en toen zijn hele lichaam. Hij schoof de envelop tussen zijn tanden, klapte het deurtje dicht en draaide de sleutel om. Het volgende ogenblik zat hij op de kruk naast het glazen hokje van de bewaker; als hij flauwviel, was de hulp niet ver weg.

Hij gebruikte het rode sleuteltje als briefopener en trok de papieren eruit.

Bobby,
Om te beginnen wil ik je vragen om opgelucht adem te halen. Ik neem aan dat je nu zweet als een otter. Dat is nergens voor nodig.
Nu je dit leest, is de kans groot dat ik niet meer op deze wereld ben. Ik heb een lange reis ondernomen om een streep te zetten onder iets wat me jaren heeft dwarsgezeten. Het was al die tijd alleen maar een kwestie van tijd, en nu was de tijd rijp.
Hieronder vind je het nummer van een rekening bij Gonet & Cie in Zwitserland. Daar weten ze wie je bent. Je hoeft er alleen maar heen te gaan, dan krijg je het volledige beheer over het geld. Ik wil dat je wat voor jezelf houdt. Betaal de hypotheek op het café en op jullie appartement af. (Ja, ik weet dat je schulden hebt, ook al beweer je van niet.) De rest van het geld is voor mijn dochter Connie en mijn prachtige Angelo.
Jij hebt nog jaren te leven. Wil je zo goed zijn wat tijd met mijn mooie kleinzoon door te brengen? Maak hem duidelijk dat hij op school goed zijn best moet doen om in deze tijd iets te worden. Breng hem bij wat belangrijk is.

Bobby veegde zijn tranen af. Zijn slechte geweten trof hem als een vuistslag. Hoe had hij kunnen denken dat er lichaamsdelen of wapens in die opbergkluis zouden liggen? Hij werd er misselijk van. Hij legde het eerste blad opzij. Toen begon hij aan het tweede:

Het was 17 februari 1969...

39

Maandag 17 februari 1969
New York City

Vincent smeet de deur van Cathy's appartement zo hard dicht dat die bijna uit zijn hengsels vloog.

Ze zat op haar bed met een klein mes in haar hand. Het mes dat ze meestal gebruikte als ze met een kunstwerk bezig was – maar dat was ze vanavond niet.

Vincent liep snel op haar af, legde zijn handen om haar hals en kneep die ter hoogte van het strottenhoofd dicht. Ze hapte naar adem.

'Toe dan. Snij jezelf maar met dat rotmes!' schreeuwde hij. 'Toe dan!'

Haar gezicht was al blauw. Hij liet zijn strakke greep iets losser worden.

'Hou op!' huilde ze. 'Ik wilde alleen maar dat je hier kwam.'

Hij drukte haar neer op haar bed en liet haar hals los. Bleef naast haar staan, kokend van woede. Al die herrie die ze thuis tegen Sofia had getrapt. Zelfs de Kerst hadden ze niet in alle rust kunnen vieren. Allemaal dankzij dit ellendige loeder en dat gebel van haar.

'Waarom zit je daar dan met dat mes?' vroeg hij. 'Wou je mij ermee steken? Ja? Toe dan. Steek maar.'

Ze had zo veel en zo lang gehuild dat er alleen maar een zwak gepiep uit kwam toen ze het op een jammeren wilde zetten. 'Nee, ik hou van je, Vincent.'

'Ik heb je gezegd dat ik niets meer met je te maken wil hebben, en dan bel je me op en zegt dat je jezelf van kant gaat maken? Ben je helemaal krankzinnig?' Hij wurmde het mes uit haar hand en gooide het de kamer door. 'Als je verdomme nog één keer belt, let wel, nog één keer, dan maak ik je persoonlijk af. Hoor je wat ik zeg? Geen mens die je ooit nog terugvindt. Ik begraaf die verknipte hersens van jou zo diep dat ze je *nooit* meer zullen vinden. Hoor je wat ik zeg?'

Ze plaste zichzelf onder en begon zo hevig te trillen dat het bijna op een toeval leek. Nu huilde ze niet meer. Ze was van top tot teen aan paniek ten prooi. Ze kon niet eens meer met haar ogen knipperen. Lag alleen maar te trillen.

'Beheers je,' zei hij. 'Je wist best waar de grens lag. En daar ben je overheen gegaan door me thuis te bellen, Cathy. Al lag je in Harlem in de goot te creperen, je had me niet thuis mogen bellen, verdomme.' Hij ging op het voeteneinde van het bed zitten en keek haar aan. 'Je hebt hulp nodig.'

'Nee,' stamelde ze. 'Ik ben zwanger.'

'Wat?' Het werd hem zwart voor de ogen.

Ze durfde hem niet aan te kijken. Keerde zich naar de wand toe en knikte.

'En die rotpillen dan die je slikte? Die zouden er toch voor zorgen dat je niet zwanger kon worden?'

'Die heb ik vier maanden geleden weg geflikkerd.'

Hij stond op. 'Hoe lang weet je het al?'

'Acht weken. Ik ben in de veertiende week.'

'Waarom heb je verdomme nooit iets gezegd?' brulde hij zo hard dat de muren ervan schalden.

'Omdat ik wist hoe je zou reageren. Ik wil...'

'Je wist hoe ik zou reageren. En je denkt dat dat nu anders zal zijn?'

'We zouden het toch zo goed hebben, Vincent. Sofia kan toch alsmaar niet zwanger worden?'

Hij gaf haar een klap met zijn vlakke hand. 'Je... noemt... haar... naam... niet.'

Ze draaide zich om en schreeuwde. 'En toch hou ik het!'

Zijn stappen verwijderden zich steeds verder. De deur werd dichtgeslagen. Ze keek op. Hij was weg.

Vincent rende de trap af en stormde de drukke Lexington Avenue over naar de eerste de beste telefooncel. Nam de hoorn van de haak en stopte er wat muntjes in.

De telefoon ging lang over. 'Neem verdomme op!' schreeuwde hij in de telefooncel.

'Ja?' zuchtte een vermoeide Calogero Locatelli.

'Ik heb hulp nodig.'

'Vincenzo?'

'Ja, ik sta voor het appartement van Cathy. Je moet komen.'

'Wat is er aan de hand?'

'Ze is zwanger.'

Stilte.

'Heb je me gehoord? Ze is verdomme zwánger!'

'Knal haar dan neer.'

'Haar neerknallen? Jij moet komen helpen.'

Calogero wachtte ettelijke seconden voordat hij antwoordde: 'Best. Wacht buiten op me. Ik rij nu van huis weg.'

Vijfentwintig minuten later zette Calogero zijn auto achter die van Vincent neer. Hij hinkte van zijn chauffeursstoel naar de passagiersstoel naast zijn vriend.

'Wat wil je dat ik doe?' vroeg Calogero.

'Geen idee.' Vincent schudde zijn hoofd en sloot zijn ogen. 'Ik heb echt geen idee.'

'Abortus?'

'Ze zegt dat ze het wil houden.'

'We rijden naar dokter Palermo.'

'Wat kan die nou doen?'

'Wat denk je?' Calogero keek hem dom aan.

'Dat kunnen we niet doen. Nee, dat gaat gewoon niet.'

'Wat denk je dat pappa zal zeggen als jij een buitenechtelijk kind krijgt? Een bastaard. Om van Sofia nog maar te zwijgen. Dat zal ze je niet vergeven, Vincenzo.'

Cathy schreeuwde, spartelde en sloeg uit alle macht van zich af toen ze het portier van de auto openden.

Vincent en Calogero sleurden haar van de achterbank af. Ze grepen haar allebei bij een arm en sleepten haar de beijzelde binnenplaats over en de steile stenen trap af naar de kelder waar dokter Palermo zijn kliniek had.

Virgil Palermo hield van sterke drank. Zozeer zelfs, dat hij ergens aan het begin van de jaren zestig zijn praktijkvergunning was kwijtgeraakt. Nu voorzag hij in zijn onderhoud door klusjes voor de stedelijke onderwereld op te knappen. Hij behandelde lichte verwondingen waarmee men liever niet naar het ziekenhuis ging. Gebroken neuzen, eenvoudige steek- en schotwonden en andere dingen die ongeregistreerd moesten blijven en geen inmenging van de politie duldden. Zijn kliniek bestond uit een klein bureau, een paar hokjes met wat apparatuur en een oude, stalen sectietafel die als operatietafel fungeerde. Daarnaast stond een wagentje met scalpels, scharen, verband, een zuurstofmasker en een tank met een verdovend gas – een *soort* narcosemiddel, volgens Palermo.

Hij liet zich in de oude stoel achter zijn bureau zakken. Trok de la open en haalde de halfvolle fles Johnnie Walker tevoorschijn. Hij hoorde dat er op de deur werd gebonsd, maar probeerde te doen of hij er niet was. Opkijkend naar het diploma van Harvard University aan de muur nam hij een slok. Wat was hij destijds jong en veelbelovend geweest. Hij glimlachte niet meer als hij ernaar keek, maar liet het desondanks hangen. Dit was alles wat hem eraan herinnerde dat hij nog steeds arts was, wat de staat New York ook beweerde. Pal ernaast hing zijn jas aan een haak met 'Dr. Palermo' op de borstzak geborduurd. Die trok hij altijd aan als hij patiënten kreeg.

Er werd weer op de deur gebonsd. Geen gewone bons. Meer een keiharde trap van een laars. Palermo schoot uit zijn stoel overeind. Nam nog gauw twee slokken en beende toen nijdig naar de deur, terwijl hij riep: 'Wat een rotherrie!' Hij draaide de deur van het slot en deed open. Het eerste wat hij zag was de bange vrouw. 'Wat is dit?' snauwde hij.

Toen viel zijn blik op de twee mannen.

'S-signor Locatelli. Ik had u niet gezien.'

'We hebben wat assistentie nodig,' zei Calogero.

Palermo nam Cathy's gezicht op. Haar lange, bruine haar stond alle kanten op. Haar hoofd wiebelde en haar blik was ongefocust. Als ze niet wanhopig had geprobeerd zich uit de greep van de mannen los te rukken, had ze net zo goed dood kunnen zijn.

'Wat is er aan de hand? Drugs?'

'Nee.'

Ze duwden Palermo opzij en sleurden haar de drempel over, terwijl zij trapte, krijste, sloeg en een poging deed hen te krabben. Toen ze goed en wel binnen was, kreeg ze de kille stalen tafel midden in de kamer in het oog. Haar spieren werden slap. Ze stribbelde niet meer tegen en leek in een soort trance te verkeren. Alsof ze onder invloed van allerlei verdovende middelen was. Ze staarde de kamer in met haar blik op oneindig.

'Het stinkt hier, Palermo. Heb je gezopen?' vroeg Vincent.

'Ik gebruik alcohol om de operatietafel te ontsmetten.'

'Het ruikt niet naar alcohol, maar naar whisky. En het komt uit jouw bek. Idioot.'

Palermo haalde zijn schouders op. 'Wat mankeert haar?' Hij boog zich naar voren en keek naar de ogen van de vrouw.

'Ze is zwanger.'

'Wat leuk!' Palermo glimlachte naar de twee ernstige gezichten voor hem. 'Of niet...'

'Jij moet het opknappen.'

'Kom maar terug als ze zover is, dan knap ik het op. Ik heb honderden kinderen op de wereld geholpen.'

'Het moet weg,' zei Calogero. 'Jij moet het weghalen.'

'Wat? Ik kan geen abortus uitvoeren. Daar heb ik de kennis en de apparatuur niet voor.'

Abortus. De vrouw kwam weer tot leven. Ze zwaaide met haar armen en rende naar de deur. Vincent rende achter haar aan. Sloeg zijn armen om haar bovenlijf en sleepte haar terug. Het tengere meisjeslichaam legde ongekende krachten aan de dag.

'Laat me los!' schreeuwde ze. 'Jullie raken me verdomme niet aan!' Haar stem klonk panisch.

Ze bood weerstand. Calogero greep haar bij haar benen. Ze dumpten haar op de harde sectietafel. Zij schreeuwde en spande iedere spier in haar lichaam om tegen te werken. Ze trok haar ene been los en gaf Calogero een harde trap in zijn gezicht. Zijn slechte knie bezweek voor de zwaartekracht. Hij viel met een klap achterover.

'Het is ons kind, Vincent!' krijste ze. De tranen stroomden over haar gezicht. 'Hoe kun je dat nou doen? Een onschuldig kind!' Haar stem klonk nu smekend.

'Hou je kop,' zei Vincent kalm. 'Je hebt dit uitsluitend aan jezelf te wijten. Ik wil geen vader zijn van iets wat jij op de wereld zet, gestoord kreng dat je bent. Als het een meisje zou zijn, zou ze net zo ordinair worden als haar moeder. Net zo compleet verknipt.'

'Alsjeblieft, doe het kind niets aan. Ik beloof dat ik nooit meer contact met je zoek. Ik ga terug naar huis. Ik neem het eerstvolgende vliegtuig naar huis. Je hoort nooit meer iets van me!'

'Zie haar in vredesnaam in bedwang te krijgen!' riep Palermo.

'Geef haar iets,' zei Vincent.

Hij stond nu achter haar. Drukte haar schouders op de harde stalen tafel neer, terwijl ze kronkelde met haar heupen en benen. 'Geef haar iets kalmerends,' herhaalde hij wat luider.

Ze maaide met haar armen. Haar hand sloeg tegen het tafeltje naast de sectietafel en raakte iets langs en smals van metaal.

Vincent keek opzij. Calogero krabbelde op. Het bloed liep uit zijn neus. Zijn blik was uitzinnig van woede. Als ze haar nu niet in toom hielden, zou Calogero haar vermoorden. Vincent keek op Cathy neer. Haar gezicht zat onder het bloed.

Toen kwam de pijn. Zijn gezicht voelde gloeiend heet aan. Hij keek Calogero weer aan. Die stond stokstijf stil, met openhangende mond. De woede waaraan hij nog maar een ogenblik daarvoor ten prooi was geweest, was compleet weggevaagd. Hij brabbelde iets, maar Vincent verstond niet wat hij zei. Aan de glimmende scalpel in haar hand zat bloed. Palermo schoot toe en gaf haar een klap op haar onderarm. Ze liet de scalpel los. Palermo drukte het masker op haar gezicht en draaide het verdovende gas open.

Toen kon Vincent haar loslaten. Hij drukte allebei zijn handen tegen zijn gezicht. De pijn werd steeds erger en trok door zijn hele lijf. Palermo kwam aanrennen met een stoel. 'Ga zitten, dan naai ik dat sneetje dicht.'

'Hoe heeft ze dat verdomme voor elkaar gekregen?' vroeg Vincent, terwijl hij zijn handen om de stoelleuning klemde.

'Ze heeft u gesneden met een scalpel,' antwoordde Palermo rustig. 'Maar geen nood. Als ik klaar met u ben, ziet u er weer fraai uit.' De arts wierp hem een glimlach toe.

'Ze heeft je halve gezicht eraf gesneden, Vincenzo,' zei Calogero aangeslagen. 'Het vuile kreng. We hadden haar dood moeten slaan. Ik zei toch dat we haar dood moesten slaan.'

'Zo erg is het niet. Ik heb het wel erger meegemaakt,' zei Palermo.

De arts gaf Vincent iets tegen de pijn en toen een paar kleine injecties om hem plaatselijk te verdoven voor hij met hechten begon.

De steken liepen van zijn linkeroorlelletje helemaal tot het midden van zijn kin. Geen fraai gezicht, maar Palermo verzekerde hem dat het er zo slecht nog niet uit zou zien wanneer de wond geheeld was en de hechtingen verwijderd waren. Hij haalde een spiegeltje dat hij voor Vincent ophield.

'Valt wel mee, hè? Ik ben een meester met naald en draad.'

Vincent kon er niet naar kijken.

'Haal die ellendige baby weg, dan kunnen wij ook opkrassen,' zei Calogero.

Palermo ging op een stoel zitten, sloeg zijn armen over elkaar en keek hen aan. 'Het spijt me, maar dat gaat tegen alles in. Dat kan ik echt niet doen.' Hij keek naar de brunette op de sectietafel. 'Ik kan het ook niet. En als ik het wel had gekund, zou dat niets geholpen hebben, want ik heb de benodigde apparatuur niet.'

Calogero ging voor hem staan. 'Je bent arts.'

'Inderdaad, maar geen abortusarts.' Hij schroefde de dop van de fles Johnnie Walker. 'Ik heb nog nooit een abortus uitgevoerd. Wel eens toegekeken, maar...'

'Dat is genoeg. Doe wat ik zeg.'

'Of u vermoordt me?'

'Ík niet.' Hij wees naar Vincent. 'Maar hij wel.'

Palermo keek naar Vincent. Naar de verse wond. De draad die zigzag over zijn hele kaak liep. Vincents ogen waren zwart. Zijn lichaam was ontspannen – en dat beangstigde Palermo nog het meest. Deze man zou hem inderdaad vermoorden. Hij nam nog twee monden vol whisky en stond op.

'Best. Maar ik kan niet garanderen dat het goed afloopt.'

'Als je maar zorgt dat die baby verdwijnt,' zei Vincent traag vanaf zijn stoel.

Palermo richtte zich op. Hij tilde de witte doktersjas van de haak en gooide die om zijn schouders, waarna hij de trap naar de eerste verdieping opliep. Even later kwam hij weer naar beneden.

'Mijn vrouw slaapt gelukkig, anders had ze vragen gesteld,' zei hij, en hij zwaaide met twee breinaalden.

40

Woensdag 17 juni
New York City

Bobby Parvati las het verhaal twee keer.

Het verschilde van al de andere versies die hij daarvoor had gehoord. Een jonge vrouw had Vincent dat litteken bezorgd, geen desperado met een mes. Niet iemand die uit de familie Locatelli was gedeserteerd. Geen winkelier die had geweigerd te doen wat de Locatelli's zeiden. Geen junk. Niet iemand die averechts had gereageerd toen Vincent kwam incasseren.

Maar een vrouw die een ongewenst kind had willen baren.

Bobby Parvati had Vincent al heel vaak naar dat litteken willen vragen, maar alle sociale normen zeiden hem dat hij die vraag beter achterwege kon laten. Hij had er geen idee van gehad hoe Vincent gereageerd zou hebben. Niet voor vandaag. Nu pas begreep Bobby dat hij hem wat dan ook had kunnen vragen. En dat hij antwoord gekregen zou hebben.

Als Angelo groot genoeg is, wil ik dat je hem vertelt hoe zijn grootvader aan dat litteken kwam. Vertel hem het hele verhaal, precies zoals je het nu hebt gelezen. Zodat hij het begrijpt. Maar ik weet dat hij dat zal doen. Laat hem nooit in mijn voetsporen treden, Bobby. Nooit.
Ik zou er tevens prijs op stellen als je zo nu en dan Sofia's graf wilt verzorgen. Connie is daar helaas niet goed toe in staat.
Je bent een goede en belangrijke vriend voor me

geweest, Bobby. Daar moet je nooit aan twijfelen.

Hartelijke groeten, Vincent

Bobby bleef nog lang met de vellen papier in zijn hand en de envelop halverwege zijn dij zitten. Hij probeerde zich in de situatie te verplaatsen. In zekere zin begreep hij wel waarom Vincent ervoor had gekozen met de vrouw naar die lugubere dokter te gaan. Hij zou zich nooit aan de verantwoordelijkheid hebben onttrokken als dat meisje het kind had gebaard. De prijs die hij daarvoor had moeten betalen, was Sofia geweest. Zij zou hem zoiets niet hebben vergeven. Na alle langdurige en diepgaande gesprekken die de beide vrienden over haar hadden gehad, wist hij dat Vincent dan geen leven meer gehad zou hebben.

Nogmaals las Bobby de brief en het verhaal door. Toen liep hij naar buiten, naar zijn auto, en reed naar het café terug. Hij zou zijn vrouw steviger omhelzen dan ooit en tegen haar zeggen dat hij van haar hield.

41

Er was iets meer dan een uur verstreken sinds de Noorse rechercheur plotseling haast had gekregen.

Calogero Locatelli schonk zichzelf een whisky in en ging achter het donkere bureau zitten. De foto's lagen onder de groene lamp uitgestrooid. Allemaal zwart-wit, afgezien van degene die hij van die zak van een rechercheur had gekregen. Welke idioot die ze alle vijf op een rij had zou nee gezegd hebben tegen tien miljoen knisperende dollars? Calogero schudde zijn hoofd. Hij legde de foto's op een stapeltje en was ze net weer begonnen te bekijken toen de telefoon ging.

'Met wie spreek ik?' blafte hij.

'Oom Calo?' vroeg een wanhopige vrouwenstem.

'Connie.' Nu klonk zijn stem mild. 'Lieve meid, ik had jou willen bellen.'

'Wat? Weet u het dan?'

'Ja. Er is hier zojuist iemand van de Noorse politie geweest om wat vragen te stellen.'

'Wat doen we nu?'

'Ik zit nog te piekeren, Connie. Op dit moment is het belangrijkste, dat hij uit coma komt. Daarna...'

'Maar hij ís bijgekomen!' riep ze. 'Ze hebben me een uur geleden gebeld om te zeggen dat hij een of ander ongeluk had gehad en in coma lag. En daarnet, vlak voordat ik u belde, kreeg ik ze weer aan de lijn en vertelden ze dat hij bij was.'

Calogero gaf geen antwoord. Hij sloot zijn ogen. Zijn gebeden waren verhoord.

'Wat doen we?' vervolgde ze. 'We moeten er natuurlijk heen!'

'Eh, lieverd, ik ben bang dat het zo simpel niet is.' Er viel een korte pauze; toen vervolgde hij: 'Dit wordt moeilijk, maar je hebt alle recht om het te horen.'

Conny jammerde het uit toen hij klaar was met het verhaal dat hij daarvoor zelf van Anton Brekke had gehoord.

'Sorry, Connie,' zei hij zacht. 'Ik doe natuurlijk wat ik kan, maar...'

'Ik wist dat het verkeerd zou gaan, oom Calo,' viel ze hem in de rede. 'Ik zag het aan zijn ogen toen hij tegen me zei dat hij de stad uit moest. Het was niet zoals anders. In wezen was hij zichzelf niet.'

'Ik vind het heel naar,' zei Calogero troostend.

'Ik moet erheen.'

'Wacht nou nog even tot je van me hoort. Oké? Ik neem morgen contact op.'

'Maar...'

'Wil je me een plezier doen en doen wat ik zeg?'

'Goed.'

Ze hing op.

Calogero legde de hoorn voorzichtig op de haak en stopte het stapeltje foto's in de la van zijn bureau terug. Hij pakte zijn stok en begon door de kamer te ijsberen. Wist wat hem te doen stond. Hij strompelde terug naar zijn bureau, goot de rest van zijn whisky naar binnen en liep toen de gang in.

'Giuseppe,' zei hij, net hard genoeg om in de keuken hoorbaar te zijn.

'Sì.' *Ja.* De stem kwam uit de keuken. 'Un momento.' *Een ogenblikje.*

Giuseppe kwam kalmpjes op hem aflopen.

'Ik heb zo'n mobiele telefoon met van tevoren betaalde belminuten nodig.'

Giuseppe stak zijn hand in zijn zak en haalde zijn mobieltje eruit. 'Puoi usare questo.' *Je kunt dit wel gebruiken.*

'Is dat veilig?'

Già. Impossibile rintracciarlo.' *Yup. Onmogelijk op te sporen.*

'Waar het om gaat is dat niemand me kan afluisteren.'

'È sicuro.' *Het is veilig.*

42

Met een blauw knipperlicht op het dashboard en loeiende sirenes reed FBI-agent Wilson met zijn zwarte Ford Crown Victoria de Hollandtunnel in. De tijd drong. Wilson had al naar Newark International gebeld om te vragen of het vliegtuig tegengehouden kon worden tot de twee Noren aan boord waren. Het mobieltje in Antons zak trilde. Hij viste het op, bracht het naar zijn oor en zei: 'Zeg het maar.'

'Anton?' vroeg een bekende stem.

'Ja. Wat wil het jongetje dan? Is-ie zijn flesje kwijt?'

Torp lachte. 'Ik wou alleen maar even melden dat Vincent Giordano uit zijn coma is ontwaakt.'

'Welkom terug,' zei Anton sarcastisch. 'Nu ik toch je luisterend oor heb, Torp, ik heb een belangrijke klus voor je. Zet je fietshelm op en trap richting ziekenhuis. Niemand, en dan bedoel ik niemand, mag met Giordano praten voor ik hem heb gesproken. Begrepen?'

'Eh, mijn begeleider heeft gezegd dat ik niks op eigen houtje mag doen.'

'Ik heb schijt aan wat jouw begeleider zegt,' riep Anton. 'Ik joeg al op moordenaars toen hij nog op zijn jongenskamer op de ondergoedmodellen in de postordercatalogus zat te geilen. Je gaat spoorslags naar het ziekenhuis. Weet je wat dat betekent?'

'Ja. Nú wel.'

'Mooi. Blijf daar tot wij komen.'

'Waar zijn jullie nu?'

'New York.'
'Maar dan zijn jullie er pas over...'
Anton brak het gesprek af en stopte zijn mobieltje weer in zijn zak.

43

Calogero Locatelli zat in zijn hangstoel in de tuin met zijn wandelstok over zijn knieën. Hij leunde naar achteren en wierp een langdurige blik op de heldere sterrenhemel voor hij het mobieltje van Giuseppe pakte en het nummer van een vriend van heel vroeger intoetste.

'Onderdirecteur McGordon,' antwoordde Steve McGordon zo autoritair mogelijk.

'Meneer de onderdirecteur.' Calogero's toon was nog net niet sarcastisch. 'Ik hoop niet dat je op dit moment achter je gigantische bureau zit?'

'Met wie spreek ik?'

'Doe nou geen moeite,' bromde Calogero. 'Je herkent mijn stem heus wel.'

'Doe ik ook, doe ik ook...' De ander zuchtte.

'Je kunt toch op zijn minst doen alsof je het leuk vindt dat ik bel.'

'Altijd fijn om iets van je te horen, Calo.'

'En je bent nog steeds de slechtste leugenaar langs de hele oostkust. Misschien ben je daarom nooit helemaal aan de top gekomen. Omdat je domweg te slecht liegt. Jullie moeten toch geneigd zijn de waarheid een beetje te verfraaien, meneer de onderdirecteur.'

'Nou, zo ligt het niet helemaal.'

'Wel, wel. Hoe staan de zaken? Heb je het naar je zin achter je bureau in Langley?'

'Prima.'

'Uitstekend. Dan is er zeker geen reden om daar verandering in te brengen?'

'Pardon?' zei McGordon, hoorbaar in het defensief gedreven.

'Het is tijd om me een wederdienst te bewijzen, Steve. Om een oude schuld te vereffenen.'

'Je toon en waar je op zinspeelt bevallen me niet zo goed.'

'Mijn toon? Maak het nou. We zijn toch oude vrienden?'

Er viel een korte stilte.

'Vooruit dan. Maar ik ben geen plaatselijke politicus die je om je vinger kunt winden. Ik ben nu onderdirecteur van de CIA. Je kunt me niet als loopjongen gebruiken.'

'Steve?'

'Ja?'

'Al was je de president van ons mooie vaderland, je zult toch je rekeningen moeten betalen. Laat dat je gezegd zijn.'

Steve McGordon gaf geen antwoord.

'Als ik niet beter wist,' vervolgde Calogero, 'zou ik gaan denken dat je bent vergeten hoe je het zover hebt geschopt. Ik weet hoe goed je het naar je zin hebt bij de hoge heren in Washington. Je hoort er nu zelf ook bij. Het zou zonde zijn als ik dat voor je moest verpesten. En dat meen ik echt. Ik zie graag foto's van jou in Washington. Vooral als je naar een gala in het Witte Huis bent geweest. En dan heb ik het er nog niet eens over hoe goed je het op de tv doet. Het zou jammer zijn als dat afgelopen was. Lig nou niet dwars, Steve. Je bent me dit verschuldigd, en dat weet je.'

Nog een lange stilte.

'Wat kan ik voor je doen?' Ineens klonk het vriendelijk.

'Mijn goeie vriend Vincenzo zit diep in de shit, en met zijn hoofd naar beneden.'

'Giordano?'

'Ja. Hij ligt in het ziekenhuis, uitgerekend in Noorwegen. Pas uit coma gekomen. Ik moet hem Noorwegen uit zien te krijgen, Steve.'

'Boek dan een vliegticket voor hem,' zei Steve McGordon zuur.

'Dat is niet alles. Hij wordt van moord verdacht en naar een cel overgebracht zodra hij genoeg is opgeknapt om uit het ziekenhuis ontslagen te worden.'

'God allemachtig. Daar kan ik toch van zijn lang zal ze leven niets aan doen?' riep McGordon.

'Dat heb ik toch al gezegd: haal hem eruit. Je bent de tweede man van de CIA, Steve. Waag het niet te beweren dat je dat niet kunt.'

Dat was het laatste wat Calogero Locatelli zei voor hij de hoorn op de haak legde.

Waag het niet te beweren dat je dat niet kunt. Steve McGordon bleef nog een hele tijd met de hoorn in zijn hand zitten. Dit ging over Noorwegen, niet over een bananenrepubliek. Hij kon niet gewoon maar een blik agenten opentrekken om hem op te halen. Anderzijds wist hij wat hem te wachten stond als hij niet deed wat hem werd gevraagd. Hij zou uit de CIA verdwijnen – en niet met behoud van zijn eer en goede naam. Dat was niet onredelijk. Hij dankte zijn hele carrière aan Calogero Locatelli. Als puntje bij paaltje kwam, zou het prettig zijn om niet meer bij hem in de schuld te staan. Hij logde in op het versleutelde datasysteem en klikte de database met de namen van diverse stromannen overal ter wereld aan. Engeland had er twaalf. Denemarken twee. Finland vier. Zweden nul. Nul mogelijke contacten, afgezien van de mensen op de Amerikaanse ambassade. Niet goed genoeg. Daar moest hij te zijner tijd eens achteraan. Hij maakte een kleine notitie voordat hij op 'Noorwegen' klikte. Er verscheen één naam:

Naam: Peter Jäckel
Geboren: 13 september 1944
Pseudoniem: De Luitenant
Status: Operatief

44

Donderdag 18 juni
Fredrikstad

Aspirant Magnus Torp ging bijna in de houding staan toen hij Anton Brekke in het oog kreeg.

'Plaats rust, jongen,' zei Anton. 'Je hebt je post toch niet verlaten, mag ik hopen?'

Torp schudde zijn hoofd en ging weer zitten.

'Mooi, zo. Hier.' Anton stak hem een verse baguette toe, 'je hebt wel een hapje eten verdiend. Waar is de rest van de schaapskudde? Haugen zei dat hier meer mensen zouden zijn.'

'Er zit er een in de kantine te eten. Hij zei dat ik hem alleen maar hoefde te bellen als er iets was.'

'Is er iemand binnen bij Giordano geweest?'

'Ja. Lange. Maar die kwam gauw weer naar buiten.'

Voorzichtig opende Anton de deur van de ziekenkamer en ging naar binnen. Twee suffe ogen keken hem vanaf het bed onverschillig aan en gingen toen weer dicht. Anton liep zachtjes de kamer door. Pakte de stoel bij de muur en zette die naast het bed.

'Ik ben Anton Brekke, van de politie.'

Zijn Engels was niet meer zo weifelend; de lange gesprekken met Wilson waren een goede oefening geweest.

Weer werd die onverschillige blik op hem gericht. Deze keer bleef hij iets langer hangen.

'Je weet waarom ik hier ben?'

Vincent Giordano gaf geen antwoord.

'Wil je één keer knipperen als je hoort wat ik zeg?'

Geen reactie.

'Twee keer knipperen als het je niet kan verdommen.'

Op Vincents gezicht viel een piepklein lachje te ontwaren. Daarna knipperde hij twee keer snel met zijn ogen.

'Dat dacht ik al. Maar ik wil graag wat met je praten over de moord op Wilhelm Martiniussen.' Anton schoof zijn onderlichaam naar voren en leunde naar achteren in de oude aluminium stoel met het versleten groene kussen. 'Je bent aangehouden voor deze moord, en voor de dag om is, zul je in staat van beschuldiging worden gesteld. Er is al een advocaat onderweg om je rechtsbijstand te verlenen.'

Vincent trok onverschillig zijn wenkbrauwen op.

'Kan het je nog steeds niet verdommen? Je wilt niet wachten tot de advocaat hier is voordat we verder gaan?'

De ogen knipperden weer twee keer.

'Goed dan...'

Waar moest hij beginnen? Er was zo veel wat hij wilde vragen. De moord zelf boeide hem niet bijster; hij wist dat de juiste man was gepakt. Dat hij doorging met zijn onderzoek, was om erachter te komen waaróm.

'Ik heb de moord op Martiniussen onderzocht,' zei Anton. 'Ben je niet nieuwsgierig hoe we erachter zijn gekomen dat jij het was?'

Voor het eerst opende Vincent Giordano zijn mond. 'Ik ben te oud voor dat spelletje van jullie.'

'Spelletjes?'

'Good cop, bad cop.'

'Wie van de twee ben ik?'

'Daarnet is er een brutale hond binnen geweest. Hij stelde ook al vragen over die Wilhelm. Wie is Wilhelm in godsnaam?'

Anton was niet verrast. De man in het bed was zo iemand die nog zou ontkennen dat hij het in zijn broek had gedaan als hij werd betrapt met diezelfde broek op zijn enkels en zijn dijen vol stront.

'Best,' zei Anton. 'Voor dat spelletje ben ík te oud.' Hij wierp de patiënt een klein lachje toe.

Vincent wees met een slap vingertje naar een mok water op het nachtkastje. Anton reikte hem die aan. De man in het bed nam een klein slokje en zei: 'Dit is warm. Kun je me wat koud water bezorgen?'

Terwijl Anton naar de wastafel liep, zei hij: 'Onder ons gesproken, Giordano...'

'O God. Nou komt het. *Onder ons gesproken. Off the record. Speel het spelletje nou maar mee.* Die zin hoor ik nu al vijftig jaar. Doe geen moeite.'

Anton vulde het glas met ijskoud water en ging weer zitten.

'Zal ik je eens wat vertellen?' Zonder op antwoord te wachten vervolgde hij: 'Eerst dachten we dat Martinius-sen om persoonlijke redenen was vermoord. Daarna gingen we over op de theorie dat het om een huurmoord moest gaan. Dat je voor de klus was ingeschakeld.'

'Ja, en?'

'Tja. Toen zijn we naar New York gegaan in de hoop een beter antwoord te krijgen op de vraag wat jou met Noorwegen verbindt. Want je kunt gerust stellen dat een man... nou ja, een man als jij hoogstwaarschijnlijk geen sterke banden met Noorwegen heeft.'

'Dat heb ik ook niet. Ik ben op vakantie, en ik ben overvallen.'

Anton lachte. 'Nou, nee. Hoe dan ook, we hebben een bekende van je ontmoet. Meer dan één, om precies te zijn. Maar je oude aartsvijand Wilson, de FBI-agent, zei: *Vincent Giordano moordt niet voor het geld.* Dat kon hij ons zelfs garanderen. En ik geloof hem.'

‘Fijn voor je.’

‘Ja. Maar niet voor jou. Want weet je, Wilson heeft ons verteld over de moord waar je in ’70 voor bent veroordeeld – overigens, ik vind dat je dat schitterend hebt opgelost. Je was destijds met behulp van twee getuigen veroordeeld. Een kleine jongen en een volwassen man. Een buitenlander.’

Vincent keek weer naar hem op.

‘En Martiniussen was in die tijd inderdaad in de VS. Hij maakte een reis. En ik ken de Cosa Nostra – die club van jullie – goed genoeg om te weten dat mensen die tegen iemand van jullie getuigen, tja, dat die zelden oud worden.’

Geen antwoord.

‘Het zou geen verschil hebben gemaakt als je destijds niet veroordeeld was, toch? Niemand legt jullie iets in de weg. Hij moest dood. Maar hij verdwijnt. Zelfs jullie kunnen niet veel tegen dat getuigenbeschermingsprogramma uithalen. Want je hebt al sinds de eerste dag van die rechtszaak jacht op deze getuige gemaakt. Ben ik warm?’

Vincent goot het koude water naar binnen.

‘Ik heb over een andere moord gelezen. Daar weet je misschien van... Phil Piletti. Iemand die jullie ervan verdachten als informant voor de FBI te werken. Hij werd in een voormalige slachterij aan een haak gehangen. Beschoten, geslagen, stroomstoten in zijn achterste gekregen. De patholoog schatte dat hij daar twaalf uur had gehangen voor hij de geest had gegeven. Kun je je iets ergers voorstellen? Aan een vleeshaak hangen, bijna als een geslacht varken, en weten dat je dood zult gaan. En het fraaiste van allemaal: hij was niet eens een informant.’

Vincent sloot zijn ogen. Hij had een hekel aan die episode. Die mocht niet genoemd worden. Niemand had het ooit nog gewaagd daar tegenover hem over te reppen.

'Daar wil ik niets over horen.'

'Een zeer been, omdat hij onschuldig was? De FBI denkt dat jij eraan meegedaan hebt.' Een korte pauze. 'Maar het gaat niet om Phil Piletti. Ik wilde het alleen maar even vermelden omdat ik er zo onpasselijk van word en omdat het een nog duidelijker beeld geeft van wat jullie met informanten doen.'

'Het was een tragedie.'

'Daarom hadden we zo'n donkerbruin vermoeden dat Martiniussen misschien wel de informant uit '70 was.'

'En?'

'Leek het je compleet uit de lucht gegrepen dat we dat dachten?'

'Misschien. Misschien niet. Was dat de hele samenvatting, rechercheur?'

'Nee. Het hing van toevalligheden aan elkaar. Waarom zou je hem nu na veertig jaar zomaar ineens gevonden hebben, net nu hij bezig was enorme – voor een enkeling catastrofale – veranderingen door te voeren in zijn bedrijf? Daarna, en dit blijft echt onder ons, afgesproken?'

Vincent keek hem verwonderd aan, maar gaf geen antwoord.

'Dat vat ik als een bevestiging op. En om de een of andere reden denk ik dat je wel een geheim kunt bewaren.' Anton glimlachte scheef. 'Toen ik eerder vandaag op Gardermoen landde, kreeg ik een telefoontje van onze wederzijdse vriend Wilson. En weet je wat hij voor me had weten uit te vissen?'

'Laat maar horen...'

'Ik vond het bedroevend, maar jij zult er wel enorm blij mee zijn.' Hij laste een lange pauze in en staarde

Vincent aan. Diens gedrag deed hem aan dat van Calogero Locatelli denken. Eerst arrogant en onbuigzaam. Daarna, toen hij niet langer de overhand had, heel inschikkelijk. 'Die getuige uit '70 is al in 1984 vermoord. Doodgeschoten door een compleet geflipte overvaller. Hij slaagt erin zich aan de toorn van de maffia te onttrekken maar wordt neergeknald door een doodgewone junk. Ironisch, hè?'

Anton wachtte er alleen nog op dat Vincent Giordano's gezicht zich tot een enorme grijns zou verbreden. Maar zijn reactie was eerder tegenovergesteld: zijn kaken spanden zich. Zijn ogen gingen dicht.

'Je hoeft tegenover mij niet te doen alsof je verontwaardigd bent, Giordano. Ik kan me best voorstellen dat je die vent haat. Daardoor heb je de eerste, mooiste levensjaren van je dochter gemist.' Anton sloeg zijn rechterbeen over het andere en vlocht zijn vingers achter zijn hoofd in elkaar. 'Dus daar ging ook die theorie. Dat het wraak was.'

'Wie was Wilhelm Martiniussen?' vroeg Vincent nieuwsgierig.

'Een wetsgetrouwe zakenman die ettelijke miljoenen per jaar spendeerde aan diverse hulporganisaties.'

Anton dacht dat hij de ogen van de ander vochtig zag worden.

'Zo kenden wij hem in elk geval. Maar misschien kun jij me wijzer maken. Wie was Wilhelm Martiniussen nu echt, en waarom heb je de vrouw laten leven?'

'Dat vraag je me alsof ik hem heb vermoord.'

'Ja?'

'Ik zou zeggen dat die vrouw blijkbaar niets met de zaak te maken had.' Vincent probeerde rechtop in bed te gaan zitten. 'Ik zal helemaal niets bekennen, rechercheur. Waar jullie ook mee aan komen dragen.'

'Dat weet ik, dat weet ik.' Hij stak zijn hand in zijn

zak, haalde de foto die hij van Calogero Locatelli had gestolen tevoorschijn en legde die netjes op Vincents borst.

'Die is zeker uit jullie hoogtijdagen afkomstig. De tijd dat jullie op je allergrootst waren. Onvermurwbaar en ongenaakbaar. *The golden days*, nietwaar?'

Vincent wierp een snelle blik op de foto en veegde hem toen van zijn bed.

'Die wil ik niet zien,' zei hij.

'Ik had hem aan je cadeau willen geven.'

'Ik wil hem niet hebben.'

Anton stak hem weer in zijn zak en keek Vincent afwachtend aan. Langdurig.

'Dus hij was een goed mens, die Wilhelm Martiniussen?' vroeg Vincent ineens.

'Inderdaad. In hoge mate.'

'Jammer.'

'Je bent niet van plan me ook maar iets te vertellen?'

'Dat is niet nodig.' Hij haalde zijn neus op. 'Het antwoord zit in je zak. *The golden days*.'

Anton pakte de foto weer. Bestudeerde de in het pak gestoken mannen. Met hun glazen geheven glimlachten ze allemaal naar de fotograaf. Hij keek naar Vincent op. Diens blik was op de witte muur gericht.

'Kijk nog maar eens, rechercheur,' zei hij schor. 'Het antwoord op je raadsel staat op die foto. Meer kan ik je helaas niet vertellen.'

45

De Luitenant schoof de satelliettelefoon over zijn bureau.

'Je moet een nieuwe kopen,' zei hij. 'Hij kraakt een beetje.'

'Ik kan hem wel even nakijken. Wat wilde hij?' vroeg Adam, terwijl hij de telefoon op zijn schoot zette.

'McGordon?'

'Uh-uh.'

'Om de een of andere reden wil hij dat ik die maffioso waar de kranten het over hebben, het land uit zie te krijgen. Iets zegt me weliswaar dat de CIA niet de eigenlijke opdrachtgever is, maar dat moet dan maar.'

'Gaan we het doen?'

'Ja.'

'Hoe wou je dat aanleggen?'

'Volgens McGordon en de media is Giordano pas uit coma gekomen. Daarom zitten we in tijdnood. Het zal niet lang duren voordat hij ergens in hechtenis wordt geplaatst. Die Giordano is een grote jongen, dus hij zal wel zwaar beveiligd worden. Ik ga ervan uit dat zelfs zijn verplaatsing geheim zal blijven, ook in politiekringen.'

'Als we hem nu eens uit het ziekenhuis haalden?'

De Luitenant fronste zijn voorhoofd en schudde zijn hoofd. 'Nee. In deze kwestie zou ik zelfs helemaal nee hebben gezegd als onze dierbare inspecteur Lange niet op de zaak had gezeten. En daar, ouwe vriend, zullen we ons voordeel mee doen. Dus in plaats van de zwakste schakel te zoeken, gebruiken we hem.'

'Daar doet hij nooit aan mee.'

De verweerde wangen van de Luitenant werden rond. De man glimlachte.

'Niet vrijwillig. In elk geval niet meteen. Maar ik denk dat hij na een poosje best meegaand zal zijn. Haal hem hierheen. En rij snel even naar Sarpsborg – ik heb de video nodig.'

46

Als een oude sheriff zat Anton Brekke achterovergeleund in Haugens kantoorstoel met zijn benen op het bureau. Hij bestudeerde een vergroting van Calogero Locatelli's foto. *Kijk nog eens, rechercheur. Het antwoord op je raadsel staat op de foto. Meer kan ik je helaas niet vertellen.*

Anton keek op het horloge om zijn pols. Kwart over twaalf. Over een uur en drie kwartier zou er weer een bijeenkomst op het politiebureau worden gehouden, met daarna een grote persconferentie. In de papieren versie van *VG* stond een dikke kop met de woorden: MAFFIA-HUURMOORDENAAR UIT COMA.

Martine Rieck glimlachte hem vanuit de deuropening toe.

'Hallo,' zei ze, stapte elegant de kamer in en liet zich op de stoel glijden. 'Giordano's tenlastelegging is klaar. Wil je hem zien?'

'Zie 'm later wel,' zei Anton kort, zonder van de foto op te kijken.

'Staat daar iets spannends op?' vroeg ze.

'Het schijnt van wel.' Hij keek naar haar op. 'Vanavond dineren?'

Ze lachte. 'Je geeft het niet op?'

'Jawel, hoor. Deze keer was het een grapje. Ik heb geen tijd voor de geneugten des levens, hoor...'

Zijn blik ging weer omlaag.

'Echt niet?' Ze stond op en liep naar de deur. 'Pech. Want vandaag heb ik geen andere plannen.'

'Nee, heel spijtig voor je. Je weet, een man van mijn kaliber...'

'Een man van jouw kaliber vraagt zoiets maar één keer?' Ze glimlachte tegen hem.

'In de roos,' zei hij, en hij klopte een onzichtbaar stofje van zijn schouder, terwijl hij zelfverzekerd voor zich uit lachte. 'Ik zie je straks op de bijeenkomst.'

Hij ging verzitten. Zette zijn voeten stevig op de grond. Legde de vergrote foto op het bureau en boog zich op zijn ellebogen naar voren om hem te bestuderen. *Het antwoord zit in je zak. The golden days.* Anton masseerde zijn slapen. Hij probeerde zich te concentreren, niet op Vincent Giordano en Calogero Locatelli, maar op de andere mannen. Die kende hij geen van allen, op degene aan de rechterkant na. Dat kon Salvatore Conti zijn – een van Giordano's twee medesamenzweerders bij de moord op vette Phil. Hij leek erg op die ene foto die Anton van hem had gezien in Wilsons map. Maar dat deed niet ter zake; hij was in 1977 vermoord. Hij zocht naar ontevreden gezichten, maar ze lachten allemaal.

Het geluid van zware marslaarzen en een rammelende sleutelbos kwam steeds dichterbij. Er kwam een gestalte binnen die vlak achter de drempel bleef staan.

'Waarom lig jij niet thuis te slapen?' vroeg Anton zonder op te kijken.

'Ik ben zo moe als een hond, maar ik wil hier zijn,' zei Torp.

'Hm. Jij bent een prima agent, Magnus Torp,' zei Anton zo theatraal als hij kon. 'Een goed werkpaard. Je moeder zal wel trots op je zijn, wed ik.'

'Dat is ze ook. Wat ben jij aan het doen?'

Anton gaf geen antwoord.

'Mag ik eens kijken?'

'Het origineel van de foto ligt daar.' Hij wees naar het uiteinde van het bureau.

Torp pakte de foto en liet zich op een stoel zakken. Na een snelle blik op Anton ging hij in dezelfde houding zitten.

'Die ziet er niet bepaald nieuw uit.'

'Nee, hij is van achtenzestig. Genomen in een restaurant in New York.'

'Maar zei Bjørn Danielsen niet dat hij nog nooit in New York was geweest?'

'Ja. Hoe kom je daar zo bij?'

Torp boog zich over het bureau heen en plantte zijn wijsvinger op Calogero's hoofd. 'Dat is 'm toch?'

'Nee,' zei Anton met een zucht. 'Dat is Calogero Locatelli. De maat van onze man in het ziekenhuis.'

'Waar is hij dan?'

'Bjørn Danielsen?'

Torp knikte.

'Waarom zou die in vredesnaam op die foto moeten staan?'

'Zijn vrouw staat er toch op? Torp verplaatste zijn wijsvinger naar de vrouw naast Calogero Locatelli en achter Vincent Giordano. 'Potverdrie, wat was die mooi in haar jonge jaren. Ze was vast op het geld uit. Golddiggers, noemen ze die tegenwoordig.'

Anton duwde zijn wijsvinger weg. Hij had zich alleen op de mannen geconcentreerd. Alleen even gekeken naar de vrolijke vrouwen met hun fraaie rokken aan. Zij keek bijna recht in de camera. Haar lange, bruine krullen hingen over haar naakte schouders en bovenarmen. Haar rechterhand rustte op Giordano's linkerschouder. Haar jurk was zwart en strak, met twee spaghettibandjes over haar schouders.

'Dat is ze toch zeker? Vind je niet dat ze erop lijkt?

Als je niet naar het haar kijkt, alleen naar de ogen en de moedervlekken bij haar mond.'

Anton beet op zijn onderlip. 'Sprekend. Ze lijkt er sprekend op. Zie een auto te pakken te krijgen. Ik bel Haugen onderweg wel op.'

47

'Uit met die laarzen, jongeman,' zei Adam. 'Mery heeft hier zojuist schoongemaakt.'

Zijn stem klonk gedecideerd. Dat deed hij altijd. Hij straalde het gezag van een viersterrengeneraal uit. Hij was lang. Had een grof, markant gezicht. Een kaalgeschoren schedel. Adam had lang op dit moment gewacht. Hij was sinds zijn kindertijd niet meer zo opgewonden geweest.

Inspecteur Erik Lange keek naar Adam op en snoof.

'Laat ik dat niet hoeven herhalen.'

'Ik houd mijn laarzen liever aan.'

'Dat hoef je mij niet te vertellen. Maar ze moeten uit.'

'Of anders?'

'Anders hak ik je voeten eraf.'

Lange lachte. 'Wat een grapjas. Daar kan ik je voor laten inrekenen, besef je dat wel?'

Geniet ervan zolang het kan, dacht Adam. Hij wierp Lange een glimlach toe. 'Ten volle, maar doe maar niet moeilijk.' Hij tikte met zijn nagel op zijn horloge. 'De tijd vliegt. De Luitenant en ik hebben een boel te doen.'

Met tegenzin trok Lange zijn laarzen uit en liep achter Adam aan. Hij keek uitvoerig om zich heen of die Mery ook ergens te zien was. Hij speelde al een hele tijd met de gedachte naar Azië te reizen om daar een geschikte vrouw te zoeken. Al die Noorse vrouwen die alleen maar carrière wilden maken, daar had hij genoeg van. Martine Rieck. Ja, die was wel mooi, maar hij kon zich niet voorstellen dat ze iets anders dan diepvriespizza's en andere kant-en-klaarmaaltijden op tafel kon zetten. Haar zuster was in elk geval compleet onbruikbaar.

'Waar is die beeldige Aziatische vrouw?' vroeg Lange.

'Uit,' antwoordde Adam kort.

Het ene 50-inch scherm aan de muur was blauw. Het andere stond uit. Het kantoor was nu verlicht. Spotjes aan het plafond beschenen de donkere wanden. Een staande lamp wierp licht op de glazen bol waarin Yggdrasil was ingebouwd, de wereldes die zijn takken uitstrekte boven de drie werelden van de Noordse mythologie en oprees naar de top van de bol – de welving van de hemel. De Luitenant reed zijn rolstoel naar het bureau. Zijn witte overhemd stond open bij de hals. De krachtige borstkas stak naar voren. Als zijn gezicht niet zo verweerd was geweest, had hij op de eerste de beste directeur in zijn duur ingerichte thuiskantoor geleken.

'Gaat u zitten,' beval hij.

'Gaat het zo lang duren?' vroeg Lange met een diepe grijns.

'Nee. Maar ik weet dat u het denkniveau van een twaalfjarige hebt, en wat ik nu ga vertellen zult u niet echt op prijs stellen.'

Adam sloot de deur van het kantoor en ging naast Lange zitten.

'Wat krijgen we nu?' vroeg Lange achterdochtig. Hij keek Adam aan en zei: 'Jij zei dat het in mijn eigen belang zou zijn als ik hierheen kwam.'

'Dat is het ook,' zei de Luitenant. 'Vincent Giordano.'

Lange lachte breed. 'Aha, juist. Dus je hebt informatie voor me. Nou, Peter, dat komt wel als een verrassing voor me, moet ik zeggen. Nu ben ik gespannen.'

'Hoe wordt hij in hechtenis genomen?'

'Geen idee. Hoezo?'

'Wanneer wordt hij verplaatst?'

'Eh... dat weet ik niet. Zodra hij genoeg hersteld is, neem ik aan. Waar wil je naartoe?'

'Jij moet mee met het gevangenentransport.'

'Dat weet ik ook niet.'

'Dat was geen vraag, inspecteur Lange.'

'Wat heeft dat verdomme...'

De Luitenant staarde hem aan en wees naar hem. 'Nu houdt u uw bek en luister naar wat ik ga zeggen. Begrepen?'

Lange keek naar Adam en toen weer naar de Luitenant. Vier korte knikjes. Hij had het gevoel dat zijn hart zou exploderen en voelde de natte plekken onder de oksels en op de rug van het blauwe uniformhemd groter worden.

'Niet zo zenuwachtig kijken, inspecteur. U bent toch van de politie? Er is toch zeker meer voor nodig om u bang te maken dan een oude invalide als ik?'

Adam keek grijnzend naar Lange.

'Ik neem snel even door waar uw taak op neerkomt.'

'Mijn taak?' barstte Lange uit.

'Vincent Giordano zal zijn cel nooit bereiken. Hij gaat het land uit. Ik weet dat u altijd al hebt willen weten waar ik van leef, en nu weet u het. Ik ben een probleemoplosser.' Hij liet zijn rechterarm op het bureau rusten. 'Wat u moet doen, is niet moeilijk. Ik ben alleen maar uit op inlichtingen over Giordano's transport naar de gevangenis. Hoeveel agenten erbij zijn, het tijdstip, de route, en andere relevante informatie. Ik besef dat de veiligheidsprocedure rond deze man van een wat hoger niveau dan gewoonlijk zal zijn, en daarom moet ik me van een ellendig mannetje als u bedienen. Aangezien u op deze zaak zit.'

Lange opende zijn mond om iets te zeggen. De Luitenant stak zijn hand omhoog en zei: 'Ik ben nog niet klaar. Als u mij al die informatie hebt verstrekt, zal ik ervoor zorgen dat alles voor u zonder hobbels verloopt. Adam hier,' hij knikte naar zijn oude collega-militair, 'en een groepje andere mannen zullen Giordano tijdens de tocht naar de gevangenis bevrijden. En het beste van alles: Adam zal u een wapen tegen uw hoofd plaatsen en u bevelen mee te komen.'

Lange stond op. Hij keek gechoqueerd. 'Dat meen je toch niet? Ik kan jullie allebei arresteren. Hier en nu.'

'Ja, dat kunt u inderdaad, inspecteur. Maar denkt u dat ik u helemaal bij toeval heb uitgekozen?'

Adam stond op. Hij was ruim een kop groter dan Lange.

'Stilstaan!' schreeuwde Lange, en tastte naar de handboeien aan zijn riem.

Adam keek de Luitenant aan. Die gaf hem een klein knikje. Met een bliksemsnelle beweging zat Adams krachtige hand om Langes hals. Hij oefende heel even druk uit op drie gevoelige plekken, en de politieman zakte als een pudding in elkaar. Adam greep hem onder zijn oksels en tilde hem weer op zijn stoel.

'Jullie... jullie hebben er werkelijk geen idee van wat jullie hebben gedaan,' zei een ontredderde en lijkbleke Lange.

'De eerste keer dat u hier was, Lange, herinnert u zich dat nog?'

Lange gaf geen antwoord. Zijn gezicht stond bang.

'Doet er ook niet toe. Uw gedrag was ongepast. Zo ongepast zelfs, dat ik van plan was een einde aan uw carrière te maken. Ik koester veel respect voor de politie en haar werk, maar dat ú een uniform draagt is een grof schandaal. Nu krijgt u iets te zien wat mij vele dagen werk en een heleboel geld heeft gekost. Maar eigenlijk was Adam degene die voorstelde, dat ik dat ervoor over zou hebben. Dat het op een dag ongetwijfeld zijn vruchten zou afwerpen. Adam?'

Adam liep de kamer door en drukte op de play-knop van de dvd-speler.

'Draai u om, inspecteur.' De luitenant wees op het blauwe plasmascherm aan de wand achter Lange. 'Goed kijken.'

De blauwe achtergrond ging in een kamer over. Bijna een hokje, met maar één meubel erin: een smal, smeedijzeren bed. Een jongere inspecteur Erik Lange lag naakt in het bed. Boven op hem lag een jong meisje met kort, blond haar. Ook zij was naakt. Haar armen lagen op haar ongevormde heupen. Hij draaide zijn gezicht naar de camera toe en grijnsde, waarna hij zijn blik weer op haar richtte. Hij keerde haar gezicht naar de camera toe. Die zoemde erop in. Twee bloeddoorlopen, angstige ogen staarden recht in de lens.

'Dat is wel genoeg,' zei de Luitenant.

Adam, die tijdens de korte reeks beelden met zijn rug naar het scherm toe had gestaan, boog zich naar voren en haalde het schijfje uit de cd-speler.

'Ik ben nog het meeste in de verleiding u te castreren, Lange. En daarna uw hoofd op een paal te zetten.' Lange gaf geen antwoord. Zijn gezicht was naar de Luitenant toegekeerd. Zijn ogen sloten zich. 'Maar als u dit voor elkaar krijgt, kan ik u garanderen dat niemand anders die afschuwelijke videoclip ooit te zien krijgt.'

'Wat gebeurt er met mij?' vroeg Lange met een verstikte stem.

'U gaat mee het land uit en komt nooit meer terug. Ik blijf in de gaten houden wat u uitspookt. Als ik te horen krijg dat u zich aan kleine kinderen vergrijpt, snijdt Adam hier u persoonlijk uw ballen af. Is dat duidelijk?'

'Ja,' antwoordde hij zacht. 'Waar brengen jullie me heen?'

'Dat weet ik nog niet precies. Maar strandvertier in Thailand is niet aan de orde, het is maar dat u het weet.'

48

Eva Danielsen had al sinds haar tienerjaren niet meer zo lang geslapen.

Gisteren had ze de middag en de avond bij Kurt Skjold doorgebracht, haar advocaat. Samen hadden ze Wilhelms testament doorgenomen, en ten slotte hadden ze de papiermolen op gang gebracht.

Ze liet zich haar bed uit glijden. Nam een korte douche en trok een nauwsluitende witte trainingsbroek en een wit topje aan, waarna ze zich opmaakte en haar nagels lakte. Zachtjes liep ze de trap naar beneden af en bleef in de deuropening van het kantoor van haar echtgenoot staan. Hij was nog net zichtbaar achter de stapel papieren en mappen. Ze had die aanblik gemist. Nu leek hij zichzelf weer. Overhemd en das. Pas geschoren. Een elegant kapsel. Een leider. Geen aanhangsel van Wilhelm Martiniussen. Geen bestuursvoorzitter, maar degene die de beslissingen nam. De chef. De man aan de top.

Ze liep verder door de woonkamer. Streek met haar wijsvinger over de boekenkast om te controleren of de Litouwse werkster er de avond daarvoor niet de kantjes afgelopen had.

Glanzend schoon.

Ze bleef bij het grote raam aan de tuinkant staan. De fontein. Het cadeau van Wilhelm stond water te spuiten alsof er niets veranderd was. Een fontein, verdomme, dacht ze. Als hij maar een klein beetje dankbaar was geweest, zou hij iets van meer waarde hebben gegeven. Wat had dat waterspuitding hem gekost? Honderdvijftigduizend kronen? Hooguit twee ton. De krent. Ze liep over de warme marmeren gangtegels naar de keuken. Stopte twee bananen, een kopje bosbessen en wat yoghurt in de blender en zette die op maximaal. Goot het mengsel in een lang, smal glas en ging op haar vaste kruk bij het kookeiland zitten. Bjørn had de post gehaald; naast de fruitschaal lagen reclamefolders, een paar vensterenveloppen en een beige envelop. Op die laatste wierp ze snel even een blik: Eva Cathrin Danielsen, Øvre Allé 13, Fredrikstad, Norway.

Ze rook eraan. Haar oude tante gebruikte altijd van die enveloppen die een lichte geur afgaven. Eva glimlachte. Ze bewonderde de oude vrouw, die eerder een moeder dan een tante voor haar was; ze had zich over Eva ontfermd nadat haar ouders overleden waren. Zij was het geweest die er na ettelijke luidruchtige discussies voor had gezorgd dat ze in New York aan een kunstopleiding kon beginnen. In haar armen had ze troost gezocht op die koude avond in februari toen ze onverwachts uit New York was thuisgekomen – voorgoed.

Haar tante schreef dat er iets met hun telefoon aan de hand moest zijn. Want toen ze vorige week een keer had geprobeerd te bellen, had een soort automatische stem gezegd: *Dit nummer is niet in gebruik.* En ze begreep ook niet hoe dat met die e-mail werkte. Ze sloot af met: Neem contact op, Cathy, anders word ik boos. Ik hou van je. Groeten, tante Maud.

Eva had geprobeerd haar duidelijk te maken dat die nieuwe breedbandtelefoon het niet altijd deed en dat ze haar op haar mobieltje moest bellen als er iets was. Maar haar tante, die inmiddels negentig was, was er niet meer in geïnteresseerd iets nieuws te leren. Maar lief was ze wel.

Eva dronk haar smoothie op en liep terug naar het kantoor van haar man.

Hij had haar niet opgemerkt. Nu schoof hij zijn bril naar boven op de brug van zijn neus en tuurde al drinkend uit zijn koffiekop naar zijn computerscherm.

'Hallo, schat,' zei ze glimlachend.

'Goeiemorgen...' Hij maakte zijn blik niet van het scherm los. 'Goed geslapen?'

'Ja. Zo heb ik je al een hele tijd niet meer gezien.'

Hij gaf geen antwoord.

'Ik kreeg net een brief van tante Maud. Misschien heb je dat gezien...'

'Ja.'

'Ze begint nu toch wel echt oud te worden. Ze heeft vorige week geprobeerd ons te bellen, maar toen was de telefoon helemaal dood. Dus heeft ze maar een brief gestuurd.'

Hij grinnikte. 'Geweldig toch.'

'Uh-uh. Wat doe je?'

'Ik bekijk het Canadaproject.'

'Valt daar nog iets aan te bekijken?' Ze zette haar handen op haar heupen. 'Dat... gaat nu toch gewoon zijn gang?'

'Het bestuur zegt ja. Maar ik weet het eigenlijk niet.' Hij keek naar haar op. 'Wilhelm wilde het toch niet?'

'Jij bent nu de baas, lieve jongen. Wilhelm heeft je die verantwoordelijkheid gegeven omdat hij wist dat jij zou doen wat het beste voor de vennootschap was. Bedenk wel dat zijn beslissing om het project stop te zetten voor hemzelf gold. Niet voor de vennootschap.'

Hij glimlachte. 'Dank je, da's een goeie. Wat heb je vandaag voor plannen?'

'Ik was van plan erop uit te gaan om naar een nieuwe auto uit te kijken.

'Wat?' Hij zette zijn bril af. 'De Lexus is toch nog geen jaar oud?'

'Maar hij maakt een raar bijgeluid. Bovendien ben ik dat zwart zat.'

'*Dat zwart zat...* Kom nou, zeg. Bel de garage maar.'

'Maar ik heb zin in een nieuwe.' Ze keek hem met haar reeënblik aan. 'Alsjeblieft?'

Zijn gezicht verzachtte zich. 'Je weet dat ik geen nee tegen je kan zeggen, als je me zo aankijkt. Maar,' en hij zuchtte, 'ik wil niet dat je geld uitgeeft als water. En in elk geval niet aan al dat soort dingen. Ik wil Wilhelms geld op een verstandige manier beheren. Ik wil het gebruiken voor dingen waar hij warm voor liep.'

'Zoals het milieu?' Ze grijnsde. 'Misschien moet je lid van Greenpeace worden.'

'Serieus, Eva. Dit is niet eens grappig.'

'Ik plaag je alleen maar een beetje.'

'Maar je begrijpt toch wat ik bedoel? Ik ben niet van plan zijn geld te gebruiken om mijn en vooral jouw verlangen naar luxe te bevredigen. Snap je?'

'Natuurlijk, lieverd. Maar ga je nou akkoord?'

'Nou... ja, doe dan maar. Maar ik wil wel dat je naar de bloemist gaat om een krans te bestellen voor de begrafenis.'

Ze wierp hem een kushandje toe. 'Je bent geweldig.'

Hij ving het op en stuurde het retour, waarna hij zijn bril weer opzette en zich naar het scherm toekeerde.

'Hij is trouwens bij,' zei hij, terwijl hij een map aanklikte.

'Wie?'

'Die maffiafiguur van wie de politie denkt dat hij Wilhelm heeft vermoord.'

'Hoe weet je dat?' vroeg ze scherp.

'*Verdens Gang*. Ligt op de salontafel. In zekere zin ben ik daar blij om, al zou ik hem graag in de hel zien branden. Hopelijk krijgen we nu wat antwoorden.' Hij boog zich voorover om in zijn koffertje te rommelen.

‘Ik weet zeker dat... eh... kun je even naar boven lopen om te kijken of de groene map op mijn nachtkastje ligt?’

Geen antwoord.

‘Eva?’ zei hij, terwijl hij opkeek.

Ze was weg.

49

Aspirant Torp parkeerde voor de Bentley van Danielsen aan Øvre Allé 3.

'Nee echt. Doe die pet af, Torp,' zei Anton. 'Zo lijkt het net of je nog niet eens in de puberteit bent.'

'Mij is verteld dat ik hem op moet. Dat is volgens de voor...'

'Ik ken de uniformvoorschriften. Maar dat neemt nog niet weg dat je er achterlijk uitziet.' Anton gaf hem een klapje tegen zijn wang. 'Kom op, jochie. Nu gaan we eens kijken waar dat vrouwmens zich verstopt.'

Torp legde zijn uniformpet netjes op het dashboard en liep twee stappen achter Anton aan over de betegelde voortuin.

De buitendeur stond wijd open.

'Hallo?' riep Anton. 'Politie.'

Bjørn Danielsen kwam haastig op hen af vanuit zijn kantoor.

'Sorry, ik hoorde jullie niet aankloppen,' zei hij. 'Kom binnen. Is er nieuws? Behalve dan dat die schoft uit coma is?'

Ze liepen achter hem aan de keuken in. Het lege smoothieglas stond nog naast de post van die dag. Op het aanrecht stond het stenen beeldje van een man. Een kunstwerk dat dienstdeed als houder voor vijf grote messen. In elk van de armen en benen zat een mes. Het vijfde en laatste mes had in de borst horen te zitten.

Danielsen bood hun koffie en frisdrank aan. Ze bedankten allebei. Hij pakte het smoothieglas, spoelde het om en zette het in de afwasmachine.

'Wat gebeurt er nu verder? Heeft hij gezegd waarom?' Hij keek Anton vragend aan.

'Vooralsnog heeft hij niet veel gezegd.' Anton liet hem de foto zien met wat ze voor een jeugdige Eva hielden. 'Ken je daar iemand van?'

Danielsen identificeerde zijn vrouw meteen. 'Daarop was ze nog jong. Mooi, hè?'

'Heel knap, ja,' zei Torp.

Anton draaide zich opzij en wierp hem een blik toe die zei: Bek houden.

'Ken je ook iemand van de anderen?' vroeg Anton.

Hij liet zijn blik snel over alle gezichten gaan. Daarna bestudeerde hij ze elk afzonderlijk.

'Nee, dat kan ik niet beweren. Waarom vraag je dat trouwens?'

'De man voor je vrouw...'

Korte pauze.

'Ja, wat is daarmee?' Danielsen keek Anton met een schuin hoofd aan. 'Die foto hier moet al ontzettend oud zijn. Van voor ik haar leerde kennen. Ze is hier vast nog geen twintig op.'

'Hij is in achtenzestig genomen. In New York.'

'Dat kan niet kloppen. Ze is nooit in New York geweest.'

'Is ze thuis?''

Hij schudde zijn hoofd. 'Ze is erop uit gegaan. Maar ze zal over een uurtje wel terug zijn. Jullie kunnen hier wel wachten.'

'Weet je waar ze is?'

'Ze zou...' Onder de omstandigheden zag hij er tegen op om te vertellen dat ze achter een nieuwe auto aan was. 'Ja, wat ging ze ook alweer doen...' Hij deed alsof hij nadacht. 'Bloemen. Dat was het. Ze ging een krans bestellen voor Wilhelms begrafenis.'

'Juist, ja. Dus ze is nooit in New York geweest?'

'Nee, voor zover ik weet niet. Laat nog eens kijken.' Hij trok de foto uit Antons hand. Staarde ernaar. 'Weet je zeker dat hij in New York is genomen?'

'Ja.'

'Wat raar nou toch.'

'Hoe oud was ze in achtenzestig?'

'Eh, ze is geboren in... eh...' Zijn wenkbrauwen gingen omhoog en weer omlaag. 'Achttien.'

'En je weet niet wat ze als achttienjarige deed?'

'Het klinkt misschien vreemd. In elk geval gezien dit hier, maar ze heeft nooit veel verteld over wat ze vroeger heeft gedaan. Ik heb het natuurlijk wel gevraagd, maar ze heeft daar eigenlijk nooit goed antwoord op gegeven. Alsof ze het onderwerp wilde mijden.' Hij greep met zijn ene handpalm naar zijn haar. 'Ik weet dat ze een kunstopleiding heeft gevolgd, ze houdt van kunst, maar in haar jeugd... nee. Hoewel, ze woonde bij haar tante in Londen. Al sinds ze nog heel jong was. De stakker, ze had allebei haar ouders bij een auto-ongeluk verloren, dus haar tante had haar bij zich opgenomen. Daar is ze voor zover ik weet tot haar twintigste gebleven. Toen is ze terugverhuisd naar Noorwegen.'

'Maar het is denkbaar dat ze tijdens de periode dat ze in Londen woonde in New York is geweest?'

'Ik zou het heel vreemd vinden als dat zo was, zonder dat ze het ooit aan mij heeft verteld.'

'Dat snap ik,' zei Anton, en hij knikte instemmend. 'Maar kijk eens hier.' Hij wees naar de foto. 'Degene waar haar hand op rust, is Vincent Giordano.'

'Ja, en?'

'De man die wij ervan verdenken dat hij Wilhelm Martiniussen heeft vermoord.'

Bjørn Danielsen verstijfde. Het leek wel alsof hij een stomp in zijn maag kreeg. Hij keek afwisselend naar Anton, Torp en de foto. Had ze daarom nooit iets gezegd over die periode in haar leven? Omdat ze omging met beestachtige moordenaars? Nee. Het kon toch niet dat hij haar zo slecht kende. Niet zijn Eva.

'Ik snap het niet,' stamelde hij.

Hij pakte de telefoon op het aanrecht en toetste Eva's nummer in.

'Ze neemt niet op,' zei hij na een poosje. 'Jullie willen dus zeggen dat ze de moordenaar kent?' Hij klonk nu bijna panisch.

'Daar lijkt het wel op, maar we moeten eerst met haar praten.' Anton gaf hem een schouderklopje.

'Nee, nee, nee. Waarom zou ze dat soort mensen kennen?'

'Misschien is het allemaal een misverstand,' loog Anton. 'We kunnen hier wachten tot ze komt, dan wordt de zaak wel rechtgezet.'

Ze liepen de woonkamer naast de keuken in. Danielsen liet zich gelaten op de bank zakken. Torp plofte op de stoel tegenover hem. Anton bleef midden in de kamer staan. Hij begreep er weinig van, maar in elk geval wel dat Bjørn Danielsen er geen idee van had gehad dat zijn vrouw Vincent Giordano kende.

'Ik kan het niet geloven. Laat me nog eens kijken.'

Anton gaf de foto aan Torp. Die legde hem op tafel. Anton liep nog wat verder de woonkamer in. Bij de salontafel lag een opengeslagen krant op de grond. Zelfs van een afstand was te zien op welke plaats hij openlag: op de twee volle pagina's over de huurmoordenaar die uit zijn coma was ontwaakt. Iemand had kennelijk de krant van zich afgegooid. Daar zou Anton niet op zijn gekomen als hij op tafel had gelegen. Maar dat hij op de grond gesmeten was in een verder onberispelijke woonkamer, kon alleen maar betekenen dat degene die hem het laatst had gelezen letterlijk alles uit handen had laten vallen. Dat de deuren naar buiten wijd open stonden had daar ook mee te maken.

'Torp,' zei hij, terwijl hij terugliep naar de keuken. 'Kom eens hier.'

'Wat is er?' vroeg Danielsen wanhopig. 'Jullie zouden toch op haar wachten?'

Anton bleef staan en keek naar Danielsen.

'Kom maar mee.'

Ze liepen op een sukkeldrafje de gang uit en de voortuin door.

'Naar het ziekenhuis,' zei Anton, terwijl ze in de Mondeo gingen zitten. 'Snel.'

'Het ziekenhuis? Wat is daar aan de hand?' Torp hield zijn hand op de sleutel.

'Rij dan toch, verdomme!' snauwde Anton.

'Allemachtig, zeg.' Torp startte de motor en gaf gas. 'Wat is er dan in het ziekenhuis?'

'Ik denk dat Eva Danielsen daar is,' fluisterde Anton, 'en vast niet om bloemen te brengen.' Hij keek naar de aspirant, die zijn pet weer op had gezet. 'Je rijdt als een dominee. Gas geven! Nu mag je met het zwaailicht aan rijden.'

50

Ze had het al twee keer nagekeken sinds ze de auto had geparkeerd, maar ze moest het nog eens nagaan. Het had eruit kunnen vallen. Snel keek ze in haar tas. Het zat er nog in. Ze liep verder, langs alle taxi's, de hoofdingang in, de informatiebalie voorbij en verder de hal in. Verplegend personeel in het groen en wit haastte zich langs haar heen. Ze bleef staan. Keerde zich om en keek naar de ingang. Het was nog niet te laat om terug te gaan. Ze kon weer naar buiten gaan en voor de rest van haar leven over haar schouder kijken. Ze zou alleen sterven. Onder de kalmerende middelen. Ze had gezien waar die figuren toe in staat waren. Die zieke klootzak haalde even makkelijk de trekker over als zij de blender aanzette, en hij stond er geen seconde bij stil. Ze had er nu spijt van dat ze hem niet vaker had geslagen. Of met de auto over hem heengereden was. Wat dan ook. Ze kon er niet vandoor gaan. Niet nu. Wat zou Bjørn zeggen als ze zomaar verdween? Of als Vincent de politie vertelde wat er was gebeurd? Waarom zou hij haar nu nog beschermen? Bjørn zou dat niet trekken. Niet nu. Misschien als Wilhelm nog had geleefd, maar niet nu. Ze moest het voor hem doen.

Precies zoals ze dat met Wilhelm had geregeld. Voor hém. Hou je in bedwang, zei ze hardop tegen zichzelf. Ze liep een paar meter en bleef toen weer staan. Waar was hij? Waar was de *coma-afdeling* in 's hemelsnaam, of de *uit-coma-afdeling*?

Ze liep terug naar de hoofdingang en bleef bij de informatiebalie staan. Een zuur, slecht opgemaakt gezicht keek naar haar op. 'Ja?'

'Ik kom om Vincent Giordano te bezoeken,' zei ze, en ze spelde de naam.

De dikke vingers van de verpleegster gingen langzaam over het toetsenbord, terwijl ze over de bril op het puntje van haar neus heen las wat er op het scherm stond.

'Sorry, er is hier geen patiënt met die naam.'

'Echt niet? Kun je nog eens kijken?'

Ze zuchtte en steunde. Probeerde het nog eens. 'Sorry.'

'Maar ik weet dat hij hier ligt. Waar liggen de comapatiënten?'

'Ik moet de naam hebben,' zei ze nors. De lelijke, dunne paarse lippen plooiden zich in een vals lachje.

'Hij is gisteren uit coma gekomen!' riep Eva Danielsen geërgerd. 'Dan moet het toch mogelijk zijn om hem te vinden?'

'Vraag maar op de intensive care. Misschien hebben we zijn naam verkeerd gespeld. De hal helemaal doorlopen, dan de lift naar de tweede verdieping. Dag.'

'Bedankt,' zei Eva, en ze glimlachte vals terug.

Nog een blik in haar tas. Het zat er nog in.

Ze beende de zitplaatsen in de hal langs. Daar zaten twee jonge moeders te praten, allebei met hun pasgeborene. De ene lag in mama's armen. De andere in een lief klein ziekenhuiswiegje met een blauw lint. De aanblik ontlokte Eva een zucht. Wat zou zij niet voor die mogelijkheid over hebben gehad.

Ze haastte zich de kleine kiosk in. Stak haar arm naar de bovenste plank uit en trok er een doos bonbons af. Betaalde contant, stopte de doos onder haar arm en liep in versneld tempo naar de lift.

Er klonk een zachte 'ping' toen de blauwe liftdeur

opengging en er vervolgens om schreeuwde, gesmeerd te worden. Ze keek recht naar een groot bovenlijf. Haar benen werden slap – zo voelde het althans. Een blauw overhemd. Zwarte das. Knopen van geel messing. Een zwart spiraalsnoer liep van de walkietalkie aan zijn riem naar zijn schouder. Ze keek omlaag. Een pistool in een holster hing op zijn ene been. Stevige dijen staken in een zwarte broek met een ruitjespatroon boven de zomen. Marslaarzen. Langzaam liet ze haar blik omhooggaan naar een gladgeschoren gezicht. De man knikte haar beleefd toe en stapte uit. Ze ademde in en stak haar hoofd naar voren. De brede politieagent liep met regelmatige passen naar de kantine.

De herinnering aan die koude decembernacht in 1968 kwam weer bovendrijven. Haar nervositeit. De politieagent die uit het niets was opgedoken. Menico Bagarello, die dood in de sneeuw lag. En vandaag had ze het op dezelfde persoon voorzien: Vincent – afgezien van het feit dat ze destijds niet van plan was geweest hem te vermoorden. Zij had nu de overhand. Hij moest verzwakt zijn. En het belangrijkste: hij was ongewapend.

Hij was de enige die het van haar wist; hij moest dood. Dat had hij verdiend.

Ze drukte op de knop van de tweede verdieping. Zodra de lift in beweging kwam, opende ze haar handtas. Nu helemaal. Het blanke staal glansde in het plafondlicht. Ze trok de twee ritssluitingen precies zo ver dicht dat ze het mes kon grijpen zonder haar tas te openen.

Een nieuwe 'ping'. Datzelfde doordringende geknars. Klamme, bedompte lucht walmde haar tegemoet zodra ze de lift uit stapte.

Het was stil in de gang voor de intensive care. Ze ademde in. Geen geluiden of stemmen. Geen voetstappen, noch naar haar toe, noch bij haar vandaan. Ze staarde door de raampjes van de twee brede deuren tussen haar en de afdeling in. Ze zag geen mens, greep het handvat van de deur stevig beet en trok hem open. Probeerde iets op te vangen. Wat dan ook. Stemmen, voetstappen.

Maar het zag ernaar uit dat ze door niets en niemand gestoord zou worden. Ze keek naar de doos. Wat moest ze eigenlijk met die rotbonbons? Daar ging toch zeker niemand mee op ziekenbezoek in de intensive care? Ze zette de doos op zijn kant tegen de muur.

Toen liep ze met vastberaden stappen de gang door. Zonder aarzelen. Als er iemand opdook en ze maakte een onzekere indruk, dan zou het kunnen dat ze werd aangehouden met de vraag wat ze daar deed. In ieder geval was die kans het grootst als ze aarzelde. Ze ging sneller lopen. Hield afwisselend haar hoofd hoog en keek naar de grond. Zie eruit of je het druk hebt, dacht ze. Uit een van de kamers kwam een verpleegster haar richting uit. Eva probeerde de andere kant op te kijken. De blik van de ander te ontwijken. Geen aandacht trekken, dacht ze. Geen aandacht trekken. De verpleegster liep haar voorbij en ging de kamer bij de ingang in. De stilte nam de afdeling weer in bezit zodra de verpleegster de deur binnen was. Eva keek om, terwijl haar voeten steeds sneller werden.

Voor de afdelingsbalie bleef ze abrupt staan. Een verpleegster zat met haar rug naar de gang, zo te zien bezig een dossier bij te houden. Waar was de patiëntenlijst? Die hing altijd bij de balie, in elk geval toen zij jong was, met daarop vermeld wie van het verplegend personeel voor welke patiënt verantwoordelijk was. Ze zag nergens een lijst. Nerveus beet ze op de binnenkant van haar wang en liep met grotere stappen verder de gang door.

Aan het einde daarvan, voor de allerlaatste kamer,

hing een zwart leren jasje over een stoel. 'Politie', stond er met vette letters op de rug. De agent in de lift, dacht ze. Hij had alleen zijn blauwe overhemd aangehad. Dit moest zijn jasje zijn.

Ze gluurde de deur binnen. Hij sliep. Ze sloop naar binnen en trok de deur voorzichtig achter zich dicht.

Zijn borstkas ging langzaam op en neer. Ze kon zijn zware ademhaling horen. Wat zie je er nu erbarmelijk uit, zei ze bij zichzelf.

'Ik heb op je gewacht, Cathy,' zei hij zonder zijn ogen te openen. 'Ik ben onder de indruk. Die Martiniussen was nou niet bepaald een verklikker, hè?'

Ze zei niets. Bleef alleen maar naar hem staan kijken. Toen liep ze met lichte stappen naar hem toe. Trok de stoel naast het bed een paar meter opzij, ging zitten en zette haar handtas op haar schoot.

Hij opende zijn ogen en keek haar aan. 'Ik vond het merkwaardig. Maar...'

'Wat vond je merkwaardig, Vincent?' Haar stem was kalm. Op slag voelde ze zich ontspannen.

'Dat je plotseling na al die jaren contact met me opnam om te vertellen dat je wist waar die kerel uithing die me verlinkt had. Ik twijfelde. Ik twijfelde ontzettend, maar toen je alles herhaalde wat ik en dat zwijn Menico Bagarello die nacht tegen elkaar gezegd hadden... Ik hoopte vooral dat het waar was. En toen ik die Martiniussen vermoordde... zoals hij me aankeek... als ik hem de kans had gegeven om uit te leggen waarom, geloof ik dat ik het doorgehad zou hebben. Dat ik gemanipuleerd was. En vannacht begreep ik waarom.'

'O ja?'

'Uh-uh.' Hij snoof. 'Je bent me die nacht gevolgd. Daarom kon je me dingen vertellen die niet eens tijdens het proces waren genoemd en waarover geen krant ooit had bericht. Je had alles gezien en gehoord. Dat heb je nu tegen me gebruikt, in je eigen voordeel, om een onschuldige man uit de weg te ruimen. Wat je opdiste, dat die Martiniussen zo'n beetje zijn hart bij je had uitgestort. Dat hij de verklikker was. Je hebt de rechtszaak thuis gevolgd, hè? De kranten gelezen. Tv-gekeken. Je zou het me betaald zetten. Je bent geen haar beter dan ik, Cathy.'

'Ik wist dat je dat verhaal voor zoete koek zou slikken, Vincent. Zo wraakzuchtig ben je wel.'

'En dat uit jouw mond.' Hij lachte. 'Je probeert me te vermoorden na... ja, hoe lang is het geleden?'

'Veertig jaar.'

'Veertig jaar, Jezus nog aan toe,' grijnsde hij.

'Ik ben onvruchtbaar geworden. Vincent. Weet je wat dat voor een vrouw betekent? Om nooit een kind te kunnen krijgen. Om mijn man nooit een zoon of een dochter te kunnen schenken.'

Hij trok onverschillig zijn wenkbrauwen op en zei: 'Waarom?'

Buiten waren stemmen te horen. Eva stak haar hand in haar tas en staarde naar de deur. Wachtte of de politieman binnenkwam. Ze keek naar haar vroegere minnaar. Hij wierp haar het wonderlijkste lachje toe dat ze ooit had gezien. Een soort beschermend lachje dat zei: Nu is het gauw voorbij.

De stemmen verdwenen weer.

'Waarom?' herhaalde Vincent.

'Waarom wat?'

'Waarom die man. Wat had hij je gedaan?'

'Hij stond mijn dromen in de weg. Net zoals iedereen die jij hebt opgeruimd jouw dromen in de weg stonden.'

Daar kon hij alleen maar mee instemmen.

Ze stond op en haalde het blinkende staal uit haar tas.

'Dit is niet de eerste keer dat je een mes tegen mij gebruikt, Cathy,' zei hij, alsof het de natuurlijkste zaak van de wereld was. 'Weet je zeker dat je ertoe in staat bent? Het is iets heel anders dan me op mijn hoofd slaan. Dat kan ik je wel verzekeren.'

Ze gaf geen antwoord. Kwam alleen maar steeds dichterbij, met korte, geluidloze stapjes.

'Dit is het begin van het einde, Cathy,' vervolgde Vincent. 'De Locatelli's zullen geen gedachte aan je vuilmaken. Weet je waarom niet?'

Ze was nu dichtbij genoeg om toe te steken.

'Dat kan me geen ene moer schelen.'

'Dat weet ik zo net nog niet,' zei hij kalm. 'Ik zie dat je getrouwd bent.'

Ze bleef staan en keek hem afwachtend aan.

'Hoe lang denk je dat hij in leven blijft als je dat mes tegen me gebruikt?' Hij likte rustig zijn lippen af. Geen enkel teken van ongerustheid; hij had wel voor hetere vuren gestaan. 'Je man. Zijn familie. Hun vrienden, en de vrienden van hun vrienden. Je hele verrotte kennissenkring zal zó van de aardbodem verdwijnen.' Hij knipte in zijn vingers. 'Maar jou zullen ze laten leven, zodat je met het verdriet en het schuldgevoel achterblijft.' Hij glimlachte schaamteloos tegen haar. 'Eens kijken of je het in je hebt. Steek me maar, ellendig loeder.'

Ze plaatste het koude lemmet tegen zijn hals. Ze staarden elkaar aan. Hij zag zichzelf in haar ogen – haar onbevreesdheid. Tot op dat moment had hij aan haar getwijfeld. Op het laatste moment gingen zijn gedachten uit naar de kleine Angelo, die zijn grootvader hoger aansloeg dan wat ook. De grootvader die in Angelo's ogen de liefste ter wereld was.

Het lemmet voelde nu niet meer zo koud aan.

Het gepraat was gestopt.

Anton Brekke haalde zijn oor van de deur en gaf de bewapende agent die verantwoordelijk was voor Giordano's veiligheid het teken.

'Politie! We zijn gewapend!' riep hij, terwijl hij de deur openrukte. 'Geen beweging!'

Eva Danielsen schrok op. Ze keek recht in de loop van een pistool dat vanaf de deuropening op haar gericht was. Anton deed een stap opzij. Bjørn Danielsen stond achter hem. Daarachter hadden zich twee artsen en wat verpleegsters verzameld.

'Wat doe je nou, lieve meid?' zei Bjørn. Zijn tranen stroomden. 'Maak het nou niet nog erger. Alsjeblieft. We slaan ons hier ook wel doorheen.'

'Ik heb het voor ons gedaan, Bjørn. Voor jou.' Ze richtte haar blik weer op Vincent.

'Voor mij?'

'Tegenover hem was je altijd een jaknikker. Je sprak hem nooit tegen. Nooit. Je liet hem maar begaan. Ik begreep hoe je je voelde. Ik was zo blij toen ik je daarnet in je kantoor zag zitten.'

'Hij stond aan het hoofd, Eva...' Bjørn Danielsen deed twee stappen de kamer in. 'Wilhelm was het verstandigst. Denk eens aan alles wat hij voor ons heeft gedaan. Alles wat we hebben, hebben we aan hem te danken.'

'Hoor jezelf toch eens,' siste ze. 'Dat waren relatief maar kruimeltjes.'

'Het heeft je nooit aan iets ontbroken.'

'Je snapt er niks van.'

De agent keek vanuit zijn ooghoek naar Anton. Hij wachtte op een nieuw teken.

'Eva,' zei Anton voorzichtig. 'Er staat hier een agent klaar om je neer te schieten. Het is nog niet te laat om je over te geven.'

‘Weet je wat dat zwijn me heeft aangedaan?’ Ze keek naar Anton op. ‘Hij had me zwanger gemaakt. Achttien was ik. Achttien! Ik wilde het houden, maar dat vond hij niet goed. Weet je wat hij deed?’ Ze bulkte nu van het huilen. ‘Hij en die psychopaat van een vriend van hem namen me mee naar een kelder, waar een zuipschuit van een arts abortus op me pleegde. Tegen mijn wil. Daarom kunnen we geen kinderen krijgen, Bjørn. Vanwege dat monster hier.’

Ze oefende druk uit op het mes. Het sneed door de buitenste huidlaag. Vincent gaf geen krimp. De politieagent greep zijn pistool steviger beet, terwijl hij opnieuw vanuit zijn ooghoek naar Anton keek.

Anton knikte.

De agent haalde de trekker langzaam over. Er klonk een knal. De kogel boorde zich in haar schouder. Haar lichaam schokte. Toen viel de elegante vrouw achterover. De twee artsen en de verpleegsters stormden naar binnen. Eva Danielsen was bij bewustzijn. Ze keek op naar haar man. Wachtte erop dat hij haar zou omarmen en zou zeggen dat alles goed kwam. Maar Bjørn zei niets. Hij keerde haar de rug toe en liep met gebogen hoofd de kamer uit.

‘Je mag haar vertellen wat haar rechten zijn, Torp,’ zei Anton.

‘Echt?’

‘Schiet op, voor ik van gedachten verander.’ Glimlachend klopte hij de aankomende agent op zijn schouder. ‘Je hebt vandaag goed werk gedaan. Ga zo door, en het zou zomaar kunnen dat je het diploma van de politiehogeschool haalt.’

51

Er was een week verstreken sinds Eva Danielsen was aangeklaagd voor medeplichtigheid aan de moord op Wilhelm Martiniussen en de voorgenomen poging tot moord op Vincent Giordano.

In Anton Brekkes flat trilde de dunne muur met de buren. Het was bijna een uur na middernacht en het concert bij de buurman duurde nu al meer dan twee uur.

'I'm starting with the man in the mirror, I'm asking him to change his ways,' drong het door de muur. Slechts onderbroken door luide kreten en geroep. Anton bonkte op de muur en schreeuwde het een en ander.

Het volume bleef onveranderd hoog.

Hij haalde zijn kant-en-klaarmaaltijd – biefstukreepjes met champignons, paprika, ui en bearnaisesaus – uit de magnetron en liet zich op de bank zakken. Wierp een snelle blik op de laptop ernaast. 'Je hebt de zevende plaats behaald,' stond er op het waarschuwingsscherm van Pokerclient. Die rotsite is gerigd, dacht hij. De *zevende plaats*. Hij had het hele toernooi door foutloos gespeeld. Zich langs 1143 andere spelers gevochten. De zevenhonderd dollar die hij voor zijn plaatsing kreeg, was zelfs geen schrale troost; de premie voor plaats één was bijna zesduizend dollar. De twee azen die hij tijdens de laatste hand uitgedeeld had gekregen, hadden – natuurlijk – het onderspit gedolven tegen de twee heren van een idioot uit Finland. Anton had de overhand gehad tot de riverkaart werd omgedraaid: schoppenheer. Gerigd van hier tot Tokio en weer terug. Hij wist het gewoon. Hij overwoog de hele zooi te de-installeren, maar zette die gedachte meteen weer van zich af. Dat had hij al eens geprobeerd, en er gingen zelden meer dan twee dagen voorbij voor Pokerclient weer geïnstalleerd was.

Anton werkte de rest van zijn eten naar binnen en smeet het papieren bord in de afvalemmer onder het aanrecht. Zijn mobieltje gaf vier gemiste oproepen van Torp aan. Allemaal tussen elf en twaalf uur. Op dit late tijdstip had Anton eigenlijk geen zin om op te nemen. De jongen praatte graag, al had hij zelden iets bijzonders te melden. Het ging voor het merendeel over wat hij tijdens zijn *werk* had gedaan, en of Anton binnenkort naar Fredrikstad terugkwam om bij hem langs te komen.

Terwijl de drum-intro van *Billie Jean* bijna door de muur heen brak, bracht zijn mobieltje een zwak belgeluid voort. Hij keek op het display: *Zeurpiet (Torp)*. Zijn wijsvinger gleed naar de stiltoets. Hij legde het mobieltje op de bank met het display naar beneden. Trok zijn joggingschoenen aan en liep de gang op.

Met gebalde vuist bonkte hij bij de buurman op de deur totdat het volume omlaag- en de deur openging.

Een wit gezicht met lang, zwart haar en krullen over het voorhoofd keek hem aan. Aan zijn rechterhand droeg de knul een witte glitterhandschoen. Anton had de oude vrouwen in het appartementsgebouw wel eens over de excentriekeling met de witte handschoen horen praten. Ze waren het er roerend over eens dat hij die droeg omdat hij wratten had. De ene had ze zelfs gezien – zo groot als een munt van één kroon.

'Ja?' vroeg de buurman met bloeddoorlopen ogen.

'Já?' zei Anton scherp. 'Weet je hoe laat het is?'

'Sorry, maar de koning is dood.'

Anton keek hem dom aan.

De buurman maakte nogmaals zijn excuses en zei: 'Ik ga er zo meteen vandoor. Ik ga vannacht nog naar Los Angeles.'

'O ja?'

'We gaan er met een groep heen om te rouwen.'

'Eh, oké. Zet die teringherrie uit, anders laat ik een auto voor je komen.'

'Nee dank je, mijn taxi komt over een paar minuten.' Hij glimlachte moeizaam.

'Ik bedoelde geen huurauto, maar een ziekenauto. Zet dat ding zacht. Normale mensen willen slapen.'

Anton liep weer bij zichzelf naar binnen.

De koning is dood, dacht hij met een grimas. Dat kon toch niet? Hoewel, het zou best kunnen. Hij had de hele avond geen internetkrant bekeken en de televisie niet aangehad; het pokertoernooi was die middag om vijf uur begonnen. Hij zette de nieuwszender TV2 aan. Zapte naar de BBC, CNN en Zweden 4, en toen weer terug naar TV2. Ze lieten allemaal dezelfde beelden zien, luchtshots uit een helikopter die boven een ziekenhuis in Los Angeles cirkelde, afgewisseld met de chaotische toestand op de heuvel.

Wat een heisa, dacht hij, zwaaide zijn benen op de bank en legde een kussen achter zijn hoofd. Met zijn ogen tot spleetjes geknepen volgde hij het gebeuren – dit was in elk geval beter dan dat hij zijn dagwinst weer verspeelde. Nadat hij de verslaggever drie keer hetzelfde had horen zeggen, zette hij het geluid zachter.

Met zijn ene oog dicht en het andere half open lag hij een hele tijd te gluren. Dezelfde beelden. Telkens opnieuw.

Plotseling rolde er een ander nieuwsitem over het scherm. Brandweer- en politieauto's met blauwe zwaailichten stonden kriskras langs een verlaten stuk weg geparkeerd. Van iets wat op een geldtransportbusje leek en drie kleinere auto's was alleen de carrosserie nog over. In de rechter bovenhoek verscheen een beeld van Vincent Giordano.

Anton zette grote ogen op. Tastte naar de afstandsbediening en zette het geluid harder. De verslaggever met het Bergens dialect stond te praten bij wat aan een oorlogsgebied deed denken: '... en grote politie-eenheden maken nu jacht op de ontsnapte gevangene en diens bevrijders.' Daarop lieten de televisiebeelden de nieuwslezeres in de studio weer zien.

De nieuwslezeres: 'Is inmiddels bevestigd dat de daders gijzelaars hebben genomen?'

Het scherm werd in tweeën verdeeld. Rechts verscheen een beeld van de uitgebrande voertuigen.

De verslaggever: 'Er is gemeld dat de daders een politieman als gijzelaar hebben meegenomen, maar dat is niet door de politie bevestigd. Ze zijn erg terughoudend met informatie, maar volgens onze bronnen wordt er een inspecteur vermist.'

De nieuwslezeres: 'Zijn er tijdens de actie gewonden gevallen?'

De verslaggever: 'Nee. Ondanks de omvangrijke schade aan de begeleidende wagens zouden er geen agenten gewond zijn geraakt. Het geheel lijkt professioneel voorbereid te zijn, en zoals de politiecommandant daarnet zei, zijn de uitvoerders hoogstwaarschijnlijk personen met een militaire achtergrond. Dat baseerde hij op de manier waarop de hele actie uitgevoerd is – met machinepistolen en militaire precisie. Een getuige heeft verklaard dat hij niet meer dan vijf minuten na de overval een zwarte helikopter laag over de boomtoppen in de richting van de Zweedse grens heeft zien vliegen.'

De nieuwslezeres: 'Wat gaat de politie nu doen?'

De verslaggever: 'Allereerst zal natuurlijk worden geprobeerd Vincent Giordano en zijn bevrijders op te sporen, en daarna zal de politie er ongetwijfeld achter willen komen hoe zoiets eigenlijk heeft kunnen gebeuren.'

De nieuwslezeres: 'Dank je wel.'

Het beeld van de verslaggever verdween, en het ernstige gezicht van de nieuwslezeres vulde weer het hele scherm.

'Het ging hier dus om een gewapende actie die vanavond tegen een goed bewaakt gevangenentransport langs Rijksweg 111 in Frederikstad is uitgevoerd. Minstens acht met machinepistolen bewapende personen hebben de agenten overrompeld en Vincent Giordano meegenomen, de man die wordt verdacht van de moord op de zakenman Wilhelm Martiniussen. Daarna hebben ze de vier politiewagens in brand gestoken. Eén politieman zou als gijzelaar zijn meegevoerd.'

In de rechterhoek verscheen een beeld van het ziekenhuis in Los Angeles.

'Terug naar het nieuws dat de hele wereld heeft geschokt: Michael Jackson is dood. We schakelen over naar onze verslaggever in Los Angeles.'

Nawoord

Mij is gevraagd of iemand van de personages op bestaande personen is gebaseerd. Het antwoord luidt nee. Ze zijn allemaal verzonnen, van de stuitende Erik Lange tot en met de serieuze Simon Haugen. De enige van wie ik zeker weet dat hij in diverse uitvoeringen in het echt bestaat is aspirant Magnus Torp. En dat is maar goed ook, want aan goede agenten hebben we nooit genoeg.

Allereerst wil ik Anita Ødegaard en mijn orakel Morten Raasomfaa Linstad bedanken. Zij hebben het manuscript met argusogen gevolgd en zijn gedurende het hele schrijfproces met nuttige suggesties en feedback gekomen.

Tevens mijn dank aan Bjørn Edvard Fast Nagell, Thomas Martinsen, Didrik Dahl, Lars Formoe, Marius Engebretsen, Henning Kristiansen, Marius Borsheim, Elin Kolstad, Hans Steinkjer, Marius Mathisen, Sergio Sabbatini en Geir Strøm.

Een speciaal dankwoord voor mijn onbetaalbare en geduldige editor, Anne-Kristin Strøm, en voor Arve Juritzen, Tiger Garté, Anette Syrdahl en de rest van de club bij Juritzen Forlag.

Jan-Erik Fjell

Colofon

De verklikker – Noorse literaire thriller – Winnaar Noorse Boekhandelsprijs 2010 van Jan-Erik Fjell, vertaald uit het Noors door Renée Vink, werd in opdracht van uitgeverij Conserve te Schoorl gezet door BeCo DTP-Productions te Epe in de Sabon corps 11/13 punts en gedrukt door drukkerij Wöhrmann in Zutphen.
Oorspronkelijke uitgave: *Tysteren – Krim*, verschenen bij Juritzen Forlag, Oslo in 2010.
Vormgeving omslag: Jeroen Klaver, Shamrocking.com
Foto auteur: John Andresen

1e druk: mei 2011

Uitgeverij Conserve

Postbus 74, 1870 AB Schoorl
E-mail: info@conserve.nl
Website: www.conserve.nl